Kai Lüdders

MUTWILLE

Über den Autor

Der Politologe und Jurist Kai Lüdders arbeitete als Rechtsanwalt und mehrere Jahre in unterschiedlichen Organisationen im politischen Berlin. Der verheiratete Vater zweier Kinder liebt politische Zusammenhänge und die Beschreibung von spannenden menschlichen Schicksalen. Kai Lüdders lebt in der Nähe von Berlin.

Kai Lüdders

MUTWILLE

Roman

VELUM

1. Auflage: November 2017

Erschienen bei Velum Verlag
Kleinmachnow, November 2017

www.velumverlag.de

Satz und Umschlaggestaltung: Ligaturas, Berlin
Druck und Bindung: Frick Onlinedruckerei, Krumbach
ISBN 978-3-947424-00-9

Für Luna, Oskar und meine geliebte Ehefrau

1. Abschnitt

KAPITEL 1

8. Mai, 16.00 Uhr

Paul Schneider rannte. Er rannte weg. Immer weiter, bloß weg hier. Wohin, wusste er nicht. Er wusste, er war nirgends mehr sicher. Er würde überall verfolgt werden. Und er wusste, irgendwann würden sie ihn kriegen. Er selbst war dafür verantwortlich. Paul stoppte in einem Park im Norden des Regierungsviertels. Mindestens zwei Stunden war er schon auf der Flucht, seitdem er aus der Remise geflohen war, in der der Widerstand untergetaucht war. Oder waren es schon vier Stunden? Paul hatte kein Zeitgefühl mehr. Er schaute sich um: niemand zu sehen. Häuser brannten, Geschäfte waren geplündert, Autos standen ausgebrannt auf den Straßen. Er sah am nördlichen Ende des Parks einen kleinen Spielplatz. Der Spielplatz war von einer hohen Mauer umgeben. Paul musste sich ausruhen. Er war stundenlang umhergeirrt. Immer in der Angst, hinterrücks überfallen und verschleppt oder gleich getötet zu werden. Die Sonne brannte vom Himmel auf die Stadt. Überall war lautes Geschrei zu hören. Angstschreie, Gebrüll, sogar vereinzelte Schüsse peitschten durch die Luft. Was habe ich angerichtet? Wieso habe ich nicht gesehen, was passieren kann? Berlin stand still, keine Autos weit und breit. Eine gespenstische Stimmung lag in der Luft. Das sonst durchgängige Brummen der Stadt war einer Stille gewichen, die nur hin und wieder durch Menschengeschrei unterbrochen wurde. Vögel gab es nicht mehr im Regierungsviertel. Kein Lüftchen wehte durch die Straßenschluchten. Die Büros standen leer, Restaurants und Cafés hatten geschlossen. Jahrelang hatte Paul seine ganze Kraft der Sache gewidmet. Im Sinne des Konzerns, im Sinne der Gesundheit.

Paul ging fast lautlos Richtung Spielplatz. Sein langarmiges schwarzes Hemd war durchgeschwitzt. Nervös guckte er sich immer wieder um. Bloß keinen Fehler machen, sonst bin ich verloren. Der Spielplatz war leer. Von dort konnte er die Verfolger frühzeitig entdecken. Ein guter Platz, um ein paar Minuten zu verschnaufen, dachte sich Paul. Verzweifelt schaute er auf den Sensor rechts neben dem Eingangstor zum Spielplatz. Als wenn er die Worte nicht auswendig könnte, las er leise, was auf dem Schild über dem Eingang geschrieben stand: »Achtung. Gesundheitschip scannen. Zugang für Kranke und Gesundheitsgefährder verboten. Der Bürgermeister«. Paul dachte nach. Er konnte seinen Chip, den er seit einigen Tagen unter der Haut des rechten Unterarms trug, nicht scannen. Dann wüssten sie, wo er war. Paul suchte in seiner Tasche, die er um die Schultern trug. Er stöhnte erleichtert, als er einen Universalchip fand, und zog ihn aus der Tasche. Das fingernagelgroße Gerät war dick bedruckt mit der Aufschrift *Unity Medical Care* S.E. Paul hielt den Chip an den Sensor und das Tor zum Spielplatz öffnete sich. Erleichtert sank Paul auf einer Bank zusammen und schnaufte durch.

Er hoffte, für ein paar Minuten Ruhe zu finden. Er schloss die Augen und lauschte. Das Gebrüll war leiser geworden. Das hieß, dass sie gerade nicht in der Nähe waren. Er sah Cathy vor seinen Augen. Würde er sie je wiedersehen? Würden sie es gemeinsam schaffen? Sie hatte recht gehabt. Aber er hatte ihr nicht glauben wollen. Er war nicht zugänglich für ihre Warnungen gewesen. Er hatte nur eines im Kopf gehabt: Unity Medical Care, UMC. Das war sein Leben. Wann hatte er aufgehört, klar zu denken? Er konnte sich nicht mehr erinnern. Er öffnete seine Augen und sah auf seinen entblößten rechten Unterarm. Da war es. Das Symbol seiner Arbeit, die Früchte seines Schaffens, das Ziel seines beruflichen Wirkens: das Zentrum der Angst. Mit diesem Chip hatte er alles erreicht. Eine Manifestation der Panik und gleichzeitig der bedrückende Ausdruck des Sieges seines Konzerns. Der Chip schimmerte leicht durch die Haut hindurch. Auf der Oberseite waren vage drei blaue

Buchstaben zu erkennen: UMC. Diese drei Buchstaben waren zum Symbol für Verbrechen, für Betrug und für Tod geworden.

Paul schaute in den Himmel. Tränen stiegen ihm in die Augen. Wie konnte es nur soweit gekommen sein? Was habe ich getan?, schoss es ihm durch den Kopf.

Die plötzliche Stille wurde mit einem Schlag unterbrochen. »Da ist er!«, schrie ein Mann am Eingang des Parks. Zwei weitere Männer blickten sofort in Pauls Richtung. Paul zögerte nicht lange, zog seine Waffe und schoss auf sie. Blitzschnell kletterte er auf den Baum hinter der Bank, zog sich auf die Mauer und sprang, ohne zu sehen, wohin. Mit gewaltigem Geheule jagten Kugeln gegen die Mauer. Sie verfehlten Paul nur knapp. Er landete unsanft auf der anderen Seite und rannte. Paul rannte weg. Er rannte immer weiter. Ich muss hier weg, pochte es in seinen Schläfen.

KAPITEL 2

20. August, im Jahr zuvor

»Da drüben bauen sie nun auch!«, sagte David Braun zu Laura. »Hast du gesehen? Woher kommt diese Firma eigentlich? Unity Medical Care?« David schnaufte. Das war ihm wieder einmal nicht geheuer.

»Was sagst du, Schatz?« Laura liebte ihren Mann, aber es strengte sie sehr an, wenn er sich mal wieder in ein Thema gesellschaftskritisch verbissen hatte und damit seine Umgebung beschäftigte. Sieh dich an, dachte sie. Du sitzt hier auf deiner Dachterrasse deiner Eigentumswohnung in Kreuzberg, liest deine Frankfurter Allgemeine Zeitung und trinkst deinen Kaffee aus Kolumbien, den du dir extra über deinen Bekannten importieren lässt. Und du regst dich immer so über die unsoziale und gleichgültige Gesellschaft auf?

»Na, die bauen ein Krankenhaus nach dem anderem! Das ist schon das dritte in diesem Jahr! Habe ich gelesen. Wird überhaupt der Bedarf geprüft? Wer sind die eigentlich?« David wandte sich ab und schaute in den Sportteil seiner Zeitung. Er merkte, dass an diesem Morgen ein solches Thema zu schwer ist. Es war ein wunderschöner Spätsommer. Lauras und Davids Dachterrasse war liebevoll dekoriert und fein herausgeputzt. Den ganzen Sommer über hatten sie gepflanzt, getopft, sich kleine schöne Dinge gekauft, sich einen teuren Grill liefern lassen, Wasserspielzeug für ihren Sohn Ben besorgt, den Boden mit Holzplanken verlegt und eine besonders exotische Palme als Highlight der Terrasse in die Ecke zum Geländer gestellt. Im Sommer fuhren sie selten in den Urlaub. »Was soll ich am Mittelmeer? Hier ist doch eh schöneres Wetter!«, sagte David immer. Außerdem wollten sie den Flugwahnsinn mit seinen ökologischen Folgen nicht mitmachen. Sie fühlten sich wohl, wo sie waren. David hatte sich drei Wochen Urlaub zu der Zeit genommen, in der Bens Kita geschlossen war. Er genoss es zu Hause bei seiner Familie zu sein. Das Allgemeine Entwicklungsinstitut für Krankheitsforschung (AEIK), bei dem er angestellt war, forschte auf dem allgemeinen Gesundheitssektor. Zufrieden dachte er sich, dass seine Kollegen die Projekte auch einmal ohne ihn voranbringen können. Doch so richtig loslassen konnte er nicht. Zurzeit war er damit beschäftigt, ein Indikatorensystem zur Entdeckung neuer Krankheiten zu entwickeln, um die Bevölkerung noch systematischer und besser zu schützen. Ein Unterfangen, welches bereits seit drei Jahren andauerte und sicherlich noch einige Zeit in Anspruch nehmen würde, bis ein Abschlussbericht möglich wäre. Zumindest noch lang genug, dass man drei Wochen Urlaub machen konnte. Davids Welt drehte sich zurzeit um Familie, Sport, seine Eigentumswohnung und um sein Interesse für die wirtschaftlichen Zusammenhänge der Gesellschaft.

»Das dritte Krankenhaus in einem Jahr. Wer soll denn bloß so viel krank werden?« Das Thema ließ ihn nicht los. Laura hatte diesmal zugehört. Es war keine gute Idee, ihn mit seinen Gedanken alleine zu lassen, wenn er in einer solchen Stimmung war. Dann hört er den ganzen Tag nicht auf. Sie schaute ihn tief in seine braunen Augen. Wie hatte sie sich damals in seine braunen Augen verliebt. Damals trug er noch nicht den langweiligen Seitenscheitel von heute. Als Laura David vor vielen Jahren das erste Mal in einer Videothek in Kreuzberg sah, hatte er noch wilde, lange und leicht gelockte braune Haare, die zusammen mit seiner sonnengebräunten Haut aussahen, als wenn er gerade vom Surfen kam. Seine kurze Hose, seine Flipflops und sein bereits etwas verbrauchtes T-Shirt ließ sie von einem anderen, aufregenderen Leben träumen. Aufgewachsen in einem spießigen Elternhaus in einer kleinbürgerlichen Gegend, versuchte sie immer häufiger, in das Großstadtleben zu entfliehen. Und da stand er dann. Groß, schlank, sportlich und mit kritischen Augen. Später lernte sie seinen offenkundig zynischen Humor kennen. Das gefiel Laura. Jetzt liebte sie seine etwas ergrauten Schläfen und seine Falten im immer noch gebräunten Gesicht. Vor allem liebte sie es, wenn er mit ihrem Sohn Ben durch die Gegend tollte und alles um sich herum zu vergessen schien. Er war der beste Vater, den man sich wünschen konnte.

»Tja, wer ist denn nun diese Firma?«, fragte Laura ein wenig genervt.

»Keine Ahnung. Finde ich aber heraus. Das will ich wissen.«

Laura schaute David ernst an.

»Du weißt aber schon, dass wir heute mit Ben in den Tierpark wollen?«

»Klar«, antwortete David widerwillig. Er hatte viel mehr Lust, auf seiner Terrasse zu sitzen und zu lesen. Und er wollte jetzt wissen, wer diese Unity Medical Care war.

»Schatz, die Regierung hat doch letztens einen Bericht vorgelegt, dass die Menschen immer älter und dadurch auch häufiger krank werden und deshalb doch auch die Kosten für die Krankenversicherungen so steigen. Liegt es vielleicht daran, dass die so viel bauen? Muss ja nicht immer etwas Böses dahinterstecken.«

David schaute auf. Er war überrascht, dass Laura am frühen Morgen mit ihm über so ein Thema sprach.

»Stimmt, und irgendjemand muss ja auch den Bau der Krankenhäuser genehmigen.« David schwieg und trank seinen Kaffee. Er schaute Laura an, die ihn mit ihren liebevollen quirligen Augen ansah. Sie war eine wunderschöne Frau. Ihre dunkelblonden Haare waren immer ein wenig wild frisiert. Ihre Sommersprossen im Gesicht zeigten nach außen ihr freches und impulsives Wesen. Alle mochten Laura. Sie war laut, lustig und immer hilfsbereit. Ihre Berliner Schnauze musste man einfach liebhaben. Ihre grünen Augen flackerten und deuteten an, dass sie damit Schwierigkeiten hatte, lange Zeit bei einer Sache zu bleiben. David hatte Laura vor sieben Jahren geheiratet. Es war Liebe auf den ersten Blick. Er liebte ihre Spontaneität und ihren Ideenreichtum. Als Fotografin hatte sie ein besonderes Gespür für die Stimmungen der Umgebung und sie verband ihre Arbeit immer mit einer großen Portion Spaß. Vor vier Jahren kam Ben zur Welt und ihr Glück war vollkommen. Sie hatte alles, was sie sich jemals vorstellte: einen intelligenten liebevollen Ehemann, einen süßen Sohn, Freunde und einen auskömmlichen Job, der ihr Spaß machte. All das erkannte man, wenn man sie ansah.

David nippte noch einmal an seinem Kaffeebecher und grinste sie an. »Willste nicht doch mal probieren? Ist lecker!« Laura lachte. Sie war erleichtert. Sie sah, dass David das Thema sein ließ.

»Nee, so einen ekelhaften Kram trinke ich nicht!«, schrie sie ihm entgegen. Sie hasste seinen Kaffee. Jeden Morgen hoffte er, dass sie endlich begriff, dass sie den besten Kaffee aller Zeiten verpasste, wenn sie nicht doch irgendwann einmal probieren würde. Laura stand auf und machte eine klare Anweisung. »In einer halben Stunde biste fertig! Dann geht's los! Ich ziehe jetzt mal Ben an.« David schmunzelte.

»Jawoll, Frau Oberfeldwebel!«

Er las seinen Sportartikel zu Ende. Unity Medical Care. Ich bekomme schon raus, wer die sind. Irgendwas stimmt da nicht.

KAPITEL 3

2 Jahre zuvor

»Wie läuft der Absatz der VITRUXX-Schmerztabletten?«

»Hervorragend! Die Menschen stopfen sich regelrecht voll damit! Jeder versucht, seine Schmerzen schnellstmöglich zu unterdrücken.«

»Ja, die Menschen müssen ja funktionieren.«

»Und wir sind die Günstigsten am Markt! Und die Krankenkassen zahlen ordentlich dazu!«

»Können Sie sagen, welche Abdeckung die Tabletten haben?«

»75 %. Kinder dürfen die ja nicht nehmen.«

»Und Alte?«

»Unbedenklich.«

»Hm, okay. Gibt es irgendwelche Beschwerden? Irgendwelche Anzeichen von besonderen Nebenwirkungen?«

»Nein, nichts, was das übliche Maß überschreitet. Die Krankenkassen haben den Zusatznutzen festgestellt, alles ist verhandelt. Paul Schneider hat hervorragende Arbeit geleistet.«

»Seit wann sind wir damit auf dem Markt?«

»Seit sechs Monaten. Die Zulassung gilt natürlich nur für Deutschland.«

»Und der besondere Zusatzstoff ist ausgereift?«

»Vollkommen ausgereift, jahrelange Forschung steckt dahinter. Wir haben auch die letzten Zweifel ausräumen können.«

»Gut, machen Sie weiter. Informieren Sie mich regelmäßig über den Absatz. Über regionale Besonderheiten, Absatzschwierigkeiten und eventuelle Beschwerden. Wichtig ist, dass wir flächendeckend in ganz Deutschland verkaufen.«

»Geht klar! Auf Wiedersehen.«

KAPITEL 4

21. August, im Jahr zuvor

Paul Schneider saß an seinem Schreibtisch. An der Wand hingen zwei große Fernseher, die unterschiedliche Nachrichtensender zeigten. Am rechten Rand seines Schreibtisches stand ein weiterer kleiner Monitor, der durch eine Spezialschaltung das Parlamentsfernsehen übertrug. Es lief gerade die Vormittagsdebatte aus dem Plenarsaal über die Überarbeitung des Sexualstrafrechts. Es war eine emotionale Sitzung, in der sich die Abgeordneten aller Parteien die vermeintlichen Unfähigkeiten nur so gegenseitig an den Kopf warfen. Einer war empörter als der andere. Nicht mein Thema, dachte Paul und schmunzelte. Wirklich nicht mein Thema. Sein schwerer Schreibtisch, eine Sonderanfertigung, welche an die britischen Anwaltskanzleien erinnerte, stand in seinem großen Büro im zehnten Stock des Hochhauses mitten im Regierungsviertel. Der Standort war ungewöhnlich für ein Gesundheitsunternehmen. Unity Medical Care hatte für ihre Konzernzentrale lediglich die beiden obersten Etagen angemietet. Das war eine verhältnismäßig kleine Fläche für eine Firma, die weltweit tätig war. Die grüne Kanzleilampe erhellte seine Arbeitsfläche. Er hatte bloß einen Laptop. Einen festen Computer wollte Paul nicht. Zu unbeweglich, sagte er immer, wenn er gefragt wurde. In unserem Job ist Beweglichkeit das A und O! Sein Büro war großzügig geschnitten. Die direkte Lage neben dem Vorstand ließ auf die Wichtigkeit seiner Arbeit schließen. Durch die komplett verglaste Fensterfront schaute er auf der einen Seite direkt auf den Reichstag und das Kanzlergebäude, auf der anderen Seite auf den Berliner Fernsehturm. Das Gebäude überragte die Umgebung deutlich, so dass man das Gefühl einer gewissen Überlegenheit förmlich spürte. Paul ließ sich davon nicht beeindrucken. Er war Pragmatiker, wie man es mehr nicht sein konnte. Emotionen interessierten ihn nur, wenn sie ihm nutzten. Er sprach nur mit Menschen, die ihn interessierten oder ihm nützten. Gesellschaftliche Zusammenkünfte waren ihm ein Gräuel. Vielleicht hatte ihn auch deshalb seine Frau verlassen. Vor drei Jahren teilte ihm Cathy mit, dass sie es mit ihm nicht mehr aushalte. Dass er sich verändert hätte. Dass er kalt geworden sei. Ihre gemeinsame Tochter Olivia war damals dreizehn Jahre alt und lebte seitdem bei ihrer Mutter in ihrem ehemaligen kleinen Häuschen am Stadtrand. Eigentlich war verabredet, dass er sie jedes zweite Wochenenden sehen würde. Doch Paul musste sich eingestehen, dass ihm der Abstand zur Familie guttat. Zumindest, was den Ertrag seiner Arbeit anbelangte. Und so passierte es, dass er sich Stück für Stück von seiner Tochter entfernt hatte. Aus zwei Wochen wurden drei Wochen, vier Wochen, sechs Wochen. Seit einiger Zeit sah er Olivia vielleicht alle zwei Monate. Manchmal fehlte sie ihm. Aber Paul hatte einen Plan. Dieser ging vor. Und diesen wollte er zu Ende bringen. Schon seit mehreren Jahren.

Er kam gerade zurück von einer Verhandlung über die Neufestlegung von Preisen für Schmerztabletten aus dem Hause UMC mit den gesetzlichen Krankenversicherungen und dem Gesundheitsministerium und schaute in den großen Spiegel, den er in seinem Büro hatte befestigen lassen. Für ihn war es immens wichtig, jederzeit ein korrektes Aussehen zu haben. Jederzeit könnte es sein, dass er einen Interviewtermin mit der Presse wahrnehmen müsste. Paul sah in sein fast faltenfreies, gebräuntes Gesicht. Er tat alles dafür, dass sein endlicher Körper so lange frisch aussah, wie es ging. Seine markanten Gesichtszüge zeugten von einem Leben, das nicht einfach war. Sie sprachen von unschönen Erlebnissen, Demütigungen, negativen Erfahrungen. Seine blauen Augen hatten eine Tiefe, die selbst Cathy nicht fähig war, in allen Ecken zu ergründen. Seine fast schwarzen Haare waren leicht ergraut, aber seine gescheitelte

Frisur sah durch sein markantes Gesicht alles andere als gealtert aus. Seine modern geschnittenen Anzüge waren maßgeschneidert. Ein Luxus, den er sich endlich durch sein Gehalt bei UMC leisten konnte.

Die Verhandlung über pharmazeutische Mitteln aus dem Hause UMC war eine fast tägliche Routinearbeit für ihn. Verhandlungen mit den Krankenkassen für die Zulassung von neuesten Pharma- und Gesundheitsprodukten oder über routinemäßige Neupreisung, so wie heute. Eine Arbeit, die er nicht wirklich mochte, die aber notwendig war und auch zu seinem Aufgabengebiet bei UMC zählte. Paul war unumstritten der beste Verhandlungsführer im Hause und wen sollten sie anderes zu solchen Verhandlungen hinschicken als Paul Schneider. Vielleicht brauche ich mal eine Verstärkung, dachte er sich, als er von den trockenen Verhandlungen noch ein wenig ermüdet war. Jemanden, den er ausbilden kann und der später vielleicht mal genauso gut verhandeln kann wie er selbst. Später, Paul. Jetzt zählt erst mal anderes und das musst du höchstpersönlich erledigen. Die Schmerztabletten aus unserem Hause sind seit über zwei Jahren zu guten Bedingungen auf dem Markt und wir waren schon damals die Günstigsten und werden es auch weiterhin sein. Das wird ein Renner werden. Darum soll sich aber bitte der Vertrieb kümmern. Mit so etwas beschäftige ich mich dann doch nicht. Ich kann hier ja nicht alles machen.

Das Telefon klingelte.

»Ja?« Pauls Sekretärin hatte einen Anruf einer Produktionsfirma zum Durchstellen. Nichts Besonderes, dachte Paul. Anfragen von Medienanstalten oder Zeitungskonzernen bearbeitete er mehrfach täglich. Schließlich gab er ihnen auch ständig neues Futter. Das war sein Job. Doch dieses Mal war es etwas anderes.

»Es ist Henrike Meyer!«, sagte die Sekretärin.

Die Meyer, dachte sich Paul. Die Talkshow im deutschen Fernsehen mit den höchsten Einschaltquoten. Henrike Meyer stand für anspruchsvolle Talkshows. Jede Sendung war bisher erfolgreich. Alle halbwegs politisch Interessierten und Intellektuellen schalteten an diesen Abenden Henrike Meyer ein. Paul spürte auf einmal das Feuer in sich. Genau so etwas liebte er. Dafür war er da. Er hatte eine Mission zu erfüllen und dafür lebte er mit jeder Faser seines Körpers. »Stellen Sie durch! Sofort!«, peitschte es aus ihm heraus. Paul legte auf und schaltete die Freisprechanlage seines Telefons ein. Wenn es wichtig wurde, brauchte er Bewegung. Er stand auf und ging durch sein Büro. Seinen Füller behielt er immer in der Hand. Er diente ihm gleichermaßen zum Stressabbau wie zum Kritzeln seiner Gedanken. Teilweise malte er bei Telefonaten ganze Bilder. Alles musste sofort zu Papier gebracht werden.

»Herr Schneider? Hier spricht Henrike Meyer. Haben Sie kurz Zeit für mich?« Paul stellte sofort auf seinen Charme-Modus. Er hatte es mit den Jahren perfektioniert, sich innerhalbs eines Sekundenbruchteils von einer anderen Seite zu zeigen: charmant, eloquent, zuhörend, aber auch bestimmt, argumentativ und ruhig. Zwar hatte er diverse Coachings für Rhetorik und Auftreten absolviert. Doch er hatte schon immer das Talent gehabt, sich sofort in seine Gesprächspartner hineinzufühlen und die Situation zu erkennen. Er bereitete sich immer akribisch vor und spielte Gespräche und Diskussionen mehrfach vorher durch, um sämtliche Argumentationsketten vorher kennen zu können. Sobald er eine Schwäche bei seinem Gegenüber erkannte – und die kam bisher bei jeder Diskussion, an der er teilgenommen hatte – stach er zu. Schneidend klar, aber immer unter Achtung des Respekts. So konnte er einerseits sein Gegenüber mit Argumenten entlarven und ihn andererseits gleichzeitig auch mitleidenswürdig aussehen lassen. Eine doppelte Strafe für jeden Diskutanten.

»Für Sie doch immer, Frau Meyer.«, rief er in den Raum hinein.

»Können Sie mich gut verstehen?«

Die Art seines Telefonierens per Freisprechanlage gab dem Gegenüber sofort das Gefühl, dass das Telefonat für ihn nur eines von vielen war und er nebenbei noch andere Arbeit zu erledigen hätte.

»Ja, ich verstehe Sie sehr gut. Es geht um meine Sendung in drei Tagen. Unser Thema ist die Gesundheitspolitik für die neue Legislaturperiode. Es hat ein fest eingeplanter Gast abgesagt und wir würden Sie gerne als Experten aus dem Gesundheitswesen einladen, um unseren Politikern mal so richtig auf den Zahn zu fühlen. Tut die Regierung genug? Wie ist die Vorsorge? Was ist mit der Forschung? Was wollen die Parteien nach der Wahl umsetzen und so weiter.«

Paul schwieg für einen Moment. Auch das machte er immer. Dadurch hatte er die Möglichkeit, seine Gedanken zu sortieren und sich seinen Schlachtplan im Bruchteil von Sekunden zurechtzulegen. Er war noch nicht so weit. Eine Frage muss her.

»Wer kommt denn?« Paul wusste die Antwort eigentlich schon selbst: Schreiber von den Konservativen. Ein unvermeidlicher Talkshow-Faktor, der sich offenbar in allen Themen auskennen wollte. Der war harmlos, gehörte zur Regierung, hatte lediglich im Sinn, ein paar Sprüche zu klopfen und verteidigte ansonsten in bester Politikersprache seinen Kanzler. Der war grundsätzlich auf Linie. Anders die Sozi-Mutter Irene Parold, die sich mittlerweile bestens zum Thema Gesundheit auskannte. Die hatte noch einiges vor, wollte so schnell es geht Vize der Partei werden. Ihr Traum war das Amt der Gesundheitsministerin. Die ist noch dehnbar, dachte sich Paul. Sie ist zwar gut mit Wissenschaftlern vernetzt, aber ihr fehlt das Entscheidende: Eloquenz. Der Grüne im Rollstuhl durfte zu dem Thema nicht fehlen, wie hieß er noch? Ja, stimmt, Maas, Otto Maas. Er spielte sich für die entrechteten Patienten als Retter auf. Wunderbar für seinen Plan, dachte sich Paul. Der weiß gar nicht, dass er mir hilft. Da sieht jeder, wie schlimm es ist, krank und behindert zu sein.

»Und noch ein Wissenschaftler«, fügte Henrike Meyer hinzu.

Paul blieb stehen.

»Was für ein Wissenschaftler?«

»Professor Teighaus.«

Paul stockte. Der durfte nicht kommen. Unter keinen Umständen. Was sollte man gegen den besten Professor der Medizin und Pharmazeutik sagen, der gut reden konnte, hervorragend aussah und auch noch grundsätzlich die Ansicht vertrat, es sei ja alles gar nicht so schlimm? Das war einer, der immer versuchte, positive Stimmung zu verbreiten. Verdammt, dachte Paul. Das geht so nicht.

»Frau Meyer, Sie wissen schon, dass Professor Teighaus bereits im fortgeschrittenen Alter ist? Schafft der das überhaupt?«

»Er hat bereits zugesagt. Was ist mit Ihnen?«

Paul spürte, dass er reagieren musste. Absagen ging nicht. Das war eine große Chance. Mit dem Teighaus ging es aber ebenfalls gar nicht. Da würde am Abend Aussage gegen Aussage stehen und wem würde man dann glauben? Natürlich dem Professor und nicht dem Lobbyisten. Gleichzeitig spürte Paul aber, dass Meyer die Sendung auf Teighaus aufbaute. Sie wollte eine Botschaft verkünden und die würde sich nicht gut anhören. Paul brauchte Zeit.

»Alles klar, Frau Meyer, bin dabei. Wir werden Ihnen aber noch Material zusenden. Ohne Präsentation dieses Materials trete ich nicht auf.«

»Wir werden alles prüfen und keine Unwahrheiten präsentieren, Herr Schneider.«

»Unterstellen Sie mir, dass ich Unwahrheiten verbreite?«, entgegnete Paul lachend. »Das ist ja ein starkes Stück! Medienzensur?«, tat er empört.

»Herr Schneider, das war nicht meine Absicht. Senden Sie es zu und wir werden es als Einspieler zeigen. Beachten Sie aber bitte, dass Professor Teighaus sicherlich ebenfalls gut vorbereitet sein wird.«

»Das kann ich mir denken«, lachte Paul und verabschiedete sich von Henrike Meyer.

Er ging zur Fensterfront und schaute auf das Kanzleramt. Der Teighaus kann uns gefährlich werden. Paul, du musst was vorbereiten. Er ging zum Telefon und nahm den Hörer ab.

»Hallo, Mister Bruckheimer? Hier Paul Schneider. Wir müssen jetzt beginnen. Sofort, alles vorziehen. Wir können nicht mehr warten. Die Zeit ist gekommen.«

»In drei Tagen.«

»Vor der Talkshow der Meyer.«

»Ok, ich bereite alles vor.«

Paul legte auf und hob abermals den Hörer auf. »Sekretariat? Verbinden Sie mich bitte mit der Abteilung O. Es ist dringend.«

KAPITEL 5

In drei Wochen wurde gewählt. Die große Wahl schickte ihre Schatten voraus. Überall an den Straßen herrschte das vor Wahlen bekannte Bild: große Plakate, kleine Plakate, nichtssagende Sprüche neben ausdruckslosen Abbildern von Menschen. Zum ersten Mal trat eine Partei an, die in fast allen Umfragen stolze 5 % erreichte: die Partei für Gesundheit und Ordnung (PGO). Sie vertrat eine Klientelpolitik, die sich auf fast ausschließlich ein Thema konzentrierte: Gesundheit. Oder vielmehr Krankheit. Die Partei hatte sich erst vor wenigen Jahren gegründet, fand jedoch dank einer medienwirksamen Öffentlichkeitsarbeit rasch Neumitglieder und Unterstützung. In allen Bundesländern hatten sich Landesverbände gegründet und man war stolz, als so junge Gruppe bereits ein Grundsatzprogramm erarbeitet zu haben und nun bei den großen Wahlen anzutreten. Ihr Ziel war einfach zu beschreiben, weshalb der innerparteiliche Konsens auch verhältnismäßig schnell zu finden war: mehr Geld für die Gesundheit der Bevölkerung und Anreize, sich um die Gesundheit zu sorgen sowie sogenannte ordnungspolitische Maßnahmen bei Menschen, die sich bewusst in die Krankheit stürzen und somit das Gemeinwesen belasten. Die Öffentlichkeit vernahm die neue Partei mit Interesse, jedoch ohne sie wirklich ernst zu nehmen. Die Berichte der letzten Jahre über die zunehmende Ausbreitung von Krankheiten, die Sehnsucht nach dem ewigen Leben und die Fitness-Welle, die die ganze westliche Welt umspannte, machte die Menschen empfänglich. Wenn man sich alles leisten konnte, wieso dann nicht auch Gesundheit?

Paul war bei Unity Medical Care als *Referatsleiter Government Affairs* beschäftigt. Hinter dem sperrigen Begriff versteckte sich nichts anderes als die Interessenvertretung seines Unternehmens in Politik und öffentlicher Wahrnehmung. Er war der Cheflobbyist, führte mittlerweile einen Stab von zehn Angestellten. Seit acht Jahren baute er den Einfluss seines Unternehmens immer weiter aus. Die Produktpaletten des Unternehmens und der Markt waren ihm eigentlich egal. Er war dafür zuständig, direkt Einfluss zu nehmen, nicht erst durch Verkaufszahlen und Marketing. Und er war gut. Der Vorstand des Unternehmens hatte schnell gemerkt, dass in dem damaligen Referenten für Politik ein besonderes Talent steckte.

Norman Bruckheimer, ein Deutsch-Amerikaner, war der Vorsitzende. Er hatte Paul persönlich eingestellt. Stück für Stück band er Paul an das Unternehmen, gab ihm Freiraum, Geld und Einfluss. Paul genoss es. Wie hart hatte er dafür gearbeitet! Als Sohn armer Eltern in Berlin geboren, musste er für sein Studium mehrere Jobs ausführen, um sich das Leben leisten zu können. Er schwor sich damals, dieses Studium so schnell wie möglich abzuschließen. Er hasste diesen theoretischen Kram. Und das Studentenleben. Diese faulen Kommilitonen, die mehr in Kneipen und Bars rumhingen als im Hörsaal und das auch noch quasi als ihr Grundrecht einforderten. Paul wusste im Gegensatz zu den Mitstudenten, dass sich das wahre Leben da draußen abspielen würde. Dort konnte er mehr lernen als in jedem Hörsaal. Er beendete das Studium in Rekordgeschwindigkeit und die Stelle bei Unity Medical Care im Anschluss war sein erster Job.

Die Gesundheitsbranche faszinierte ihn. Seine Eltern waren durch das harte, karge Leben am Rande des Existenzminimums schnell alt und krank geworden. Gesundheit war etwas für die Reichen. Diese Ansicht hatte Paul schon früh vertreten, weil er es schon früh beobachten musste. Die Armen hatten viel zu viel damit zu tun, zu überleben. Und das wollte er ändern, aus der Tiefe seines Herzens. Gesundheit sollte keine Frage des Geldbeutels sein. Krankheiten sollten bekämpft werden. Wie häufig erinnerte er sich an eine Situation im Krankenhaus, in das Paul seine schwer erkrankte Mutter begleitet hatte. Die Diagnose lautete Leberzirrhose. Pauls Mutter konnte das Leben als Außenseiter der Gesellschaft nur ertragen, indem sie täglich mehrere Flaschen trank. Paul hasste sie dafür, doch sie war schließlich seine Mutter. Doch irgendwann wollte der Körper nicht mehr. Schwer gezeichnet und mit tiefgelben Augen wurde sie ins Krankenhaus eingeliefert. Paul wusste schon vorher, dass seine Mutter nicht nur einen Schwächeanfall hatte, doch ahnte er nicht, wie gnadenlos das Gesundheitssystem in diesem Land sein konnte. Der Arzt im Krankenhaus machte höflich, aber unmissverständlich deutlich, dass eine Transplantation der Leber lebensnotwendig sei. Diese würde jedoch von den Krankenkassen nur übernommen werden, wenn man zu dem Krankheitsbild nicht offensichtlich durch eigenes Verschulden beigetragen hatte. Paul versuchte in seinen jungen Jahren dem Arzt klar zu machen, dass doch die Schuldfrage nicht eindeutig geklärt werden könne. Doch der Arzt blieb hart. Es blieb eine Selbstzahlung. Bei den Kosten im sechsstelligen Bereich für Pauls Familie unmöglich. Zwei Monate später starb Pauls Mutter.

Sein Job bei einem Gesundheitsunternehmen sollte das Eintrittstor dafür sein, die Gesellschaft und die Politik dazu zu bewegen, mehr Geld für Gesundheit auszugeben anstatt für Waffen, Sozialausgaben oder Verkehr. Paul hatte noch nie Verständnis für die Lebensweise von Menschen, die ihrem Körper bewusst schadeten, nur um eine kurze Zeit Befriedigung zu erlangen. Ebenso schüttelte er regelmäßig den Kopf, wenn er mit ansah, wie kurzsichtig die Menschen mit ihrem Leben umgingen. Menschen, die sich gehen ließen, verabscheute er. Paul war ein fanatischer Sportler. Neben seinen täglichen Laufstrecken pflegte er auch mehrmals wöchentlich ins Fitnesscenter zu gehen. An den Wochenenden spielte er viel Tennis, Squash oder ging einfach nochmal laufen. Fettes Essen rührte er grundsätzlich nicht an. Alkohol genoss er nur in Maßen und Raucher hatte er quasi aus seinem Bekanntenkreis verbannt. Disziplin und Ordnung, neben und im Job, hielt er für oberstes Gebot.

Schnell erarbeitete Paul sich einen hervorragenden Ruf in der Branche. Seine Besonnenheit, seine besondere Intelligenz und sein brilliantes Gespür für die Situation sprachen sich bis in die Ministerien herum. Mehrere Jobangebote hatte er bereits abgelehnt. Er war loyal bis aufs Blut.

»Herr Peters, guten Tag. Schneider hier, UMC. Können wir uns kurzfristig treffen?«

»Herr Schneider! Womit habe ich die Ehre? Danke nochmals für die Unterstützung mit Werbematerial bei unserer letzten Veranstaltung. Hat uns wirklich geholfen, das Thema bei den Besuchern zu platzieren.«

»Nicht der Rede wert, immer gerne. Aber diesmal geht es mir um etwas anderes, etwas Größeres. Ich muss Sie persönlich sprechen. Passt Ihnen morgen Mittag? Café Honig am Gendarmenmarkt?« Peters war verdutzt. Er kannte Paul Schneider sporadisch von einigen Treffen, Händeschütteln, aber nicht mehr. Wenn es um die Wahlunterstützungen seiner Partei ging, dann wurde das meist mit einem seiner Mitarbeiter abgewickelt. Der Schneider will mich persönlich sprechen? Peters stockte.

»Herr Schneider, das Parteienfinanzierungsgesetz kennen Sie ja gut, oder?«

»Herr Peters, ich will mich lediglich mit Ihnen treffen! Passt also?«

Peters schaute ungläubig in seinen Kalender. »Ja, ok, passt.«

»Wunderbar! Und Glückwunsch nochmal zur Wahl zum Parteivorsitzenden der PGO, Herr Peters!«

Peters legte auf und schnaufte tief durch. Damit hatte er nicht gerechnet. Akribisch und unauffällig hatte Peters in den letzten Jahren die Partei aufgebaut. Als einer der Gründer der Partei war er von Beginn an maßgeblich an der Struktur und den Inhalten beteiligt gewesen. Peters mochte die Politiker nicht sonderlich. Als Sohn eines Unternehmers hatte er früh von seinem Vater gelernt, dass Politik häufig störend sein kann. Trotzdem gingen die Politiker bei seiner Familie ein und aus. Er lauschte den Konversationen, er schaute auf das Aussehen, das künstliche Lachen und das Händeschütteln. Peters war ein angenehmer, umgänglicher Mensch. Es machte Spaß, ihm zuzuhören, auch wenn er selten eine andere Ansicht als seine zuließ. In diesen Fällen versuchte, er elegant abzulenken und die Meinungsverschiedenheit nicht offen zu Tage treten zu lassen. Streit vermied er stets mit seiner fröhlichen, lebenslustigen Art.

Peters war nicht verheiratet. Seine Eltern waren in dieser Beziehung kein gutes Vorbild gewesen. Die Ehe war früh in die Brüche gegangen und beide, Vater und Mutter hatten später neu geheiratet. Aus diesem Grund hielt Peters nicht viel von dem Stück Papier und von Ringen. Hin und wieder traf er sich mit Frauen. Er versuchte jedoch stets, die Beziehungen unauffällig und ungebunden zu gestalten. Damit konnte er gut leben.

Als Peters' Vater starb, erbte er die Firmenanteile. Für die Geschäftsführung war er jedoch denkbar ungeeignet, da er nicht die unternehmerischen Qualitäten wie sein Vater hatte. Peters wollte auf die großen Bühnen. Da er jedoch weder gesanglich noch schauspielerisch begabt war, beschloss er eines Tages, sein Glück in der Politik zu suchen und schloss sich den Konservativen an. Er musste jedoch schnell feststellen, dass ein Ortsverein einer Partei korrupter und ungerechter sein konnte als jeder Wirtschaftskrimi. Nach kurzer Zeit verließ er die Partei desillusioniert. Seine damalige Bekannte war eine starke und selbstbewusste Frau. »Gründe doch eine eigene Partei!«, hatte sie ihm gesagt. Warum eigentlich nicht? Ich brauche nur ein Thema. Ein Thema, das von den etablierten Parteien noch nicht besetzt war. Was lag da näher, als auf Gesundheit zu setzen? Ein Thema, das in Zeiten des demografischen Wandels und dem Wunsch nach ewiger Jugend und Angst vor Schmerzen und Krankheiten in allen Köpfen spukte.

»Gesundheit?«, antwortete seinerzeit die Bekannte auf seine ersten Ideen. »Aber du hast doch mit dem Thema Gesundheit nichts am Hut.«

»Egal, ich hole mir Fachleute. Den Rest lerne ich.«

»Nicht schlecht. Aber denke auch an die kleinen Leute. Die Leute, die sich abgehängt fühlen.«

Die Idee einer neuen Partei war geboren.

Was hat der Schneider jetzt mit mir vor?, fragte sich Peters. Die Partei war gut aufgestellt. Peters hatte mit seinen Parteifreunden aus der Wirtschaft ein frisches und innovatives Markenbild gebastelt. Mit Peters, der auch als Model für Männer im mittleren Alter durchgehen konnte, hatte die Partei eine außerordentlich prägende und sympathische Führungsfigur. Er hob sich deutlich ab von den grauen Männern und Frauen, die ansonsten von den Plakaten herabschauten.

Ich will keine Skandale. Keine dubiosen Spenden. Ich will das jetzt ordentlich durchziehen und meine 5 % erreichen. Dann wären wir im Parlament und dann schauen wir mal, wie es weitergeht.

Peters zog sich seine Designerjacke an und schwang sich auf sein modisches Fahrrad, das er jedes Mal in sein Büro mitnahm. Einerseits, damit es nicht geklaut wurde, andererseits auch, um damit Besucher zu beeindrucken.

Ab zu einem Termin mit der Lokalpresse. Es ist wichtig für uns, dass wir vor Ort sind. Die Leute sollen uns in den Stadtteilen sehen und hören. Die große Presse ist eh von den etablierten Parteien besetzt.

KAPITEL 6

Am nächsten Mittag regnete es ohne Unterlass. Paul hatte sich zum Café fahren lassen. Das war eine der Annehmlichkeiten seiner Tätigkeit. Er brauchte zwar beruflich den Kontakt zu Menschen, versuchte, dies aber nur auf den Job zu beschränken. Privat war er lieber alleine, bloß nicht zu viel reden, bloß nicht zu viel Inneres nach außen zeigen. Daher mied er zumeist Menschenansammlungen und fuhr so oft es ging mit seinem Auto oder ließ sich fahren.

Es war kühl geworden. Der Sommer verabschiedete sich langsam und Paul hatte zum ersten Mal seit den heißen Tagen wieder einen Mantel angezogen. Als er aus dem Auto stieg, stellte er den Kragen hoch. Die Autos fuhren durch die Pfützen, die der letzte Regenguss hinterlassen hatte und die Menschen waren stets damit beschäftigt, den Spritzern auszuweichen. Den Leuten sah man förmlich an, dass der Sommer vorbei war. Grimmig zogen sie von dannen und gingen ihrer Wege. Diese Stadt war grau, sobald die Sonne nicht mehr schien, innerlich wie äußerlich.

Paul ging in das Café, zog seinen Mantel aus und schüttelte die Regentropfen ab. Er sah sich um und entdeckte Peters am hintersten Tisch in der dunkelsten Ecke des Cafés, wie dieser sich immer wieder nervös umschaute. Paul grinste. Denkt der Peters jetzt, ich hätte in meinem Aktenkoffer ein paar Millionen in bar? Hat der zu viel ferngesehen? Genau richtig, dieser Argwohn. Dieses Misstrauen brauchen wir. Immer und überall.

»Guten Tag, Herr Peters.«

Peters stand auf, die beiden Herren begrüßten sich und tauschten ein paar Floskeln aus. Der frisch gewählte Chef der aufstrebenden Partei für Gesundheit und Ordnung war Mitte Vierzig. Er hatte einen dunkelblauen, eng geschnittenen Anzug an. Seine braunen Wildlederschuhe zeugten von einem extrovertierten Wesen. Seine grau melierten Haare waren sauber geschnitten und seine Hornbrille stellte Seriosität bei gleichzeitiger Lebensfreude dar. Kurz musterte Paul den Parteivorsitzenden. Genau was wir gesucht haben. Peters spürte die Blicke. Um die Musterung zu unterbrechen, begann er das Gespräch.

»Herr Schneider, ich muss zugeben, dass ich überrascht war, dass wir uns einmal persönlich treffen. Nicht, dass Sie mich falsch verstehen, aber für die Wahlkampfthemen sind doch unsere Mitarbeiter zuständig. Daher bin ich gespannt, was Sie mir zu sagen haben.«

Peters hörte sich gerne reden. Und Paul war ein guter Zuhörer. Peters genoss die Unterstützung eines Medizinunternehmens, jedoch hatte er in letzter Zeit spöttisch die Bauaktivitäten der neuen Krankenhäuser beobachtet. Sie nutzen das billige Geld aus, welches zurzeit im Umlauf war, um schnell bauen zu können. Nur damit die Krankenkassen dann später die Leerstände bezahlen müssen. Unity Medical Care war für die PGO ein guter Partner, ein Partner wie viele andere. Mehr aber auch nicht.

Informationsgewinnung ist eines der wichtigsten Dinge in ihrem Job, predigte Paul ständig seinen Mitarbeitern. Daher solle man immer erst einmal zuhören und die Stimmung und Spannung aufnehmen. Vielleicht kann man aus dem ersten Satz schon so viele Informationen gewinnen, dass man das Gespräch danach eigentlich abbrechen könnte, gab er ihnen stets als Tipp mit.

»Herr Peters, ich weiß, Sie sind viel beschäftigt und ich bin dankbar, dass Sie sich die Zeit für uns nehmen. Wir haben etwas vor. Wir würden gerne unsere Aktivitäten bei der PGO ausbauen.«

»Gerne.« Peters fiel ihm ins Wort. »Wir haben doch bereits sehr gut zusammengearbeitet und schon so einiges auf die Beine gestellt: Gesundheitstage, Vermittlung von Arbeitsplätzen, Initiierung von Kinderuntersuchungen und so weiter.«

Paul sah ihn eindringlich und ernst an. Dieser Blick sagte mehr als Worte: Ruhe! Sofort! Paul beugte sich vor und sprach leise.

»Herr Peters, hier geht es nicht mehr um Kinderuntersuchungen oder Praktikumsplätze. Hier geht es um Großes.« Paul machte eine kurze Pause. Ein quälendes Schweigen umgab den Tisch. »Es ist Zeit, die Gesundheitswelle zu reiten, die dieses Land zurzeit überrollt. Kurz: Wir wollen, dass Sie regieren!«

Peters zuckte zusammen. Regieren. Dieses Wort war so weit weg, so abwegig. Er war ja schon froh, dass man nun zumindest ein Parteiprogramm hatte. Er lehnte sich ungläubig und sprachlos zurück.

»Herr Peters, wir glauben – und das bestätigen unsere Untersuchungen –, dass Sie ein Wählerpotential von über 20% haben. Das Thema Gesundheit wird den Menschen immer wichtiger. Ich verrate nicht zu viel, wenn ich Sie darauf hinweise, dass wir Erkenntnisse haben, die dazu führen werden, dass es *das* Thema des nächsten Jahrzehnts werden wird. Und zwar in verheerendem Ausmaß.«

Peters schaute seinen Gesprächspartner musternd an. Wollte er ihm Honig um den Bart schmieren? Wollte er ihn vor irgendeinen Karren spannen?

»Und was sind das für Erkenntnisse? Gesundheit ist wichtig. Das weiß doch jeder. Und die Menschen werden immer älter. Aber im Endeffekt sind die doch alle froh, dass sie etwas zum Essen haben, sicher über die Straße gehen können, einen sicheren Job haben, ein schönes Haus und Auto kaufen können und mehr haben als der Nachbar. Also, bei aller Liebe: über 20%? Wo sollen die denn herkommen?«

Peters lachte und sah sich um: »Erzählen Sie das bloß nicht den Parteifreunden, dass ich das eben gesagt habe.« Er lehnte sich nach vorne. »Und was heißt eigentlich verheerend?«

Paul schwieg und fixierte Peters mit seinem Blick.

»Vertrauen Sie mir. Mehr kann ich zurzeit noch nicht sagen. Wir halten Sie für eine außergewöhnliche Persönlichkeit. Sie sind ein Mann mit Weitsicht. Jemand, der das große Ganze im Blick hält. Jemand, der keine Lust auf die Ordnungsfaschisten hat, die sich in Ihrer Partei tummeln.«

Peters lehnte sich zurück und genoss die Worte von Paul.

»Halten Sie uns die vom Leibe und Unity Medical Care kann Ihnen ein verlässlicher, strategischer Partner sein. Denken Sie aber daran, dass wir alles im Rahmen der Gesetze machen.«

»Na hören Sie mal, etwas anderes kommt für mich nicht in Frage!«, empörte sich Peters.

»Natürlich, anders haben wir Sie auch nicht kennengelernt. Also, nochmal: Sind Sie bereit für den nächsten Schritt? Wir sorgen dafür, dass Sie auf jeden Fall in den Bundestag einziehen und Sie halten die Partei im Griff und schmeißen die Querulanten raus. Krawallmacher können wir für unsere Sache nämlich nicht gebrauchen. Wir liefern dem Volk, was es haben will und wonach es sich sehnt. Prügeln sollen sich diese Proleten woanders.« Paul verschärfte absichtlich den Ton.

»Ganz meiner Meinung«, pflichtete Peters Paul bei.

»Okay. Stellen Sie zwei Leute aus Ihrer Parteizentrale ab und wir entwickeln mit Ihnen einen Wahlkampfendspurt, wie ihn diese Republik noch nie gesehen hat.«

»Plakate reichen Ihrer Meinung nach aus?«, fragte Peters ungläubig.

»Nein, auf keinen Fall. Wie gesagt: Es werden bald Nachrichten die Runde machen, die – sagen wir es mal so – Ihren Kurs deutlich unterstützen werden.«

Als Peters zu Fuß in die Parteizentrale zurückging, hatte der Regen aufgehört. Imponierender Mensch, dieser Paul Schneider. Die Leute hatten nicht zu viel versprochen: Der Typ weiß, was er tut. Er hat eine eindrucksvoll ruhige, sachliche und empathische Aura. Aber von ihm einfangen lassen werde ich mich sicher nicht. Da muss er schon früher aufstehen. Soll er seine Unterstützung für uns in die Wege leiten. Wir nehmen sie dankend an. Aber auf keinen Fall verrate ich meine Parteifreunde. Die haben viel für uns getan. Aber sie müssen sich im Hintergrund halten. Sonst gefährden sie alles. Ich werde morgen mit Bernie reden.

Paul fuhr zufrieden in sein Büro zurück. Er hatte am Abend noch ein Essen mit Bruckheimer. Dieser erwartete immer umgehend Bericht über wichtige Deals. Und dieser war wichtig. Es muss klappen. Es wird klappen. Ich weiß genau, dass er seine Proleten von Parteifreunden nicht rausschmeißen wird. Dafür ist er viel zu durchschaubar. Am Ende werden sie uns auch noch nutzen. Er soll sie nur vorerst unter Kontrolle halten. Das habe ich ihm schon klargemacht. Der Vorstand wird zufrieden sein. Alles läuft nach Plan.

Doch nach dem Essen mit Bruckheimer werde ich wieder alleine sein. Alleine in meinem kalten Appartement, mit meinen einsamen Gedanken und meiner großen Wunde im Herzen. Wenn es dunkel und leise wird, dann beginnen die Stimmen im Kopf, die Schreie nach Zuneigung und Gerechtigkeit. Ich werde wie so häufig nicht schlafen können, weil die Bilder nicht aufhören, die Stimmen nicht verstummen und die Vergangenheit nicht verschwindet. Es wird wieder die Wut in mir hochkommen. Die Wut auf meine Eltern und auf die sterile und satte Gesellschaft. Die Wut auf die Menschen, die mich nie ernst genommen haben. Auf die Lehrer, die mich belächelt haben und auf die jungen desinteressierten Leute, die da draußen rumlaufen, als wenn sie ewig leben würden. Ich werde dann wieder aufstehen müssen und nochmal rausgehen müssen. Und ich werde wieder hoffen müssen, dass mein müder Körper endlich meinen unersättlichen Geist besiegt.

KAPITEL 7

Bruckheimer hasste diese Stadt. Er saß in seinem Dienstwagen auf der Rückbank und schaute aus dem Fenster. Die Menschen schlurften ungepflegt in Jogginghosen durch den Park. In keiner anderen Metropole waren die Menschen optisch so schamlos. Bin ich froh, wenn das hier erledigt ist und ich schnell wieder in New York bin. Ein paar Jahre werde ich wahrscheinlich noch aushalten müssen. Es muss hier erst mal alles erledigt werden.

Er nahm sein Telefon und öffnete die Autotür.

»Bitte warten Sie zehn Minuten hier«, gab er Anweisungen an seinen Fahrer. Bruckheimer war ein Mann unauffälliger Statur. Klein, etwas rundlich und ohne nennenswerte optische Auffälligkeiten. Sein Anzug war schlicht und grau, er machte fast den Eindruck, als könne er sich jedem Hintergrund anpassen. Man bemerkte ihn zwischen den Menschen schlichtweg nicht. Bruckheimer hatte eine leise Stimme, seine Brille war kein Designermodell. Er setzte sich seinen Hut auf. So häufig er konnte, fuhr er mit der Bahn. Er fügte sich in die Menschenmasse ein. Bruckheimer lebte seit seiner Kindheit in Amerika. Er war sehr öffentlichkeitsscheu, so dass von seiner weiteren Vita nichts bekannt war. Vor zehn Jahren war er mit Mitte Fünfzig nach Deutschland zurückgekehrt, nachdem er es vor langer Zeit einmal verlassen hatte. Er wollte Geld machen und sah im deutschen Gesundheitssektor offenbar eine Chance.

Bruckheimer stieg aus seiner Limousine und spazierte in den Park. Der Park war verwildert, verlassen. Die Stadtreinigung hatte offensichtlich kein großes Interesse mehr daran, den Park zu pflegen. Auf einer roten Bank saß ein verzweifelter Mann, der sich krümmte und offenbar nicht weiterwusste. Bruckheimer sah noch aus dem Augenwinkel, wie sich eine alte Frau zu ihm setzte, als er die Abscheu aufsteigen spürte, die er dieser Stadt entgegenbrachte. Bloß bald weg hier aus diesem gottverlassenen Land. In diesem Park verkehrten normalerweise keine Menschen mit Anzug und Mantel. Seit Jahren war er Umschlagplatz für Kleinkriminelle und Drogendealer. Die dunklen Gestalten in den schattigen Ecken sahen Bruckheimer und erkannten, dass er kein Kunde war. Sie ließen ihn in Ruhe. Bruckheimer machte auf sie einen Eindruck, als wäre er ein Rentner, der auf dem Weg war, seinen Enkel vom Kindergarten abzuholen. Bruckheimer warf ihnen einen verächtlichen Blick zu. Er schaute in den Himmel. Krähen rotteten sich auf einem Baum zusammen. Die Abendsonne verkroch sich hinter den Spätsommerwolken. Bruckheimer nahm sein Telefon in die Hand und wählte eine Nummer. Es klingelte.

»Hallo?«, ertönte auf der anderen Seite eine dunkle, raue Stimme.

»Bruckheimer hier. Hoffe, es ist alles im Griff. Er hat sich heute mit ihm getroffen. Der Kontakt ist jetzt da. Tun Sie, was wir besprochen haben.« Kurze Stille.

»Hat er angebissen?«

Bruckheimer setzte sich auf eine Bank.

»Natürlich. Schneider ist der Beste.«

»Okay, dann weiß ich Bescheid.«

»Bereiten Sie alles vor.«

Oliver Meffert grinste zufrieden in die Runde der alten Männer, die sich um ihn versammelt hatten. Die engsten Parteifreunde des Vizekanzlers trafen sich einmal die Woche heimlich in einem privaten Clubzimmer unweit des Kanzlergebäudes. Die dunkle Holzgarnitur wurde nur leicht von den schweren Lampen erhellt und die wuchtigen alten Ledersessel zeugten von vergangenen Zeiten und wichtigen Sitzungen. Große Bücherregale und alte Schinken ließen kaum Luft zum Atmen. Die vier Männer fühlten sich hier wohl. Hier konnten sie ungestört über die unfähigen Menschen da draußen herziehen. Die unfähigen, unmündigen Bürger, die es zu leiten galt. Unbemerkt von der Öffentlichkeit und ungesehen von den übrigen Parteifreunden der Konservativen. Die vier fühlten sich als ein innerer Zirkel der Partei, der die Strippen der Zukunft ziehen wollte.

Meffert war Berufspolitiker. Seine Eltern waren Politiker, seine Großeltern engagierten sich ebenfalls. Für ihn gab es kein Leben außerhalb der Politik. Seine Familie musste sich dem unterordnen. Alles war auf seine Karriere ausgerichtet. Seine Frau hatte ihren Beruf aufgegeben und hielt ihm zu Hause den Rücken frei. Die Kinder waren in Eliteschulen untergebracht, da auch sie sich darauf vorbereiten sollten, einmal in seine Fußstapfen zu treten. Und Meffert wollte bis an die Spitze. Das war ihm immer klar gewesen. Er wollte irgendwann Kanzler werden. Alles andere wäre für ihn eine Enttäuschung. Doch Mefferts Zeit war noch nicht gekommen. Der aktuelle Kanzler war ein Meister des Interessenausgleichs und Meffert war beim kleinen Koalitionspartner, den Sozis, außerordentlich unbeliebt. Daher musste Meffert bei der letzten Kandidatenkür dem Kanzler zähneknirschend den Vortritt lassen, obwohl er nichts von ihm hielt. Ein Zauderer, der dem Koalitionspartner nach dem Munde redete, nur um die Koalition nicht zu gefährden. Jemand, der nicht in der Lage war, auf den Tisch zu hauen und sich den Nachbarstaaten anbiedert. Auf den Tisch hauen. Das konnte Meffert. Daher schaffte er es bisher nicht, sich trotz hervorragender fachlicher Qualitäten in die Parteiherzen der Konservativen zu spielen. Meffert hatte eine klare Vorstellung vom Land. Ordnung, Sicherheit, Werte. Alles andere musste dem nachstehen.

»Jetzt ist der Schwächling bald weg«, lachte einer der Parteifreunde.

»Wenn es klappt, liebe Freunde. Wenn alles klappt.«

»Bruckheimer ist ein Schwergewicht in der Szene. Der wird schon dafür sorgen, dass die Sozis sich bald verziehen.«

»Ja, das stimmt.« Meffert stand auf und ging zum Cognac-Schrank, zu dem die vier unbegrenzten Zugang hatten. Langsam schenkte er sich und seinen Freunden ein Glas ein.

Als er sich umdrehte, hob er sein Glas und sagte mit entschlossener Miene: »Auf ein neues Deutschland!«

KAPITEL 8

David schlenderte mit Laura und Ben den Weg zum Spielplatz entlang. Es brachen Davids letzte Urlaubstage an und er beschäftigte sich mehr und mehr mit der Arbeit. Er hatte bereits seine E-Mails gesichtet und schon einige Telefonate geführt. Trotzdem ließ es sich Laura nicht nehmen, ihn daran zu erinnern, dass noch Urlaub sei. »Leg das Telefon weg und ab zum Spielplatz. Dein Projekt wartet auch noch ein wenig länger auf dich!«

Der Regen der letzten Tage hatte zum Glück aufgehört und die wunderschönen spätsommerlichen Tage luden förmlich dazu ein, nochmal mit der Familie Ausflüge zu machen. Der strenge Berliner Winter kommt schneller, als einem lieb ist. Kurz vor dem Tor zum Spielplatz beobachtete Paul, wie ein großes Wahlplakat der Partei für Gesundheit und Ordnung, der PGO, gut sichtbar von jeden Besucher des Spielplatzes befestigt wurde. Der blaue Schriftzug der Partei war verhältnismäßig klein gehalten. Ebenso zeigte das Plakat auch nicht wie üblich den Kopf eines Wahlkandidaten. Nein, das Plakat fiel auf: Es zeigte ein schwerkrankes, mit Hautverletzungen übersätes kleines Mädchen, vielleicht zehn Jahre alt. Die Augen schauten apathisch in die Leere. Sie war an ein Beatmungsgerät angeschlossen. Der Hintergrund des Plakats war dunkelblau. Er vermittelte das Gefühl einer Dämmerung. Das Plakat machte einem sofort Angst. Es war beklemmend und man wollte weggucken. Aber man konnte nicht. David ertappte sich dabei, wie er ungewollt immer wieder hinschaute. Auch auf dem Spielplatz selbst konnte man es von allen Ecken sehen. Es war genau dort angebracht, wo es von überall einsehbar war. Über dem Mädchen stand in glasklarer weißer Schrift: **Ihre Kinder sollen gesund aufwachsen?** Mehr nicht. Kein **wählt PGO**. Kein **nur mit der PGO**. Lediglich eine Internetadresse neben dem Parteilogo: *www.krankheitenvermeiden.de.*

David schüttelte den Kopf. Was soll das? Ist so ein Motiv überhaupt zulässig? Ist ja furchtbar. Aber was wollen die? Jeder will, dass sein Kind gesund bleibt. Dafür muss man nicht die PGO wählen. Sagen die ja auch nicht auf dem Plakat, widersprach David sich selbst. Krankheiten vermeiden? Was soll das bloß? David schaute zu Laura und Ben, die gerade an der Schaukel spielten.

»Laura, kommst du mal kurz?« Laura schaute zu David und sah wieder seinen ernsten, nachdenklichen Blick. Wird Zeit, dass er wieder zur Arbeit fährt. Dann ist er abgelenkt und denkt nicht so viel nach, dachte sich Laura. »Ben, geh doch aufs Klettergerüst. Ich muss mal kurz zu Papa.«

Ben hörte gar nicht zu Ende zu und rannte zum Klettergerüst. Laura ging zu David. »Was ist los?«

»Hast du das Plakat gesehen?«

»Ja klar. Ist ja nicht zu übersehen. Scheint größer zu sein als die Üblichen. Ich dachte, in Deutschland sei alles genormt«, lachte Laura. David schaute Laura grimmig an.

»Das auch, aber was wollen die bloß?« Laura schwieg. »Ich habe gesehen, dass die seit gestern die ganze Stadt damit großflächig plakatieren. Mit einem grausamen Motiv neben dem nächsten. Ich dachte, die wären nur eine Splitterpartei. Woher haben die das Geld dafür?«

»Mach dir nicht so viele Gedanken. Informiere dich doch einfach. So was macht dir doch immer Spaß!«

»Ja klar, mache ich auch. Aber was mir auffällt ist, dass die nicht die üblichen Floskeln wie *wählt uns* auf den Plakaten haben. Die wollen vielmehr auf ein Thema aufmerksam machen. Ich habe heute mit dem Institut telefoniert. Von dort habe ich gehört, dass in der Branche irgend etwas in Bewegung ist. Etwas, was die ganze Bevölkerung berühren wird. Aber keiner weiß genau, was.«

David stand auf und ging langsam mit Laura in Richtung Klettergerüst.

»Du meinst, diese Partei hat etwas damit zu tun?«

»Keine Ahnung. Aber irgendwas ist mir hier nicht geheuer. Woher sollen die als neue Partei im Übrigen so viel Geld für so eine groß angelegte Plakat-Aktion haben?«

Laura hielt David fest, drehte seinen Kopf zu sich hin und gab ihm einen liebevollen Kuss.

»Mein Schatz. Wir sind jetzt hier. Es ist alles gut. Mache dir keine Gedanken.«

Sie wusste, dass David für das Thema Krankheiten sehr empfänglich war. Bei jeder kleinen Erkrankung in seiner Familie erkundigte er sich ganz genau, kaufte sich wohlmöglich ein Buch dazu und recherchierte im Internet. Er war einer der besten Kunden des Arztes und einer der schlechtesten der Krankenversicherung. Laura nahm es ihm nicht übel. Er hatte mit ansehen müssen, wie seine beiden Eltern qualvoll an Krebs verendeten. Ebenso war ein Freund in jungen Jahren an einem Gehirntumor gestorben. Das Thema Krankheiten beschäftigte David schon, seitdem er klein war. Aus diesem Grund hatte er auch sein Studium der Gesundheitswissenschaften gewählt. Er wollte forschen. Er wollte nicht auf die Krankheiten warten, er wollte schneller sein. Seinen Abschluss hatte er mit Auszeichnung gemacht und seinen Doktortitel in Rekordzeit erlangt. Die Forschungseinrichtungen rissen sich um ihn, doch er strahlte bei der Arbeit auch eine Art Besessenheit aus, die einigen Kollegen Angst machte.

»Was meinen die bloß im Institut mit *irgendwas ist in Bewegung*?« David schaute zu Boden. Vielleicht sagen die mir auch nicht alles, vielleicht verheimlichen die mir etwas. Vielleicht wollen die mich nicht dabeihaben.

»Laura, nimm es mir nicht übel. Ich weiß, ich habe noch ein paar Tage Urlaub, aber ich muss morgen früh mal kurz ins Institut.«

Laura schaute David genervt an. Aber sie wusste, dass es keinen Sinn hatte, zu intervenieren. In ihm arbeitete etwas und sie wusste, dass ihn niemand davon abbringen konnte, dem Ursprung auf den Grund zu gehen.

»Ok, dann fahre ich morgen mit Ben zu meinen Eltern. Da waren wir eh lange nicht mehr.«

David grinste Laura an und gab ihr einen langen Kuss. »Danke, ich habe das Gefühl, dass ich da morgen wirklich hin muss.«

»Komm Ben, wir müssen los!«, rief Laura ihrem Sohn zu – nicht zuletzt, um das Thema zumindest für heute zu beenden. Sie verließen den Spielplatz und gingen an dem großen Plakat vorbei. David und Laura schauten hoch. Sie guckten sich ernst an und schwiegen.

KAPITEL 9

Am nächsten Morgen saß Paul am Esstisch und nippte an seinem Kaffee. Er hatte wunderbar geschlafen. Auf solche Tage freute er sich immer besonders. Paul plante Ereignisse wie diese mit besonderer Akribie, die dazu führte, dass er die betreffenden Tage nur noch abspulte. Nichts konnte ihn überraschen. Er war auf alles vorbereitet. Und wenn er den ersten Schritt machen konnte, war sein Spiel bereits von Beginn an zurechtgelegt. Er wusste, wie man den gegnerischen König Schachmatt setzen konnte.

Paul las die Zeitung. Sportteil. Seine Mannschaft hatte gestern Abend gewonnen. Ansonsten konnte er dem Fußball nichts abgewinnen. Der Erfolg war bei diesem Spiel zu wenig planbar. Das missfiel ihm. Paul trank seine Tasse aus, stand auf und brachte sie in seine offene Küche seines Neubau-Appartements. Er hatte es sich vor ein paar Jahren gekauft, eigentlich als Wertanlage. Doch nach der Trennung von Cathy war er hierher gezogen. Cathy zog es damals vor, mit der Familie ins Grüne zu ziehen. Dafür hatten sie ein kleines Häuschen am Stadtrand zur Miete gefunden. »Schatz, Olivia hat auch in der Stadt alles, was man braucht!«, hatte Paul damals versucht, Cathy zu überzeugen, dass urbanes Wohnen auch mit Familie möglich ist. Doch Cathy ließ sich nicht überreden. Für sie war klar gewesen, dass Olivia im Grünen aufwachsen sollte.

Trotzdem war Paul stolz, sich Eigentum leisten zu können. Kein Problem bei seinem Gehalt, aber er war es zeit seines Lebens gewöhnt, dass sich Angehörige seiner Familie nur Miete leisten konnten. Er schaute noch einmal in den Spiegel, richtete sich sein braunes Haar, welches an den Schläfen bereits deutlich ergraut war, und zog sich den Mantel an. Paul stand immer um sechs Uhr auf, ging eine Stunde joggen und machte sich dann bereit für das Büro. Jeder Tag war durchgeplant. Cathy hasste diese Penibilität an ihm.

Dieses Uhrwerk. Aber Paul konnte ohne diese Struktur nicht funktionieren. Ohnehin hatte Cathy am Ende kein großes Verständnis mehr für ihn und sein Wesen gehabt. Sie hatte zu Beginn ihrer Beziehung offenbar übersehen, dass er so war und merkte es erst, als die anfängliche Leidenschaft vorüber war.

Paul fuhr mit dem Fahrstuhl in die Tiefgarage und stieg in seinen BMW ein. Um halb zehn war die Veröffentlichung geplant. Die musste erst einmal etwas verdaut werden. Im Anschluss war dann um zehn Uhr eine Pressekonferenz im Bundespresseamt angesetzt. Zusammen mit Politikern würde er seine Nachricht erläutern, beziehungsweise nur die Politiker. Denn die mussten die Suppe ja ausbaden. Dieses Mal hatte er den großen Presseverteiler genommen. Diese Nachricht war nicht nur – so wie seine bisherigen Pressemitteilungen – für die Fachzeitungen für Medizin interessant, sondern vor allem für die großen Tageszeitungen, bundesweit und aus dem Ausland. Paul hatte den Code im Presseticker genutzt, den man nur dann durchgab, wenn es wirklich etwas Wichtiges war. Wenn dies nicht zutraf, war man bei den großen Tageszeitungen und Presseagenturen verbrannt. Paul wusste also, was auf dem Spiel stand: nicht weniger als seine persönliche Reputation im Bereich der Öffentlichkeitsarbeit. Wie häufig hatte er die Geschichten von Kollegen gehört, die sich als Wichtigtuer aufgespielt hatten und somit ihre ganze Karriere ruinierten.

Als er im Büro ankam, trommelte er noch einmal seine Mitarbeiter zusammen. Er schwor sie ein, sich ausschließlich an den Plan zu halten. Seine Mitarbeiter wussten, wenn man sich an seinen Plan hielt, war er ein toller, inspirierender Chef. Aber wehe, man entwickelte eigene Pläne.

Paul schaute auf die Uhr: Neun Uhr fünfzehn. Es ging los. Durch die offenen Türen schaute Bruckheimer suchend nach Paul. Er nickte nur und war zufrieden. Alles lief nach Plan. Zusammen stiegen sie in die Limousine und fuhren los.

~

David konnte es kaum erwarten. Kaum war er wach, kam er geduscht und für das Büro fertig noch einmal ins Schlafzimmer. Laura schlief noch. Er gab ihr einen Kuss und Laura wachte auf. Noch schlaftrunken sagte sie zu ihm: »Viel Spaß, Schatz und lass Franzi in Ruhe.«

David verließ lachend die Wohnung. Franzi war seine engste Kollegin. Sie war die Einzige, die Laura zur Eifersucht treiben konnte. Gerade weil Franzi nicht so war wie sie selbst: ruhig, geordnet, aber wahnsinnig sexy. Sie war eine Frau, die es wusste, ihre Reize einzusetzen und sie hatte die Schwächen der Männer nicht nur einmal zu ihrem Vorteil genutzt. Franzi war auch heute wieder modern angezogen. Sie trug eine enge schwarze Jeans und ihr modisches weißes Shirt, welches ihre durchtrainierte Figur hervorstechen ließ, wurde von einem dunkelblauen Tuch ergänzt. Ihre blonden Haare hatte sie vor einiger Zeit kurz schneiden lassen. Zum Leidwesen von David, er konnte kurzen Haaren noch nie etwas abgewinnen. Aber es hatte ihn ja nicht zu interessieren. Er war ja verheiratet. Trotzdem spürte Laura, dass zwischen David und Franzi immer eine gewisse Spannung lag, die Laura nicht schmeckte. Franzi war Dauer-Single, was Laura zusätzlich beunruhigte. Aber was sollte sie machen? Es war sein Job und sie wollte nicht dem Klischee der eifersüchtigen Ehefrau entsprechen, die um ihren Ehemann kämpfte und ihm damit seine Freiheit nahm. Sollte er doch tun, was ihn glücklich machte. Er würde schon sehen, was er davon hatte, wenn er einen Fehler beging.

David freute sich richtig, wieder Büroluft zu schnuppern. Nach drei Wochen Dauerbetreuung innerhalb der Familie war er froh, dass er nun auch mal wieder über andere Dinge reden konnte. Und er wusste, dass heute etwas anders war. Er durfte es keinesfalls verpassen.

Als er in der U-Bahn durch die Stadt fuhr, piepte auf einmal sein Handy. Er griff in die Tasche, holte es heraus und schaute auf das Display: *Schau die Nachrichten an! Franzi.* Im gleichen Atemzug bemerkte er um sich herum ein unwirkliches Schauspiel: Die Menschen in der Bahn wurden ebenfalls unruhig. Überall piepte und klingelte es. Alle schauten auf ihre Handys. Eine wenige telefonierten. Der anfängliche in der U-Bahn übliche leise Tonfall wich immer mehr dem Entsetzen. *»Wie bitte? Was soll los sein?« »Das kann doch wohl nicht wahr sein!« »Oh, mein Gott!«*

David verstand nicht. Er schaute auf die Uhr. Es war 9.31 Uhr. Er stieg aus der Bahn aus und versuchte, Laura anzurufen. Kein Netz. Er sah sich um: entsetzte Gestalten, die ebenfalls erfolglos versuchten, zu telefonieren. Er rannte die Treppe nach oben und stürzte aus dem Bahnhof heraus auf den großen Vorplatz. Dort stand eine Riesenleinwand, auf der normalerweise rund um die Uhr Werbung, aber auch aktuelle Nachrichten gezeigt wurden. David sah, wie sich vor der Leinwand bereits eine riesige Menschentraube versammelt hatte. Er schaute hoch und erschrak. Bilder von überfüllten Krankenhausabteilungen wurden gezeigt. In großen Lettern las er:

+++ BREAKING NEWS +++ DIE REGIERUNG FORDERT ZUR RUHE AUF +++ TAUSENDE MENSCHEN VON UNBEKANNTER KRANKHEIT INFIZIERT +++ OFFENBAR EINE HOHE ANZAHL AN OPFERN +++ HOCHGRADIG ANSTECKEND +++ KRANKHEIT FÜHRT ZUM TOD +++ DAS GANZE LAND BETROFFEN +++ REGIERUNG HAT KEIN GEGENMITTEL +++ ZAHLEN DER ERKRANKTEN STEIGT DRAMATISCH AN +++ BREAKING NEWS +++

David erstarrte. Immer wieder las er die Nachrichten. Autofahrer hielten vor der Leinwand an und schauten hoch. Der Verkehr kam zum Erliegen. Menschen diskutierten verzweifelt. Das Mobilfunknetz war überlastet. Es gab keinen Kontakt zu den Angehörigen. Er versuchte erneut, Laura anzurufen. Endlich ein Freizeichen. »David, endlich. Was ist da los?«

»Ich weiß es nicht, Schatz. Bitte fahre mit Ben zu deinen Eltern und halte das Telefon frei. Ich gehe jetzt ins AEIK und versuche herauszubekommen, was los ist.« »Ok, ich liebe dich und pass auf dich auf!«

Franzi erwartete David bereits am Empfang. Auch ihr war der Schreck in die Glieder gefahren. Dabei war sie doch eigentlich immer die Ruhe selbst. Sie umarmte ihn und schnell stürzten sie ins Institut. Die Forschungseinrichtung AEIK war in einem historischen Bauwerk untergebracht, welches zu DDR-Zeiten als Behörde diente. Nachdem die Stiftung des Instituts das Gebäude erworben hatte, wurde es mithilfe von Stiftungsgelder zu einem vollmodernen und funktionstüchtigen Experten-Ort umgebaut. Viele kluge Köpfe arbeiteten im Institut und David fühlte sich dort wohl. Er hatte das Gefühl, Teil eines wichtigen und sinnvollen Ganzen zu sein. Dass er auch noch so eine hübsche Kollegin hatte, machte es für ihn noch angenehmer.

»Dass du heute kommst, ist ja echt ein Zufall!«

David konnte nichts sagen. Er war in Gedanken bei Laura und Ben. Hoffentlich kommen sie ohne Zwischenfall zu ihren Eltern.

»Komm jetzt, um zehn Uhr ist eine Pressekonferenz anberaumt. Der Chef hat uns sogar extra eine Stunde freigegeben, um die Konferenz gemeinsam zu gucken.« Franzi ging schnell vorweg, David hatte Mühe, ihr durch die langen verschachtelten Gänge des Instituts zu folgen.

»Franzi, jetzt warte mal.« Franzi blieb stehen. »Sag mir bitte, was ich verpasst habe.«

»Wir wissen auch nichts Näheres. Man hat gespürt, dass irgendetwas in Bewegung war. Es war die Rede von dem Projekt aus dem Bundestag, aber das war eine normale Studie.«

»Was für eine Studie?«, fragte David zusehends aufgebrachter.

»Das Forschungsinstitut von dieser Unity Medical Care hat doch vor Jahren mal einen Auftrag von der Regierung übertragen bekommen. Und heute soll es wohl einen vorläufigen Bericht geben. Und das Monate vor dem eigentlichen Termin! Muss also was damit zu tun haben. Die konnten das wohl nicht länger geheim halten. Und dann diese Nachrichten heute Morgen!« Franzi blieb kurz stehen und musste sich beherrschen, nicht die Kontrolle über sich zu verlieren.

»Unity Medical Care? Die, die zurzeit die ganzen Krankenhäuser bauen? Das muss ich übersehen haben.«

»Ja, und die Pflegeheime.«

»Amerikaner?«

»Nein, deutsches Unternehmen.«

David stutzte. Dass er noch nie wirklich davon gehört hatte. Er war doch ein erfahrener Wissenschaftler im Bereich Medizin, aber dieses Unternehmen war ihm nie aufgefallen.

»Na, und worum geht es bei der Untersuchung? Nichts davon gehört.«

»Wenn wir das wüssten. Das war so ein Projekt für die Enquete-Kommission im Bundestag *Wohlfahrt und Gesundheit der Gesellschaft*, die vor ein paar Jahren aufgelegt wurde. Danach hat man schnell eine Ausschreibung gemacht und die haben gewonnen.« Franzi ging weiter und zog David mit.

»Komm jetzt.«

Als die beiden im Sitzungssaal ankamen, war dieser schon fast bis auf den letzten Platz gefüllt. Einige warfen David einen schnellen begrüßenden Blick zu, andere waren viel zu beschäftigt. Jeder Mitarbeiter hatte sein Handy in der Hand oder vor sich auf dem Tisch liegen. Die Irritation Aller lag in der Luft. Viele hatten Partner und Kinder und niemand wusste so recht, was diese Nachricht nun genau bedeuten würde. David drehte sich um. Professor Teighaus betrat den Sitzungssaal.

»Hallo David, schön, dass Sie wieder da sind. Ich denke, wir brauchen Sie jetzt.«

»Hallo, Chef.«

Teighaus schaltete den Fernseher an. Alle starrten gebannt auf den Bildschirm, auf dem das noch leere Podest des Bundespresseamtes und das Nachrichtenlaufband zu sehen war.

+++ BREAKING NEWS +++ EPIDEMIE IN DEUTSCHLAND +++ OFFENBAR EINE MUTATION DES LASSA-VIRUS +++ ZAHL DER ERKRANKTEN BEREITS ÜBER 10.000 +++ BREAKING NEWS +++

Eine Mutation von Lassa? Meine Güte. Wenn die gängigen Medikamente nicht wirken, könnte die Forschung nach einem Gegenmittel Monate, ja Jahre dauern! David bemerkte an den finsteren Gesichtern, dass die Nachricht auch von seinen Kollegen richtig eingeschätzt wurde.

~

Die Limousine fuhr vor. Der Fahrer öffnete die Tür von Bruckheimer und Paul stieg auf der anderen Seite aus dem Auto. Die Pressevertreter strömten in den Saal, Live-Schaltungen und Interviews wurden vorbereitet. Paul ging durch die wartenden Reporter und begutachtete sie genau. Die mit ihren verwaschenen Hosen und billigen Hemden. Denen war nichts wichtig, außer dem Nachrichtenwert. Die lebten in ihrer eigenen Welt. Die Kameramänner sahen aus, als ob sie die Nacht durchgefeiert hatten. Paul ertappte sich dabei, dass er sie verächtlich ansah. Zugegeben, er konnte sie noch nie leiden, aber sie waren nun mal Teil seines Plans. Ein unverzichtbarer Teil. Kurz wartete Paul, dass Bruckheimer die Politiker begrüßte, die mit ebenso schweren Limousinen angefahren kamen. Ein kurzer Plausch, aber logischerweise hatten die Politiker nun Besseres zu tun, als Small-Talk zu betreiben. Auf dem Podest, welches direkt vor dem großen Schriftzug BUNDESPRESSEAMT aufgebaut war, nahmen die Männer ihre Plätze ein. Bruckheimer und Paul Schneider warteten neben dem Podest. Der Leiter der Enquete-Kommission begrüßte die Pressevertreter.

Im Sitzungssaal des Instituts herrschte Stille. Alle starrten gebannt auf den Fernsehschirm. Einige nippten an ihren Kaffeetassen. David setzte sich auf einen Stuhl neben Franzi.

»Verehrte Zuhörer, die heutigen Ereignisse erschüttern den gesamten Bundestag und die Regierung. Wir möchten die Bevölkerung vor allem zunächst bitten, Ruhe zu bewahren. Die Enquete-Kommission *Wohlstand und Gesundheit der Gesellschaft* hatte im Rahmen ihres gesetzlichen Auftrages ein Forschungsinstitut in Form einer öffentlichen Ausschreibung beauftragt, neue Konzepte für ein gesundes Leben in Wohlstand und Zufriedenheit zu entwickeln, um auf die zunehmende Belastung und den demografischen Wandel zu reagieren. Die Bevölkerung wird bekanntlich immer älter und damit im zunehmenden Alter auch krankheitsanfälliger. Gleichzeitig steigen die psychischen Belastungen durch Globalisierung, Internet, soziale Medien und externe Einflüsse wie Terror und soziale Ungleichheiten. Das Forschungsunternehmen hatte danach vor allem den Ist-Zustand der Gesundheit als Grundlage der weiteren Untersuchungen zu erforschen und sich ein Bild zu machen, wo besonderer Handlungsbedarf besteht.«

Paul beobachtete die Pressevertreter. Diese tippten ununterbrochen in ihre Tablets, Computer oder Smartphones und scherzten leise untereinander. Sie nehmen es noch nicht wirklich ernst, bemerkte Paul. Wir brauchen einen Paukenschlag, es darf hier niemand mehr ungerührt rausgehen. Ansonsten kann es ganz schnell verpuffen. Er kannte das: Bürgerkrieg im Südsudan, Steuerskandale um bekannte Persönlichkeiten, Umweltkatastrophen. Alle

Nachrichten wurden von den nächsten Skandalen in Windeseile wieder abgelöst. Der größte Feind von Pauls Plan war die Schnelllebigkeit der Nachrichten und die Gleichgültigkeit der Medienkonsumenten. Genau dagegen musste er arbeiten.

»Der Abschlussbericht des Projekts sollte erst in zwei Jahren der Enquete-Kommission übergeben werden. Jedoch sind bereits im Anfangsstadium der Untersuchungen Umstände ans Licht gekommen, die es unmöglich machen, auf den Abschlussbericht zu warten und die nun von den aktuellen Ereignissen bestätigt werden. Ich möchte betonen, dass das Forschungsinstitut ein höchstes Maß an Professionalität und Transparenz an den Tag gelegt hat und die Kommission fortlaufend vertragsgemäß informiert hat.«

Plötzlich öffnete sich die Tür zur Pressekonferenz. Das Klappen der Tür unterbrach die Stille, die nun doch im Saal Einzug gehalten hatte. Die anwesenden Pressevertreter blickten sich um. Nachdem zwei Security-Mitarbeiter den Saal betreten hatten, betrat mit schnellem Schritt und ernster Miene der Vizekanzler Meffert das Podium. Meffert warf Bruckheimer einen kurzen Blick zu. Welch ein Auftritt, dachte sich Paul. Großartig, dass er sogar auch noch zu spät kommt und die Pressekonferenz schon angefangen hatt. Das erhöht die Wirkung. Und dieser Blick. Entschlossen, aber ernst. Paul hätte keine bessere Regieanweisung geben können. Aber Meffert war eben auch ein Profi.

»Meine Damen und Herren, ich möchte das Wort nun an Vizekanzler Meffert übergeben.«

»Vielen Dank, Herr Abgeordneter. Ja, wir wurden bereits über die Aktualität informiert und ich möchte Ihnen nun mitteilen, dass die Bundesregierung die Sache übernommen hat. Ich stehe im ständigen Kontakt zum Bundeskanzler, der Bundesregierung und vor allem dem Gesundheitsministerium und möchte im Vorfelde sagen, dass alle Vorkehrungen getroffen werden.«

»Nun rücken Sie schon raus mit der Sprache! Was ist genau

los?«, rief ein ungeduldiger Journalist. Paul schmunzelte. Niemand schaute mehr auf sein Smartphone, niemand scherzte mehr. Er hatte sie. Vizekanzler Meffert ignorierte den vorlauten Pressevertreter demonstrativ und versuchte, Ruhe zu vermitteln.

»Wir haben zurzeit im gesamten Land ca. 23.500 an einem uns noch unbekanntem Virus Erkrankte, die stationär betreut werden. Die Bundesregierung geht davon aus, dass die Anzahl noch deutlich zunehmen wird. Der Ausbruch der Krankheit deckt sich mit den Zwischenberichten zu dem Forschungsauftrag, den der Kollege Abgeordnete soeben vorgestellt hat.« Meffert blickte zu Bruckheimer. Dieser nickte ihm zu. »Im Zuge der Untersuchungen im Forschungsauftrag wurden in den letzten Monaten zwanzigtausend Menschen der Bevölkerung im repräsentativen Querschnitt auf freiwilliger Basis in ihrer Gesundheit getestet. Dabei herausgekommen ist, dass über dreißig Prozent der Probanden an einer bisher nicht bekannten Form des Lassa-Virus leiden.« Raunen im Publikum. Paul hielt den Atem an.

»Durch Nachprüfungen bei weiteren Probanden können wir annehmen, dass diese Quote repräsentativ für die Bevölkerung ist. Lassa ist bekanntermaßen eine außerordentlich gefährliche Krankheit aus Afrika, die eine Todesrate von bis zu zehn Prozent der infizierten Menschen aufweist. Es gilt zu befürchten, dass die hier aufgetretene Mutation eine Todesrate hat, die um ein Vielfaches höher liegt. Uns ist bisher nicht bekannt, wie das Virus mutieren konnte und welche genauen Auswirkungen bei Erkrankten zu erwarten sind. Wir wissen nur, dass es hoch ansteckend ist. Eine geeignete Therapieform ist noch nicht bekannt. Es gibt bisher weder eine Impfung noch Behandlungsmöglichkeiten. Die Medizin ist nur in der Lage, das Leid zu lindern und zu hoffen, dass die Krankheit positiv verläuft. Normalerweise wird der Erreger über Nagetiere übertragen. Untersuchungen legen den Schluss nahe, dass eine solche Infektion hierzulande unwahrscheinlich ist, da es die Art von

Nagetieren hier nicht gibt. Daher ist die Ausbreitung der Krankheit für uns zum jetzigen Zeitpunkt ein großes Rätsel. Wahrscheinlich ist eine Infektion von außen. In Afrika gibt es entsprechende Epidemiegebiete. Wir können momentan noch nicht sagen, ob wir daher bereits von einer Pandemie sprechen können. Die Studie des Forschungsinstituts besagt, dass diese Art des Lassa-Fiebers bisher unbekannt ist und nur vereinzelt und nicht verifiziert in einsamen Dörfern von Afrika und Asien aufgetreten ist und dort zu verheerenden Situationen geführt hat. Glücklicherweise muss man dabei sagen, dass diese Dörfer zu weit von großen Siedlungen entfernt liegen, als dass die Erreger sich hätten weiterverbreiten können. Infizierte sind dort eher gestorben, bevor sie die Ortschaft erreichen konnten. Jedoch sind bedauerlicherweise ganze Dörfer ausgelöscht worden. Es ist zu befürchten, dass bei uns eine ähnliche Situation zu erwarten ist, da wir hierzulande natürlich eine erheblich höhere Ballung von Ortschaften und eine hohe räumliche Flexibilität der Menschen haben.«

Stille. Alle schauten auf das Podest. Sekunden vergingen, als wären es Stunden, die Zeit schien still zu stehen. Räumliche Flexibilität, dachte sich Paul. Was für eine hochgestochene Formulierung. Doch Paul saugte die Stimmung auf. Genau das ist es. Epidemie. Lassa-Fieber. Genau das wollte ich. Der erste Schritt war getan. Die Stille wurde durch Handyklingeln unterbrochen, eine Nachricht nach der anderen erschien auf den Smartphones, aber niemand verließ den Saal, niemand kümmerte sich um die Nachrichten. Alle warteten auf die weiteren Worte des Politikers.

»Der Bundeskanzler wird heute Abend eine Erklärung abgeben. Ich bitte darum, keine voreiligen Schlüsse zu ziehen. Bitte bewahren Sie Ruhe. Die Behörden sind vorbereitet. Jeder Bürger ist verpflichtet, sich binnen drei Tagen untersuchen zu lassen. Die Ärzte sind verpflichtet, jedem Bürger kurzfristig einen Termin anzubieten. Sie werden entsprechend aus Steuermitteln bezahlt. Krankenhäuser sind angehalten, diese Untersuchungen ebenso anzubieten und sich auf eventuelle Krankheitssymptome vorzubereiten. Zusätzlich werden mobile Teststationen in jeder Gemeinde, in jedem Stadtteil errichtet, die ein behandelnder Arzt führen wird. Es werden bundesweit entsprechende Kommuniqués verteilt. Ich bitte um Verständnis, dass zum jetzigen Zeitpunkt keine Fragen beantwortet werden. Ich wünsche Ihnen einen schönen Tag.«

Unter lauten Rufen der Journalisten verließen die Herrschaften das Podest. Es folgte ein wildes Blitzlichtgewitter. Unruhe, Gedränge. Ein Vertreter der populistischen Wochenzeitung *Bewahren* schrie:

»Das kommt doch von draußen! Wer hat das Lassa-Fieber eingeschleppt? Werden die Grenzen geschlossen, damit nicht noch mehr Unheil kommt?« Keiner reagierte. Paul drehte sich zu dem Mann um und schaute ihm für einen Moment in die Augen, schaute tief in seine Seele: *Feuer, Angst, ich habe recht gehabt, Wut, die werden es schon sehen, wir werden uns wehren.* Paul grinste. Genau das war es. Die eine Front sollte sich jetzt formieren.

KAPITEL 10

Lassa, eine der gefährlichsten Krankheiten der Menschheitsgeschichte. Hierzulande galt sie als nicht existent. Die war weit weg. In Afrika oder sonst wo.

Am Abend dieses Tages mit so schlimmen Neuigkeiten saßen David und Laura auf ihrer Terrasse und nippten bedrückt an ihren Gläsern Rotwein. Die Abende wurden langsam kühl und David hatte sich vor ein paar Wochen extra einen Heizwärmer angeschafft, der über die Solaranlage des Hauses betrieben wurde, um die wunderschöne, weitläufige Terrasse auch an Spätsommer- und Herbstabenden nutzen zu können. Doch heute konnten Laura und David die Schönheit der Terrasse nicht wirklich wahrnehmen. Beide schwiegen. Sie konnten noch nicht recht einordnen, was diese Nachricht bedeuten würde. Lassa-Fieber, das gab es doch nur in Afrika. Aber hier? Ben schlief bereits tief und fest in seinem Bettchen. David trank schnell. Es war ein Tag, den er so schnell nicht vergessen würde. Nicht weniger als eine elementare Bedrohung der Gesellschaft war verkündet worden. Und er hatte die ganzen Jahre nichts mitbekommen? Er, der in der Medizinforschung arbeitet und sich einbildet, ein Mann mit Weitsicht zu sein? War meine ganze Arbeit der letzten Jahre für die Katz? Aber vor allem konnte er nicht glauben, dass die gängigen Wirkstoffe nicht helfen würden. Wenn das sich bewahrheiten würde, dann kann es nur eine ernsthaft bedrohliche Mutation sein.

Laura ging zum Terrassentisch, holte die Flasche Wein und schenkte David ein weiteres Glas ein.

»Komm, Schatz, rede mit mir. Ich verstehe das alles nicht. Erzähle mir etwas über das Lassa-Fieber.«

David setze sein Glas an und schwieg. Er starrte über die Häuser der Stadt. Die Lichter waren bereits angegangen und die Sonne verabschiedete sich hinter den Dunstwolken. Es war Zeit, diesen Tag zu beenden. Jedoch nicht für David.

»Was los ist? Du hast den Kanzler doch im Fernsehen gehört. Wir sind alle krank! Und daran bestimmt auch noch selbst Schuld!«

»Wieso selbst Schuld?«

»Durch unsere Lebensweise, durch unsere Trägheit. Dadurch, dass wir nicht wachsam waren und alle ins Land geholt haben! Egal, ob gesund oder krank! Deshalb selbst schuld!«

»Aber das hat er doch gar nicht gesagt. Es ist doch noch gar nicht bewiesen, woran es liegt. Und vor allem: Ist das denn eigentlich alles sicher? Können die sich nicht irren? Du bist doch immer derjenige, der alles hinterfragt, David!«

David schüttete den Inhalt des Glases förmlich in sich hinein. Er starrte weiter in den Himmel und antwortete nicht. Er konnte es sich jetzt auch nicht so recht erklären, warum er in dieser Stimmung war. War es tatsächlich die Sorge um die Zukunft oder doch vielmehr der Umstand, dass es nicht er war, der an der Entdeckung mitgewirkt hatte? Er war sehr ehrgeizig, die Erinnerungen an seine Eltern waren tief in ihm und er wollte forschen, um eine gesündere Welt zu schaffen. War es verletzter Stolz?

»Ich weiß auch nicht. Es ist auf jeden Fall schockierend und wir müssen uns dringend testen lassen, Schatz. Auch Ben.«

»Natürlich werden wir uns testen. Aber erzähle mir etwas vom Lassa-Fieber! Bitte, David, du kennst dich doch aus!«

Nach einem weiteren großen Schluck schien er etwas aus seinem Tunnel herauszukommen und setzte sich zu Laura.

»Lassa-Fieber ist eine hochansteckende Krankheit, die hierzulande als eine der wenigen Krankheiten unter Quarantänepflicht fällt. Jeder, der erkrankt, kommt in Quarantäne. Lassa wird vor allem durch Nagetiere, die es eigentlich nur in einigen Gebieten in Afrika gibt, übertragen. Aber eine Infektion ist auch über Tröpfchen, Blut, Körperflüssigkeiten oder Wunden möglich.«

»Dann muss es ja von Menschen hierhergebracht worden sein, die aus den Infektionsgebieten stammen!«

»Ja. Aber wie konnte das so unbemerkt bleiben? Es wird interessant sein, wie die Diskussion dazu ausfallen wird. Es werden Köpfe rollen. Überall auf der Welt und vor allem bei uns gibt es Warnindikatoren, Gesundheitszentren, die Krankheitsfälle melden. Es wird spannend sein, zu erfahren, wer da versagt hat!«

Laura musste sich schütteln. Wie konnte das passieren? Bei diesem vorschriftsgesteuerten Land?

»Und dann? Ich meine, was passiert, wenn man an Lassa-Fieber erkrankt ist?« David stand auf und ging zum Geländer der Terrasse. Laura folgte ihm.

»Abgeschlagenheit, hohes Dauerfieber, heftiges Erbrechen, Flüssigkeitsverlust, Verdauungsprobleme, im schlimmen Krankheitsverlauf dann Koma und Tod.«

»Na, prima.«

Die beiden verstummten und bemerkten, dass das sonore Brummen über der Stadt ganz leise geworden war. Vielmehr hörte man von der Dachterrasse Hunde bellen, Türen schlagen, Fenster schließen. Sogar vereinzelte Stimmen aus den geöffneten Fenstern der Nachbarwohnungen. Es herrschte eine Stille, die sie noch nicht mal von Sonntagen in den großen Sommerferien kannten.

»Aber die medizinische Versorgung in unserem Land ist so gut, dass hier doch bestimmt eine niedrige Todesrate gelten muss!«

»Nicht, wenn es eine Mutation des Virus ist. Und vor allem sind Schwangere ganz besonders gefährdet.«

»Eine Mutation?«

»Das sind spontane oder von außen initiierte genetische Veränderungen der Zellen. Schwer für die Wissenschaft entschlüsselbar und vor allem schon gar nicht vorhersehbar. Und es gibt keine Regeln bei einer Mutation. Das passiert wie durch einen Wink Gottes.«

Ein Wink Gottes. Laura wusste, dass David nicht an Gott oder an eine höhere Macht glaubte. Wenn er solche Worte in den Mund nahm, wusste sie immer, dass er einfach keine wissenschaftliche Erklärung hatte. Ihr David war komplett ratlos. Doch Laura versuchte, ihre positive Art zu behalten.

»Dann finden die aber bestimmt schnell ein geeignetes Medikament. Wir sind doch so weit in der Pharmaforschung.«

David verließ das Geländer und setzte sich wieder auf seinen Stuhl.

»Wollen wir es hoffen.«

Schwangere? Laura dachte an ihre Freundin, die im sechsten Monat war und gestern eine Verabredung absagen musste, weil sie sich plötzlich so müde fühlte. Ich muss sie nachher anrufen.

David versank in seinen Gedanken. Ich muss den Chef überzeugen, an die Sache ranzugehen. Wir brauchen umgehend den vertraulichen Untersuchungsbericht dieses anderen Forschungsinstituts. Ich muss wissen, was das für eine Krankheit ist! David setzte sich auf.

»Da fällt mir ein: Was war das nochmal für ein Institut?« Laura wurde aus ihren Befürchtungen über ihre Freundin gerissen.

»Äh. Das wurde im Fernsehen heute mehrfach beiläufig erwähnt. Diese Einrichtung, die den Forschungsauftrag von dieser Parlamentskommission bekommen hat«, sagte Laura.

»Enquete-Kommission, ja. Das *Institut für angewandte Gesundheits- und Wohlstandsuntersuchung.*«

»Schon mal gehört?«

»Niemals«, antwortete David. »Franzi meinte aber, dass die irgendwie dieser Unity Medical Care-Gruppe zuzuordnen sind. Weißt du? Die hier die ganzen Krankenhäuser baut und so.«

Laura antwortete nicht. David blickte Laura an und sah, dass sie verärgert wegschaute und genervt an ihrem Glas nippte. Mist, jetzt habe ich den Namen genannt. Der Abend ist gelaufen, das wusste

David sofort. An eine ernsthafte Diskussion war jetzt nicht mehr zu denken.

»Franzi«, fing Laura auch schon sofort an. Ihre Tonlage ging spürbar nach unten. Das passierte immer, wenn sie wütend wurde. »Und die weiß alles?«, schaute Laura David anklagend an. »Das ist ein Institut, das von der Regierung beauftragt wurde. Was kann denn daran so schlimm sein?«

»Nicht von der Regierung, Schatz. Vom Parlament. Die Enquete-Kommission wurde vom Parlament und nicht von der Regierung eingesetzt und die hat dieses komische Institut beauftragt.«

»Ja, Herr Schlaumeier, sorry: vom Parlament. Weißt du was? Ich finde an der Sache rein gar nichts komisch und vielleicht ist Franziska ja nur sauer, dass sie jetzt nicht wieder so glänzen kann. Die mit ihren blonden Haaren.«

Laura vergrub sich in ihre Decke. David wusste, dass mit rationalen Argumenten nun nichts mehr zu machen war. Auch das Lassa-Fieber war für Laura kein Thema mehr. Es gab nur noch ein Thema in ihrem Kopf: Franzi, diese blöde, blonde Arbeitskollegin, die keine Gelegenheit ausließ, sich an ihren David ranzuschmeißen.

David stand auf, setzte sich neben Laura auf ihre Liege, umarmte sie und drückte ihren Kopf an seine Schulter. Sie ließ es sich gefallen.

»Ist doch wahr.«, schnaufte Laura fast kindisch. »Kann die mal einen Abend hier kein Thema bei uns sein?«

David gab ihr einen langen Kuss. »Schatz, ich denke, wir haben jetzt größere Sorgen.«

KAPITEL 11

Ein paar Kilometer weit entfernt stocherte Paul gedankenversunken in seinem Curry. Er hatte sich in seinem Lieblingsrestaurant im Regierungsviertel an einen ruhigen, dunklen Tisch in der hinteren Ecke gesetzt. Eine Begleitung hatte er schon lange nicht mehr und zuhause selbst kochen hasste er. Paul konnte mit der Einsamkeit ganz gut umgehen, aber manchmal vermisste er jemanden, der bei ihm war. Cathy hatte irgendwann genug von ihm gehabt, seitdem wagte er es nicht, lange Bekanntschaften einzugehen. Einige Frauen, die er traf, wollten ihn nicht, einige konnten ihn nicht verstehen. Paul war ein Gefangener seines Strebens und manchmal einfach nicht bereit für das normale Leben. Vielleicht hatte er so etwas wie Leichtigkeit aber auch nie wirklich gelernt. Die wenigen Freunde, die ihm geblieben waren, hatten immer wieder gesagt, dass Cathy die Falsche gewesen war. Hübsch, blitzgescheit, gute Bildung, aber einfach nicht bereit, sich auf Paul einzulassen. So wurde es eine verlogene Ehe, aus der zwar eine wunderbare Tochter entstanden, aber offenbar nichts wahrhaftig war. Gerade in Momenten wie solchen, in denen Paul sich sehnte, jemanden von einem Erfolgserlebnis zu erzählen, wünschte er sich eine liebevolle Zuhörerin. Paul schaute auf den leeren Platz neben sich und Melancholie machte sich in ihm breit. Was sind die größten Erfolge wert, wenn man sie nicht mit jemandem teilen kann? So saß Paul wieder einmal alleine am Tisch und versuchte, seinen Triumph zu genießen.

Er wischte sich den Mund mit der Serviette ab, setzte sich auf und trank einen großen Schluck seines Weißweines. Schluss jetzt mit den trüben Gedanken, Paul. Was soll das? Es war ein großartiger Tag. Bruckheimer hatte ihn gleich im Anschluss anerkennend auf eine Zigarre in das Zigarrenzimmer der Firma eingeladen. Diese Ehre war bisher nur den wenigsten Angestellten zuteil geworden.

Gleichzeitig erteilte er ihm weitgehende Anweisungen, die Sache weiter zu betreiben. Paul ging den bisherigen Tag im Kopf noch einmal durch. Nachdem die Journalisten geschockt, aber getrieben von ihrer Sensationslust das Bundespresseamt verlassen hatten, dauerte es keine Minute, bis die Online-Ausgaben der großen Zeitungen voll von der Nachricht waren. Alles andere geriet in den Hintergrund.

»DAS TODESFIEBER«

»VOLK KRANK«

»APOKALYPSE«

»DAS LAND STIRBT«

Nur die wenigsten Zeitungen machten sich die Mühe, ein wenig differenzierter auf die Pressekonferenz und die darin mitgeteilten Ergebnisse zu reagieren. Heute und morgen wird sich die Volksseele erst einmal darin suhlen, sich immer wieder zu sagen, wie schlimm alles ist. Gefüttert mit weiteren kleineren Informationen, die Paul an die Öffentlichkeit geben wird, um das Gesamtbild zu konkretisieren, wird auch der Letzte das Thema ernst nehmen. Übermorgen wird die Aufarbeitung beginnen, dachte sich Paul. Perfekt, dass ich übermorgen Abend in der Talkshow von der Meyer bin. Die Sendung wird durch die Decke gehen, frohlockte Paul. Die Meyer kann sich später bedanken, lachte er in sich hinein, als er einen weiteren Schluck aus seinem Glas trank.

Paul schaute sich um. Verdammt leer das Restaurant. Sonst war hier um die Uhrzeit immer jeder Platz besetzt. Armer Chang, dachte Paul plötzlich. Der Restaurantbesitzer war mittlerweile zu der Person geworden, die Paul in seiner Freizeit am häufigsten sah. Auf Einzelschicksale kann man leider keine Rücksicht nehmen, dachte sich Paul und schaute sich Chang an. Die Leute werden wiederkommen.

Nach der Aufarbeitung wird die Schuldfrag auf die Tagesordnung gebracht. Ich muss bloß darauf achten, dass es nicht in Richtung Schicksalsschlag geht. Bloß keine Naturkatastrophe. Auf keinen Fall darf Hoffnungslosigkeit aufkommen. Dafür muss ich sorgen. Bald ist die große Wahl. Paul schaute auf sein Smartphone und las eine neue E-Mail: Terminbitte von Abteilung O. Gleich morgen früh, 7:30 Uhr. Verdammt früh. Okay, dachte er sich. Es ist manchmal besser, solche Sachen außerhalb der normalen Bürozeiten zu klären. Keinesfalls dürfen die Kollegen nervös werden. Wir müssen jetzt an einem Strang ziehen. Paul trank aus und rief Chang zu sich.

»Na, Alter? Nicht viel los heute, oder?« In seinem charmanten Dialekt und mit einem unwiderstehlichen Lächeln antwortete Chang:

»Ach Paul, wissen Sie, schon der Buddha hat gesagt, dass, wenn man ein Problem hat, es lösen soll. Und wenn man merkt, man kann es nicht lösen, kein Problem draus machen soll.« Danach lachte er herzergreifend und sagte fast folgerichtig: »Wenn ich krank sein sollte, werde ich vielleicht sterben. Wenn ich nicht krank bin, dann umso schöner.«

»Die Leute werden wiederkommen. Die brauchen heute erst mal ihre gewohnte Umgebung, ihre Wohnung, ihr Haus, ihre Familie.« Paul wollte Chang beruhigen. Der schien es aber gar nicht nötig zu haben und gab ihm einen Reisschnaps aufs Haus aus. Paul spülte ihn schnell herunter, schüttelte sich und verabschiedete sich von Chang. Als er seinen Kragen hochschlug und durch die Straßen ging, bemerkte er, dass kein Auto fuhr und kein Fußgänger zu sehen war. Eine gespenstische Stille lag über der Stadt.

KAPITEL 12

Paul rieb sich die Augen. Die Nacht war nicht so wie sonst gewesen. Er hatte nicht viel geschlafen. Auf dem Nachhauseweg vom Lokal gestern Abend hatte er gespürt, welche Auswirkungen sein Werk haben kann. Er hatte kein Taxi bekommen. Die Bahnen fuhren nur unregelmäßig, da sich die Lokführer reihenweise krankmeldeten. Daher musste er sich zu Fuß auf den langen Weg nach Hause machen. An den Tankstellen, soweit sie geöffnet waren, hatten sich lange Schlangen gebildet. Die Menschen versuchten, zu bunkern, was zu bunkern war. Doch Paul wusste, dass dies erst der Anfang war. Als er nach Hause kam, hatte er dutzende Nachrichten auf seiner Mailbox. Entfernte Familie, Bekannte, Cathy, Olivia. Alle waren außer sich. Alle hatten größte Angst und Fragen über Fragen. Und alle wussten, dass Paul im Zentrum des Geschehens stand. Er hatte sich bei keinem Anrufer zurückgemeldet. Noch nicht einmal bei seiner Tochter Olivia.

Paul schaute von der Fensterfront seines Büros aus über die geschockte Stadt. Es war ein spätsommerlicher Tag. Die Luft war klar und frisch. Ein starkes Gewitter hatte letzte Nacht sein Übriges dazu getan, dass es so wirkte, als ob die Menschen orientierungslos durch die Stadt irrten. Bereits in der Nacht hatten Tausende versucht, der Stadt zu entfliehen. Offensichtlich dachten sie sich, dass das Lassa-Fieber auf dem Lande weniger gefährlich sein würde, dachte Paul, als er im Radio die Staumeldungen hörte. Unfälle auf den Autobahnen konnten nicht aufgelöst werden, es kam zu chaotischen Szenen. Menschen liefen auf Schnellstraßen herum und es gab die ersten Tumulte, weil es den anderen nicht schnell genug ging, aus der Stadt herauszukommen.

Er ging zum Kaffeeautomat und holte sich erstmal einen Kaffee. Seine Sekretärin war noch nicht da, sie wusste auch nichts von dem Termin mit Prowski. Es war gut, wenn auch sie nicht alles wusste. Mit seiner Tasse in der Hand schlenderte er durch die dunklen, leeren Räume. Heute wird ein entscheidender Tag. Erst Abteilung O, dann Bruckheimer, dann seine Mitarbeiter und am Abend die Talkshow. Davor wollte er sich mit Cathy und Olivia treffen. Er legte seiner Sekretärin einen Zettel auf den Schreibtisch. *Dringend. Bitte machen Sie für 15 Uhr einen Termin mit meiner Frau und meiner Tochter. Trattoria Garbala. Danke und VG. Schneider.*

~

Prowski war ein unangenehmer Kerl. Als er an Pauls Bürotür klopfte, bekam er einen besorgniserregenden Hustenanfall. Als Kettenraucher passte er so gar nicht in das Bild eines Gesundheitsunternehmens. Aber der Vorstand brauchte ihn und Paul bediente sich seiner. »Kommen Sie rein, Prowski.«

»'Tschuldigung, das ist das Wetter.«

Na klar, dachte Paul. Rauche mal lieber weniger und stecke dir die Zigaretten sonstwo hin.

»Wollen Sie ein Wasser?«

»Gerne.«

Prowski war ein grobschlächtiger Mensch. Es sah aus, als ob ein Anzug mit einem Holzhacker gefüllt sei. Die verwirbelten Haarfetzen auf seinem Kopf und seine billigen Schuhe zeugten davon, dass er mit dem gesellschaftlichen Leben abgeschlossen hatte. Prowski lebte sozusagen im Untergrund. Paul wusste noch nicht einmal, ob er überhaupt ordnungsgemäß bei den Behörden gemeldet war. Die Personalabteilung hielt sich auf jeden Fall immer sehr bedeckt, wenn es um Prowski ging. Viele Kollegen glaubten sogar, dass er gar nicht fest bei UMC angestellt war.

Prowskis Aufgabe war es, dreckige Wäsche zu waschen. Oder zumindest danach zu suchen. Immer im Auftrag von UMC. Fachlich war Prowski berühmt und berüchtigt. Als ehemaliger Polizeikommissar, der aufgrund seines Lebenswandels zuerst versetzt, dann freigestellt worden war, kannte er sich perfekt mit den technischen Möglichkeiten aus, die man braucht, um Geheimnisse herauszubekommen und gegebenenfalls jemandem etwas anzudichten. Darüber hinaus kannte er fast jeden im Ober- und Untergrund, der der Halbwelt entstammte. Nach dem Polizeidienst hatte sich Prowski als Detektiv selbstständig gemacht. Es war in der Lobby-Branche ein offenes Geheimnis, dass Prowski seine Finger im Spiel hatte, wenn irgendwelche Politiker mit Drogen erwischt oder Affären aufgedeckt wurden. Er wurde geduldet, solange dieser Kerl einen nur in Ruhe ließ. Es wurde sogar gemunkelt, dass Prowski die Steuersünden einiger Wirtschaftsbosse und Politiker offengelegt haben sollte. Später war Prowski wieder seiner Alkoholsucht verfallen. Das wurde ihm immer häufiger zum Verhängnis. Die Aufträge wurden weniger und der Alkoholkonsum exzessiver. Später war es ausgerechnet Paul gewesen, der ihn überredet hatte, für Unity Medical Care zu arbeiten. Er hatte Prowski eines Tages sturzbetrunken am Spreeufer gefunden und rettete ihm quasi das Leben, als er ihm einen geregelten Job für die gute Sache der Gesundheit anbot. Seitdem war Prowski trocken. Nur das Rauchen konnte er sich nicht abgewöhnen.

Als Prowski sich setzte und das Glas Wasser leerte, schnaufte er einmal tief durch.

»Und, Prowski? Wie sieht's aus? Haben Sie was für mich?«

»Das kann man wohl sagen.«

Prowskis Stimme war als Ergebnis einer funktionierenden Tabakindustrie verraucht und es schien so, als ob er jede Sekunde umfallen könnte, weil seine Lunge versagte. Er nahm seine Aktentasche und kramte darin herum. Dann zog er einige Papiere heraus und übergab sie wortlos an Paul. Paul nahm sie an sich.

»Was ist das?« Er blätterte in den Papieren. »Das ist doch nicht etwa ...?«

Prowski grinste.

»Das ist ja unerhört!«, lachte Paul. »Gute Arbeit, Prowski, gute Arbeit.« Er legte den Stapel in eine Schublade seines Schreibtisches und schloss diese ab. »Davon darf wie immer niemand etwas erfahren. Niemand, auch nicht die Mitarbeiter.«

Prowski nickte und schloss seine Aktentasche. Als er aufstand, den Stuhl zurechtschob und gerade in Begriff war, zur Tür zu gehen, drehte er sich noch einmal um.

»Da ist noch was ... steht nicht in den Papieren.«

Paul sah auf. »Noch was?«

»Ja. Das wird dem Kerl nicht schmecken.«

Paul schluckte, als er Prowski zuhörte. Er konnte nicht glauben, was er da hörte. Jetzt wusste Paul, dass er Teighaus damit zerstören würde. Doch Paul hatte keine Gewissensbisse. Es galt der Sache. Sieg auf der ganzen Linie.

KAPITEL 13

Am gleichen Tag wartete Peters mittags an der Wurstbude im Wedding. Sein feiner Mantel aus japanischem Stoff passte äußerlich nicht in die Umgebung des Arbeiterviertels. Doch Peters fühlte sich in so einer Gegend genauso wohl wie in den feinen Lokalen von Mitte oder am Ku'Damm. Er konnte sich anpassen, konnte den Leuten gefallen und gefiel sich selbst dabei. Das war schon in der Schule so. Nicht umsonst wurde er damals *das Chamäleon* genannt. Keine Bühne war ihm zu groß. Er stand dauernd unter Strom.

»Kalt heut', wa?«, suchte er das Gespräch mit dem Wurstbudenbetreiber. Der hatte aber offenbar keine Lust auf lange Gespräche mit Peters. Die Nachricht über das Lassa-Fieber drückte auf die ganze Stadt. Die Stadt war im Ausnahmezustand. Betriebe waren stillgelegt und Behörden arbeiteten nicht mehr, weil sich die Menschen massenhaft krankmeldeten. Peters wusste, dass es die Nachricht war, die Paul Schneider angekündigt hatte. Da Schneider nicht besorgt geklungen hatte, als er sich mit ihm getroffen hatte, war Peters es auch nicht sonderlich. Er dachte sich, dass er in Kürze, hoffentlich noch heute, Weiteres von Paul Schneider hören würde. Schließlich waren sie ein Team.

Peters schob die Wurststückchen in sich hinein, als Bernie die Straße entlang kam. Missgelaunt bewegte er seinen wuchtigen Körper in Richtung Würstchenbude. Seine Haare waren kurz rasiert, seine tiefen Furchen im Gesicht zeugten von seinem harten Leben. Er musste Ende Vierzig sein, doch er sah aus, als ob er schon auf die Sechzig zuging.

»Mahlzeit.«, begrüßte er Peters mit seiner tiefen Stimme. Bernie mochte Peters nicht, aber er war notwendig. Bernie war nur sein Spitzname. Bürgerlich hieß er Bernhard Retzke. Aber seit der viel zu kurzen Schulzeit nannten ihn alle nur noch Bernie. Er war ein Mensch, dem man sofort anmerkte, dass er sein Herz auf der Zunge trug. Herumschwafeln war nicht sein Ding. Das machte diesen unansehnlichen, teilweise bedrohlich wirkenden Mann auf irgendeine Art sympathisch. Er war jemand, dem man trauen und vertrauen konnte. Seine Truppe bestand in erster Linie aus grob gebauten, jungen Männern, die keine Lust mehr hatten, als Verlierer zu gelten und endlich einmal auf die Bildfläche wollten. Bernie wusste, dass keiner von ihnen in der Lage war, ihre Interessen auf politischem Parkett zu vertreten. Ihre Bühne war eher die Straße, der Sportverein oder der Stammtisch. Bernie hatte Mühe, die Truppe immer im Zaum zu halten, denn sie schlugen häufig über die Strenge. Sie wollten einfach Ordnung im Lande haben und waren von den Ordnungsbehörden jahrelang enttäuscht worden. Die Tochter einer seiner Männer war vergewaltigt worden, andere hatten schon mal ihren Job verloren, als eine dieser Heuschrecken über den Betrieb hergefallen war. Viele waren vor allem in den Jugendjahren Opfer von Gewalttaten oder Raubdelikten geworden. Sie konnten ohne diese Stadt nicht leben, aber sie hassten die Disziplinlosigkeit und Gleichgültigkeit der Menschen. Bernie und seine Männer wollten einfach in Frieden mit ihren Familien leben. Sie wollten keine bunte Gesellschaft, sie wollten keine Experimente und schon gar nicht Dreck und Drogen. Der Polizei warfen sie oftmals lautstark Tatenlosigkeit vor und sie legten sich häufig am Rande der Legalität mit ihnen an. Die Abneigung gegen Drogen und gegen Süchtige führte zu Schnittmengen mit Peters und seinen Leuten. Auch bei seinen Anhängern gab es einen starken Drang zu mehr Verantwortlichkeit bei der Gesundheit. Süchtige waren selbst schuld. Wer sich selbst krank macht, sei es durch ungesundes Essen oder Drogen, sollte nur noch beschränkt Unterstützung von der Solidargemeinschaft bekommen. Schließlich war die Gesellschaft nicht dafür da, den Menschen beizubringen, wie man gesund bliebe. Das müssten die Menschen schon selbst wissen.

»Bloß keine soziale Hängematte« war der Standardspruch bei Parteiveranstaltungen. Eigenverantwortlichkeit und staatliche Unterstützung der Fitten und Gesunden waren die Eckpunkte des Programms. Beide Seiten konnten mit den Kernpunkten der anderen Seite gut leben. Beidseitig wurden die Schwächen akzeptiert und auch öffentlich verteidigt. Die PGO war eine in sich geschlossene Partei. So konnte sie ein nicht zu unterschätzendes Wahlpotential in sich vereinen. Peters und Bernie, die zwei so ungleichen Typen, waren einander bei einem Geburtstag von Peters damaliger Lebensgefährtin bekannt gemacht worden. Diese Lebensgefährtin war eine starke Persönlichkeit und interessierte sich sehr für Peters politische Vorhaben. Sie schmeichelte ihm und diskutierte nächtelang mit ihm über Strategie und Inhalt. Sie war es auch, die Peters ins Ohr geflüstert hatte, dass die einfachen Menschen sich nach einem Anführer sehnten und den Politikern nicht mehr trauten. Sie war es, die Peters vorschlug, er solle doch auch in diesem Wählerbecken fischen. Da Peters für dieses Klientel zu vornehm war, brauchte er einen Verbündeten. Und das war Bernhardt Retzke.

»Na, Bernie? Haste schon Fieber?« Peters musste herzhaft lachen, als er den großen, dicken Mann in seine Arme schloss.

»Du wirst mir sicherlich gleich alles erklären, oder?«, raunzte Bernie ihn humorlos an.

»Du, ich weiß auch nicht viel.« Peters verschlang das letzte Wurststück und wischte sich den Mund mit einer Serviette ab.

»Könnten wir zwei Kaffee haben? Schwarz, bitte.« Peters drehte sich zu Bernie um.

»Lassa. Das haben doch die ungewaschenen Afrikaner hier reingeschleppt«, grummelte Bernie.

»Bernie, wir müssen jetzt Ruhe bewahren. Ich weiß, dass etwas im Gang ist, was uns sehr helfen kann. Ich glaube, dass die Nachricht von gestern erst der Anfang war. Ich stehe in Kontakt zu wichtigen Leuten.«

»Wichtige Leute? Was für wichtige Leute?«

»Kann ich dir nicht sagen. Ehrlich, Bernie, ich brauche dich. Wir müssen jetzt mehr denn je an einem Strang ziehen.«

»Was darfst du wissen, was ich nicht wissen darf? Ich bin immerhin dein Vize!«

»Bernie, und das ist auch gut so. Ich brauche einen starken Mann an meiner Seite. Ich weiß selbst nicht viel. Wir müssen jetzt nur taktisch denken. Das Volk ist traumatisiert. Die Zeit steht still. Und bald geht das große Hauen und Stechen los. Bald werden sich alle an die Gurgel gehen. Wir müssen uns dabei als die Guten positionieren und zusammenhalten. Dafür brauchen wir gute Nachrichten und Lösungen. Also, halte deine Leute im Griff. Wir müssen jetzt die Guten sein.«

»Wir sind immer die Guten«, murmelte Bernie leise.

»Ich weiß, Bernie, aber die Leute brauchen jetzt starke Schultern und klare, einfache Aussagen. Aussagen, die auch dem Letzten aus der Seele sprechen. Wir müssen jetzt mit den Leuten schwimmen. Die werden automatisch in unsere Richtung gehen.«

»Is' klar, is' klar.«

»Bald weiß ich sicherlich mehr. Wir haben ja nächste Woche unsere Vorstandssitzung.«

Peters wollte unbedingt, dass Bernie nichts eigenständig entschied. Und das musste er ihm klarmachen. »Bernie, hast du das verstanden? Ich brauche dich jetzt ganz besonders. Bitte lass uns alles gemeinsam entscheiden.«

»Ich habe es verstanden, Mensch.«

»Nun noch etwas: Hier ist ein Zettel mit Ärzten drauf. Die sind auf solche Tropenkrankheiten spezialisiert. Das sind nicht solche Wald- und Wiesenärzte. Da gehst du mit deiner Familie hin und empfiehlst das auch deinen Jungs, ok? Hast du verstanden? Da bekommt ihr sofort ein Termin und habt Ruhe! Die Liste habe ich als Tipp von dem Schneider bekommen. Der hat ja seine Kontakte. Da stehen auch die Adressen in den anderen Städten für deine Leute außerhalb drauf! Sag das deinen Jungs!«

Bernie behagte die ganze Sache nicht. Er war zwar nicht besonders gebildet, aber doof war er nicht. Er verabscheute irgendwelche Intrigen. Peters konnte noch so sehr versuchen, ihn einzulullen. Er würde alles ganz genau beobachten. Und sicherlich nicht wie ein Kind seinen Vater ständig um Erlaubnis fragen. Nachdem er sich von Peters verabschiedet hatte und die Straße entlangging, tippte er in sein Handy eine Nachricht an seine Jungs. *Morgen Abend, 20 Uhr. Stümpel-Eck. Ich schicke euch nachher eine E-Mail mit Arztadressen. Da geht ihr hin. Bis morgen keiner ein Wort nach draußen. Bernie.*

KAPITEL 14

Die Sonne ging nun wieder deutlich früher unter und versteckte sich um diese Zeit schon hinter den Hochhäusern des Regierungsviertels. Der Sommer ging seinem Ende entgegen. In der Stadt war zu spüren, dass sich die Menschen vor dem Winter fürchteten. Der harte, karge Winter der Hauptstadt und dann auch noch mit einer rätselhaften Krankheit?

Die Leute mieden große Ansammlungen. Sportveranstaltungen wurden deutlich weniger und das gesellschaftliche Leben kam quasi zum Erliegen. Keiner wollte unnötig in Kontakt mit anderen Menschen kommen. Wer weiß, wie ansteckend diese Krankheit war? Die Menschen versuchten, sich gegen den völligen Kollaps zu wehren, die Regierung forderte die Bürger auf, normal zur Arbeit zu gehen. Trotzdem war erkennbar, dass sich alle in einem Vakuum befanden. Es gab keine Vergangenheit und keine Zukunft. Jeder versuchte nur, zu funktionieren.

~

Cathy und Olivia warteten auf Paul in dem Restaurant, in welchem sie schon früher zu guten Familienzeiten häufig essen gewesen waren. Was waren das noch für Zeiten? Zwar war Paul schon immer mit seinen Gedanken fast ausschließlich bei der Arbeit gewesen, aber damals hatte es Momente des Familienglücks gegeben. Olivia durfte nach dem Essen immer den großen Eisbecher zum Nachtisch. Ein Umstand, der ihr ein unbezahlbares Kinderlachen bescherte. Da man mit dem damaligen Inhaber des Restaurants bekannt war, durfte Olivia auch häufig den Köchen in der Küche zusehen. Was für ein Schauspiel! Mittlerweile hatte das Lokal einen neuen Besitzer. Die neue, kühlere Einrichtung und die neuen, kühleren Geschäftskunden waren ein Spiegelbild der Begegnung zwischen Cathy, Olivia und Paul. Vergangenheit ist eben Vergangenheit.

»Na, mein Schatz? Hallo Cathy«, begrüßte Paul die beiden, als er an ihren Tisch kam. Er gab Olivia einen Kuss auf die Wange, die jedoch kühl reagierte und wegschaute.

»Warum hast du nicht zurückgerufen?«, fragte Cathy sichtlich aufgebracht.

»Kann ich mich erst mal setzen?« Paul zog seinen Mantel aus und legte ihn über den Stuhl. Er schaute auf den Tisch und sah, dass Cathy und Olivia bereits etwas zu trinken bestellt hatten.

»Ein Wasser, bitte. Still«, rief er dem Kellner leise zu.

»Paul, was ist da draußen los? Lassa-Fieber? Hier? Mein Gott!« Cathy kannte den Job von Paul. Sie wusste über sein großes Netzwerk Bescheid und auch, dass er in der Lage war, Menschen zu beeinflussen und die Gegebenheiten in eine Richtung zu schieben. Außerdem war es ja öffentlich bekannt, dass sein Arbeitgeber an der Untersuchung beteiligt war. Paul blickte sich um und sah, dass keine Gäste in der Nähe saßen. Lediglich ein paar Geschäftsleute am anderen Ende des Raumes. Auch hier hatte die Nachricht über das Lassa-Fieber deutliche Spuren hinterlassen. Sonst war das Restaurant um diese Uhrzeit immer bis auf den letzten Platz gefüllt.

»Ich möchte, dass ihr euch nicht zu viele Sorgen macht. Ihr habt ja schon alles gehört, und …«

»Wir wollen wissen, was wir nicht gehört haben!«, unterbrach Olivia ihren Vater wütend. »Du weißt doch sicher noch viel mehr!«

Paul schaute auf den Tisch. Der Kellner brachte sein Wasser. Er konnte ihnen natürlich nicht alles sagen, aber sie verdienten ein bisschen mehr Wahrheit.

»Ich kann euch versprechen, dass alles gut wird. Unser Unternehmen versucht nun alles, um die Sache in die richtigen Bahnen zu lenken. Und, Cathy, du kennst mich: Ich mache nichts, was den

Menschen schaden könnte!«

»Ja, ich kenne dich.« Cathy schüttelte den Kopf und guckte gleichsam genervt wie besorgt an Paul vorbei.

»Ich möchte, dass ihr euch untersuchen lasst. Ich habe für morgen schon einen Termin bei unserem Betriebsarzt vereinbart. Bitte kommt morgen gleich um acht Uhr.«

»Wie kann man sich denn anstecken? Wisst ihr das schon?«, ließ Cathy nicht locker.

»Na, eigentlich über eine Nagetierart, die mit ihrem Kot die Lebensmittel verunreinigt.«

»Igitt!« Olivia musste würgen.

»Aber die Studie besagt wohl ausdrücklich, dass in den bekannten Krankheitsfällen eine derartige Infektion eigentlich fast auszuschließen ist. Da muss etwas anderes passiert sein.«

»Warum wirken die bekannten fiebersenkenden Medikamente bei dieser Art von Lassa denn nicht?« Paul war die ganze Fragerei äußerst unangenehm, doch er war Profi genug, seinen Gemütszustand verbergen zu können.

»Soweit ich das richtig verstanden habe, sind die bei den Erkrankten diagnostizierten Lassa-Viren zwar mit der Virenart, die bisher bekannt war, verwandt, doch scheint diese eine ganz andere DNA zu haben. Die soll extrem aggressiver Natur sein. Aber wir müssen abwarten. Macht euch bitte nicht zu viele Sorgen!« Paul versuchte krampfhaft, die beiden zu beruhigen.

»Und was ist, wenn wir auch Lassa-Fieber haben?« Olivia fing an zu weinen. Paul plagte das schlechte Gewissen. Aber es war unvermeidlich, dass auch nahe Angehörige hineingezogen wurden, auch seine. Er wusste es. Schon lange. Er hatte sich lange damit auseinandergesetzt. Ihm machte es keinen Spaß, aber es gehörte dazu, um ans Ziel zu kommen. Hinterher würden sie alles verstehen.

»Schätzchen, es wird alles gut. Ich verspreche es dir.«

Olivia schaute ihre Mutter an.

»Paul, beantworte mir nur eine Frage: Können wir dir vertrauen?« Paul schaute Cathy tief in die Augen. Er sah vor seinem inneren Auge das Kennenlernen, diese wunderschöne Frau, die an der Bar neben einer Bekannten gestanden und ihn anlächelte mit ihren zauberhaften blauen Augen und ihren blonden zum strengen Zopf gebundenen Haaren, mit ihrer umwerfenden Figur und ihren hautengen Klamotten. Er sah den ersten Kuss, die erste Nacht. Die Hochzeit, die Streitereien, Olivias Geburt, die Trennung. Und er sah die Liebe zu Cathy.

»Ja, kannst du.«

KAPITEL 15

Im AEIK kam es an diesem Nachmittag zu einer Krisensitzung. Jeder wusste, dass ihr Chef, Professor Teighaus, an diesem Abend bei der Talkshow von Henrike Meyer als Gast eingeladen war. David hatte die Nacht über schwer getrunken. Und Laura hatte ihm Gesellschaft geleistet. Sie hatten versucht, ihre Irritation und ihre Unsicherheit mit ein paar Flaschen Wein zu betäuben. Hinterher sah die Welt schon gar nicht mehr so schlimm aus. Bis zum nächsten Morgen. Entsprechend hielt sein Kater auch noch am Nachmittag an, als er neben Franzi Platz nahm.

»Meine Güte, wo warst du denn gestern? Du riechst wie ein ganzes Lokal!«, flüsterte sie ihm zu und reichte ihm ein starkes Pfefferminzbonbon. David steckte es sich in den Mund und rieb sich die Augen.

»Ja, ist spät geworden gestern«, brummelte er. »Wer kann denn in dieser Lage nicht saufen?« David schaute Franzi leer an. Franzi grinste ihn nur an und drehte sich zu einem anderen Kollegen um.

Alle waren wild am Diskutieren, bis Teighaus den Saal betrat und um Ruhe bat.

»Kollegen, wir haben gestern bereits die besorgniserregenden Nachrichten gehört. Laut den aktuellen Medienberichten von vor einer Stunde sollen bereits mindestens fünf Prozent aller Menschen in diesem Land an der dubiosen Art des Lassa-Fiebers erkrankt sein.«

Ein entsetztes Raunen ging durch den Sitzungssaal.

»Fünf Prozent?« Das würde statistisch bedeuten, dass einer von uns hier im Saal erkrankt sein müsste.

»Und keiner weiß, wie das zu heilen sei.« Die Mitarbeiter schauten Teighaus geschockt an. Franzi wunderte sich. Sie saß ganz vorne bei Teighaus. War das jetzt immer noch Davids Fahne oder wo kam der Alkoholgeruch her?

»Wenn das stimmt, hat dieses Land ein ernsthaftes Problem mit dramatischen Folgen für die nächsten Jahrzehnte. Ich frage mich aber …«, führte Teighaus fort, »Wer ist dieses Forschungsunternehmen, das vom Parlament beauftragt und bezahlt wurde? Wer ist diese Unity Medical Care Group? Und wieso soll das Lassa-Fieber mutiert sein?«

David horchte auf. Teilte sein Chef etwa seine Bedenken gegen diese Firma?

»Ich möchte, dass wir in den nächsten Tagen zunächst Recherche betreiben. Wer sind die? Wo kommen die her? Was ist deren Expertise? Und wie kam es zur Auftragserteilung durch das Parlament? Ging da alles mit rechten Dingen zu? Und dann brauchen wir auch das vertrauliche Gutachten dieser sogenannten Studie.«

»Und wie geht es mit unserer Forschung weiter?«, wollte ein Kollege wissen.

»Die liegt erst mal auf Eis und kann warten.«

»Haben wir die Möglichkeit, von der Regierung einen offiziellen Auftrag zu bekommen, die Krankheit zu besiegen?«, fragte David. Das berührte wohl auch den Großteil der Kollegen, die allesamt zur Arbeit erschienen waren. Keiner war resigniert zu Hause geblieben.

»Wollen wir erst mal schauen, ob da wirklich eine Krankheit existiert«, entgegnete Teighaus deutlich.

Gemurmel unter den Mitarbeitern.

»Wollen Sie etwa sagen, Sie bezweifeln die Aussagen von gestern über das Lassa-Fieber ?«

»Ich sage nur, dass ich bis jetzt keinerlei Belege für die Existenz angeblicher massenhafter Erkrankungen habe. Und vor allem keinerlei Belege, dass diese Krankheit von außen in unser Land getragen wurde. Wir haben hervorragende automatische Warnsysteme im Land und in Europa, die sofort bei der ersten Erkrankung anspringen und nun sollen fünf Prozent der Menschen krank sein, ohne dass das die Behörden bemerkt haben wollen?« Teighaus schaute seine Mitarbeiter prüfend an. Diese nickten stumm. Aber er setzte noch einen drauf:

»Und eine Mutation kann bekanntlich zufällig oder aber durch äußeres Zutun hervorgerufen werden.«

Die Mitarbeiter guckten sich gleichsam irritiert wie motiviert an.

»Äußeres Zutun?«

Teighaus nickte. »Wer weiß? Lassen Sie uns das aufklären!«

Die Mitarbeiter fingen wild an zu diskutieren. Ihr Chef hatte sie überzeugt. Klar, wenn der Vizekanzler etwas öffentlich verlautbaren lässt, dann hat es ein erhebliches Gewicht, zumal ein wissenschaftlicher Bericht dahinter zu stehen schien. Aber was unterschied diese Mitarbeiter von dem Rest der Menschen? Dass sie Wissenschaftler sind und nur an Fakten und Beweise glaubten. Behauptungen, Utopien und Propaganda rochen sie aus mehreren Meilen Entfernung.

»Werden Sie das heute Abend in der Talkshow etwa auch anbringen?«

»Da können Sie sicher sein. Das soll mir erst mal einer alles genau erklären.« Teighaus schaute sich um. »Und ich hoffe, ich habe dafür Ihre Unterstützung.«

Franzi schaute weg. Sie konnte nicht glauben, dass die Regierung log. Sie war auch immer skeptisch, wenn David mit seinen Verschwörungstheorien ankam. Klar, auch sie war Wissenschaftlerin. Aber für einen Wissenschaftler gehörte es auch dazu, dass er die Argumente abwog und die wahrscheinlichste Lösung den anderen vorzog, soweit noch kein eindeutiger Beweis vorlag. Ockhams Rasiermesser.

Sie schaute David an, dessen Laune sich schlagartig verbessert hatte. Offensichtlich war er Feuer und Flamme für Teighaus' Skepsis. Die anderen Kollegen offenbar auch. Franzi zog es vor, nichts zu sagen und einfach abzuwarten.

Als David am frühen Abend nach Hause kam, war er wie elektrisiert. Laura spürte es, sobald er den Raum betrat.

»Laura, Teighaus glaubt nicht an den ganzen Kram. Der weiß sicher noch mehr.«

»Willst du nicht erst mal deinen Sohn begrüßen?«

Irritiert schaute David Laura an.

»Sorry. Hi Ben!«

Für fünf Minuten vergaß er die Welt und spielte mit Ben Eisenbahn. Ben musste ohnehin gleich ins Bett. Und bald begann die Talkshow. David konnte es gar nicht erwarten, dass sein Chef sich mit den Politikern anlegte und Beweise einforderte. Reden konnte Teighaus außerordentlich gut. Nicht nur wegen seiner wissenschaftlichen Brillanz, sondern vor allem wegen seines sicheren Auftretens in der Öffentlichkeit war er Leiter des Instituts geworden. Er konnte sich und sein Haus gut verkaufen, was unabdingbar war, um weitere Fördermittel zu bekommen.

David hatte den Wein bereits geöffnet und wartete auf Laura, die Ben ins Bett brachte. Der Fernseher war angeschaltet und die Chips in die Schüssel gefüllt. Er hatte Kerzen angezündet und Laura den guten Platz auf der Couch freigehalten. Alles war für einen gemeinsamen aufregenden Talkshow-Abend vorbereitet. Der Sender hatte der Talkshow sogar eine Stunde mehr Sendezeit eingeräumt, mit dem Wissen, dass man die Aktualität des Themas nicht in anderthalb Stunden abhandeln konnte. Laura schaute skeptisch ins Wohnzimmer. Was hat denn der jetzt vor? Wir gucken doch keinen Hollywoodfilm? Laura hatte sich von der Hysterie nicht anstecken lassen. Ihre Begabung war es, im Moment zu leben und die Sorgen über die Zukunft nicht zu sehr an sich heranzulassen. Sie war überzeugt davon, dass sich die Sache zum Guten wenden würde. Laura wollte David den Spaß aber nicht verderben und setzte sich zu ihm.

»Womit habe ich denn den Service verdient?«

»Einfach so. Ich will einfach mit dir einen netten Abend verbringen.«

»Jaja.«, lachte Laura. »Dass du schon wieder Wein trinken kannst.«

»Ok, und ich will natürlich miterleben, wie mein Chef die Politiker wissenschaftlich auseinandernimmt. Und dazu will ich in Stimmung sein. Es gibt noch gute Menschen in diesem Land, mein Schatz!«

Laura grinste und setzte sich zu ihm. Beide schauten auf den Bildschirm. Noch bevor der Einspieler für die Talkshow gezeigt wurde, sahen sie das Nachrichtenband am unteren Rand des Fernsehers:

+++ BREAKING NEWS +++ ZAHL DER LASSA-INFIZIERTEN NACH OFFIZIELLEN MELDUNGEN AUF ÜBER 3 MILLIONEN +++ MEDIZIN TAPPT WEITERHIN IM DUNKELN +++ REGIERUNGSSPRECHER: DAS VOLK MUSS SICH AUF DIE SCHLIMMSTE KRANKHEITSWELLE SEIT DER PEST EINSTELLEN +++

Die neuesten Nachrichten übertrafen die schlimmsten Befürchtungen. David und Laura fassten sich entsetzt an den Händen. Bitte, lass Teighaus recht haben und alles eine Lüge sein!

Als Henrike Meyer die Zuschauer im Studio und vor den Fernsehern begrüßte, sammelte sich David wieder und versuchte, die Angst von sich wegzuschieben. Er erinnerte sich an Teighaus' Worte. Er spürte plötzlich eine besondere Nervosität in sich aufsteigen. David konnte nicht stillsitzen und es kaum erwarten, was heute noch alles aufgedeckt werden würde. Was wusste Teighaus? Wie würde er damit umgehen? Er war ein begnadeter Diskutant und wusste, seinen besonderen Charme mit seiner Fachkenntnis zu verbinden. Er kam nie abgehoben herüber und konnte dem Zuhörer immer die Fachlichkeit nahebringen.

»Tja, liebe Zuschauer hier im Studio und zu Hause. Sie haben es eben gehört oder gesehen. Die Entwicklung scheint all unsere Befürchtungen zu übertreffen. Wir können hier heute Abend erst einmal nicht viel mehr tun, als zu versuchen, ein wenig aufzuklären und Licht ins Dunkel zu bringen. Zunächst möchte ich betonen, dass ich mich ganz herzlich bei den heutigen Studiozuschauern bedanke. Es war dieses Mal außerordentlich schwer, Studiozuschauer zu finden, die in dieser schweren Situation die Bereitschaft zeigen, dem Trend der Abschottung entgegenzutreten und versuchen, das normale Leben weiterzuführen.« Applaus von den Zuschauern und den Talkgästen. Paul Schneider saß auf dem Podium und grinste genügsam. Er wusste, wie das lief. Bekam man eine Show nicht voll, wurden Mitarbeiter des Senders dahin gesetzt. Es gibt nichts Schlimmeres für eine Talkshow als leere Plätze.

»Wir begrüßen den Vizekanzler dieses Landes, Oliver Meffert von der konservativen Partei. Er ersetzt seinen eigentlich für heute eingeladenen Parteikollegen Schreiber. Herr Meffert hatte gestern die undankbare Aufgabe, dem Volk die schlechte Nachricht zu überbringen. Er ist aber nach eigenen Aussagen überzeugt davon, die Situation als gesellschaftliche Aufgabe in den Griff zu bekommen und vertraut *vollkommen* der Wissenschaft.«

Applaus.

»Der Heini weiß doch mehr, als er zugeben will!«, brüllte David. Laura schwieg.

»Ebenso begrüßen wir ganz herzlich Frau Irene Parold, gesundheitspolitische Sprecherin der Sozialisten. Sie will vor allem dafür sorgen, dass nun alle Menschen Hilfe bekommen und die Ärmsten nicht vergessen werden.«

Applaus.

»Ferner begrüßen wir in unserer Runde Herrn Otto Maas von den Grünen. Er sitzt seit zwanzig Jahren im Rollstuhl und kämpft seit Jahren innerhalb und außerhalb der Politik für die Bedürfnisse der Betroffenen. Er sagt, Krankheiten müssen verhindert werden, die Menschen müssen aber selbstbestimmt leben können.«

Applaus.

»Oh, nee, der schon wieder.« David verdrehte die Augen. Maas war ein Sozialromantiker, der weniger wissenschaftliche Erkenntnisse als vielmehr menschliche Bedürfnisse in den Vordergrund schob. Er war gleichermaßen einnehmend wie penetrant in seiner Argumentation und bei allen Talkshows zum Thema Gesundheit ein gern gesehener Gast.

»Weiter begrüßen wir Herrn Professor Teighaus, Leiter des Allgemeinen Entwicklungsinstituts für Krankheitsforschung, dem AEIK. Er forscht seit Jahrzehnten zum Thema Gesundheit und wird sicherlich eine der Personen sein, die uns in der Forschung in diesen schweren Zeiten helfen kann.«

Applaus.

David hielt den Atem an. Teighaus sah nervös aus. Er blinzelte häufig mit den Augen und hatte Schwierigkeiten, die richtige Kamera zu finden.

»Und last but not least begrüßen wir Herrn Paul Schneider, Unternehmenssprecher der Unity Medical Care Group. Die Stiftung seines Unternehmens führt eine Forschungseinheit, die vom Parlament, genau genommen von der Enquete-Kommission, den Auftrag zur Erforschung der Gesundheit und des Wohlstandes der Gesellschaft bekommen hat, im Zuge dessen dieses unglaubliche Ergebnis entdeckt wurde. Er wird uns sicherlich noch Details zu dem ganzen Vorgehen näherbringen und vor allem auch Details zu der Auftragsvergabe an sein Institut verraten können.«

Zaghafter, aber höflicher Applaus.

Ein eindeutiger Angriff auf den Kerl, dachte sich David. Wie kann die Meyer einen Gast schon zu Beginn derartig in die Defensive drängen?

Teighaus ließ es sich nicht nehmen, sofort in dieselbe Kerbe zu schlagen.

»Liebe Frau Meyer, bitte entschuldigen Sie, dass ich mich da gleich einschalte. Aber Sie sprechen mir aus dem Herzen. Auch der Vizekanzler wird sicherlich etwas dazu sagen können: Wie ist eigentlich diese Auftragsvergabe zustande gekommen? Ich bin jetzt seit 25 Jahren in der Forschung tätig, zuletzt 17 Jahre als Leiter des AEIK und ich kenne mich bestens mit den Vorschriften der Vergabe von öffentlichen Aufträgen aus. Ich frage Sie beide hier vor allen Zuschauern: Wie kam dieser Auftrag zustande?«

Teighaus war angriffslustig. David spürte, wie er am liebsten laut applaudieren wollte. Paul ergriff das Wort. Er hatte seine Beine elegant übereinandergeschlagen. Sein schmaler dunkelblauer Anzug war gleichzeitig elegant wie schlicht. Seine dunkelblaue Krawatte über seinem weißen Hemd zeugte von Seriosität, wirkte aber nicht abgehoben. Paul wusste, dass es das kleine Einmaleins war, sich für öffentliche Fernsehauftritte nicht nur inhaltlich gut vorzubereiten, sondern auch optisch medienwirksam aufzutreten. Er faltete seine Hände ineinander und legte sie auf seinen Schoß. Nach einer kurzen Pause der Stille, die Teighaus beinahe provoziert hätte, weitere Angriffe zu fahren, sagte Paul mit tiefer, ruhiger Stimme:

»Frau Meyer, vielen Dank erst einmal für die Einladung zu dieser Sendung und Professor Teighaus, vielen Dank, dass Sie mich gleich ansprechen. Was mich bei Ihnen als ein Mann der Forschung jedoch wundert, ist, dass Sie diesen Abend mit dem Thema der Auftragsvergabe beginnen. Ist Ihnen die Auftragsvergabe wichtiger, als die Menschen zu heilen? Wichtiger, als den Menschen Sorgen abzunehmen? Wichtiger, als die Menschen zu Hause zu beruhigen? Die Menschen sind doch gerade jetzt in einem Zustand der äußersten Panik. Meine Kollegen aus der Forschung haben mir besorgt mitgeteilt, dass wir hier offenbar von einer besonders aggressiven und unbekannten Form des Lassa-Virus sprechen. Stündlich überschlagen sich die Meldungen über neue Zahlen der Infizierten. Ich kann mir vorstellen, dass die Menschen keine Lust mehr darauf haben, dass irgendwelche elitären Personen hier in Talkshows über Posten, Aufträge oder Parteipolitik diskutieren. Die Menschen draußen sind verängstigt und brauchen Rat und Fürsorge. Und dann kommen Sie mit dem Thema Auftragsvergabe?«

Die Antwort saß. Das Publikum war begeistert, Teighaus' Widerworte waren kaum zu hören. Er wollte sich gerade verteidigen, als der Applaus abebbte, da setzte Paul noch einmal nach: »Und Professor Teighaus. Mit Ihren Vermutungen, die Sie hier offensichtlich anstellen wollen, erreichen Sie nicht mehr als weitere Verdrossenheit gegenüber der Politik. Ihnen ist doch bewusst, dass die Enquete-Kommission …« Paul drehte sich jetzt direkt zur Kamera, um bei den Menschen zu Hause, die politisch nicht so informiert waren, keine Informationslücke zu hinterlassen. »… eine Kommission, die vom gewählten deutschen Parlament direkt zur Untersuchung langfristiger gesellschaftlicher Fragen eingesetzt wird, aus gewählten, also demokratisch vom Volk legitimierten Vertretern besteht. Wollen Sie denen allen Korruption unterstellen? Oder was wollen Sie?«

David presste sich in seinen Sessel. Er spürte, wie das Blut in seinen Kopf strömte. Er fühlte sich gleichsam in der Defensive wie Professor Teighaus.

»Teighaus ist übermotiviert. Was ist bloß mit dem los?«

Laura schaute David besorgt und verwundert an. Was steigerte der sich da so rein?

Als der Applaus verebbte, ergriff Meyer das Wort und unterbrach diesen Disput über Formalitäten und vertagte dieses Thema auf später. Paul grinste innerlich. Entschlossen blickte er in die Runde. Er wusste, dazu würde es nicht mehr kommen. Er wusste, dass das seine einzige Schwäche war, vor allem weil er selbst keine genauen Informationen hatte, wie eigentlich genau dieser Auftrag aus der Enquete-Kommission zustande gekommen war. Das war ihm heute aber egal. Ich habe nie genau hingesehen, habe Bruckheimer vertraut. Später, Paul, volle Konzentration. Nicht ablenken lassen.

Der Vizekanzler Meffert bekam das Wort und musste erklären, wie nun die weiteren Schritte aussehen würden, dass die Bevölkerung nicht in Panik ausbrechen solle und dass man alles im Griff habe. Offenbar hatte Meffert aber keine wirklichen Neuigkeiten für die Zuschauer parat, sondern wiederholte mehrfach die bereits bekannten Fakten. Teighaus rutschte nervös auf seinem Stuhl hin und her. Wie er diese Politikersprache hasste. Die Diskussion plätscherte vor sich hin und sowohl die Zuschauer im Saal als auch David und Laura vor dem Fernseher begannen, sich zu langweilen, nachdem Otto Maas zum dritten Mal auf die Behindertenrechtskonvention hinwies und forderte, die Patientenrechte global zu verbessern, um damit auch einen besseren Einblick in die politische Klasse zu bekommen. Dann lenkte Meyer das Gespräch auf einen anderen Fokus und schaute dabei Teighaus an.

»Professor Teighaus, wir haben nun alle von dem Ausmaß der Krankheit gehört. Neueste Zahlen sprechen von 3,1 Millionen Lassa-Infizierten. Wir haben gehört, was das für die Bevölkerung bedeutet. Wir haben außerdem von den Schritten für die nächsten Wochen gehört und wie wir doch alle alles im Griff hätten.«

Das Publikum lachte gequält.

»Können Sie uns als Mann der Wissenschaft und der Medizin die tückische Krankheit einmal erklären?«

»Das will ich gerne, Frau Meyer, wenn mich Herr Schneider hier auch mal sprechen lässt. Aber bitte erlauben Sie mir, dass ich von vornherein meine Zweifel kundtun möchte …«

»Professor Teighaus, bitte, erst einmal Fakten über Lassa!«

»Ok. Die können Sie haben.« Während Teighaus einen Kurzvortrag über Geschichte, Ansteckung, Diagnose und der fehlenden Therapiemöglichkeit von Lassa abhielt, versuchte Laura, David ein wenig auf den Zahn zu fühlen.

»Schatz, was hast du vor? Warum steigerst du dich da so rein?«

»Ach ich weiß auch nicht. Mir gefällt es einfach immer nicht, wenn irgendwelche Politiker mit Instituten unter einer Decke stecken und irgendwelche Studien als gegeben ansehen. Außerdem ist Teighaus der beste Wissenschaftler des Landes, wenn nicht sogar in Europa. Wenn der Zweifel hat, dann ist das nicht aus der Luft gegriffen. Dann steckt da eigentlich immer etwas hinter.«

»Aber du weißt auch, wie eitel Teighaus ist. Das hast du selbst immer wieder gesagt!«

»Ja, stimmt.«

»Und nun steht er ausnahmsweise einmal nicht im Mittelpunkt. Er wurde nicht gefragt, sondern dieses Forschungsinstitut der UMC. Vielleicht ist das auch gekränkte Eitelkeit?«

David antwortete nicht und nippte an seinem Weinglas. Klar, kann alles sein, aber ich vertraue Teighaus. Er ist der Beste. Der hat sich noch nie etwas zu Schulden kommen lassen, war immer auf der Seite der Wissenschaft, hat sein Fähnchen nie in den Wind gestellt.

»Professor Teighaus. In diesem Moment meldet die Webseite der erzkonservativen Wochenzeitung »Bewahren«, dass ihren Recherchen zufolge vertrauliche Berichte der Regierung existieren, nach denen es nahezu sicher sei, dass das Lassa-Virus von außen in unser Land gekommen ist.« Die Redaktion blendete die Webseite der Zeitschrift ein. David und Laura hielten den Atem an.

»Ursache liegt in Afrika. Schließt die Regierung die Grenzen?«

Laura drehte sich angewidert ab.

»Wie können die so ein Blatt da jetzt zitieren? Das ist doch klar, worauf die abzielen! Die wollen einem Angst einjagen und spalten! Immer wieder die gleichen altbekannten Muster in solchen Situationen!«, sagte sie aufgebracht. Die Zeitschrift war tatsächlich im Lande nicht sonderlich weit verbreitet. Sie bediente eine Klientel, die sich mit Ressentiments und reaktionärem Gedankengut herumschlug. Trotzdem war die Aufmerksamkeit für die Zeitschrift der

Zeitschrift in den letzten Jahren erheblich gestiegen, vor allem, weil auch bürgerliche Autoren Kolumnen und Artikel schrieben. Vor ein paar Jahren deckte das Blatt sogar die Steuersünden eines hohen Politikers auf, was ihm diverse Preise und ein gewisses Renommee in der Mittel- und Unterschicht einbrachte.

»Professor Teighaus. Sie sehen, die Sache schlägt erhebliche Wellen. Sie haben nun Material mitgebracht, das die Annahme zulassen würde, die benannte Lassa-Krankheit sei in der behaupteten Form nicht existent?«

Ein Raunen ging durch das Publikum. Zwischenrufe, Tumult. Der Vizekanzler Meffert schaltete sich ein, bevor Teighaus antworten konnte.

»Professor Teighaus, bei allem Respekt. Wir sind Ihnen dankbar dafür, was Sie in den letzten Jahrzehnten für die Wissenschaft geleistet haben. Trotzdem: Egal, welche Annahmen Sie hier präsentieren werden, machen Sie den Menschen keine falschen Hoffnungen.« Es herrschte Unruhe im Saal. Totenstille bei David und Laura vor dem Fernseher.

»Vielen Dank für den Hinweis, Herr Vizekanzler, jedoch kann ich Sie beruhigen. Ich bin ein Mann der Wissenschaft und glaube nicht an Annahmen, sondern ich halte mich nur an Fakten. Ebenso glaube ich nicht einfach irgendwelchen Studien,« er drehte sich mit ernster Miene zu Paul, »sondern hinterfrage auch diese. Und wenn ich dann, so wie jetzt, berechtigte Zweifel habe, dann gehe ich der Sache auf den Grund. Und meine Nachfragen haben ergeben, dass sowohl die Studie als auch die Auftragsvergabe äußerst dubios ist. Und die Studie soll ja die nun zweifelsfrei auftretenden Krankheitsfälle erklären.«

»Sind wir jetzt wieder am Anfang der Sendung?«, fiel Paul ihm ins Wort. »Geht es Ihnen um Ihre Forschungsgelder?«

Diesmal kein Applaus. Die Zuschauer waren gespannt auf die angekündigten Enthüllungen von Teighaus.

»Professor Teighaus, lassen Sie die Katze nun bitte aus dem Sack«, ermahnte ihn Henrike Meyer mit Blick auf die Sendezeit.

»Ich habe selbst hierzu binnen Stunden eine Kurzstudie, die selbstverständlich noch nicht repräsentativ sein kann, in Auftrag gegeben, und sowohl die Studie des Forschungsinstituts von Herrn Schneider auf wissenschaftliche Lücken untersucht als auch an den Testpersonen, die entsprechende Symptome aufwiesen, eigene Untersuchungen hinsichtlich einer angeblichen Lassa-Erkrankung durchführen lassen.«

Teighaus wedelte mit Papieren. Die Redaktion blendete die Zusammenfassung ein. Das Ergebnis unterstellte, dass sowohl die Studie von UMC höchst fehlerhaft war, als auch, dass keiner der Testpersonen mit Lassa auf herkömmliche Art und Weise angesteckt worden war. Zwischenrufe aus dem Publikum. Henrike Meyer war gut vorbereitet.

»Das Publikum will genauso wie ich wissen, wem man hier denn noch glauben soll. Professor Teighaus ist ein anerkannter Wissenschaftler auf diesem Gebiet. Und, bitte entschuldigen Sie, Politiker haben bereits vorher ein Glaubwürdigkeitsproblem gehabt. Herr Meffert, was bedeuten diese Vorhaltungen von Professor Teighaus?«

»Sie bedeuten vor allem eines: Professor Teighaus macht den Menschen zu Hause und hier im Saal falsche Versprechungen und führt sie in die Irre. Die Menschen sind erkrankt, und zwar in erheblichem Maße und offenbar mit dramatischem Ausgang. Daher ist es unsere Aufgabe, in Windeseile medizinische Lösungen zu finden und unsere Energie nicht an Verschwörungstheorien zu verschwenden. Die Studie und die Testergebnisse sind eindeutig. Gehen Sie doch raus in die Krankenhäuser und prüfen Sie vor Ort!«

»Sie führen die Menschen in die Irre! Ich war da, mir wurde aber keine Auskunft erteilt!«, brüllte Teighaus dazwischen.

David wunderte sich ein wenig über die Emotionalität von Teighaus. Er war doch sonst so bedächtig. Heute schien er merkwürdig fahrig und auch sehr angegriffen. Gleichzeitig war David ein wenig enttäuscht, dass er in die Kurzstudie von Teighaus nicht mit eingebunden war. Das zeigte doch deutlich, dass er nicht zu den engsten Vertrauten gehörte.

»Herr Teighaus.« Paul schaltete sich mir ruhiger, aber deutlicher Stimme ein. Sobald Paul sprach, verstummten die anderen. Seine Stimme hatte einen Klang, dem man einfach zuhören musste. Unaufgeregt, klar, direkt, eine sympathische Melodie ohne Dialekt. Paul verzichtete plötzlich auf die übliche Anrede *Professor*.

»*Professor* Teighaus, bitte«, entgegnete dieser. Paul grinste innerlich. Er wusste, dass Teighaus ein äußerst eitler Mensch und sehr stolz auf seine Titel und Reputationen war.

»Herr Teighaus ...«

»Was für ein arroganter Idiot!«, fauchte Laura vor dem Fernseher in Richtung Paul Schneider. David war still. Er spürte, dass irgendetwas mit Teighaus nicht stimmte. Seine Loyalität ließ nicht nur wegen der fehlenden Einbindung in die Kurzstudie spürbar nach.

»... ich schließe mich Vizekanzler Meffert in der Einschätzung an, dass Sie hier sehr gefährliche Aussagen machen. Vor allem vor dem Hintergrund, dass Sie aufgrund Ihrer Vita selbst wissen müssten, dass Studien von unabhängigen, demokratisch legitimierten Stellen überprüft werden müssen. Unsere ist es, ihre nicht. Sie stellen hier unglaubliche Behauptungen auf und müssen sich den Vorwurf gefallen lassen, dies nur deshalb zu tun, um weitere Forschungsgelder für sich zu gewinnen.«

»Eine haltlose Unterstellung. Sie lenken von Ihrer Fehlerhaftigkeit ab!«

»Herr Teighaus, ich bin kein Wissenschaftler, also: Ich bin sicherlich nicht unfehlbar, aber mich können Sie bestimmt nicht für den Inhalt unserer Studie haftbar machen.«

Leises Gelächter im Publikum.

»Was mir viel mehr Sorge bereitet, ist, dass es ja offenbar nicht das erste Mal ist, dass Sie in Unregelmäßigkeiten mit Forschungsgeldern verstrickt worden sind.« David beugte sich nach vorne und hielt wiederum den Atem an.

»Wie bitte?«, sagten Laura und David fast gleichzeitig. Teighaus saß sprachlos in seinem Stuhl und schaute Paul irritiert an.

»Ist es nicht so, dass Sie vor zwanzig Jahren in Afrika Ergebnisse in der HIV-Forschung vor Ort – ich will mal sagen – angepasst haben, um Forschungsgelder der Entwicklungshilfe zu bekommen?«

Ein Raunen ging durch das Publikum. David sank in sich zusammen. Er wusste: Das ist der Tod eines jeden wissenschaftlichen Leiters. Forschungsgelder veruntreut? Und das hört jetzt das ganze Land?

»Ist es nicht so, dass Sie seit fünf Jahren schwerste gesundheitliche Probleme haben und trotz dieser Krankheit an Forschungen beteiligt waren und Forschungsgelder ausgegeben haben?«

»Ungeheuerlich!«, schrie Teighaus. Der Schweiß perlte von seiner Stirn. Gejohle im Publikum.

»Herr Schneider, Herr Schneider …«, versuchte Henrike Meyer einzugreifen. »Was meinen Sie mit gesundheitlichen Problemen?« Paul schwieg, als aus dem Publikum ein lautes »Er ist Alkoholiker!« zu hören war. Teighaus wurde in der Nahaufnahme gezeigt. Er war sichtlich angeschlagen und konnte nur schwer seine Resignation verbergen. Aber er hatte keine Waffen mehr. Gegen so einen Angriff war selbst der so redegewandte erfahrene Mann machtlos.

»Frau Meyer, ich beteilige mich nicht an Spekulationen über Einzelheiten von Herrn Teighaus' Gesundheitszustand. Hier geht es darum, dass ein Wissenschaftler versucht, auf Kosten der Menschen reguläre Studien anderer renommierter Wissenschaftler in den Dreck zu ziehen, um sich in einem guten Licht darzustellen und für sich Vorteile zu erringen. Das ärgert mich zutiefst!« Paul gab sich sichtlich empört.

»Hier muss die ganze Wahrheit ans Licht, damit jedermann weiß, dass dieser Herr ein Scharfmacher ist!« Paul wurde lauter. »Ist es nicht so, dass Sie sich Ihre Doktorarbeit mit gefälschten Studien erschlichen haben? Dass Sie eigentlich weder Doktor noch Professor sind? Bitte blenden Sie meine Unterlagen ein, Frau Meyer.«

Die Reaktion blendete ein aktuelles Gutachten über die Doktorarbeit ein, welches als Ergebnis feststellte, dass die zugrundeliegenden Forschungen gefälscht und fehlerhaft seien. Durcheinander im Studio.

Teighaus saß sprachlos und abwesend mit kreidebleichem Gesicht versunken in seinem Sessel. Plötzlich stand eine etwa Mitte 40-jährige Frau aus dem Publikum auf und sprang Richtung Bühne. Ordner wollten sie zurückhalten, doch Henrike Meyer ließ sie gewähren, da sie offensichtlich keinen aggressiven Eindruck machte. Der Stimme nach zu urteilen war sie es, die Teighaus vor ein paar Sekunden mit dem Vorwurf des Alkoholismus in den Abgrund stieß.

»Dieser Mann hat mich mit HIV angesteckt!«, schrie die Frau und zeigte auf Teighaus. »Dieser Mann hat mir verschwiegen, dass er sich in seiner Forschungszeit in Afrika aufgrund seines Lebenswandels mit HIV angesteckt hatte!« Henrike Meyer war sprachlos.

»Und ich soll hier in Deutschland nur eine von Vielen sein!«

Paul atmete tief durch. Knock-out in der dritten Runde. Paul stand in seiner Ecke, trippelnd und wartete auf das Urteil des Ringrichters. Aber Teighaus stand noch einmal auf.

»Das ist alles gelogen! Ich …« Paul setzte zum finalen Schlag an:

»Und Ihre jetzigen Behauptungen? Sind die etwa nicht erstunken und erlogen? Ich habe hier eine eidesstattliche Versicherung einer Ihrer engsten Mitarbeiter, der ausgesagt hat, dass Ihre sogenannte Kurzstudie jeglicher wissenschaftlicher Grundlage entbehrt!«

Niederschlag. K.O. Teighaus blieb liegen. Der Ringrichter zählte ihn an.

Das Urteil kam prompt unter dem Gejohle des Publikums. Paul hatte eigens ein paar Claqueure in das Publikum setzen lassen, um die Stimmung weiter anzuheizen. Henrike Meyer fasste sich an den Ohrstöpsel, durch den sie mit ihrem Regisseur verbunden war, und sah angestrengt auf die Uhr. Das war ihr hier nun vollkommen entglitten. Sie wollte eine Untersuchung in Gang bringen, eine Art zweite Meinung über die verheerende Studie und nun hatte sie auf das falsche Pferd gesetzt. Die Sendezeit war eh bald vorüber. Der Regisseur flüsterte ihr durch den Ohrstöpsel zu, dass sie die Sendung beenden musste.

»Ich beende hiermit die Sendung und bedanke mich bei allen Gästen und Zuschauern.«

Ausblendung.

Teighaus stürzte aus dem Saal, drehte sich noch kurz zu Paul um und warf ihm an den Kopf: »Ich mache Sie fertig, verlassen Sie sich drauf. Irgendwann sind Sie dran!«

Paul war klar gewesen, dass Teighaus eine unangenehme Person für die Mission werden könnte. Er musste weg. Deshalb musste er die Wahrheit sagen. Die Wahrheit? Gab es die überhaupt? Egal, ein weiterer Sieg. Regungslos ließ er Teighaus' Drohung über sich ergehen. Paul war hochzufrieden, stand auf, knöpfte sich das Sakko zu und schüttelte höflich zum Abschied Hände.

Henrike Meyer zischte ihm zu: »Das hätten Sie sein lassen sollen.«

Paul grinste sie an und schaute dann in Richtung Publikum: »Und dem Volk die Wahrheit über diesen Scharlatan verschweigen?« Paul ging aus dem Saal. Er bekam eine SMS von Bruckheimer: »Gut gemacht, mein Junge.«

KAPITEL 16

Am nächsten Morgen überschlug sich die Presselandschaft. Die Zeitschrift *Bewahren* hatte keine Zeit verschwendet. In großen Lettern und mit einem Umfang von fast der Hälfte des ganzen Magazins widmete sich das Blatt dem einzigen die Menschen beherrschenden Thema: Lassa. Zwischenzeitlich war die Bevölkerung aus der Schockstarre erwacht. Das öffentliche Leben stand zwar nach wie vor so gut wie still, doch man versuchte zu überleben. Vor den Türen der Arztpraxen und den Krankenhäusern standen die Menschen bis zur Straße Schlange. Die Ungewissheit über die Diagnose lähmte sie. Kinder weinten an den Händen ihrer Eltern, die sie durch die Straße zogen, selbst von ihrer Angst gezeichnet. Gleichzeitig war immer noch nichts über die Ursachen des Ausbruchs des Lassa-Fiebers bekannt. Wie konnte man sich anstecken? Wer war infiziert? Die Menschen trugen Mundschutz. Diese waren jedoch binnen Stunden in allen Apotheken und Reformhäusern ausverkauft gewesen. Windige Geschäftemacher witterten ihre Chance und boten einen Mundschutz im Internet für über dreißig Euro pro Stück an. Geschäfte hatten nur sporadisch geöffnet, Hamsterkäufe gehörten zum Stadtbild. Die Regierung wusste, dass es so nicht weitergehen konnte. Bald war die große Wahl. Die Konservativen positionierten sich bereits und rückten vom sozialistischen Koalitionspartner ab. Der Wahlkampf würde nun in seine entscheidende Phase treten. Daran nahm auch das Blatt *Bewahren* ausführlich teil. Die Journalisten hätten die Studie geprüft und sie für einwandfrei befunden. Mediziner wie Professor Teighaus wurden als Gutmenschen beschimpft. Gleichzeitig spekulierte die Zeitschrift über die unterschiedlichsten Mutationen vorangegangener tödlicher Krankheiten, die es auf der ganzen Welt bereits gegeben hatte und malte unterschiedliche Szenarien an die Wand. Das düsterste davon sah eine Ausbreitung auf dem ganzen Kontinent mit biblischem Ausmaß und Millionen von Todesopfern vor. Untermalt wurden die Berichte von großflächige, bunte Fotos, die an anderen tödlichen Krankheiten in Afrika, Asien und Südamerika erkrankt waren.

~

»Kanzler, wir müssen Präsenz zeigen!« Vizekanzler Meffert versuchte seit Tagen, auf seinen Chef einzuwirken. Er hielt die momentane Situation für einen untragbaren Zustand. Die Polizei müsse aufgestockt werden, das Militär müsse aktiviert werden, um die Menschen und Geschäfte zu schützen.

»Meffert, Sie wissen genau, dass das nicht geht. Unsere Verfassung erlaubt es nicht.« Der Kanzler schien resigniert zu haben.

»Ich pfeife auf die Verfassung! Wir werden die Wahlen verlieren, wenn Sie jetzt nicht reagieren! Die Menschen werden bald explodieren! Die Zahlen werden immer schlimmer!«

Doch der Kanzler ließ nicht mit sich reden. Zum einen sorgte er sich um die Große Koalition, und die Sozis als Koalitionspartner würden unter keinen Umständen eine solche Entwicklung der Sicherheitsbehörden zulassen. Zum anderen versuchte er, bei den Verfassungsrechten standhaft zu bleiben. Er selbst hatte an den Gesetzen der Verfassung seinerzeit mitgearbeitet, er selbst hatte die Verfassung weiterentwickelt. Das Militär im Inland? Undenkbar für den Kanzler.

~

Die Enthüllungen von Paul Schneider, die er in der Talkshow preisgegeben hatte, fanden sich in dem Blatt *Bewahren* wegen des Redaktionsschlusses noch nicht wieder, jedoch listete das Blatt eine

Reihe von Medizinern auf, die künftig zur Kategorie der *Persona non grata* gehörten. Mediziner, die nicht handelten, sondern noch hundert Mal forschen würden, bevor sie eine klare Aussage treffen würden. Mediziner, die die Ursachen bestritten, Mediziner, die grundsätzlich nicht anerkannten, dass alle verheerenden Krankheiten der jüngsten Zeit nicht aus der westlichen Welt stammen würden. Das Blatt zog ein eindeutiges Fazit: Zu lange habe die schwache und handlungsunfähige Große Koalition zugesehen und war der Globalisierung hinterhergelaufen. Zu lange habe man den Gutmenschen geglaubt, dass alle in einem Boot sitzen würden. Zu lange habe man auf Political Correctness gepocht und nicht gewagt, die Tatsachen auszusprechen. Und in diesem Fall seien die Tatsachen nun mal unwiderlegbar. Das Land werde von Lassa-Viren überschwemmt. Der sogenannte *Patient zero*, der erste erkannte Fall der Lassa-Mutation in Deutschland, so die Studie, sei aus Afrika eingewandert. Wer dies leugne, verkenne die Wahrheit, so das Blatt weiter.

~

Paul las die Zeitschrift in seinem Büro aufmerksam. Er war nicht unzufrieden über die weitreichenden und teilweise skurrilen Theorien, jedoch spürte er auch ein gewisses Unbehagen über die preisgegebenen Inhalte, aber vor allem über die aggressive Sprache des Blattes. Zweifellos: Fronten waren nun aufgebaut. Das gehörte zu seinem Plan für den Wahlkampf dazu. Aber woher – zum Geier – hatte das Blatt diverse Informationen aus dem vertraulichen Inhalt der Studie? Wie kommen die auf den *Patient zero*? Den wollte Paul doch erst viel später präsentieren. Paul mochte es gar nicht, wenn er das Heft nicht in der Hand hatte. Er wollte dirigieren und die Fäden in der Hand halten.

Paul stand auf und ging zum Büro von Bruckheimer. Er klopfte.

»Herein.«

»Entschuldigen Sie, wenn ich störe, haben Sie eine Minute?«

»Für Sie doch immer, Paul.« Paul setzte sich in den unbequemen, engen Besucherstuhl vor Bruckheimers schwerem Schreibtisch. Hinter sich hatte Bruckheimer ein riesiges Bild vom letzten Abendmahl an der Wand. Wie passend, dachte sich Paul in diesem Moment. Er hatte nie genau hingeguckt, doch jetzt fiel ihm das Bild das erste Mal auf.

»Was kann ich für Sie tun?«

»Diese unselige Zeitschrift: dieses *Bewahren*. Haben Sie es schon gelesen?«

»Selbstverständlich, selbstverständlich. Ich habe sogar gestern Abend noch mit dem Herausgeber telefoniert.«

»Ach.« Paul war erstaunt. Okay, er musste sich eingestehen, dass selbst er nicht alles wissen sollte. Und er vertraute Bruckheimer ohne Vorbehalt. Er war sein Ziehvater, sein Förderer und ein echter Freund geworden. Trotzdem wusste er nicht viel über ihn. Er wagte auch nicht, zu viel zu fragen.

»Und? Sind Sie zufrieden?«, fragte Paul seinen Boss ein wenig fordernd.

»Na klar! Gut, die Sprache ist gewöhnungsbedürftig, aber wir haben einen sprunghaften Anstieg an Nachfrage nach unseren privaten Krankenversicherungen, die wir nur zu gern bedienen. Zudem werden all diese Nachrichten dazu führen, dass unsere Bauanträge für die nächsten fünf Krankenhäuser sicherlich in Kürze genehmigt werden. Aus allen Abteilungen bekomme ich Rekordzahlen geliefert. Und das ist erst der Anfang. Ich habe morgen früh einen Termin mit den gesetzlichen Krankenversicherungen. Die werden sicherlich enormen Druck aus der Politik spüren und Mittel freigeben. Unsere Abteilung *Krankenbedarf* meldet Rekordumsätze. Wir haben eine Schnellproduktion von Mundschutzen in Fernort in Auftrag gegeben. Haben Sie von den Internetverkäufen gehört?«

»Ja, unglaublich.«

»Dreißig Euro das Stück! Das ist ein Verbrechen!« Gleichzeitig brach Brucheimer in schallendes Gelächter aus. »Ich liebe die freie Marktwirtschaft.« Paul fühlte sich unbehaglich. Bruckheimer stand auf und ging zu seiner für ihn eingerichteten Bürobar.

»Vor allem, wenn man die Nachfrage so gezielt steuern kann.« Paul lachte ein wenig gequält. Bruckheimer war natürlich ein Geschäftemacher. Paul ging es aber um anderes. Er wollte seinen Plan verwirklichen. Er wollte ein neues Bewusstsein schaffen. Und er wollte es allen Menschen ermöglichen, gesund zu bleiben. Menschen, die sich selbst krankmachen, haben es nicht verdient, alimentiert zu werden. Menschen die arm waren, aber trotzdem alles dafür taten, gesund zu bleiben, musste man helfen, finanziell und praktisch.

»Aber die haben schon mehr Informationen, als sie haben dürften«, sagte Paul plötzlich. Er war selbst überrascht über sein Vorpreschen. Bruckheimer hielt plötzlich inne. Er drehte sich um und sah Paul bestimmt an.

»Wie kommen Sie denn darauf?«

»Na, wegen dem *Patient zero* zum Beispiel. Den wollten wir erst kurz vor der Wahl präsentieren.« Bruckheimer trank sein Glas aus und ging zurück zum Schreibtisch.

»Machen Sie sich keine Sorgen, Paul. Alles wird gut. Wenn diese Schreiberlinge manche Dinge eben schon etwas früher wissen, dann soll es so sein. Unseren Plan wird es nicht ändern.« Bruckheimer wirkte auf einmal ernster.

»Ich muss mich jetzt um meinen Termin kümmern. Wenn es also nichts mehr gibt, Paul …«

Paul stand irritiert auf. »Nein, das war alles. Also … dann bis später.« Als Paul das Büro verlassen und die Tür geschlossen hatte, trat Bruckheimer wütend gegen seinen Schreibtisch. Er hob den Telefonhörer ab und wählte eine Nummer.

»Hallo? Bruckheimer hier. Vizekanzler Meffert, bitte.«

KAPITEL 17

Die Turmuhr der Kirche neben dem Stümpel-Eck schlug acht Mal. Es war 20 Uhr. Der Straßenzug sah in der Dämmerung fast malerisch aus. Doch die Großstadtidylle war trügerisch. Das Stümpel-Eck befand sich in einem Arbeiterviertel, das mehr und mehr gegen soziale Probleme zu kämpfen hatte. Hier wohnte, wer es in dieser Welt der Ellenbogen nicht geschafft hatte.

Als Bernie die dunkle Raucherkneipe im Wedding betrat, wartete seine ganze Truppe bereits ungeduldig. Jeder strotzte nur so vor Tatkraft und Gier nach Informationen. Sie vertrauten Bernie blind. Sie waren echte Kameraden. Jeder würde für den anderen durch's Feuer gehen. Es saßen ausschließlich Männer am großen Tisch des Lokals in der hinteren Ecke. Hier herrschte kein Publikumsverkehr. Hier trafen sie sich immer, wenn es etwas zu besprechen gab. Dreizehn Männer, alle mit kurz frisierten Haaren, alle zwischen zwanzig und fünfundfünfzig Jahre alt. Allesamt waren sie Familienväter, die versuchten, ihr kleines Leben im Griff zu behalten und ihre Familien zu schützen. Jeder hatte einen Job, vom Fabrikarbeiter bis hin zum Rechtsanwalt – ein seltenes Exemplar von Akademiker in der Gegend, der es als erster in seiner Familie geschafft hatte, zu studieren.

Fast alle verband die Liebe zum Fußball und der Hass auf die faule, dekadente Gesellschaft, die es in ihrem liberalen Denken zuließ, dass alles zerstört wurde.

»Männer, danke, dass ihr gekommen seid.« Bernie drehte sich zum Wirt um und rief ihm entgegen: »Eine Runde Bier für meine Freunde!« Der Wirt nickte und machte sich ans Werk.

»Also, ihr habt es schon gehört. Es ist etwas im Gange. Hab mich mit Peters getroffen.«

»Dieser Lackaffe!«, rief jemand aus der Ecke. Bernie schaute ihn finster an. Augenblicklich verstummte der vorlaute Parteifreund.

»Also, der Peters sagt, wir sind auf dem Weg zur Macht und endlich wird den Weicheiern mal was vor den Latz geknallt!«

Die Männer johlten leise. Gleichzeitig kam das Bier. Bernie schaute dem Wirt hinterher. Als dieser nicht mehr in Hörweite war, fuhr er fort: »Also, die Wahl wird gut laufen und wir ziehen ins Parlament ein.«

Die Männer jubelten und stießen mit ihren Gläsern an.

»Aber wat is mit dem Lassa?«, wollte einer wissen.

»Habt ihr euch testen lassen?« Alle nickten.

»Und? Negativ?« Alle nickten.

»Na, seht ihr. Das ist hier im Gang.«

»Bernie, lass dich bloß nicht verarschen von den Weicheiern!« Bernie stand auf.

»Niemals, Männer, niemals. Unsere Zeit wird kommen. Bis dahin bewahren wir Ruhe.« Er hob sein Glas und alle schluckten den Rest ihres Bieres herunter. »Aber trotzdem können wir etwas Spaß haben. Demnächst ist eine Demo von Peters und ein paar anderen Weicheiern angesetzt. Da sollen wir Ordner spielen. Ich bin mir sicher, dass wir einige finden, die sich nicht an die Ordnung halten wollen.« Bernie grinste und sah seine Männer vieldeutig an.

KAPITEL 18

Ein paar Tage später stieg David die Treppe des S-Bahnhofs hinab und schlenderte langsam den Gehweg entlang. Er schaute auf die riesige Nachrichtenleinwand vor der Bahnstation und las die neuesten Nachrichten:

+++ BREAKING NEWS +++ 4,5 MILLIONEN INFIZIERTE +++ REGIERUNG DEMENTIERT ZUSAMMENHANG ZWISCHEN LASSA UND ERHÖHTEN TODESFÄLLEN +++ BREAKING NEWS +++

David schaute teilnahmslos weg. Bereits gestern wurden von der Regierung Medienberichte dementiert, die besagten, dass es Todesopfer geben würde, die auf das Lassa-Fieber zurückzuführen seien. Die Medien sprachen davon, dass die Todesrate seit einiger Zeit rapide angestiegen war. Die Regierung teilte daraufhin offiziell mit, dass noch nicht geklärt sei, ob die bekannt gewordenen Todesopfer eventuell an anderen Ursachen verstorben seien. Der Zusammenhang sei in der Kürze der Zeit noch nicht herstellbar. Man dürfe keine voreiligen Schlüsse ziehen, doch man könne es natürlich keinesfalls ausschließen. Das mache die Sache nicht besser, da man immer noch nicht wüsste, wie der genaue Krankheitsverlauf sei, so die Regierung. Jedoch verbiete es sich, mediale Schnellschüsse zu Lasten der Menschen zu verbreiten. Die Erklärung der Regierung war für die Menschen keine wirkliche Beruhigung, da die Unwissenheit fast schlimmer war als eine Gewissheit des Albtraums.

Das AEIK lag fußläufig zur Bahnstation. David ließ sich Zeit, denn ihm war klar, dass ohnehin wenige Kollegen da sein würden. Seit der Talkshow vor ein paar Tagen wusste keiner mehr, wie es weitergehen sollte.

Teighaus war verschwunden, abgetaucht, nicht mehr erreichbar.

Franzi kannte seine Privatadresse und versuchte, ihn zu Hause zu besuchen. Leider vergebens, es machte niemand auf. Angehörige hatte Teighaus offenbar nicht. Das Institut war führungslos. Die Aufsichtsgremien konnten nicht tagen, da sie mangels Vollzähligkeit nicht beschlussfähig waren. Es war regelrecht lahmgelegt.

Als David die Tür öffnete und Franzi in ihrem Büro sah, setzte er sich zu ihr.

»Na, David? Wie geht's?«

»Tja, wie soll es schon gehen? Teighaus ist ein großartiger Wissenschaftler. Ich kann gar nicht glauben, dass das alles wahr sein soll.«

»Laut den Medien schon. Aber es ist eigentlich auch egal, was wahr ist und was nicht. Teighaus ist weg, abgetaucht. Das spricht zumindest nicht für ihn. Wir können auf jeden Fall unsere Forschungen vergessen«, sagte Franzi.

»Und unseren Spezialauftrag für die Untersuchung von dem anderen Institut? Dieser UMC-Gruppe?«

»Was sollen wir da jetzt noch machen? Ich sehe darin keinen Sinn mehr.«

»Ist Teighaus' Büro abgeschlossen?«

»Nein.« Franzi zeigte zur Tür. »Komischerweise hat er es noch nicht einmal mehr für notwendig erachtet, seine Bürotür abzuschließen. Sogar der Computer läuft noch.« David stand auf und ging zur Tür von Teighaus' Büro. Er sah sich um und bemerkte, dass alles noch an seinem Platz war. David setzte sich an den Schreibtisch und lehnte sich zurück. Was hatte Teighaus bloß vor? Mit wem hatte er sich angelegt? Wieso hatte dieser Schneider sich die Mühe gemacht, Teighaus derart zu vernichten? Der Professor hatte doch sonst nie wirklich Feinde. War er jetzt der Feind von diesem Schneider?

Er schaute auf den Bildschirm: Sperrmaske. Da müsste schon ein Hacker kommen. Er schaute auf die Tischfläche. Alles war fein säuberlich sortiert, so wie immer. Links befand sich der Stapel unerledigter Sachen, rechts die Ablagen mit den Fächern für seine Sekretärin. Daneben entdeckte er einen USB-Stick. Ein Werbegeschenk, das David ihm einmal überlassen hatte, als Teighaus einmal dringend eine Speichermöglichkeit gebraucht hatte. Beiläufig steckte David den Stick ein. Was hatte Teighaus bloß entdeckt? Er würde doch nicht einfach behaupten, etwas zu wissen, wenn nicht zumindest etwas dran war. Aber wenn er wirklich Alkoholiker sein sollte, dann würde es durch die veränderte Wahrnehmungsfähigkeit dieser Menschen problematischer. Stimmte es, dass er seinen Doktortitel erschlichen hatte? Und das mit den Frauen? Charmant war er ja. Und nicht nur einmal hatte man ihm eine Affäre mit einer Mitarbeiterin nachgesagt. Was kann man bloß noch glauben? David schnaufte durch und stand auf. Mit hängendem Kopf verließ er Teighaus' Büro.

KAPITEL 19

Zwei Tage zuvor

Meffert schüttelte irritiert den Kopf. Er war ungehalten, als er ans Telefon ging.

»Bruckheimer, warum rufen Sie mich an? Wir haben eine klare Abmachung! Wenn das jemand mitbekommt!«, flüsterte er in den Hörer.

»Meffert, wenn Sie wollen, dass alles nach Plan verläuft, dann kriegen Sie Ihre Mitarbeiter in den Griff. Die nachgesagt wie die Spatzen.«

»Wie kommen Sie darauf?«

»Der Bericht heute in diesem reaktionären Schmierenblatt enthält Informationen, die nur *er* an die Öffentlichkeit bringen sollte. Nicht Sie oder Ihr Haus, verstanden? Er ist von äußerster Wichtigkeit! Er ist der Schlüssel, kapieren Sie das nicht?«

»Doch, doch, ohne ihn geht es nicht.«

»Also, sind wir uns einig?«

»Natürlich, Bruckheimer, natürlich. Ich werde nochmals mit allen sprechen. Aber vergessen Sie Ihre Zusage nach der Wahl nicht!«

»Peters? Den haben wir im Griff, der frisst uns aus der Hand und wird alles machen, was wir ihm sagen.« Meffert legte auf und grinste zufrieden. Nach der Wahl kommt mein Tag. Da bin ich diesen Idioten, diesen schwachen Kanzler endlich los. Unser Land braucht Stärke und Entschlossenheit. Die Menschen haben Angst. Mein Tag wird kommen.

KAPITEL 20

Laura hatte ein schwieriges Verhältnis zu ihren Eltern. Sie hatte keine Geschwister und ihre Eltern konnten all ihre Neurosen auf sie alleine abladen. Ihr Vater war ein herrischer Mann, dem die äußere Fassade über alles ging. Wie häufig musste Laura Stubenarrest ertragen, weil sie es gewagt hatte, einmal ihren eigenen Kopf durchzusetzen? Freunde durfte sie lange Zeit offiziell nicht haben, der Vater hatte es schlichtweg verboten. Daher war Laura eine Meisterin des Anscheins und des Heimlichen. Lauras Mutter konnte gegen den Vater nicht standhalten. Sie war selbst in ihrer eigenen Familie klein gehalten worden und hatte nie ein eigenes Selbstvertrauen entwickeln können. In Lauras Familie war, seitdem sie denken konnte, eines klar: Der Vater ist der Chef. Gleichzeitig war die andere Seite der Medaille, dass ihr Vater häufig der Fels in der Brandung war. Er war nie krank gewesen, hatte nie Schwäche gezeigt und nie einen Konflikt gescheut. Seine Familie ging ihm über alles.

Aus diesem Grund war es für Laura auch selbstverständlich gewesen, mit ihren Eltern zu einer der mobilen Teststationen zu gehen, um sich auf den Lassa-Virus testen zu lassen. Sie hatte sich mit dem Thema bereits intensiv beschäftigen müssen, denn ihre schwangere Freundin, die bereits vor Tagen über Unwohlsein geklagt hatte, war zwischenzeitlich auch ins Krankenhaus eingeliefert worden. Sie hatte starkes Fieber und verweigerte die Nahrungsaufnahme. Es bestand akute Lebensgefahr für Mutter und Kind. Laura durfte sie nicht besuchen, da bei ihrer Freundin auch das Lassa-Fieber diagnostiziert worden war. Das bedeutete sofortige Quarantäne. Zudem stellten die Ärzte keine gute Prognose.

Die Teststation lag nicht weit entfernt von der elterlichen Wohnung und so konnten die drei das Auto in der Garage lassen.

»Ich weiß gar nicht, warum ich das hier mache. Ich war nie krank und werde auch jetzt nicht krank sein.« Schnellen Schrittes marschierte Lauras Vater die Straße entlang. Laura und ihre Mutter konnten nur schwer folgen. Sie schwiegen. Was sollen sie auch darauf antworten? Lauras Mutter hatte ständig Angst vor Krankheiten und hatte daher mit sich selbst zu tun.

Die Teststation war in einem aufgebauten Container untergebracht. Der Container war notdürftig in vier Räume unterteilt. Hinter dem Empfang führte ein kleiner Gang in die drei Behandlungszimmer, in dem je eine Schwester die Blutentnahmen durchführte. Ein behandelnder Arzt war für die Sofortdiagnose und für die weitere Kommunikation mit den Behörden und Gerichten zuständig. Dafür wurden enorme finanzielle Mittel vom Staat in die Hand genommen. Ziel war es, binnen weniger Tage eine einigermaßen zuverlässige Bestandsaufnahme zu machen. Die Unity Medical Group als auswertendes Institut hatte dafür extra neue Leute einstellen müssen.

Das Testergebnis kam nach nur fünf Minuten. Laura wurde bleich. Ihre Mutter fing sofort an zu weinen. »Ich habe es doch von Anfang gesagt! Ich habe es von Anfang an gesagt!« Lauras Vater nahm mit versteinerter Miene die Diagnose entgegen. Ich war niemals in meinem Leben länger krank als zwei Tage. Niemals!

»Sie irren sich! Ich bin nicht krank! Ich habe kein Lassa! Ich weiß nicht mal, was das ist!«, schrie er dem Arzt entgegen. Dieser war solche Reaktionen jedoch bereits gewohnt und rief per Telefon schon den zuständigen Richter an.

»Amtsgericht? Bitte zwei weitere Beschlüsse. Ja, ich gebe Ihnen die Namen gleich per Fax samt Testergebnis durch.« Emotionslos legte der Arzt auf und verschwand mit einem einfachen »Tut mir leid« aus dem Behandlungszimmer.

Wortlos verließ Lauras Vater den Container und ging schnellen Schrittes nach Hause. Lauras Mutter weinte immer noch. Sie konnte es nicht ertragen. Warum habe ich recht behalten? Wieso ich? Wieso wir?

Laura versuchte, die Fassung zu bewahren.

»Mama, jetzt warte erst mal ab. Die haben bestimmt in ein paar Tagen ein Gegenmittel gegen das Lassa. Oder zumindest etwas, was das Leiden lindert und die Menschen stabilisiert. Und wer weiß, ob sich die Krankheit wirklich so entwickelt, wie die behaupten!« Doch ihre Mutter ließ sich nicht trösten. Sie schloss gerade mit ihrem Leben ab und versank in tiefem Selbstmitleid.

»Hallo, hören Sie bitte?« Die Schwester mahnte Lauras Mutter mit lauter, ruppiger Stimme dazu, zu ihr an den Tresen zu kommen. Doch die hörte nicht. Laura ging zum Tresen und versuchte, der Schwester ein wenig mehr Pietät nahezubringen.

»Verstehen Sie nicht, dass meine Eltern vielleicht gerade ihr Todesurteil bekommen haben? Können Sie nicht etwas Anstand und Respekt haben?«

»Wissen Sie Schätzchen, seit Tagen bin ich der Überbringer von Tausenden von Todesurteilen. Ich kann nicht auf jeden Rücksicht nehmen.« Laura schäumte vor Wut. Diese Frechheit verschlug ihr einfach die Sprache.

»Hören Sie mir jetzt zu? Es ist wichtig. Ihre Eltern stehen unter Quarantäne. Sie bekommen von mir ein Merkblatt, wie Ihre Eltern sich jetzt verhalten müssen und welchen rechtlichen Gang das Verfahren nimmt. Ihnen werden heute noch im Laufe des Tages die Beschlüsse zugestellt. Dagegen können Sie theoretisch Widerspruch einlegen, doch bedenken Sie bitte, dass die Gerichte vollkommen überlastet sind und sicherlich nicht in den nächsten Jahren darüber entscheiden können. Gleichzeitig muss ich Sie darauf hinweisen, dass ein Widerspruch keine sogenannte aufschiebende Wirkung hat. Das heißt, dass Ihre Eltern bis zur Entscheidung über den Widerspruch unter Quarantäne stehen. Haben Sie das verstanden?«, fragte die Schwester und guckte genervt auf den nächsten

Patienten, der schon auf den Test wartete und verschüchtert die unwirkliche Umgebung beäugte. Laura nahm wortlos die Papiere entgegen und warf der Schwester einen wütenden Blick zu. Wortlos verließ sie die Teststation und rannte ihren Eltern hinterher.

KAPITEL 21

Das Wetter passte sich der Stimmung im Lande an. Es goss in Strömen. Der Herbst hatte mittlerweile die Hauptstadt erfasst. Der Asphalt der Stadt war bedeckt mit großen Pfützen. Aus allen Richtungen spritzten die Tropfen auf die wenigen Menschen, die es gewagt hatten, an diesem Wahlsonntag ins Wahllokal zu gehen und ihre Stimme abzugeben. Was sollte diese Wahl jetzt auch noch bringen?

David und Laura spazierten mit Ben zum Wahllokal. Die beiden hatten sich sofort nach dem traurigen Ergebnis von Lauras Eltern testen lassen. Ebenso wie ihr Sohn Ben waren sie glücklicherweise gesund. Die Stadtteilzeitung berichtete von vielen Schicksalen in der Nachbarschaft. Die Teststationen, die die UMC bereitgestellt hatte, berichteten direkt an die Behörden, die wiederum die Ergebnisse transparent an die Presse weitergab.

David und Laura ließen es sich nicht nehmen, hinauszugehen und von ihrem Stimmrecht Gebrauch zu machen. Sie versuchten, sich nicht von der Krankheitswelle einschüchtern zu lassen.

Als sie an ihrem Stammobsthändler an der nächsten Straßenecke vorbeigingen, bemerkten sie plötzlich, wie der Inhaber auf dem Boden kauerte und sich die Hände vor das Gesicht hielt. Schnell ging Laura zu ihm hin und beugte sich über ihn. »Was ist passiert, Kemal?« Doch dieser wimmerte nur. David schaute besorgt in den Laden. Alles war verwüstet, Obst und Gemüse lag auf dem Boden, teilweise zertreten. Kisten waren überall verstreut, Regale umgestoßen. Es war offensichtlich, dass hier eine Plünderung stattgefunden hatte.

Laura hielt Kemals Hand und schaute zu David hoch.

»Wo soll das bloß alles hinführen?«

»Und vor allem: Wo war die Polizei?« Unvermittelt stand Kemal auf und sagte wütend: »Die hatte ich angerufen.«

»Und?«

»Die hatten offenbar Wichtigeres zu tun. Sie haben mir nahe gelegt, mich zu verschanzen. Für ausländisch aussehende Geschäfte könnte es eh in den nächsten Wochen schwer werden.«

»Die sind nicht gekommen?«

»Die haben gesagt: *Wir tun, was wir können* und seitdem habe ich nichts mehr von denen gehört.«

David wollte gerade zum Handy greifen und wütend die Polizei nochmal anrufen, als plötzlich ein Polizeiwagen mit Blaulicht vor der Tür hielt und zwei Beamte seelenruhig das Auto verließen.

»Na, Sie haben sich ja offensichtlich Zeit gelassen!«, warf David ihnen zu.

»Junger Mann, meinen Sie, das ist hier die einzige Plünderung?«

David und Laura schauten sich wortlos an. Laura nickte David zu, dass er mit ihr nun den Ort verlassen sollte und wies stumm auf Ben. David nickte nur.

»Kemal, hab Vertrauen in die Polizei. Es wird sicher alles gut«, sagte Laura und verabschiedete sich von Kemal.

~

Die Menschen standen vor einer großen Hoffnungslosigkeit. Die Wirtschaftsleistung des Landes brach bedenklich ein. Die Börsenkurse wurden eingefroren. In fast allen Wirtschaftsbereichen gab es dramatische Rückwärtsentwicklungen: Betriebe mussten schließen, Zwangsurlaub für die Mitarbeiter und reihenweise wurden Kündigungen ausgesprochen. Nur die Gesundheitsindustrie profitierte offensichtlich von dem Zustand. Öffentliche Gelder wurden für die Gesundheitsvorsorge der Bürger freigegeben, die Menschen gaben ihr Erspartes zunehmend für medizinische Produkte und Pharmamittel aus. Zu Tausenden warteten sie in den letzten Wochen vor den Arztpraxen, Krankenhäusern und Apotheken. Es wurden reihenweise mobile Teststationen von der Regierung eingerichtet. Auf jedem dieser mobilen Häuser prangte das große Logo von UMC. Da dessen Forschungsstelle die schlimmen Entwicklungen entdeckt hatte, lag es nahe, dass diese auch unmittelbar an der schnell durchzuführenden Testung der Menschen mitwirkte. Schließlich wussten die genau, wo sie hingucken mussten. Andere hätten sich erst einarbeiten müssen. Die Menschen verstanden das. Es war ihnen egal, ob irgendwelche vergaberechtlichen Standards zur Auftragsvergabe eingehalten worden waren oder ob es Verflechtungen zwischen Wirtschaft und Politik gegeben hatte. Sie wollten schlicht und einfach Gewissheit, und das sehr schnell. Die Klarheit bekamen sie direkt nach der Untersuchung. Reihenweise wurden positive Befunde mit gerichtlicher Anordnung zur sofortigen Quarantäne ausgestellt. Die Ansteckungsgefahr war noch immer nicht geklärt. Jeder Teststation war ein Richter zugeordnet, der fernmündlich die Gerichtsbeschlüsse zur Gefahrenabwehr ausstellte. Mit der Panik und der Hoffnungslosigkeit und ohne weitere Kenntnis darüber, wie die Krankheit sich weiter verhalten würde, wurden sie unter Hausarrest gestellt. Die Gerichte kündigten bereits im Vorfelde an, dass Einsprüche oder gar Klagen gegen den Hausarrest wegen des hohen Krankenstandes erst in ein paar Jahren bearbeitet werden könnten. Bis dahin würde der Hausarrest aufgrund der Gefahr für die Bevölkerung Bestand haben.

Das Land stand unter der Kuppel der Angst und Verzweiflung. Wer war Lassa-infiziert? Wie konnte man sich anstecken? Hatte es wirklich nichts mit der Hygiene zu tun? Die Familien kamen zusammen und versuchten, sich gegenseitig Halt zu geben. Gleichzeitig stieg die Wut über die fehlende Information, wie es weitergehen sollte. Die Politiker, allen voran der Kanzler, wurden für die Situation verantwortlich gemacht. Sein Zaudern, sein mangelnder Mut, sich mit den Nachbarstaaten anzulegen und die Grenzen und Flughäfen vorsichtshalber zu schließen, solange man keine genauen Informationen über die Herkunft des Lassa hatte. Der Kanzler wurde in diesen Tagen als *Kanzler der Schwäche* wahrgenommen. Die letzten Tage des Wahlkampfes taten ihr Übriges. Die schlimmen Erkenntnisse hatten den gesamten Wahlkampf der Parteien der Großen Koalition ad absurdum geführt, da dieser auf die historisch gute Situation des Landes ausgerichtet war. Lediglich die Partei für Gesundheit und Ordnung profitierte. Mit weitreichenden Kampagnen spielte sie sich als Partei auf, die die Menschen in ihrer schlimmen Situation ernst nahm.

Die ersten Ergebnisse bestätigten das, was man vermutet hatte: Die Wahlbeteiligung war historisch niedrig. Den unter Quarantäne gestellten Menschen war es zwar möglich, über eine kurzfristig eingerichtete Schnellbriefwahl zu wählen, aber nur die wenigsten machten von dieser Möglichkeit Gebrauch.

~

Noch ein wenig geschockt über den Vorfall beim Obsthändler erreichten David und Laura die Grundschule, die zum Wahllokal umfunktioniert worden war. Sie waren komplett alleine. Ben genoss die Leere auf dem Flur und rannte wild brüllend von der einen Seite zur anderen. Laura und David ließen ihn gewähren. Sie kamen in letzter Zeit eh so wenig aus dem Haus. Da sollte er sich ruhig ein wenig austoben.

Früher mussten sie bei Wahlen immer anstehen. Ein Wunder, dass sie überhaupt Wahlhelfer gefunden haben, dachte sich David.

Die Kreuze waren schnell erledigt. Für die beiden kam es nicht in Frage, konservative oder gar reaktionäre Kräfte zu wählen, trotz der ganzen unsicheren und unglücklichen Situation im Land. Laura und David fühlten sich aufgeklärt; sie versuchten, die Dinge differenziert zu betrachten. Als die beiden mit Ben zurückspazierten, trafen sie auf keinen Fußgänger, auf kein Auto. Wo früher im Viertel das Leben tobte und die Menschen in den Cafés und Restaurants saßen, die Touristen den Kiez umschwärmten, herrschte nun Totenstille. Lokale waren geschlossen, in den wenigen geöffneten Geschäften herrschte gähnende Leere. Die Geschäftsinhaber versuchten alles, um Kunden anzulocken. Rabatte bis zu 80% wurden auf die Waren ausgerufen.

»Ich muss noch meine Eltern anrufen, David. Erinnere mich bitte daran.« David nickte und warf Laura einen liebevollen Blick zu. Die Schockdiagnose hatte die ganze Familie aus der Bahn geworfen. Lauras Vater hatte zeit seines Lebens nicht mit Krankheiten umgehen können. Er war gesund, hatte gesund zu sein und alles andere kam nicht in Frage. Er verleugnete die Krankheit und schimpfte auf alles, was ihm in den Sinn kam: Politiker, Richter, Polizisten, Ausländer, die seiner Meinung nach die Krankheiten einschleppten, Ärzte. Laura hatte Schwierigkeiten, diese Laune ihres Vaters zu ertragen, aber sie fühlte sich irgendwie schuldig. Warum sie und nicht sie? Ihre Eltern standen unter Hausarrest und so durfte sie sie nicht besuchen, daher bemühte sie sich, so häufig wie möglich anzurufen. Lauras Mutter vergrub sich in ihrem Selbstmitleid und überließ den Haushalt immer mehr sich selbst.

Als sie wenig später zu Hause ankamen, griff Laura zum Hörer. Sie wählte die Nummer ihrer Eltern und atmete einmal tief durch. Als ihr Vater ans Telefon ging, merkte Laura, dass dieser heute eine ganz finstere Stimmung hatte. Keine Chance auf ein vernünftiges Gespräch, dachte sie sich. Also lass ihn reden:

»Laura, du musst aufwachen!«, polterte er los. »Hör auf mit deinem Gutmenschentum! Die Schwarzen sind es gewesen! Es steht doch schwarz auf weiß in diesem Bericht! Die Schwarzen haben den Lassa-Dreck ins Land geholt und deinen Vater angesteckt! Mich, der nie krank war!« Laura schloss die Augen. Sie versuchte, nicht zu widersprechen, aber sie konnte nicht anders:

»Papa, das ist doch gar nicht bewiesen. Nur weil das ein Blatt geschrieben hat?«

»Ein Blatt?«, brüllte ihr Vater. »Auf welcher Seite stehst du eigentlich? Merkst du nicht mal jetzt, dass dieser Schwächling von Kanzler an allem schuld ist? Jahrelang hat der die Schwarzen ins Land gelassen!« Laura hörte, wie nach einem kurzen aber heftigen Disput ihre Mutter ans Telefon kam.

»Laura, Schatz. Es macht ihm sehr zu schaffen, dass er nicht wählen gehen konnte. Das mit dieser Briefwahl wollte er nicht. Er hat doch immer viel Wert auf seine Stimme gelegt und heute ist es das erste Mal, dass er nicht wählen geht. Das macht ihn sehr fertig.« Lauras Mutter begann zu weinen. »Wer weiß, vielleicht hat er ja recht.«

»Mama, fall nicht darauf rein. Man muss abwarten!«

»Aber alle sagen es. Die Kinder von nebenan haben diese sozialen Netzwerke und da stehen offizielle Zahlen und Daten, sagen sie. Von unabhängigen Personen. Die können sich das doch nicht alles ausdenken! Na, mir ist eh bald alles egal. Ich werde eh sterben.« Lauras Mutter schluchzte hemmungslos.

Laura stutzte. Sie nutzte die sozialen Medien nicht häufig, aber vielleicht sollte sie dort tatsächlich mal die Augen offenhalten. Wer weiß, welchen Medien man überhaupt noch trauen kann?

~

Am späten Nachmittag saß Paul bei Chang im Restaurant. Er war wieder mal der einzige Gast. Chang hatte ihm zuliebe den Fernseher angeschaltet, wo die Wahlsendungen liefen. Paul hatte Hunger und er wollte nun das erste Ergebnis seines Strebens in angenehmer Umgebung genießen. Und wo konnte er es besser als bei seinem Lieblingsrestaurant? Chang polierte zum wiederholten Male seine Gläser. Sie wurden in den letzten Tagen nicht viel benutzt, daher glänzten sie, wie sie noch nie zuvor geglänzt hatten. Paul starrte auf den Bildschirm. Es war sechs Uhr. Die ersten Hochrechnungen und Prognosen kamen. Der Gong erklang. Paul nippte an seiner Cola und hielt den Atem an:

Die Konservativen des Kanzlers: desaströse Verluste, trotzdem stärkste Partei. Die Sozis: ebenfalls erhebliche Verluste. Genauso wie die Liberalen und die Grünen. PGO. Paul stand auf. Der Moderator machte es spannend: Der Balken stieg. Und stieg. Und stieg. Nur knapp hinter den Konservativen. David klatschte in die Hände und schrie laut auf. Chang schaute zu ihm herüber und schüttelte den Kopf.

»Sorry, Chang!« Paul setzte sich wieder. Sein Handy klingelte. Eine Nachricht von Cathy: »Wieso habe ich im Gefühl, dass du etwas mit dem Ergebnis zu tun hast?« Paul grinste. Sie kennt mich eben am besten von allen.

Wie lange hatte Paul mit Medizinern zusammengesessen, sich deren Meinungen, Erfahrungen und Eindrücke angehört? Er brauchte einen Paukenschlag, einen Schock, eine veritable Gefahr. Er brauchte etwas, das griffig war, das den Menschen Angst machte, dass es sie erwischen konnte. Nichts, was im vorigen Jahrhundert passiert war, sondern heute geschieht, in vielen Teilen der Welt. Das Lassa-Fieber war prädestiniert. Die Menschen kannten Bilder aus Afrika und sie wussten über die immense Ansteckungsgefahr Bescheid. Trotzdem umgab das Lassa-Fieber immer noch das geheimnisvolle Unbekannte. Und Angst hatte man vor allem vor dem, was man nicht kannte. Wenn man das noch mit einer kleinen Mutation vermischte, dann würde man eine explosive Gemengelage der Angst bekommen. Jetzt braucht man nur noch die Bilder dazu. In ein paar Tagen werde ich den Deal zum Abschluss bringen. Die wichtigsten Fernsehstationen werden dann uns gehören. Und die reichhaltigsten Studios und Utensilien. Dann schalten wir in den nächsten Gang, frohlockte Paul. Cathy, irgendwann wirst du stolz auf mich sein und mich verstehen.

~

Laura stand am Telefon, als die erste Hochrechnung kam. David hatte Ben eine Kindersendung im Fernsehen angeschaltet, um ihn abzulenken, und stand nun neben ihr. Sie hielt sich die Hand vor den Mund und weinte, als sie die Nachricht am Telefon hörte. Mitfühlend legte David seine Hand auf ihre Schulter. Laura konnte es nicht glauben. Es war so schnell gegangen. Ihre Freundin war am Lassa-Fieber gestorben. Das Kind konnte ebenfalls nicht gerettet werden. Die Gefahr war nun so nah.

KAPITEL 22

Vizekanzler Meffert hatte den Kragen seines Mantels hochgestellt. Er hatte kein Interesse daran, erkannt zu werden, als er im Park langsam auf und ab ging und wartete. Es war noch früh am Tage und kalter, feuchter Nebel hüllte den Park in eine trübe Kulisse. Bruckheimer hatte behauptet, dass es notwendig sei, auf diesem Wege mit Peters Kontakt aufzunehmen. Nur so könne Peters ihm vertrauen. Unerkannt von der Hauptstadtpresse und zu einer Zeit, in der man solche Treffen nicht erwarten würde.

Der gestrige Wahlabend war lang geworden. Zwar lag überall der Schatten des Lassa-Fiebers über dem Land, aber im Vordergrund wurden dieselben Spielchen gespielt wie bei anderen Wahlen auch. Politiker aller Parteien beschimpften sich, gratulierten sich selbst, riefen sich zum Wahlsieger aus und konstruierten dabei abstruse Theorien, warum sie doch nicht Wahlverlierer wären. Lediglich die PGO feierte in ihrer Parteizentrale ausgelassen, aber auch demütig den Wählerauftrag. Peters und sein Vize Bernie Retzke hatten am Abend vorher noch lange an der Bar gesessen. Sie hatten selten einen Moment, in dem sie sich fast freundschaftlich unterhielten. Dafür waren sie zu verschieden. Peters, der Akademiker mit Unternehmereltern, und Bernie, die Waise, die im Arbeiterviertel aufgewachsen war und die die raue Straße der Hauptstadt täglich miterleben hatte müssen.

»Nicht schlecht, was, Bernie?« Die beiden stießen mit ihrem Bier an. Bernie grinste nur.

»Haste jut gemacht, Peters.« Selten kam über Bernies Lippen Lob für feinere Leute. Aber heute musste er sich eingestehen, dass Peters der richtige Mann am richtigen Platz war.

»Und was passiert nun? Was ist mit dieser Krankheit?«

»Wir werden sehen. Ich stehe mit diesem Schneider von der UMC im engen Austausch. Der hat die richtigen und echten Informationen und wir haben direkten Einblick. Ich möchte dich da mehr einbinden, Bernie.« Dieser nickte nur.

Peters trank seinen letzten Schluck aus der Flasche und schaute Bernie genau an. Bernie ist gut, aber er darf nichts von meinem Plan mit Meffert wissen. Da würde er nicht mitmachen. Das wäre zu hoch für ihn. Ich brauche ihn fürs Grobe und fürs Herz. Alles andere mache ich. Dann werden wir gewinnen.

Sämtliche Parteigremien hatten bis tief in die Nacht hinein getagt. Der Kanzler der Schwäche war direkt nach den ersten Hochrechnungen zurückgetreten. Zu deutlich war sein persönlicher Anteil an der Niederlage der Konservativen. Zudem war er zermürbt von innerparteilichen Angriffen und privaten Verleumdungen. Die Partei hatte daraufhin Meffert grünes Licht gegeben, als Verhandlungsführer noch einmal in die Koalitionsverhandlungen mit den Sozialisten zu treten, eine beim Volk ungeliebte Verbindung. Trotzdem ein notwendiges Übel, um eine gewisse Stabilität zu erhalten.

Die PGO war ein Unsicherheitsfaktor, ein unbeschriebenes Blatt, unberechenbar. Damit wollte man noch nichts zu tun haben. Die Sozialisten hatten Bereitschaft signalisiert, zeigten jedoch deutlich, dass die Koalition Grenzen hatte. Sie konnten sich nicht weiter von ihrem Wahlvolk und ihrem Parteikern entfernen. Trotzdem lief alles darauf hinaus, dass Meffert mit Hilfe der Sozialisten zum neuen Kanzler des Landes gewählt werden würde.

Peters grinste, als er den Weg entlang auf Meffert zuging. Aus ihm sprühte das Selbstvertrauen und die Genugtuung nur so heraus, es den etablierten Parteien gezeigt zu haben. Noch mehr als sonst sah man ihm an, dass er bereit war, große Taten zu vollbringen.

»Haben Sie Angst, erkannt zu werden?«

Meffert antworte nicht auf die Frage. Er dachte sich, welche Zumutung er ertragen muss. Mit so einem Fatzke musste er jetzt zusammenarbeiten. Naja, hoffentlich nur für kurze Zeit. Er wusste, seine Ziele konnte er nur mit Peters erreichen. Er biss sich auf die Zunge und machte gute Miene zum bösen Spiel.

»Herr Kollege Peters, Glückwunsch zum Wahlerfolg. Unser gemeinsamer Freund sagte mir, dass wir uns treffen sollten.«

»Herr Meffert, *Sie* wollten doch Kontakt aufnehmen. Ich glaube, Sie wollen etwas von mir. Nicht umgekehrt.« Meffert hasste es, das Heft nicht in der Hand zu haben.

»Wir werden sehen. Sie müssen Ihre Gorillas im Griff haben, dann könnten wir uns einig werden. Mit Ihnen und Ihren gemäßigten Parteifreunden gibt es viele Schnittmengen. Bekanntlich beherbergen Sie aber auch anderes Ungeziefer.«

»Ich weiß nicht, was Sie meinen, Herr Meffert. Unsere Partei ist eine demokratisch gewählte Partei.«

»Ist richtig, ist richtig. Lassen wir das Rumgeeier. Unser gemeinsamer Freund ließ durchblicken, dass Sie an mehr interessiert sind, als irgendwelche Sonderlinge Ihrer Fraktion durch die nächsten vier politischen Jahre zu führen. Sie wollen etwas bewegen. Und Sie wollen Macht.«

»Ich höre zu«, nickte Peters. Die beiden Männer setzten sich langsam in Bewegung und schlenderten den Weg entlang.

»Also. Halten Sie Ihre Gorillas klein. Von mir aus auch nur nach außen. Kritisieren Sie öffentlich irgendwelche Thesen und Reden, die wieder einmal zu weit gegangen sind. Dann ist es darstellbar, dass die Große Koalition mit den Sozialisten nur eine kurze Überlebensdauer hat.«

»Sie wollen sie platzen lassen?«

»Wird mir nichts anderes übrigbleiben. Die linken Utopisten kommen bei den Sozialisten aus der Deckung und nutzen das Lassa-Fieber für ihre Sozialromantik. Und meine Partei wird sich sicherlich nicht lange verbiegen können und nach deren Pfeife tanzen und ganz im Gegenteil den Ton in der Krankheitskrise verschärfen. Früher oder später wird es knallen. Da brauchen wir dann einen zuverlässigen Partner. In dieser Legislaturperiode kann ich Ihnen aber nichts Konkretes anbieten. Wenn Sie uns dulden, dann können wir nach der nächsten Wahl in vier Jahren über Koalitionen sprechen.«

Peters stutzte. Meffert ging also sehenden Auges in eine Koalition, von der er wusste, dass sie nur kurze Zeit halten würde. Er hatte zwar schon viel erlebt, vorher arbeitete er jahrelang als Führungskraft in großen Unternehmen, aber Meffert hatte etliche Politikerjahre mehr auf dem Buckel. Er war der personifizierte Berufspolitiker. Jung angefangen, keinen wirklichen Beruf ausgeübt, sich dafür Jahr für Jahr in der Hierarchie der Partei hochgearbeitet.

Wenn die Öffentlichkeit wüsste, was Meffert vorhatte, dachte sich Peters. Genau in diesem Moment sagte Meffert in scharfem Ton: »Diese Unterhaltung hat nie stattgefunden. Sollte auch nur ein Ton darüber an die Öffentlichkeit gelangen, wird Ihre Partei das nächste Jahr nicht überleben. Unsere Freunde von der Presse warten nur darauf, Ihre Partei auseinanderzunehmen. Sie wissen selbst am besten, welche Schwachpunkte Ihre Partei hat. Und Sie wissen, dass es keine Rolle spielt, ob das alles so differenziert berichtet wird, wenn eine Kampagne einmal läuft.«

Peters erwiderte Mefferts feindseligen Blick. Plötzlich blieb er stehen, baute sich vor Meffert auf und wedelte mit dem Zeigefinger bedrohlich vor dessen Nase.

»Wissen Sie, wir sind angetreten, um uns nicht von den Etablierten vorschreiben zu lassen, was wir sagen und was wir denken müssen. Und wir haben unsere eigenen Leute bei der Presse. Unterschätzen Sie nicht unseren gemeinsamen Freund. Ich denke, er ist mehr mein Freund als Ihr Freund. Und der Zeitgeist spielt für uns! Vergessen Sie das nicht. Unser allerbester Freund ist zurzeit das Lassa-Virus, klar? Die rechten Medien warten doch nur darauf, dass wir sie füttern. Noch halte ich die Leute in Schach, aber kommen Sie mir nicht so!« Meffert blickte in den Himmel. Er klarte langsam auf und der Nebel lichtete sich.

»Ok, wir verstehen uns. Haben wir einen Deal?«

Peters nickte. Wortlos verabschiedeten sich beide per Handschlag und verschwanden in entgegengesetzte Richtungen.

KAPITEL 23

»Aber Henrike Meyer wird nicht mehr senden können.« Paul Schneider saß drei Wochen nach der Wahl im Büro des Chefredakteurs Reinhard Messke von der Mediengruppe TeleDeutschland und machte deutlich, was er sich künftig programmatisch vorstellte. »Wir brauchen in Zukunft Moderatorinnen und Moderatoren, die – sagen wir mal – etwas mehr Verständnis für die Notwendigkeit der Gesundheit in unserem Leben haben. Und Henrike Meyer als bekennende Raucherin und Gelegenheitstrinkerin passt da nicht so ganz ins Profil. Alles muss nun der Gesundheit untergeordnet werden! Die Leute haben nichts anderes mehr im Kopf! Sie spüren das Lassa-Fieber in jeder Sekunde! Sie haben Angst! Und dieser Angst muss man versuchen zu begegnen, indem man die Menschen informiert! Dafür brauchen wir einsichtigere Moderatoren.«

In den letzten Wochen hatte er systematisch darauf hingearbeitet, dass die Panik vor der tödlichen Krankheit in der Bevölkerung nie dagewesene Ausmaße annahm. Den Menschen war deutlich anzumerken, dass sie ein kollektives Trauma erlebten. Sie teilten alle dieselbe Angst, aber anstatt als Gesellschaft zusammenzustehen, wurde sie gespalten. Keiner traute dem anderen mehr über den Weg. Der Nachbar könnte infiziert sein. Jeder hielt sich von jedem fern. Das gesellschaftliche Leben war dadurch zum Erliegen gekommen. Die Menschen trafen sich nur noch, wenn es nicht zu vermeiden war. Das einzige gesellschaftliche Leben fand in den eigenen vier Wänden in der Familie statt. Es wurde fast kein Geld mehr für Konsumartikel ausgegeben, sondern in Krankenversicherungen und Artikel, die der Gesundheit dienten, investiert. In dieser Branche herrschte Goldgräberstimmung. Ein paar Wochen nach der Wahl hatte die Regierung das Lassa-Fieber immer noch nicht unter Kontrolle. Die Zahl der Infizierten war auf 6,3 Millionen

Menschen gestiegen. Der Todesschlüssel war von den Forschern zumindest schon einmal gefunden worden. Dem Kind konnte ein Name gegeben werden. So konnten die Menschen sich ein wenig darauf einstellen, was passiert. Die Zahl der Todesopfer stieg täglich. Die Regierung mauerte noch und stellte offiziell weiterhin keinen Zusammenhang zu dem Lassa-Virus her. Doch die Menschen glaubten der Regierung nicht mehr. Der Verdacht wurde immer größer, dass das gefährliche Virus die Todesursache war. Wie lange würde die Regierung noch mauern? Die Medien versuchten, sich gegenseitig mit den neuesten und düstersten Zahlen zu übertreffen. Einige Infizierte erholten sich wie durch ein Wunder nach kurzer Zeit wieder. Die Medizin war sich dabei nicht im Klaren, woher diese Gesundung wirklich kam. Es gab bisher keinen einzigen Heilansatz. Gleichzeitig waren Menschen, die kurz nach Ausbruch der Seuche negativ getestet worden waren, in den Wochen danach erkrankt. Diese Unsicherheit und der fehlende Anker, an dem man sich festhalten konnte, der Umstand, dass es keine Regeln gab, potenzierte die Panik der Menschen um ein Vielfaches.

Zufrieden lehnte sich Paul zurück und ließ seine Gedanken über die letzten Wochen schweifen. Er hatte nie verstehen können, dass sich Menschen zwar für viel Geld ein Auto anschafften, jedoch dann über die Zusatzkosten beim Arzt meckerten. Er hatte offensichtlich mit seiner Kampagne und seinem Unternehmen dazu beigetragen, dass sich etwas in der Gesellschaft wandelte. Ok, er gestand ein, dass es mit einem wahrhaften Schock ausgelöst worden war, aber waren für tiefgreifende gesellschaftliche Änderungen nicht immer Traumata oder Kriege notwendig? Paul schloss kurz die Augen und lachte innerlich. Einen Krieg wollte er nicht vom Zaun brechen. Obwohl er sich sicher war, dass er auch den initiieren könnte. Ein paar Ressentiments schüren, medial Randgruppen bilden, die Bevölkerung sich bewaffnen lassen und schon könnte es losgehen. Er schüttelte über sich selbst den Kopf. Puh, Paul, du hast Gedanken. Dann doch lieber auf diese Art.

»Herr Schneider?« Paul bemerkte, dass er eben nicht bei der Sache gewesen war. »Hören Sie überhaupt zu?«

Messke war Chef des größten privaten Fernsehsenders im Land. Er war stolz, dass er diesen Deal zusammen mit Paul Schneider eingefädelt hatte. Immerhin bedeutete der Verkauf eine Menge Geld für seine ausländischen Eigentümer und für ihn. Die Alteigentümer hatten das Interesse am deutschen Markt verloren. Daher wollten sie Kasse machen und sich auf Asien konzentrieren. Dort lag ihrer Ansicht nach künftig das große Geld. Und der Messke, sollte eine anständige Provision für den Deal einstreichen.

»Entschuldigung, ich war gerade in Gedanken. Was sagten Sie?«

»Ich sagte, dass Henrike Meyer sicherlich eine der beliebtesten Moderatorinnen ist. Die zu feuern, müssen Sie gut begründen.«

»Das werden wir. Wir sind schon dran. Aber es kann schmutzig werden.«

»Warum habe ich das irgendwie erwartet?«, fragte Messke in den Raum herein. Paul blickte Messke kritisch an.

»Das kann Ihnen nun eigentlich egal sein. Genießen Sie das Leben und die Abfindung, die wir Ihnen zahlen. Kaufen Sie sich eine kleine Insel in der Karibik und genießen Sie Cocktails.«

Messke lachte. »Ich bin Journalist! Mit Leib und Seele! Meinen Sie, Sie werden mich so einfach los? «

Paul schaute ihn an. »Ja, das glaube ich.«

Messkes Gesichtszüge froren ein. Was meinte der denn damit? Er schluckte und versuchte, Pauls Blick auszuweichen.

»Ist gut, junger Freund. Ich werde …«

»Ich bin nicht Ihr Freund. Merken Sie sich das.«

Messke wurde aschfahl und blickte in Pauls Augen. Er sagte nun nichts mehr.

»Machen Sie sich keine Sorgen, Messke. Wenn sich jeder an die Abmachung hält, dann wird alles gut.« Paul stand auf, gab Messke die Hand und verschwand wortlos.

Die Sendergruppe TeleDeutschland gehörte nun der Unity Medical Care Group. Der Deal war für Bruckheimer quasi ein Schnäppchen gewesen. Die ausländischen Eigentümer sahen den Werbemarkt als ausgereizt an. Mit privatem Fernsehen war nicht mehr viel Geld zu verdienen. Zudem tat die unsichere Lage und die restriktive Kauflust der Menschen in diesem Land ihr Übriges. Doch Bruckheimer sah dieses Investment anders. Er wusste, dass ein durchschlagkräftiges Medium notwendig war, um seine Ziele zu erreichen. Gesellschaftlicher Wandel ging nur über die öffentliche Meinung. Und diese musste er steuern. Die Sender waren ein hervorragendes Sprachrohr. Deutschland stand vor dem Lassa-Kollaps! Das musste transportiert werden. In Bildern und in Farbe. Und er schickte natürlich seinen besten Mann in die Verhandlung. Paul machte alles. Er knüpfte die Kontakte, legte Zahlen vor, die die Befürchtung der Alteigentümer bestätigten, verhandelte die Verträge und erstellte eine Strategie für die künftige Programmgestaltung. Er ließ sich dabei von Medienfachleuten beraten und gab unzählige Studien in Auftrag. Paul war wie immer perfekt vorbereitet und arbeitete seinen auf dem Reißbrett entwickelten Plan Schritt für Schritt ab. Er wusste, es konnte auch dieses Mal nichts schiefgehen, wenn er jede mögliche Handlung des Gegners im Vorfeld vorhersah und darauf reagieren konnte.

Alle Details von Pauls Plan funktionierten. Die bisherigen vier Sender fusionierten zu zwei Sendern. Damit konnte man Ressourcen sparen und die Aufmerksamkeit bündeln. Vielfalt würde dem Geschäft nur schaden. Der erste Sender sollte die gewünschten Informationen direkt an die Zuschauer bringen: Dokumentationen, Nachrichten, Talkshow. Lassa auf allen Kanälen. Paul schmunzelte: Wie die Menschen immer denken konnten, dass Nachrichtensendungen Fakten objektiv transportieren. Als wenn da nicht Menschen säßen, die ein genaues Interesse hatten, welche Informationen in welcher Form und in welchem Kontext verbreitet wurden.

Der andere Sender sollte ein Unterhaltungssender werden. Mit Spielshows, Spielfilmen und Serien. Selbstverständlich spielte auch auf diesem Sender Gesundheit die maßgebliche Rolle. Nur sollte das Thema subtiler an den Verbraucher gebracht werden. Ärzteserien, Spielfilme mit dem Genre Katastrophen und Krankenhaus und auch die Spielshows handelten von dem Thema: Wie bleibe ich gesund? Paul hatte für die Vorbereitung und die Umsetzung dieses Projekts viel Geld ausgeben dürfen. Daher konnte er sich in diesem Bereich so richtig austoben. Er hatte sich zeit seines Lebens darüber geärgert, wie gleichmütig die Menschen Informationen aus den Mainstream-Medien aufsogen und diese widerspruchslos für wahr hielten. Nun konnte er selbst gestalten. Er hatte nur Bruckheimer Bericht zu erstatten. Paul spürte, wie sein Ego innerlich plötzlich immer größer wurde. Er genoss dieses Gefühl der Euphorie und der Macht. Intuitiv schaute er auf seinen Arm: er bekam Gänsehaut. Seine Augen funkelten. Paul spürte, wie er innerlich beinahe explodierte, weil er sich unbesiegbar fühlte. Er konnte alles schaffen. Alle seine Pläne würden funktionieren. Der Mensch ist strategisch ausrechenbar. Man musste nur Augen und Ohren offenhalten und ein gewisses Talent für die Schwingungen in der Gesellschaft haben.

Paul schluckte und atmete tief ein. Er schloss die Augen und dachte sich: Nur nicht durchdrehen, Paul, nur nicht die Nerven verlieren. Unterschätze nie deine Gegner! Unterschätze nie das Ungewisse. Paul beruhigte sich und legte den Schalter wieder um. Funktionieren, Emotionen beiseiteschaffen. Was hatte Chang, sein Lieblingswirt, immer gesagt? Das Ego sei die schwerste Bürde der Menschen und verursache nur Leid. Paul lächelte. Ich muss dringend mal wieder zu Chang zum Essen. Da fühle ich mich wohl, da ist mein zweites Zuhause. Da kann ich abschalten. Da spüre ich meinen Drang nicht so stark, mein Ziel zu erreichen.

Morgen würden die ersten Programme auf Sendung gehen. Der

Sendestart wurde großspurig medial auf allen Kanälen bekannt gemacht. Plakate, Zeitungsanzeigen, online, viral. Gerade in der jetzigen Zeit hatten die Menschen eh nur eines im Kopf: Wie würde es mit dem Land weitergehen? Zeichneten sich Entwicklungen ab? Wie konnte man sich schützen und gesund bleiben? Wer war für diese Epidemie verantwortlich? Wer war schuld?

Jetzt war es Zeit, den Angstfaktor der Menschen noch weiter in die Höhe zu treiben. Krankheit macht keine nachhaltige Angst, wenn es abstrakt bleibt und keine Folgen hat. Also musste jetzt die schlimmste aller Konsequenz drohen.

Es wunderte Paul nicht, als seine Sender gemeinsam am Sendestart einen Marktanteil von 90 Prozent erreichten.

Jetzt muss ich mich dringend um die sozialen Netzwerke kümmern, ging es ihm durch den Kopf. Prowski hatte dafür hervorragende Mitarbeiter. Für die nächste Stufe sind die sozialen Medien perfekt. Die ersten offiziellen Lassa-Todesopfer müssen direkt rührselig und persönlich verbreitet werden. Am besten mit Bildern und Namen. Das kann man dann direkt im Anschluss in den Print- und Fernsehmedien in Umlauf bringen. Das würde direkt in die Herzen der Menschen treffen. Er nahm sein Handy und rief seine Sekretärin an.

»Sekretariat? Abteilung O, bitte.« Nach kurzer Zeit meldete sich Prowski am anderen Ende der Leitung.

»Prowski? Ich habe alles vorbereitet. Das Projekt *Soziale Netzwerke* kann gestartet werden. Ich schicke Ihnen eine Mail mit allen Namen, Daten und Texten.«

~

Am nächsten Morgen berichteten die Zeitungen von einer Trunkenheitsfahrt von Henrike Meyer. Der Artikel wurde durch die sozialen Medien ins ganze Land hinausgetragen. Sie sollte mit über

1,5 Promille mehrere rote Ampeln überfahren und dabei Kinder gefährdet haben. Der Vorfall sollte schon vor mehreren Wochen geschehen sein. Warum die Nachricht gerade jetzt an die Öffentlichkeit kam, wurde von niemandem hinterfragt. TeleDeutschland reagierte umgehend und suspendierte Henrike Meyer mit sofortiger Wirkung. Gerade in diesen schlimmen Zeiten könne man keine Moderatorin unterstützen, die leichtfertig sich und andere gefährden würde, hieß es in der Presseerklärung. Für Paul Schneider war es ein Hochgenuss gewesen, diese Pressemitteilung zu verfassen. Sie hätte eben besser auf sich und ihre Gesundheit aufpassen sollen.

Gleichzeitig wurde innerhalb weniger Stunden eine Nachricht in den sozialen Netzwerken tausende Male geteilt, die eine Schwester einer jungen Frau geschrieben hatte. Eine junge Mutter hatte gerade ihr Baby zur Welt gebracht und hatte bereits in den Wochen davor über Schmerzen im Unterleib geklagt, verbunden mit starkem Fieber. Inneerhalb weniger Stunden hatte sich ihr Zustand derartig verschlechtert, dass sie in die Intensivstation eingewiesen werden musste. Das Baby ließ keinen anderen Menschen an sich heran. Es schrie und wehrte sich ungewöhnlich heftig für sein zartes Alter, wenn Hebammen versuchten, es von der Mutter zu trennen. Nachdem die Mutter starke Blutungen bekommen hatte und auch noch ständig erbrechen hatte müssen, war es zu einer lebensgefährlichen Dehydrierung gekommen, die nicht mehr aufzuhalten gewesen war. Die Ärzte hatten versucht, fiebersenkende Mittel zu verabreichen, doch sie hatten nicht angeschlagen. Die Mutter verlor das Bewusstsein. Trotzdem musste das Baby ständig an der Seite der Mutter liegen. Wenigstens die Produktion der Muttermilch funktionierte noch und so hatten die Schwestern das Baby bei jeder Gelegenheit an die Brust der todkranken Mutter angelegt. So war ein Foto entstanden, das um die Welt gehen sollte. Genau in diesem Moment erlitt die Mutter ein Organversagen. Um die Menschen an ihrem Schmerz teilhaben zu lassen, machte die Schwester ein Foto des Sterbemoments der Mutter. Das Baby lag immer noch an der Brust und saugte die letzte Muttermilch aus. Es sah glücklich aus. Es wollte nur bei seiner Mama sein. Unter dem Foto standen lediglich zwei Worte mit ein paar weinenden Emojis: *Verfluchtes Lassa.*

Die Zeitungen nahmen den Bericht auf und recherchierten hunderte weitere Fälle. Alle waren auf das Lassa-Virus zurückzuführen. Die Regierung konnte nicht mehr dementieren. Die Todesspirale schien in Gang gekommen zu sein. Die letzten Hoffnungen der Menschen auf einen glimpflichen Ausgang waren zerstört worden. Von jetzt an begann ein Kampf gegen die Zeit.

2. Abschnitt

KAPITEL 24

Ein halbes Jahr später

Ben war heute irgendwie ruhiger als sonst. Laura machte sich zwar ein wenig Sorgen, aber heute konnte sie ihn auf keinen Fall zu Hause lassen. Er musste in die Kita. Lauras Fotoagentur hatte einen besonderen Auftrag von der Bezirksbehörde bekommen. Sie sollte jeden infizierten Menschen im Bezirk für die Dokumentation der behördlichen Registrierung fotografieren. Natürlich war dies kein künstlerischer Auftrag, aber Laura musste zugeben, dass sie froh war, in diesen Zeiten überhaupt Arbeit zu bekommen. Kunst war in diesen Tagen nicht gefragt. Und Laura und David wollten sich nicht alleine auf sein Gehalt verlassen.

Sechs Monate waren vergangen, seitdem bekannt wurde, dass das Volk an einer Epidemie litt. Seit fast 180 Tagen lebten die Menschen in ständiger Angst, dass es nun auch sie oder einen ihrer Lieben treffen könnte. Der Winter war einer der härtesten und kältesten seit Beginn der Wetteraufzeichnung. Eisiger Ostwind peitschte wochenlang durch die betonierte Hauptstadt. Die Menschen gruben sich förmlich ein und warteten auf den Frühling, auf ein besseres Leben, auf ein Ende der Lassa-Epidemie, auf ein Aufwachen aus diesem Albtraum.

Berichte von Todesopfern wurden vor dem Tod der jungen Mutter, der in den sozialen Medien verbreitet wurde, von der Regierung wochenlang dementiert. Aber dieses Dementi machte die Menschen nur noch wütender. Die tausendfachen Berichte in den sozialen Medien können nicht lügen! Die Regierung schien den Zustand verwalten zu wollen und wurde durch das Leugnen nur noch unglaubwürdiger. Die Menschen fühlten sich hintergangen und nicht ernst genommen. Später, nach der Geschichte der gestorbenen

Mutter und ihrem Baby, war die Regierung gezwungen gewesen, erste Lassa-Todesopfer offiziell zu bestätigen. Aber gerade auf Bestreben des kleinen Koalitionspartners, der Sozis, wurden Informationen nur zaghaft herausgegeben, um keine Ressentiments zu schüren. Doch diese Taktik ging nach hinten los. Die Menschen verlangten Transparenz und so suchten sie – von Misstrauen getrieben – direkt nach der Wahrheit. Paul Schneider forcierte durch die Medien der UMC die Stimmung, dass es keine Tabus bei den Informationen mehr geben dürfe. Das Volk sei mündig genug, um selbst zu entscheiden, wie es mit den Informationen umging. Immer wieder kam Unruhe vor den Krankenhäusern und ärztlichen Behandlungszentren auf. Die Menschen wollten sich nicht länger mit ihrem Schicksal abfinden, sondern selbst etwas tun. Bahnbrechende Erfolge in der medizinischen Forschung gegen diese Krankheit konnte die Regierung weiterhin nicht präsentieren. Umfragen bescheinigten der Regierung die historisch schlechteste Bewertung. In der Öffentlichkeit wurde vor allem das Kompetenzgerangel zwischen den Ministerien und den Ländern diskutiert. Es war typisch, dachten die Menschen. Keiner wollte Macht abgeben. Die Politikerkaste lebte in ihrem eigenen Kosmos.

Polizei und Feuerwehr waren am Rande ihrer Kraft und versuchten, mit den letzten Mitteln die Sicherheit weiter zu gewährleisten. Geschäftemacher aller Art und Kleinkriminelle versuchten, aus der teilweise chaotischen Situation Profit zu schlagen. Durch die unsichere Lage wurde die negative Grundstimmung der Menschen weiter verschärft. Erste Bürgerwehren hatten sich in den Vierteln gebildet, um die eigenen Geschäfte und Häuser zu schützen. Die Polizei konnte nicht überall sein. Irgendwann blieb der Regierung nichts mehr anderes übrig, als mit offenen Karten zu spielen. Sie änderte gegen den Willen der Sozis ihre Informationspolitik und gab Zahlen und Daten, die die UMC im Auftrag der Regierung weiterhin erhob und verarbeitete, fast ungefiltert an die Öffentlichkeit weiter. Zuletzt wurden offiziell 1.123 Todesopfer mit Lassa in Verbindung gebracht. Reportagen von TeleDeutschland zeigten grässliche Bilder. Zwar waren die Gesichter unkenntlich gemacht worden, aber es war für die Zuschauer deutlich zu erkennen, dass die Erkrankten einen körperlichen Verfall ertragen mussten, der an Grausamkeit nicht zu überbieten war. Weinende Menschen wurden live interviewt und das Elend von Paul Schneiders Kamera direkt in die Wohnzimmer der Menschen gebracht. Die anderen Sender hielten sich mit derartigen Bildern zurück. Viele gaben nur widerwillig die Nachrichten von den Konkurrenzsendern von TeleDeutschland wieder.

Ben gab seiner Mutter beim Abschied noch einen Kuss. Er war sehr blass und die Erzieherin machte sich Sorgen. Schließlich hatten die Kitas in der Stadt strenge Anweisungen von den Aufsichtsbehörden. Auch bei kleinsten Krankheitsanzeichen mussten sie die Kinder nach Hause schicken und den Fall der Gesundheitsbehörde melden. Da der Erzieherin aber die Wichtigkeit von Lauras Job bewusst war und sie um ein gutes Verhältnis zu den Eltern bemüht war, beschloss sie, erst einmal abzuwarten. Laura drückte Ben noch einmal und ging dann nach draußen. Sie schloss die Eingangstür und ging mit einem mulmigen Gefühl den Gehweg zur Gartenpforte entlang. Laura blieb stehen, stutzte und schaute noch einmal kurz zur Eingangstür. Plötzlich gefror ihr das Blut in den Adern. Durch die Scheibe sah sie, wie Ben die Augen verdrehte. Sein Gesicht hatte mittlerweile eine grünliche Farbe angenommen. In diesem Moment erbrach er und kippte ohnmächtig zur Seite. Die Erzieherin schrie und stürzte auf ihn zu. Im letzten Augenblick konnte sie ihn vor einem harten Aufprall bewahren. Ben spuckte und spuckte. Laura rannte die zwanzig Meter zur Tür zurück. Ben drohte an seinem Erbrochenen zu ersticken. Ein anderer Erzieher warf sich über ihn und drehte ihn auf die Seite. Die anderen Kinder schrien und weinten. Mühsam versuchten die übrigen Erzieher, die anderen Kinder in Nachbarräume zu schieben. Laura ergriff die Türklinke. Als sie die Tür aufdrückte, sah sie, dass in Bens Erbrochenem Blut zu sehen war. Mit verdrehten Augen lag er ohne Bewusstsein auf dem Boden. Der Erzieher hatte zwischenzeitlich den Rachenraum mit seinen Fingern von dem Erbrochenen befreit. Ben röchelte und zuckte. Aber er konnte wieder atmen. Laura schrie und nahm seinen Kopf in die Hände. Er glühte. Offenbar hatte er hohes Fieber. Seine Augen waren blutunterlaufen und rote Tropfen liefen aus der Nase. Eine Erzieherin griff zum Telefon und wählte den Notruf. Es zählte jede Sekunde. Ben wachte nicht mehr auf.

Für David brach eine Welt zusammen. Er hatte die letzten Tage gar nicht mehr gearbeitet. Er spürte, dass nichts auf der Welt wichtiger war, als nun in diesen Zeiten bei seinem Sohn zu sein. Laura war völlig überfordert. Der lebensmutige Mensch, der sie einmal gewesen war, war einem Monster gewichen, der vor lauter Panik und Sorge nicht mehr atmen konnte. In ihrer so positiven Welt war bis zu diesem grässlichen Moment noch nie Platz für Panik gewesen. Niemals zuvor hatte sie sich mit solchen Gefühlen auseinandersetzen müssen.

Nun war auch David und Lauras Welt vollkommen aus den Fugen geraten. Laura hatte vor ein paar Monaten ihre beste Freundin und deren ungeborenes Baby zu Grabe tragen müssen. Wochenlang hatte sie wegen ihrer erkrankten Eltern zittern müssen. Glücklicherweise hatten die sich nach langer Leidenszeit erholt. Das Lassa-Fieber war nicht mehr weit weg, sondern direkt unter ihnen. Sie mussten erleiden, was vor ihnen bereits Millionen von Menschen in diesem Land erlebt hatten. Die panische Angst vor dem Verlust von Leben, vor dem unwiderruflichen Tod. Die Ohnmacht gegenüber der Krankheit, die sich offenbar ohne Gnade durch Körper, Menschen, Familien fraß. Die Hoffnungslosigkeit gegenüber dem

Ausgang. Die Regierung hatte noch immer kein Gegenmittel oder ansatzweise eine Strategie, wie man der Krankheit Herr werden könnte.

David hatte gerade im Büro gesessen, als Laura ihn vollkommen aufgelöst anrief. Sofort war er losgerast, hatte alles stehen und liegen gelassen und war direkt in das Krankenhaus gefahren, welches gerade in ihrem Viertel neu gebaut worden war. Ein Neubau der Unity Medical Care Group. Immer wieder begegnete er diesen drei Buchstaben: UMC. Doch das war David mittlerweile vollkommen egal. Er hatte erkannt, dass es mehr denn je nötig war, für die Menschen genügend Betten in Krankenhäusern zur Verfügung zu stellen. Seine allgegenwärtige Skepsis eines Wissenschaftlers wurde von dem Pragmatismus eines Vaters überdeckt. Die Menschen brauchten die Krankenhäuser ja dringend. So stand es in allen Zeitungen und man konnte auf allen Fernsehkanälen sehen, wie hoffnungslos überfüllt alle Häuser waren. Da war es nachrangig, wie dieses System funktionierte.

Es roch noch alles neu, hatte noch nicht diesen typischen Krankenhausgeruch, die Einrichtungen waren modern. Alles war auf dem neuesten Stand. Dieser hervorragende bauliche Zustand konnte jedoch nicht darüber hinwegtäuschen, dass die Kapazität des Krankenhauses an ihre Grenzen stieß. Es war hoffnungslos überfüllt. Die Patienten standen auf den Gängen, die Schwestern liefen orientierungslos von einem Ort zum anderen. Überall wurde gerufen und geschrien. Die Menschen waren überfordert, wütend und hilflos. David wurde zur Intensivstation geschickt. Laura wartete schon vor der Stationstür auf ihn. Sie hatte ununterbrochen geweint und warf sich schluchzend an Davids Hals.

»Was ist denn bloß los?«, fragte David, obwohl er sich der Lage eigentlich bereits bewusst war.

»Er hat diese Krankheit, wahrscheinlich hat er sich nun angesteckt.« Laura brach zusammen und schlug mit den Händen auf den Klinikboden. David beugte sich über sie und versuchte, sie zu beruhigen. Doch das schien ein Kampf gegen Windmühlen zu sein. Wie soll man eine Mutter beruhigen, die um das Leben des eigenen Kindes bangt? Ein hoffnungsloses Unterfangen. Gerade Schwangere, Alte und Kinder mussten durch das Lassa-Fieber das Schlimmste befürchten.

Laura stand langsam wieder auf und wischte sich die Tränen vom Gesicht. Ihre Schminke war verschmiert. David führte sie zu einer Bank und klingelte bei der Intensivstation. Eine Schwester kam heraus und versuchte ihn zu beruhigen. David schaute die Schwester an und sah, wie sich ihre Lippen bewegten. Er hörte ihr aber gar nicht zu. Er hörte gar nichts um sich herum. Die Krankenschwester streichelte langsam seinen linken Oberarm, David spürte jedoch nichts.

David schaute ins Leere. Er sah seinen Sohn Ben vor sich. Vor einer Woche hatte er mit dem Fußballtraining angefangen. Seine Sporthose war fast so groß wie er selbst, aber Ben war mächtig stolz gewesen, das erste Mal in seinem Leben ein Fußballtrikot zu tragen und mit echten Fußballschuhen auf einem Sportplatz zu laufen. Breit grinsend lachte er seinen Eltern zu, als er seine ersten Bälle schoss. Im nächsten Augenblick dachte David an die Geburt zurück. Was war das für eine schwierige Geburt gewesen! Ben wollte und wollte den Bauch seiner Mutter nicht verlassen. Richtig faul war der kleine, ungeborene Ben. David hatte darunter gelitten, dass er Laura bei ihren Schmerzen nicht hatte helfen können. Zwanzig Stunden hatte die Geburt gedauert. Aber als der kleine Ben dann in seinen Armen lag, begann ein neuer Abschnitt. David wusste plötzlich, warum er lebte. Wofür alles gut war, weshalb es sich lohnte, jeden Morgen aufzustehen.

»Haben Sie verstanden, was ich sagte?« David schaute auf. Die Ruhe um ihn herum war plötzlich vorbei. Blinken, Piepen und

Stimmenwirrwarr zerstörte augenblicklich seine Gedankenwelt.

»Hm?«

»Ob Sie verstanden haben, was ich sagte? Es kommt jetzt wohl auf die nächsten achtundvierzig Stunden an! Wir müssen das Fieber herunterbekommen. Und wir können nur hoffen, dass das Gehirn noch nicht geschädigt ist. Ich gebe Ihnen hier einmal eine Broschüre mit, damit Sie wissen, mit welcher Krankheit wir es zu tun haben, okay? Wir wissen zwar noch nicht viel, aber alles, was uns bekannt ist, steht da drin. Lesen Sie sich die Broschüre bitte in Ruhe und besonders genau durch. Es ist wichtig, dass Sie Bescheid wissen und sich genau an die Empfehlungen der Behörden halten.«

David blickte auf die Broschüre. Er wirkte gefasst. Aus irgendeinem Grund hatte er das Gefühl, dass Ben überleben würde. Ja, das wird er, dachte sich David. Er steckte die Broschüre in seine Jackentasche und bedankte sich bei der Krankenschwester.

»Können wir jetzt zu ihm?«

David spürte, Ben würde es schaffen. Wir werden ihm helfen! Und wenn es das Letzte ist, was ich tue! Und sobald er es geschafft hat, werde ich denjenigen zur Verantwortung ziehen, der diese verfluchte Krankheit hier eingeschleppt hat. Wer wagt es, meinen Sohn und meine Familie anzugreifen? Wer wagt es, seine Probleme zu uns zu tragen? Ich werde es herausbekommen. Und ich werde kämpfen. Das bin ich Ben schuldig.

KAPITEL 25

»Papa, was ist eigentlich los? Kannst du mir das alles mal langsam erklären? Du arbeitest doch bei denen da oben!« Paul hatte sich spontan dazu entschlossen, sich nach langer Zeit mal wieder mit Olivia zu treffen. Wie lange hatte er seine Tochter nicht mehr ohne ihre Mutter getroffen? Viel zu lang her. Aber warum ausgerechnet jetzt? Paul konnte es sich nicht wirklich beantworten. Das machte ihn nervös. Er war in der Lage, sämtliche Gefühle für die Erfüllung seiner Pläne beiseite zu schieben. Spontaneität ist der Tod eines jeden Plans. Und Pläne braucht der Mensch, um maximalen Erfolg zu haben. Glauben die Menschen, es sei nur Glück, wenn der eine Mensch in einer Verhandlung besser abschneidet als der andere? Oder Erfahrung? Wenn es Erfahrung ist, warum hat er, Paul, dann bereits trotz seines verhältnismäßig jungen Alters so viel Erfolg mit seinen Vorhaben? Die Menschen täuschen sich. Und überschätzen die Intuition, das Gefühl. Es geht nur darum, wer sich besser auf eine Situation vorbereitet. Nur der kann gewinnen. Und es geht eben nur ums Gewinnen.

Aber jetzt hatte er aus irgendeinem Grund diesen Fehler gemacht. Er folgte seinem Gefühl und hatte Olivia zum Essen eingeladen. Bei sich zu Hause. Die kalte Wohnung gefiel weder Olivia noch ihm selbst. Aber er hatte das Gefühl, nur hier ganz alleine mit ihr sein zu können. Warum wollte er das? Warum gerade jetzt? Olivia und Cathy hatten sich, wie er ihnen geraten hatte, sofort nach dem letzten Treffen auf Lassa testen lassen. Wie von Paul vorhergesagt, waren beide negativ. Ein großer Stein fiel Cathy und Olivia vom Herzen, aber jetzt war bei den Beiden der Drang nach Informationen, was eigentlich los sei, besonders stark. Beide spürten, dass Paul ihnen beim letzten Mal nicht die ganze Wahrheit gesagt hatte.

»Sag schon, Papa, du weißt doch mehr!« Paul schenkte Olivia etwas Wasser in ihr Glas ein.

»Los, sag schon, Papa.«

Paul blickte zu Boden. Er konnte die Wahrheit nicht sagen, zumindest nicht die volle Wahrheit. Olivia war seine Tochter, aber noch viel zu jung, um die Verantwortung für solche Informationen zu tragen. Trotzdem musste er versuchen, ihr die Angst zu nehmen. Seit der Gewissheit über den tödlichen Ausgang des Lassa-Fiebers und die Ungewissheit, was die Mutation noch für Besonderheiten hatte, schienen die Verzweiflung und die Angst neue Ausmaße anzunehmen. Paul beließ es bei einigen Andeutungen, doch dann nahm er Olivias Hand und schaute sie ernst an. Sie war ein schlaues Mädchen, sie würde sich nicht irremachen lassen.

»Olivia, du weißt doch noch, was ich dir immer gesagt habe, als du klein warst und immer Angst hattest, wenn der Vorhang in Deinem Kinderzimmer im Dunkeln hin und her schwenkte, wenn das Fenster geöffnet war?« Olivia zog die Augenbrauen hoch.

»Dass es kein Monster ist, wie ich dachte?«

Paul lachte. »Nicht ganz.«

»Dass es häufig nicht in Wirklichkeit so ist, wie es scheint?«

»Genau.« Paul schaute Olivia ein paar Sekunden liebevoll und schweigend an. Olivia grinste. Das war der Lieblingsspruch ihres Vaters. Wie häufig hatte sie den in ihrem Leben bisher schon gehört? Paul lehnte sich zurück und lächelte zurück. Er wollte die angespannte Atmosphäre auflockern. »Und? Hast du gerade einen Freund?«

»Das hast du schon seit Jahren nicht mehr gefragt!«, bemerkte Olivia irritiert und wurde rot. Sie antwortete: »Nein, ich habe zurzeit keinen Freund.« Verschämt blickte sie zu Boden.

»Der letzte war ein Idiot, ein Versager. Hat nur gesoffen und rumgehangen.« Paul grinste. Super, Olivia! Meine Tochter, ganz der Vater. Mit solchen Leuten geben wir uns nicht ab, solange wir nicht müssen. Olivia kam dann richtig in Plauderlaune. Paul hörte ihr gerne zu, er liebte ihre Stimme und ihre Gesichtszüge. Wie hübsch sie war. Wie ihre Mutter. Paul bemerkte, wie er die Zeit vergaß. Aber er genoss es.

Als er kurz zur Toilette ging, nahm er sein Smartphone und schaute auf das Display. Vier unbeantwortete Anrufe, dreizehn E-Mails. Paul kniff die Lippen zusammen und drückte auf den Aus-Knopf. Jetzt verbringe ich Zeit mit meiner Tochter. Wann hatte er sein Smartphone zuletzt ausgemacht? Er konnte sich nicht mehr erinnern.

Als er zurückkam, ging es mit dem Monolog von Olivia weiter. Alles wurde ausgepackt und Paul hörte dankbar zu. Die beiden lachten und scherzten auch über die Zeit, bevor sich die Eltern getrennt hatten. Als die Gläser leer waren und Olivia bemerkte, dass sie zu ihrem Hockeytraining musste, spürte Paul plötzlich eine große Sorge um seine Tochter. So gut hatte er sich lange nicht mehr amüsiert. So ganz ohne den Job. Erstaunlich, dachte sich Paul. Langsam krochen die aktuellen Ereignisse wieder in das Bewusstsein und Paul vergegenwärtigte sich, dass Olivia in nicht unerheblicher Gefahr sein könnte. Er musste sie irgendwie einbinden. Ohne zu viel zu verraten.

»Komm doch morgen mit zur Demonstration«, schlug Paul vor, als er mit Olivia ins Auto stieg. »Da wirst du dann sehen, woran ich arbeite. Und warum es so wichtig ist, sich zu wehren und sich einzumischen!«

»Eine Demo, Papa?« Olivia schaute missmutig aus dem Fenster. »Das haben doch zuletzt Oma und Opa gemacht.«

»Gerade jetzt, Olivia, gerade jetzt ist es wieder angesagt! Alle Welt hat panische Angst. Überall schließen sich die Menschen ein! Überall dreht sich das ganze Leben nur noch um Krankheit, Arzt und Medikamente! Und was macht die Regierung? Nichts! Die Menschen haben Angst, zu sterben, Olivia!« »Und was hast du eigentlich direkt damit zu tun, Papa? Du arbeitest doch für einen Konzern und nicht in der Politik!« Olivia schaute Paul eindringlich an.

Recht hatte sie, dachte er sich. Sie hatte schon immer einen sehr scharfen Verstand.

»Ich sorge dafür, dass die Menschen ein Ventil haben. Und ich versorge sie mit den richtigen Informationen! Wie sollen sie denn wissen, was sie glauben und nicht glauben können? Es sind so viele Unwahrheiten im Umlauf. Und ich halte es für meine Pflicht, die Informationen, über die unser Unternehmen verfügt, so an den Mann oder die Frau zu bringen, dass diese bestmöglich selbst entscheiden können.«

Olivia lachte. »Papa, das hört sich so strange an.«

»Ist eben so, Schatz. Ich bin nun mal ein Idealist.«

»Nur bei Mama nicht«, murmelte Olivia und wandte sich von ihrem Vater ab. Paul seufzte. Klar, sie hatte natürlich recht. In seiner Ehe hatte ihn der Alltag überrollt. Er hatte kein Hindernis für seine Arbeit haben wollen. Als die Arbeit zunahm, die Projekte interessanter als der Alltag zu Hause wurden und die Schmetterlinge im Bauch zu Cathy verflogen waren – Cathy stattdessen den harten Alltag einer Mutter durchlebte – hatte Paul aufgehört, an das Ideal Liebe zu glauben.

Bevor Paul das Auto startete, schaltete er sein Telefon wieder an. Es dauert keine Sekunde, da klingelte es.

»Schneider? Hallo, Moment bitte.« Bruckheimer war dran. Paul signalisierte Olivia, dass er kurz mal in Ruhe telefonieren musste und stieg aus dem Auto.

»Herr Schneider, es ist Zeit, die nächste Stufe zu zünden. Der Zustand bei den Menschen normalisiert sich. Offenbar finden sie sich mit dem Schicksal ab. Das ist gar nicht gut. Ich habe eben mit dem Chefredakteur einer Zeitung gesprochen, die wollen sogar eine andere Geschichte auf der Titelseite bringen.«

»Klar, war eh in den nächsten Tagen geplant. Die Presse bekommt Bescheid und die Ärzte und Krankenhäuser bekommen entsprechend über das Gesundheitsministerium Anweisungen. Ich werde alles veranlassen.«

»Wunderbar, mein Junge. Dann bis später!« Paul legte auf und schaute zu Olivia ins Auto. Die guckte etwas gelangweilt, aber auch etwas fordernd zu ihm.

»Papa, ich muss zum Training!«

»Geht los, mein Schatz.« Als sie losgefahren waren, schaute Olivia aus dem Fenster. Es goss in Strömen. Paul war in Gedanken. Er spielte im Kopf die nächsten Schritte durch. Nach dem Telefonat mit Bruckheimer war er wieder das Uhrwerk. Olivia erkannte die plötzliche Veränderung ihres Vaters. Wie häufig hatte sie diese Verwandlung miterleben müssen.

»Was für ein Wetter«, stöhnte Olivia und versuchte die Aufmerksamkeit ihres Vaters wiederzuerlangen.

»Hoffentlich findet das Training überhaupt statt«, sagte Paul in Gedanken.

»Na, das Wetter stört unseren Trainer nicht. Aber hoffentlich sind wir überhaupt genug Spielerinnen. Wo doch so viele krank sind.«

Paul schwieg und schaute auf den Verkehr.

»Marie, meine ehemals beste Freundin … Weißt du Papa?«

Paul nickte abwesend.

»Marie ist beim letzten Training einfach zusammengebrochen. Von einer Sekunde auf die nächste! Und sie ist beinahe an ihrem Erbrochenen erstickt. Blupp, war sie weg. Sofort ohnmächtig, liegt jetzt auf der Intensivstation. Wacht nicht mehr auf.«

Paul fuhr langsam an die nächste rote Ampel heran.

»Intensivstation?«, fragte er Olivia irritiert.

»Ja. Der Trainer ist seitdem krankgeschrieben. Der ist am Ende. Er macht sich große Vorwürfe, das Training trotz Lassa-Gefahr mit uns fortgeführt zu haben. Mama hat noch einmal mit ihm telefoniert. Unser Co-Trainer leitet jetzt das Training.«

»Und es ist sicher, dass es das Lassa-Fieber ist?«, platzte es aus ihm heraus.

»Ja, das müsstest du doch am besten wissen, Papa!«

Die beiden schwiegen sich an. Stimmt, Paul. Ausgerechnet du fragst so etwas?

»Ja, und von solchen Fällen höre ich über die sozialen Netzwerke immer wieder!« Paul nickte erleichtert. Okay, soziale Netzwerke. Dann ist ja gut. Sicher ein Zufall. Sicher eine Nervenkrankheit bei der Marie. Hirnhautentzündung oder so. Oder was auch immer. Soziale Netzwerke. Paul, alles ist gut, alles läuft nach Plan. Abteilung O hat gute Arbeit geleistet.

KAPITEL 26

Schon lange hatte er es sich vorgenommen. Doch immer hatte ihn irgendetwas daran gehindert. Jetzt wollte er es wissen. Zum ersten Mal recherchierte David im Internet nach dieser PGO. Partei für Gesundheit und Ordnung. Was soll das bloß heißen?

Der Anblick von Ben auf der Intensivstation hatte bei David tiefe Spuren hinterlassen. So etwas hatte David noch nie gefühlt. Ein Gemisch aus Ohnmacht, Wut, Liebe und Angst. Bens kleiner Körper hing an unzähligen Schläuchen. Er wurde künstlich beatmet und war nicht bei Bewusstsein. Man hatte ihm ein Schlafmittel gegeben, um den Körper zu schützen und das Fieber zu senken. Die nächste Zeit war entscheidend, hatten die Ärzte gesagt. Aber konnte man denen vertrauen?

Laura war nicht mehr sie selbst. In vollkommener Furcht um ihren Lebensmittelpunkt, um ihren kleinen Prinzen zerschlug sie alles Porzellan, was in ihrer Nähe war. Es war unvorstellbar für sie, dass Ben tatsächlich nicht mehr leben sollte. Sie ließ sich seit Neuestem von ihrem Vater total beeinflussen. Wo sie doch sonst immer seine Sprüche einfach nur als widerwärtig betrachtet und als Stammtischparolen abgetan hatte. Plötzlich sprach seine Stimme aus ihr. Gleichzeitig schaffte sie es, bei David ungeahnte Schuldgefühle hervorzurufen. Du sitzt hier rum und tust nichts! Hättest du dich mal mehr eingemischt, als immer nur blöd herumzuquatschen! Überhaupt! Du mit deinem Wissenschaftler-Getue! Die Menschen sterben hier! Und vielleicht auch unser Sohn! Das ist hier die Wirklichkeit! Das ist keine Forschung!

Laura war jede freie Sekunde im Krankenhaus und ließ sich auch nicht überreden, nach Hause zu fahren, um ein paar Stunden zu schlafen. David musste am Abend ein paar neue Klamotten für Ben holen, so dass er die wenige Zeit nutzte, um kurz einmal durch zu schnaufen. Er nutzte die Zeit und wollte der PGO auf den Grund gehen. Gerade wollte er die Internetseite der Partei aufrufen, da sprangen ihm auf der Nachrichtenseite, die er als Startseite auf seinem Browser eingerichtet hatte, wieder Neuigkeiten ins Auge:

+++ BREAKING NEWS +++ LASSA-MUTATION ZERSETZT GEHIRN UND FÜHRT ZUM TOD +++ BISHER KEIN GEGENMITTEL +++ OFFENBAR ÜBER LUFT ANSTECKEND +++ 6,2 MILLIONEN INFIZIERTE +++ 4.321 TODESOPFER +++ BREAKING NEWS +++

Über Luft? Führt zum Tod? David vergrub sein Gesicht in seine Hände und wischte sich den Schweiß von der Stirn. Nun war es wohl Gewissheit. Ihr kleiner Engel schwebte in Lebensgefahr. In dem Moment klingelte das Telefon. Laura war dran. Sie weinte.

»David, ich kann nicht mehr. Es ist so ungerecht. Wieso Ben?«

»Ich weiß es auch nicht, mein Schatz. Ich bin dabei, mich zu informieren.«

»Was willst du dich da informieren? Tu lieber was und sorge dafür, dass die von der Regierung endlich etwas gegen die Epidemie unternehmen! Es muss doch ein Gegenmittel geben! Die Menschen fliegen in den Weltraum und schaffen es nicht, ein Gegenmittel zu finden?«

»Wo bist du jetzt, Laura?«

»Sie verladen Ben in den Krankentransport. Er ist stabilisiert. Und die sagen, sie können hier nichts mehr für ihn tun. Für alles Weitere sorgen die jetzt bei uns zu Hause. Und im Krankenhaus brauchen die den Platz für die neuen Patienten. Für die Erstversorgung.« Ihre Stimmfarbe hatte einen tiefen, rauen Klang, den David noch nie gehört hatte. Hass und Wut sprachen aus Laura. Sie schien ein anderer Mensch zu sein.

»Laura, hast du von den Neuigkeiten gehört? Kam gerade über

die Nachrichten-Ticker.«

»Wir sehen uns gleich zu Hause.« Laura legte einfach auf. Sie schien die Wahrheit ignorieren zu wollen.

Als wenn er nicht auch verzweifelt sei. So egoistisch hatte er Laura noch nie erlebt. Trotzdem versuchte er, es ihr nicht übel zu nehmen und schluckte seine Wut herunter. Wieder einmal. Lange halte ich das auch nicht mehr aus.

Als Laura und Ben zu Hause ankamen, richteten die Krankenhelfer zunächst eine mobile Quarantänestation in Bens Zimmer ein. Es wurde eine gesonderte Luftfilterungsanlage mit dem Fenster verbunden, so dass dort immer keimfreie Luft herrschte. Gleichzeitig wurde eine Notschleuse in der Tür von Bens Zimmer eingerichtet, in der Laura und David sowie die Pfleger und Ärzte, die ebenfalls Zugang zu Ben haben durften, komplett sterilisiert wurden. Bei jedem Besuch mussten sie sich einen Quarantäneanzug anziehen, der sie vor Ansteckung bewahrte. Die gesamte Anlage wurde von der Regierung gegen eine Zuzahlung von 1.000,- Euro zur Verfügung gestellt. Auf jedem Gerät flimmerte das UMC-Logo. Als er die Summe zugunsten der Firma UMC überwies, rechnete David einfach mal nach: Tausend Euro bei mehreren Millionen Erkrankten? Das macht wie viel? Kein schlechter Monatslohn.

Als alles eingerichtet und Ben gebettet war, bekamen Laura und David noch eine Kurzeinweisung, wie sie sich zu verhalten hatten. Ein Mitarbeiter der Behörde war ebenfalls anwesend und händigte ihnen einen Gerichtsbeschluss aus, der es ihnen untersagte, Ben aus dem Quarantänezimmer zu entfernen. Bei Zuwiderhandlung würde eine Gefängnisstrafe drohen.

Die Krankenhelfer waren gerade zur Tür hinaus, da ließ David seine Wut voll heraus. Er schrie herum und warf einen Küchenstuhl durch die Gegend.

»Wie kommen die dazu, mir Gefängnis anzudrohen? Diese

Idioten von der Regierung wollen die Menschen einsperren, aber tun nichts gegen die Krankheit? Man hört nichts! Keine Information darüber. Immer nur neue Maßnahmen zur Behandlung der Kranken und neue Zahlen, aber man wird nicht über die Forschung nach einem Gegenmittel informiert!« Laura ließ den Wutanfall regungslos über sich ergehen. Sie stimmte David irgendwie zu, aber noch nie hatte sie so eine Distanz ihm gegenüber gespürt. Sie hasste zu diesem Zeitpunkt jeden Wissenschaftler, jeden Arzt, sogar ihren Mann. Was reden diese Menschen immer nur rum? Weit entfernt von der Wirklichkeit. Nie im richtigen Leben stehend. Wie kann ich mit so einem verheiratet sein? Die sind nicht für das wirkliche Leben geeignet.

Als David sich beruhigt hatte, ging er auf Laura zu und wollte seinen Arm um ihre Schulter legen. Doch die schüttelte ihn ab.

»Tu was. Rede nicht länger«, sagte Laura in ihrem Teufelston. Sie stand auf, nahm ihre Jacke und ging zur Tür hinaus. »Ich gehe kurz zu meinen Eltern. Ruf an, wenn Ben wach ist.«

Entsetzt guckte David ihr hinterher. Was habe ich ihr denn bloß getan? Bin ich etwa für die Epidemie verantwortlich? Kopfschüttelnd setzte er sich wieder an den Rechner. Er schaute über dem Monitor ins Leere. Was ist hier bloß passiert? Warum wir? Vor ein paar Tagen war doch noch alles in Ordnung. Als sich sein Blick senkte, sah er die Internetseite der PGO. In großen Buchstaben stand dort:

ES REICHT! MENSCHEN STERBEN! BLUT KLEBT AN DEN HÄNDEN DER REGIERUNG! ZWINGEN SIE DIE REGIERUNG ZUM HANDELN! MORGEN HANDELN WIR! DEMO AB 14 UHR, ABSCHLUSSKUNDGEBUNG UM 18 UHR VOR DEM REICHSTAGSGEBÄUDE!

Er klickte sich durch die Internetseite. Gespannt las er, was die PGO für Thesen hatte: Gesundheit, Ordnung und vor allem erhebliche

Kritik an den führenden Politikern. Dabei sprach eine gehörige Portion Wut aus den Zeilen der PGO. Wut auf alles Fremde, alles Etablierte und alles Dekadente. Im Mittelpunkt der Forderungen stand jedoch die Einführung von Volksentscheiden auf allen politischen Ebenen. Interessant, dachte sich David. Das hatte noch niemand in dieser Form in der Politik gefordert. Entschlossen klappte er den Laptop zu. Für ihn gab es keine zwei Meinungen. Er war entschlossen, morgen zur Demonstration zu gehen. Man musste die Regierung zwingen, endlich etwas zu tun. Es musste endlich Druck ausgeübt werden.

KAPITEL 27

Paul war müde. Er spürte, wie die letzten Monate an ihm nagten. Sein Adrenalin im Blut war dauerhaft hoch. Er arbeitete immer am Anschlag und wurde quasi nur durch die Biologie gestoppt, indem sein Körper ihm signalisierte, dass auch er nun ein paar Stunden schlafen müsse. Wann war eigentlich sein letzter freier Tag gewesen? Oder zumindest ein Tag im Büro, der keine Termine, keine Meetings oder keine Konzentrationsphasen beinhaltete? Wenn er Bruckheimer im Büro sah, dachte er sich immer, wie entspannt dieser Kerl aussah. Trotz dieses Projekts. So ein Projekt hatte es vielleicht noch nie gegeben und er saß da, rauchte eine Zigarre und hatte einen entspannten Gesichtsausdruck wie an einem schönen Sonntagnachmittag im Park. In diesen Momenten bewunderte er Bruckheimer ganz besonders. Er fand es beeindruckend, wie Menschen hochprofessionell Ziele erreichten, ohne dass es für die Außenwelt anstrengend wirkte. Trotz der ganzen Konzentration kam er nicht umhin, zu bemerken, dass er innerlich immer wieder Sorge spürte. Er hatte Gefühle, die er schon lange nicht mehr empfunden hatte und dachte sich häufig, dass das Projekt doch schnellstmöglich abgeschlossen werden sollte. Früher hatte er solche Arbeitsphasen genossen, nun hatte er manchmal das Gefühl, dass er es schnellstens hinter sich bringen wollen würde. Doch so schnell ging das nicht. Gut Ding will Weile haben. Das Gefühl war nicht angenehm. Es trieb ihn zur Eile. Und in der Eile macht man Fehler. Lass dich bloß nicht hetzen, Paul.

Als er sich gerade einen Saft einschenken und sich an seinen Laptop setzen wollte, klingelte es plötzlich an seiner Tür. Paul zuckte zusammen. Er fühlte sich ertappt. Mist, Paul, du bist kein Verfolgter. Was ist bloß los mit dir? Er riss sich zusammen und ging zur Eingangstür. Wer klingelt so spät hier noch? Als er öffnete, staunte er. Cathy stand vor ihm. Die Schminke an ihren Augen war verschmiert und sie sah fürchterlich eingeschüchtert aus. Diese stolze, starke, diese wunderschöne Frau, die sogar ihm die Stirn bieten konnte und sich nicht von seinen Spielchen, die er früher von der Arbeit nach Hause brachte, einschüchtern ließ. Cathy war der einzige Mensch, der Paul entschlüsseln konnte. Sie wusste, wie er funktionierte und war stark genug, seinen Manipulationen auszuweichen. Deshalb liebte er Cathy – immer noch. Sie war eine standhafte Frau. Die drehte den Spieß auch mal um. Aber jetzt war Cathy nur noch ein Schatten ihrer selbst. Als sie Paul vor sich sah, fing sie augenblicklich an zu weinen. Sie warf sich dem verdutzten Paul an den Hals und stammelte irgendetwas wie: Ich brauch dich, Paul. In den letzten Jahren pendelte ihre Kommunikation ihm gegenüber eigentlich zwischen Verabscheuung und Gleichgültigkeit. Und auf einmal stand sie vor ihm und warf sich ihm weinend an seinen Hals?

Er drückte sie an sich und fragte irritiert: »Was ist denn los? Ist was mit Olivia?« Er hatte sich doch gerade heute mit ihr getroffen! Cathy fühlte sich ziemlich warm an. Zudem schwitzte sie.

»Nein nein. Olivia geht's gut«, schluchzte sie. Paul nahm Cathy an die Hand und führte sie in seine Wohnung. Leise schloss er die Eingangstür und schaute sich im Flur noch einmal misstrauisch um. Es war niemand zu sehen. Aber wer sollte denn da sein?

Zielstrebig setzte Cathy sich so selbstverständlich auf einen Küchenstuhl, als ob sie in der Wohnung wohnen würde.

»Aber ich habe so eine Angst, Paul. So etwas habe ich noch nie gespürt. Seit heute Morgen geht's mir nicht so gut. Mir ist dauernd übel und ich fühle mich sehr schwach. Ich glaube, ich habe Fieber.« Paul fasste ihr an die Stirn. Sie glühte förmlich.

»Cathy, vielleicht hast du eine Grippe. Mal den Teufel nicht gleich an die Wand.« Paul schüttelte den Kopf. Gleichzeitig dachte er: Sogar Cathy lässt sich von der Panik so anstecken? Hätte ich nicht gedacht.

»Teufel an die Wand? Hast du nicht die Fernsehbilder gesehen? Die Menschen liegen fast übereinander gestapelt in den Krankenhäusern. Bewusstlos. Krepieren an hohem Fieber, an ihrem Erbrochenen. Sterben! Und keiner kann helfen! Und seit heute Morgen geht's mir so schlecht!«

Paul ging wieder auf Cathy zu. So eine innige Nähe hatten die beiden seit sehr langer Zeit nicht mehr gespürt. Komische Zeiten, dachte sich Paul. Wie die Menschen emotional funktionierten. Wie die Menschen nach Trost suchten. Naja, nicht zu nah rankommen lassen, dieses Menschliche. Er kraulte ihren Kopf. Paul spürte, dass er Cathy beruhigen musste. Leise sagte er: »Cathy, Schatz.«

Beide erschraken beinahe bei dem Wort »Schatz«.

»Woher hast du deine Informationen über die Kranken?«

Cathy schaute ihn irritiert an. »Ha, die Bilder sind doch jetzt überall!«

»Ja, aber woher genau?«

Cathy schwieg und schaute angestrengt auf den Boden.

»Hast du selbst schon Kranke gesehen?«

»Nein, aber …«

»Siehst du.«

»Aber im Fernsehen zeigen die doch die ganzen Bilder.«

»Fernsehen.«

»Das werden die sich ja nicht ausdenken!«, rief Cathy ihm empört entgegen. Da war sie wieder. Die Cathy, die ihm lieber einmal mehr Kontra geben würde, als leichtgläubig seine Worte zu akzeptieren.

»Nein, bestimmt nicht. Aber was hast du genau gesehen? Ganz genau? Überlege gut und dann wirst du merken, dass die Dinge nicht immer so sind, wie sie scheinen.« Cathy nahm Pauls Hände.

»Und die Nachrichten in diesen sozialen Netzwerken?«

Paul sah sie liebevoll und schweigend an.

»Willst du etwa sagen, dass das alles nicht stimmt?«

»Ich will gar nichts sagen. Bleib auf der Hut, sei achtsam im Umgang mit anderen Menschen, vor allem Erkrankten, aber schalte nicht deinen gesunden Menschenverstand aus.«

Cathy wusste nicht, was sie sagen sollte. Was soll sie denn jetzt noch glauben? Was war wahr und was nicht? Gerade wenn Paul solche Worte benutzte, musste man vorsichtig sein. Er würde sie nicht anlügen, das wusste sie. Aber er würde ihr auch nicht die ganze Wahrheit sagen. Dafür war er zu professionell. Das hatte er während ihrer Ehe auch nie getan. Die Arbeit war tabu.

»Okay, dann wird die Barbara, mit der wir früher immer mal zusammen segeln waren, etwas anderes haben, oder? Die ist letztens zusammengebrochen und auf die Intensivstation eingeliefert worden.«

»Barbara? Ähm. Bestimmt«, sagte Paul und versuchte, Cathy nun zu beruhigen. »Es ist doch klar, dass die Menschen panische Angst haben, auch zu erkranken. Und dann wird bei jedem Wehwehchen gleich gedacht, das sei das Lassa.« Er konnte und durfte nicht mehr sagen, aber das war ja schließlich die Wahrheit. Das war ja sogar sein Plan und war nicht gelogen.

Paul zwang sich dazu, diese für ihn ungewohnte Atmosphäre nun zu beenden. Er musste noch arbeiten und zudem spürte er langsam, dass Cathys Nähe für ihn und den Plan gefährlich werden konnte. Glücklicherweise verstand sie es und bedankte sich bei Paul für die besänftigenden Worte. Sie war etwas beruhigter und musste ohnehin nach Hause. Olivia wartete auf sie. »Danke, Paul. Lass uns nicht mehr so viel Zeit verstreichen, bis wir uns das nächste Mal sehen.«

Paul verkroch sich plötzlich wieder hinter seinen Panzer. »Mal schauen«, sagte er kühl und schloss die Eingangstür.

Er ging langsam zurück zum Schreibtisch und setzte sich vor seinen Laptop. Marie, Barbara. Paul schüttelte den Kopf. Ein bisschen zu viele zufällige Erkrankungen.

KAPITEL 28

Offenbar vermochte Paul auch, das Wetter zu beeinflussen. Bruckheimer machte bereits Scherze, dass wenn er so weitermachte, er auch bald über Wasser laufen könne. Es war der erste sommerliche Tag im neuen Jahr mit deutlich zweistelligen Temperaturen. Beste Voraussetzungen, um die Menschen zu mobilisieren, auf die Straße zu gehen. Paul hatte am nächsten Tag nicht mehr länger über Cathys Besuch nachgedacht, sondern hatte vollkommen in den Arbeitsmodus umgeschaltet. Er durfte sich jetzt weder ablenken noch von Bruckheimer schmeicheln lassen. Nur wenn die nächste Phase klappte, würde sein Plan aufgehen. Wenn die nächste Rakete nicht zündete, wäre alles umsonst gewesen und er hätte das Land fast im Alleingang in ein unsägliches Chaos gestürzt. Wenn es aber funktionierte, würden die Menschen ihm noch dankbar sein. Das sagte er sich immer wieder. Auch wenn sein Name nie auf dem Etikett stehen würde. Das war ihm aber egal. Er wollte seine Vision Wirklichkeit werden lassen. Eine Wirklichkeit, in der die Menschen endlich umdenken. Ein Umdenken, das die Gesundheit endlich wichtiger werden ließe als der Konsum. Und in Wirklichkeit würden die Menschen ja keinen Schaden davontragen, dachte sich Paul.

Die Straßen wurden abgesperrt, der Veranstalter der Demonstration meldete fast eine viertel Million Teilnehmer an. Eine ungeheure Aufgabe für die Sicherheitsbehörden an diesem Tag. Die Polizei berichtete direkt an den Kanzler Meffert, dass sie sicherlich nicht das gesamte Demonstrationsfeld im Auge behalten könnten. Der hohe Krankenstand hatte mittlerweile auch die Polizei erreicht. Ob sie mit Lassa infiziert waren oder ob es sich um normale Krankheiten handelte, war nicht bekannt. Das drückte auf die Motivation der Polizei. Auch sie hatten die ersten Todesopfer zu beklagen. Gleichzeitig wurden sie in den Dauereinsatz geschickt und schoben seit Wochen Überstunden. Von der Bevölkerung wurden sie argwöhnisch beäugt. Die Menschen trauten niemandem mehr, der auch nur ansatzweise mit dem Staat im Zusammenhang stand.

Die Einsatzleitung war im Vorfeld die Route abgefahren und ermittelte vermeintliche Schwachstellen wie unübersichtliche Straßenzüge oder freie Flächen, auf denen schnell gewalttätige Auseinandersetzungen entstehen konnten.

David machte sich zu Hause bereit. Er war fest entschlossen, nun endlich etwas zu tun. Er hatte es Ben und Laura versprochen. Selbstverständlich war eine Demonstration nur ein Anfang, aber er plante, bei der Abschlusskundgebung mit den richtigen Leuten zu sprechen und seine Dienste anzubieten und sich einzubringen. Vielleicht brauchten die jemanden wie ihn, einen mit ausgezeichneten Fähigkeiten im Gesundheitswesen. David zog festes Schuhwerk an, schließlich sprachen die Veranstalter von hunderttausenden Teilnehmern und dementsprechend einer langen Demonstrationsroute. Er packte einen Rucksack mit Snacks und einer Flasche Wasser und steckte auch die Zigarettenpackung ein. Seit ein paar Tagen rauchte er wieder. Das erste Mal seit zehn Jahren. Er schaute kritisch aus dem Fenster in den Himmel und entschied sich, eine leichte, bequeme Jacke anzuziehen. Er holte seine Brieftasche und ein paar Taschentücher aus der Winterjacke und ertastete auf einmal einen USB-Stick. David musste überlegen. Wo kam der denn nochmal her? Fast hatte er es schon vergessen, doch jetzt erinnerte er sich daran, dass er Teighaus den Stick ausgeliehen hatte und ihn vor ein paar Monaten, als dieser verschwunden war, in dessen Büro eingesteckt hatte. Dieser Teighaus, dachte sich David mit gemischten Gefühlen. Er hatte sich seit der Talkshow nie wieder blicken lassen. Er war abgetaucht, und zwar komplett. Im Nachhinein war David ihm wohl ein wenig zu blind gefolgt, ohne einmal kritisch nachzufragen. Das nagte an ihm. Man konnte es auch übertreiben mit dem ewigen Zweifeln und Bezweifeln, versuchte er sich einzureden und sich selbst zu entschuldigen. David legte den USB-Stick auf seinen Schreibtisch. Er schloss seine Jacke und ging zu Ben durch die Schleuse ins Zimmer. Ben schlief. Es war ihm zuletzt ein wenig besser gegangen, aber er bekam starke Schmerztabletten. Tabletten, die eigentlich erst für Kinder ab sechs Jahren zugelassen waren. Die Ärzte sagten jedoch, dass sie für einen Fünfjährigen nicht schädlich seien. Schließlich seien die Tabletten auch erst vor Kurzem mit hervorragenden Testwerten auf dem Markt gekommen, entwickelt von der Firma Unity Medical Care. Die hätten einen tadellosen Ruf. Laura und David vertrauten den Ärzten blind. Was sollten sie auch tun? Laura beachtete David nicht sonderlich. Er verabschiedete sich mit einem Küsschen auf ihren Kopf und ging zur Eingangstür hinaus. »Ich gehe jetzt zur Demo, falls es dich interessiert.« Laura sagte kein Wort.

~

Paul schaute auf die Uhr. Es war Zeit. Er saß noch an seinem Schreibtisch und sortierte ein paar Unterlagen. Doch gleich musste er zur Demonstration. Er würde bei der Eröffnung dabei sein und dann zur Abschlusskundgebung Peters bei seiner Rede unterstützen. Er hatte die Rede sogar noch selbst kontrolliert. Peters war ihm mittlerweile treu ergeben. Die Zusammenarbeit zwischen den beiden funktionierte reibungslos. Vor allem, weil Peters das tat, was Paul ihm vorgab. Das tat er sicherlich weniger aus blindem Gehorsam, sondern vielmehr, weil Peters wusste, dass er ohne Paul Schneider keine Chance hatte. Eine Bedingung für die großzügigen Parteispenden, die die UMC der PGO zukommen ließ, war eben, dass die Öffentlichkeitsarbeit bis hin zu den Reden von Peters in enger Abstimmung mit der Kommunikationsabteilung von UMC erfolgen würde. Natürlich war das streng geheim. Nichts würde von diesem Deal je an die Öffentlichkeit gelangen.

Paul schaute auf die Uhr. Er hatte noch ein wenig Zeit. Paul musste noch eine Sache erledigen. Die nächste Rakete musste gezündet werden. Komischerweise arbeitete er seinen seit Monaten festgelegten Plan nicht mehr ganz so emotionslos ab wie anfangs. Er musste immer intensiver über die Konsequenzen nachdenken. Nicht im strategischem Sinn, sondern er fühlte vielmehr, was passieren konnte und welche Auswirkungen das alles haben könnte. Die Treffen mit Olivia und Cathy hatten ihn wohl beeindruckt, dachte er sich. Sei nicht zu streng mit dir. Trotzdem tat er etwas, was er in dem Projekt bisher noch nicht getan hatte. Er hob den Telefonhörer ab und wählte Bruckheimers Nummer.

»Hallo?«

»Hallo, Mister Bruckheimer. Bitte entschuldigen Sie nochmal die Störung.«

»Paul! Na, können Sie schon übers Wasser laufen?« Bruckheimer freute sich sehr über seinen Witz. Kam nicht so oft vor, dass er Witze machte, dieser ernste, unscheinbare Zausel. Paul versuchte verschämt, den Scherz zu ignorieren.

»Nein. Aber ich wollte nochmal kurz mit Ihnen sprechen. Wenn ich das jetzt mache wie geplant, dann überschreiten wir die nächste Grenze. Das ist uns doch klar, oder?« Bruckheimer schwieg. Paul spürte unsichere Sekunden. Hatte er das etwa unbewusst von Bruckheimer gelernt, den Gesprächspartner in jahrelangen Sekunden im Unklaren zu lassen? War er jetzt mal der Unterlegene? Paul fühlte sich auf einmal nicht mehr gut. Er spürte keine Sicherheit. Sein Haus war auf einmal auf Sand gebaut. Das kannte er nicht. Sein Haus war immer felsenfest. Ein Kunstwerk aus Beton und Stahl. Würde Bruckheimer jetzt sagen, dass sie es abblasen würden, er würde unverzüglich alles absagen und das Land verlassen. Oder erst mal nach Hause. Dann würde er Cathy und Olivia abholen und dann gemeinsam das Land verlassen.

»Sind Sie wahnsinnig geworden?« Bruckheimers Ton verschärfte sich.

Doch im nächsten Moment versuchte er, wieder Pauls Ziehvater zu spielen. Mit weicher, tiefer Stimme sagte er: »Paul, die Grenzen, von denen Sie sprechen, gibt es nicht. Die Grenzen sind in den Köpfen der Menschen.«

Paul schwieg und hörte Bruckheimer wie ein kleiner Junge zu.

»Diese Grenzen werden von Gesellschaften festgelegt und zu jeder Zeit verschieben sich die Grenzen. Ganz langsam und fast unbemerkt von der Gesellschaft. Haben Sie bemerkt, dass in den meisten Filmen die Schauspieler nicht mehr rauchen? Ganz langsam hat sich diese Grenze verschoben. Rauchen sei ja ungesund und tauge daher auch nicht mehr für die Schauspieler als Vorbild für die fernsehenden Menschen der Gesellschaft. Und wie lange hatte der Spuk gedauert, bis die Glimmstengel vom Bildschirm verschwanden? Dreißig Jahre bestimmt. Und in den dreißig Jahren sind Menschen gestorben und gestorben, an Lungenkrebs, Mundhöhlenkrebs und so weiter. Wir verschieben diese Grenze eben einfach etwas schneller. So schnell, wie sie eben verschoben werden muss, um der Gesellschaft klarzumachen, dass es an der Zeit ist.«

Ein paar weitere Sekunden verstrichen schweigend. Bruckheimer wartete womöglich auf eine Bestätigung.

»Okay, Sie haben ja natürlich recht. Und wir haben schon unzählige Male darüber gesprochen. Also machen wir es?«

Paul hatte die Worte gehört, doch erstmalig erinnerte er sich daran, was er im Studium der Politikwissenschaften eigentlich gelernt hatte. Dass es ja das Wesen, aber auch die Schwäche von Demokratie sei, dass sie die gesellschaftlichen Regeln nur im Konsens ändern würde und dass dies eben auch sehr lange dauern könne. Was war nun richtig? Als wenn Bruckheimer Pauls Gedanken lesen konnte, sagte er:

»Viele große Errungenschaften und viele Veränderungen geschahen durch einen tiefen gesellschaftlichen Schock. Nur so können große Sachen noch in diesem Leben geändert und gestaltet werden. Also, klar machen wir es. Genauso wie besprochen.« Paul verabschiedete sich und legte auf.

Er stand auf, ging zum Fenster und schaute über die Dächer des Regierungsviertels. Hier oben scheint es so ruhig, so erhaben über die Probleme, die dort unten auf den Straßen Wirklichkeit waren. Innerhalb kurzer Zeit überfielen ihn unzählige Gedanken. Er schloss die Augen und drückte mit seinen Fingern auf die geschlossenen Augenlider. Unerklärlicherweise kam ihm ein Trick in den Sinn, den Chang ihm einmal gezeigt hatte, als Paul nach der Trennung von Cathy ziemlich erschüttert in seinem Lokal gesessen hatte. »Paul, wenn Sie meinen, von den Gedanken überrannt zu werden, atmen Sie zehn Mal ein und zehn Mal aus und bei jeder Atembewegung achten Sie auf Ihren Bauch, auf Ihre Nase, auf Ihren Mund.« Ohne groß nachzudenken, atmete Paul zehn Mal ein und zehn Mal aus. Es funktionierte. Paul hatte sich gesammelt. Reiß dich zusammen, alter Junge. Denk an deine Eltern, denk an den langen Weg, den du gegangen bist, denk an das Ziel, das du erreichen willst.

Als er die E-Mail an den großen Pressverteiler versendete, dachte er an Olivia und Cathy.

KAPITEL 29

Es war eine halbe Stunde vor Beginn der Demonstration, als alle Presseagenturen von bahnbrechenden Neuigkeiten berichteten:

+++ BREAKING NEWS +++ URSACHE DER KRANKHEIT GEFUNDEN +++ AFRIKANISCHE EINWANDERER HABEN MENSCHEN ANGESTECKT +++ MENSCHEN FORDERN GRENZSCHLIESSUNG +++ ZAHL DER TODESOPFER STEIGT AUF 8.412 +++ BREAKING NEWS +++

Parallel liefen Sondersendungen auf allen Fernsehkanälen. Auf virtuellen Karten wurde die Route beschrieben, die die Krankheit genommen haben sollte. So sollte sich der sogenannte *Patient zero* mit dem Flugzeug von Afrika über Paris nach Deutschland illegal mit falschen Papieren begeben und bereits auf dem Flug diverse Menschen angesteckt haben. Zahllose Theorien wurden aufgestellt, wie die Krankheit geheilt werden könnte. Gleichzeitig mussten sich alle eingestehen, dass die Situation offenbar hoffnungslos war, solange die Regierung keine Lösung fand. Es war ein Wettrennen gegen die Zeit. Jeden Tag, an dem kein Gegenmittel gefunden wurde, starben Menschen.

Die Zeitschrift *Bewahren* schlachtete das Thema ganz groß aus. Offenbar war in der Redaktion der Informationsweg zum Institut von UMC und einigen Teilen der Politik erstaunlich kurz. Das Blatt berichtete, dass das liberale Einwanderungsrecht es nun dem *Patient zero* gestattet habe, diverse, mittlerweile auch infizierte, Familienmitglieder ins Land zu holen und so sollte sich die Krankheit verbreitet haben. Der *Patient zero* wäre nach kurzer Zeit gestorben. Ebenso die meisten seiner Familienangehörigen.

Die Nachricht wirkte wie Zunder im Vorfeld der Demonstration.

Die PGO und diverse konservative Institutionen verbreiteten die Nachricht in Windeseile in allen sozialen Netzwerken. Die Veranstalter der Demonstration leiteten die Pressemitteilung an alle registrierten Teilnehmer der Demo weiter. Fast jeder der Teilnehmer hatte zu Hause ein krankes Kind, eine kranke Frau, kranke Eltern oder Freunde. Nicht wenige kannten Menschen, die dem Lassa-Virus zum Opfer gefallen waren. Die Stimmung heizte sich durch die Nachricht über die Herkunft der Krankheit weiter auf.

Bernies Leute waren außer sich. Das Blut kochte in ihren Adern. Auch wenn keiner von ihnen persönlich betroffen war, hatten auch sie fast alle Bekannte oder Eltern, die ebenfalls dem Tode geweiht zu sein schienen. Gegenseitig schaukelten sie sich hoch und Bernie hatte große Mühe, die Leute ruhig zu halten. Peters erwartete von ihm, dass die Leute Ordnung bei der Demonstration schafften und so war nun eine gewisse Organisation nötig.

»Männer, Schluss jetzt! Ich bin genauso wütend wie ihr, doch wir haben hier jetzt einen Job zu erfüllen!«

Bernie war selbst innerlich zerrissen. Er hatte es keinem gesagt, aber er war nicht zu den von Peters empfohlenen Ärzten gegangen, um sich untersuchen zu lassen. Zumindest nicht nur. Als seine Frau von einer schlimmen Übelkeit mit Erbrechen heimgesucht worden war, hatte er sie zunächst bei dem Arzt untersuchen lassen, der auf der Liste stand. Dieser bescheinigte seiner Frau aber nur eine kleine Grippe. Bernie war misstrauisch. Als seine Frau wenig später nur noch apathisch im Bett lag, ließ er einen anderen Arzt kommen und hatte für seine Verhältnisse viel Geld aus eigener Tasche bezahlt. Die Diagnose war wie ein Donnerhall gewesen: Lassa. Bernie war außer sich gewesen. Er hatte ein großes Loch in die Tür geschlagen und wollte es nicht wahrhaben. Wie konnte der Peters mich nur so belügen? Es gibt kein Lassa? Er schmiss den bemitleidenswerten Arzt aus seiner Wohnung und warf ihm die

Geldscheine hinterher, die er ihm zahlen musste.

Bernie liebte seine Frau über alles. Sie war mehr als seine Frau. Sie war seine Geliebte, seine Gefährtin, seine Kameradin und hatte sie, seit sie ein Paar waren, nur beschützen wollen. Teilweise mit zweifelhaften Methoden. Er war wie ein Löwe, der sein Rudel beschützen wollte. Wie häufig musste Bernies Frau ihn von irgendwelchen Schlägereien wegziehen, da er sie offenbar wieder einmal beschützen hatte wollen. Bernie hatte es nicht anders gelernt. Der kleine Bernhard war über Jahre von seinem Vater geschlagen worden, er kannte als Konfliktlösung nur die Gewalt und war in der Gegend, in der er aufwuchs, in bester Gesellschaft. Erst seine Frau löste mit den Jahren und viel Arbeit eine gewisse Ruhe in ihm aus. Bernie wollte in diesem Moment am liebsten auch alle ausländischen Invasoren, die das Lassa-Virus eingeschleppt hatten, persönlich aus dem Land werfen. Andererseits war es für die Sache nötig, dass er nun Ruhe bewahrte. Das war er auch seinen Kameraden schuldig.

»Unsere Zeit wird kommen! Also, bleibt auf euren Posten und arbeitet mit der Polizei zusammen.«

Die Männer schwiegen. Bernie schaute ihnen tief in die Augen.

Vielsagend fügte er an: »Und wenn sich einige von außen danebenbenehmen, dann sorgt für Ordnung.«

Die Männer klatschten sich ab und machten sich auf den Weg zu ihren Posten.

Der Demonstrationszug setzte sich in Bewegung. Bernie befand sich an dessen Ende und erledigte mit drei seiner Männer die Ordnungsaufgaben, wie es sich Peters zusammen mit dem Veranstalter vorgestellt hatte. Bernie war voller Adrenalin. Er hatte schließlich eine wichtige Aufgabe zu erledigen. Und das tat er ganz im Sinne des Veranstalters. Die Polizei war personell hoffnungslos überfordert.

Überall standen Fernsehkameras von TeleDeutschland. Die Demonstration erfuhr höchste Aufmerksamkeit. Besonders die

Vorkommnisse am Rande des Zuges schienen die Fernsehleute zu interessieren. Bernie nutzte dies. Zwar wunderte er sich, wieso Kameraleute in so großer Zahl eher dort standen als an der Spitze, wo die führenden Köpfe marschierten, doch war es ihm auch egal. Als er am Rande des Zuges drei Schwarzafrikaner sah, die dem Demonstrationszug zuschauten, pfiff er einmal und seine drei Helfer gingen pöbelnd auf die Männer zu. Ein Kamerad schubste einen der schwarzen Männer.

»Hier gibt es nix zu sehen!«

Die Afrikaner ließen sich die Provokation nicht gefallen. Einer von Bernies Männern stellte sich sichtlich blöd an und ging durch den kräftigen Haken eines Afrikaners zu Boden. Es dauerte keine Sekunde, da eilte eine Mannschaft der Polizei herbei und versuchte, die Afrikaner zu fixieren. Bernies Männer zogen sich unauffällig in die Menge der Demonstranten zurück. Der Getroffene grinste Bernie an und wischte sich über sein Kinn. Dieser nickte zustimmend. Gemeinsam mit anderen Demonstrationsteilnehmern beobachtete er, wie sich die Afrikaner sich gegen die Polizisten und gegen die drohende Verhaftung wehrten. Die Beamten mussten Schlagstöcke und Pfefferspray einsetzen. Die Demonstranten riefen dabei Parolen gegen die Afrikaner. **»Afrikaner raus!«** Unbeteiligte Menschen, die den Demonstrationszug beobachteten, klatschten anerkennend. Die Fernsehkameras hielten alles fest und sendeten diese Bilder ins ganze Land. Dieses Pack, dachte sich Bernie. Es bekommt, was es verdient.

»Aufschließen!«, schrie er dann. »Hier gibt es nichts zu sehen!« Bernie erledigte seine Ordneraufgaben zuverlässig.

Zur gleichen Zeit saß Bruckheimer in einem Café und genoss zum Mittagessen eine Pasta. Er war der einzige Gast und beobachtete die Geschehnisse am Fernsehbildschirm des Cafés.

»Stellen Sie mal bitte auf TeleDeutschland 1!«

Der Wirt folgte dem Anliegen seines Gastes ohne Widerspruch und tippte auf die Fernbedienung. Auch dort wurde von den ersten Schlägereien berichtet. Es wurden ausschließlich Bilder davon gezeigt, wie sich Schwarzafrikaner mit Polizisten eine Straßenschlacht lieferten. Bruckheimer stopfte sich eine weitere Gabel mit Nudeln in den Mund, als sein Telefon klingelte.

»Bruckheimer?«

»Meffert hier.« Mefferts Stimme überschlug sich. »Was denken Sie sich eigentlich? Wer glauben Sie eigentlich, wer Sie sind?«

Bruckheimer grinste. Offenbar hatte Meffert nicht mit diesem Aufruhr gerechnet.

»Meffert, Sie wussten doch, dass wir in Kürze unsere Informationen über den *Patient zero* bekanntgeben. Was wundern Sie sich also?«

»Und die Demo?«, schrie Meffert ihm so laut durch den Telefonhörer entgegen, dass sogar der Wirt irritiert zu Bruckheimer schaute.

»Warum haben Sie mir nicht gesagt, dass Sie Mitveranstalter dieser Demonstration sind? Und dann bringen Sie diese Informationen auch noch kurz davor in Umlauf? Das ist unverantwortlich!« Bruckheimer schwieg und winkte dem Wirt zu, dass alles in Ordnung sei.

Volltreffer. Meffert verlor seine Souveränität. Er war jetzt nur noch ein Spielball und diese Situation ließ ihn Fehler machen.

»Meffert, Sie wollten Kanzler werden: Das sind Sie geworden. Sie wollten die Sozis loswerden: Das werden Sie sicherlich in Kürze problemlos tun. Und Sie wollten mehr Macht. Das erledigt bald eine Partei, die Sie duldet, ohne Koalitionspartner zu werden und die Ihren Kurs unterstützt: Die PGO steht bereit. Ich habe mich an unseren Deal gehalten.« Bruckheimer konnte förmlich spüren, wie die Halsschlagader von Meffert anschwoll. Im selben Augenblick ergossen sich diverse Schimpfwörter über Bruckheimer, die man selten von einem Politiker hören würde. Bruckheimer hielt sich das Telefon vom Ohr und streckte es in den Raum. Er hörte nur noch Worte wie: »Sie werden schon sehen, Sie haben sich mit dem Falschen angelegt! Ich mache Sie fertig.« Danach war das Telefonat beendet.

Bruckheimer legte das Telefon zur Seite und lachte. Zufrieden widmete er sich wieder seiner Pasta. Sein Teller war fast leer, als im Fernsehen mit einer lauten Melodie neue Breaking-News angekündigt wurden. Er schaute auf.

+++ BREAKING NEWS +++ DEMONSTRATION IN BERLIN ESKALIERT +++ STRASSENSCHLACHTEN ZWISCHEN SCHWARZAFRIKANERN UND POLIZEI +++ POLIZEI MUSS TEILNEHMER SCHÜTZEN +++ FORDERUNG NACH GRENZSCHLIESSUNG +++ BREAKING NEWS +++

KAPITEL 30

David bekam von den Ausschreitungen nichts mit. Er befand sich im vorderen Teil des Demonstrationszuges. Dort herrschte eine friedliche Stimmung: besonnen, aber entschlossen. Die Teilnehmer riefen die Regierung zum Rücktritt auf. Mit lauten Parolen und unter großem Applaus der am Rande stehenden Zuschauer machten sie deutlich, dass sie nicht weniger als eine rigorose Änderung des politischen Systems begehrten. Gleichzeitig forderten sie die Grenzschließung und weitere Maßnahmen zu mehr Sicherheit der Menschen im Land. Von Anfang an hatten die Teilnehmer das angenehme Gefühl, dass sie die Speerspitze der Gesellschaft waren. Sie repräsentierten einen Großteil der Bürger. Sie waren keine Minderheit, die hier auf die Straße ging, um sich Gehör zu verschaffen. Das verlieh ihnen großes Selbstvertrauen. Schließlich musste doch jemand die Menschen schützen. Menschen starben und sie wollten, das nicht mehr teilnahmslos hinnehmen.

Nachdem sich vor ein paar Stunden der Zug in Bewegung gesetzt hatte, wurden die ersten Gerüchte laut, dass Meffert die Grenzschließung in Erwägung zöge. Die Nachricht verbreitete sich wie ein Lauffeuer und steigerte die Stimmung unter den Teilnehmern noch einmal deutlich. Wir können etwas bewegen! Wir sind das Land! Wir sind nicht machtlos!

Der Koalitionspartner – die Sozialisten – drohten daraufhin in aller Öffentlichkeit und in allen Interviews mit dem Bruch der Koalition. Den Teilnehmern der Demonstration war es egal. Sie wollten ausschließlich Inhalte deutlich machen und waren die parteipolitischen Spiele leid.

David hatte sich mittlerweile mit einigen Teilnehmern bekannt gemacht. Diese waren bereits seit einigen Wochen Mitglied der PGO und berichteten nur Gutes. Die PGO sei eine sehr ruhige, basisdemokratische Partei und Peters, der Parteivorsitzende, eine eloquente, charmante Person, die die Leute berühre und den Leuten zuhöre. Und vor allem fordere mit der PGO endlich mal eine Partei, dass das Volk direkt entscheidet. Mit dem Thema Volksentscheid hatte sich David immer mal wieder beschäftigt. Er wurde immer neugieriger. Innerlich hatte er sich bereits dazu entschieden, ebenfalls einzutreten. Wie hatte Laura noch gesagt? Nicht quatschen, machen!

Der Zug kam zur Endkundgebung vor dem Reichstagsgebäude zusammen, die Polizei sprach von erheblichen Vorkommnissen am Rande der Demonstration und von bis zu einhundert Festnahmen. Alle Festgenommenen sollten keine Teilnehmer der Demonstration gewesen sein, so die offizielle Pressemitteilung der Polizei, sondern Aggressoren von außen. Peters hatte soeben mit seiner Rede begonnen und die Menschen hörten ihm aufmerksam und begeistert zu. Er war der perfekte Redner. Er war wortgewandt, hatte eine einfache Sprache und wusste seine deutliche und klare Stimme gut einzusetzen. Er sprach von der biblischen Probe für das Volk. Es müsse sich jetzt entscheiden, ob es kämpfen oder untergehen wolle. Die Menschen jubelten. Die Regierung müsste nun endlich den Worten Taten folgen lassen! Die Grenzen müssten nun endlich gesichert werden, auch auf dem Flugweg. Peters vermied es, Kanzler Meffert persönlich zu nennen. Außerdem forderte er nicht seinen Rücktritt. Das erledigten seine Nachredner. Radikalere Redner, die nicht der PGO angehörten, aber mit zu den Organisatoren der Demo gehörten. Peters wusste, er würde Meffert noch brauchen. Erst einmal.

Paul Schneider stand im Backstage-Bereich der Rednerbühne und applaudierte ebenfalls frenetisch, als Peters sich vom Publikum verabschiedete. Das ist unser Mann, dachte sich Paul. Der ist es. Mittlerweile hatte Paul keinerlei negative Gedanken mehr. Alle Vorsicht und alles Zögern vom Morgen waren wie weggewischt. Durch die Stimmung während der Demonstration, durch Bruckheimers Worte, durch die Menschen, mit denen er sich seitdem umgeben hatte. Peters gab Paul im Vorbeigehen einen Klaps auf die Schulter. Die beiden Männer gingen, bewacht von einigen Ordnern, von der Bühne herunter und Peters mischte sich unter das Volk. Paul sah, wie Peters beglückwünscht wurde. Endlich mal einer, der die Wahrheit sagte! Endlich mal einer, der es anpacken wollte! Ein Mann der Tat! Das waren einige der Kommentare, die Peters sichtlich genoss. Er war in seinem Element. Was für eine Selbstherrlichkeit, dachte Paul, als er die Szenerie aus einiger Entfernung betrachtete.

Plötzlich unterhielt sich Peters interessiert mit einem jungen Mann. Er war offenbar keiner der Gratulanten, sondern hatte Peters in ein ernstes Gespräch verwickelt. Peters hörte dem Mann ruhig und intensiv zu. Seine Gesichtszüge lagen in tiefen Falten. Dabei nickte er immer wieder. Paul stand mit Peters wichtigstem Mitarbeiter einige Meter weit entfernt, als Peters und der Mann auf einmal auf ihn zu kamen.

»Interessanter Mann, Georg!«, rief Peters seinem Mitarbeiter zu. »Gib ihm mal einen Aufnahmeantrag und Informationsmaterial.« Der Mann gab Georg die Hand und wandte sich auch an Paul.

»Guten Tag, David Braun mein Name.« Mit angenehmem Händedruck gab er Paul die Hand.

»Paul Schneider, hallo.«

»Ah, ich habe Sie in der Talkshow gesehen. Da haben Sie meinen Ex-Chef ja mächtig alt aussehen lassen! Respekt!«

David nickte anerkennend. Paul sagte nichts und beobachtete, wie Peters' Mitarbeiter ihm die gewünschten Unterlagen übergab und ihm einige Sachen erklärte. David hörte aufmerksam zu und nickte immer wieder. Er sicherte ihm zu, zur nächsten Parteiversammlung in ein paar Tagen zu kommen.

»Armer Kerl. Arbeitet als Forscher bei dem alten Teighaus. Jetzt ist sein Sohn auch erkrankt. Intensivstation und tagelang im künstlichen Koma. Begann mit hohem Fieber. Verbrecherisches Lassa.«

Peters schüttelte angewidert den Kopf. Paul hielt den Atem an. Intensivstation? Fieber? Er konnte nicht umhin, nachzufragen und wandte sich an David.

»Entschuldigen Sie, Ihr Sohn ist erkrankt, habe ich gehört? Wenn Sie nicht darüber sprechen wollen, kann ich das verstehen …«

»Nein, nein, alles ok«, versuchte David seine Sorgen um Ben in den Hintergrund zu schieben. Er hatte sich ja vorgenommen, mit den wichtigen Leuten der Partei zu sprechen. Da konnte er sich jetzt die Pietät nicht leisten, zu schweigen.

»Ich bin ja ganz offensichtlich nicht der Einzige.« David grinste gequält. »Er ist plötzlich in der Kita zusammengebrochen und wachte dann erst Tage später wieder auf. Meine Frau und ich hatten schon das Schlimmste befürchtet.« David hielt inne. Ihm versagte die Stimme. All die Gefühle der letzten Tage kam in dieser zwar ungewohnten, aber irgendwie auch vertrauten Umgebung wieder hoch. Er spürte tief in seinem Herzen, dass er nicht alleine war, dass viele Menschen hier mit den gleichen Gefühlen kämpften und die gleichen Ängste und Sorgen hatten. Paul schaute David betreten an. Es war nicht seine größte Qualität, wildfremde Menschen zu trösten, aber in diesem Moment dachte er nicht lange nach, sondern legte seine Hand wortlos auf Davids Schulter. David schaute auf und holte tief Luft. »Aber dann kamen da die Erkenntnisse, wie die Krankheit wohl weiter verläuft. Da sagten sie, dass sie im Krankenhaus nichts mehr für uns tun können und sie entließen uns. Jetzt wird unser Ben bei uns zu Hause gepflegt und behandelt und keiner weiß, wie es weitergeht. Zum Glück scheint er keine Schmerzen zu haben. Er nimmt diese neuen Schmerztabletten aus

Ihrem Haus. Diese VITRUXX-Tabletten. Die sind ja auch für Kinder in dem Alter unschädlich.« Paul nickte. »Und sie gaben uns diese mobile Quarantänestation mit. Für eintausend Euro!«

»Eintausendneunundzwanzig«, murmelte Paul und schaute auf den Boden.

»Wie bitte?«

»Die QUARAN2000. Eintausendneunundzwanzig Euro.« Paul schaute David entschlossen ins Gesicht.

»Ach ja, die ist auch von Ihrer Firma, oder?«

Paul nickte.

»Nichts für ungut. Sie helfen uns und den anderen ja damit.« David versuchte die peinliche Stimmung zwischen den beiden aufzulösen. Es war ihm mittlerweile auch wirklich egal, woher die ganzen Krankenhäuser und die ganzen Geräte stammten. Ob das alles nun von UMC oder Firma XY kam. Wesentlich war bloß, dass die Menschen schnelle Hilfe bekamen.

Paul war mit den Gedanken zwischenzetlich woanders. Auf einmal spürte er wieder diese Zweifel. Marie? Barbara? Der Sohn von dem Braun? Er war nicht darauf vorbereitet gewesen, dass er so nah an vermeintlich Betroffene geriet. Um sein Ziel zu erreichen, hatte er Schritt für Schritt seine sozialen Kontakte eingestellt. Bis keiner mehr übrig geblieben war. Wie geht's Cathy bloß? Paul war hin- und hergerissen. Er war ein überaus rational denkender Mensch. Es war alles geplant, es konnte nichts schiefgehen. Lass ich mich gerade genauso von der Angst anstecken, die ich bei den anderen hervorrufen wollte? Bin ich nun selbst ein Opfer meines eigenen Plans? Das kann doch nicht wahr sein! Paul verabschiedete sich von David und ging in eine ruhige Ecke. Ich muss dringend Cathy anrufen. Und ich muss der Sache nun auf den Grund gehen. Aber wann soll ich das tun? Ich habe keine Zeit dafür. In den nächsten Tagen werden sich die Ereignisse überschlagen. Da heißt es erstmal: Augen zu und durch. Ich werde mit Bruckheimer reden, aber erst, wenn alles vorbei ist. Wenn die Koalition zerbrochen ist, dann kann es ganz schnell gehen. Paul nahm sich vor, zur nächsten Parteiversammlung der PGO zu gehen und dort noch einmal mit David zu sprechen. Interessanter Mann. Könnte uns vielleicht helfen.

~

Am Abend aß Paul bei Chang sein Lieblingsgericht. Wieder war das Lokal fast leer. »Damit muss ich jetzt wohl leben«, sagte Chang, als Paul ihn danach beiläufig fragte. »Die Menschen haben eben jetzt sogar Angst, bei mir zu essen, nur weil ich Asiate bin.«

»Ach Quatsch«, versuchte Paul, ihn zu beruhigen.

»Es haben mehrere Stammgäste aus diesem Grund ihre Reservierungen abgesagt. Ich solle es nicht persönlich nehmen, aber man wisse ja nicht, wer das Lassa-Fieber noch so alles anschleppe.« Chang grinste und putzte zum wiederholten Male die Theke. Der Fernseher lief. Der Abend verlief nicht gut. Die Polizei war dem Mob weit unterlegen. Die Demonstration entfaltete auch noch nach der offiziellen Beendigung ihre Wirkung. Die Menschen waren in Aufruhr. In mehreren Großstädten wurde von Straßenschlachten berichtet. Meist sollten sich Afrikaner, die durch die Ereignisse bei der Demonstration in Berlin aufgepeitscht worden waren, Schlägereien mit Polizisten liefern. Doch nun wurde auch berichtet, dass sich andere Menschen einmischten. Bürgerwehren, die sich in den Vierteln gebildet hatten, schreckten nicht zurück, ihr Ansinnen mit Gewalt durchzusetzen. Paul und Chang schauten sich wortlos an, als sie die Nachrichten über die Unruhen im Fernsehen sahen. Ernst blickte Paul auf die Straße, überall war Blaulicht zu sehen. Es schien alles sehr nah zu sein. Krankenwagen, Feuerwehr und Polizei rasten vorbei.

»Schließ mal den Laden, Chang. Nicht, dass hier noch irgendetwas passiert.«

Die zwei übrigen Gäste nickten ebenfalls gleichsam besorgt wie zustimmend. Chang schloss die Türen und zog blitzschnell Jalousie und Vorhänge zu. Keine drei Minuten später sahen sie durch einen Spalt der Außenjalousie, wie eine Gruppe von Schlägern eine andere Gruppe jagte. Wer da hinter wem her war, konnten Chang und seine Gäste nicht erkennen. Paul nahm sein Handy und versuchte, Cathy und Olivia zu erreichen. Das Netz war tot. Paul wurde klar, dass es schnell zu Ende gebracht werden müsse. Ansonsten nähme es einen ganz üblen Ausgang. Einen Ausgang, den Paul nie gewollt hatte. Aus Angst konnte Hass entstehen. Und dieser Hass musste kanalisiert werden. Ansonsten herrschte Anarchie. Und das war das Letzte, was Paul wollte. Gleich morgen früh musste er mit Bruckheimer sprechen. Bei 15.000 Todesopfern muss Schluss sein. Mehr vertragen die Menschen nicht.

KAPITEL 31

Die Telefondrähte im politischen Machtzentrum der Hauptstadt liefen heiß. Die Demonstration und vor allem die Berichterstattung hatten der Großen Koalition schwer zugesetzt. In der Nacht war es zu den schwersten Ausschreitungen seit Jahrzehnten gekommen. Sie wurden von den Menschen nicht nur toleriert, sondern von der Mehrheit des Volkes sogar unterstützt. Die Menschen waren offenbar nicht mehr bereit, der Politik zu vertrauen. Sie wollten die Dinge selbst in die Hand nehmen. Aufgepeitscht von den Berichterstattungen der Sendergruppe TeleDeutschland und mit immer schlimmeren und gravierenderen Bildern und Nachrichten ausgestattet, wollten vor allem junge Menschen den Worten der Demonstration Taten folgen lassen. Es mussten Zeichen gesetzt werden.

»Siehst du das, Laurachen?« Laura war zuletzt öfter bei ihren Eltern zu Besuch. Sie sehnte sich nach dem alten Nest ihres Elternhauses und wünschte sich die Zeit zurück, als sie von den Eltern noch beschützt worden war. Dafür ertrug sie sogar die minutenlangen Monologe ihres Vaters und das Selbstmitleid ihrer Mutter.

»Siehst du das?« Lauras Vater zeigte auf den Bildschirm. »Da siehst du es! Das haben die aus unserem Land gemacht! Das so friedlich war und so ordentlich!«

»Ja, Papa, ich sehe es.«

»Sie sagen, über 10.000 Menschen sind nun schon verreckt. Und bald werden wir die nächsten sein.«

»Können wir nicht mal über etwas anderes sprechen? Das Thema kann ich nicht mehr hören. Ihr seid schließlich wieder gesund! Denkt an die Menschen, die weniger Glück hatten als ihr!«

»Tja, wer weiß, wie lange wir noch Glück haben. Wer weiß, wer uns bald wieder ansteckt!« Lauras Vater konnte sich einfach nicht beruhigen.

»Über 10.000 Menschen. Tut dein Mann endlich mal was? Dieser Nichtsnutz?« Laura verdrehte die Augen und spürte das erste Mal seit einiger Zeit wieder einen gewissen Beschützerinstinkt für David.

»Papa, nicht schon wieder! Es reicht jetzt!« Trotzdem ertappte sich Laura dabei, wie sie selbst Unmögliches von David erwartete. Vielleicht sollte sie ihn einfach auch mal wieder in den Arm nehmen. Ben war doch auch sein Sohn.

~

Meffert war wütend auf sich selbst. Wie konnte ich mich so dermaßen in die Hände eines Lobbyisten begeben? Es war besprochen, dass die Sache ruhig abliefe, aber der Bruckheimer hat mich gelinkt. Der hat mich nur benutzt. Jetzt werde ich es ihm zeigen. Noch bin ich hier am Ruder.

Bereits am frühen Morgen kamen die führenden Köpfe der Koalition zusammen und begleitet von unzähligen Kamerateams betraten sie das Kanzlergebäude. Es dauerte keine Stunde, da lief über die Nachrichten-Ticker, dass die Koalition geplatzt sei. Als Meffert vor die Kameras trat, sprach er von *unüberbrückbaren Vertrauensschädigungen* und *nicht korrigierbaren unterschiedlichen Auffassungen über die Zukunft des Landes*. Er versuchte, präsidial aufzutreten, doch er verlor offenbar zunehmend seine Souveränität vor der Kamera. Er war es nicht gewohnt, der Buhmann der Nation zu sein. Er hatte sich zeit seines Lebens an die Gewinner gehalten. Meffert machte die Fortsetzung der Koalition öffentlich davon abhängig, ob man im Konsens die sofortige Grenzschließung durchführte und diverse weitere Schutzgesetze erließ. Diese Schutzgesetze sollten vor allem dem Bau von bewachten Quartieren für Kranke, der Einrichtung von weiteren

Schutzzonen und Schutzmaßnahmen für Gesunde beinhalten. Es war allen Beteiligten von vornherein klar, dass sich die Sozialisten damit nicht abfinden konnten und in Anbetracht der aufgeheizten Stimmung auch kein Kompromiss in Sicht war. So wurde schnell das Unausweichliche festgestellt und verkündet. Meffert war zufrieden. Er hatte ja die Zusage von Peters und von der PGO, dass die PGO die Minderheitsregierung stützen würde. und dafür nach Normalisierung bei der nächsten offiziellen großen Wahl Koalitionspartner der Konservativen würde. Die werden meine geplanten Gesetze sicherlich nicht blockieren.

~

Paul hatte den Bruch der Koalition nach den gestrigen Ereignissen erwartet. In seinem Notizbuch machte er einen Haken hinter dem Stichpunkt *Bruch GroKo*.

Nachdem er die Neuigkeit erfahren hatte, machte er sich auf den Weg zu Bruckheimers Büro. Doch der war nicht da. Das war ungewöhnlich. Paul hatte grundsätzlich immer Zugriff auf dessen Online-Kalender, doch dieser war heute nicht zugänglich. War das ein Zufall? Seine Sekretärin konnte ihm auch nichts Genaues sagen. Ok, später, dachte sich Paul. Es war ja eigentlich alles besprochen. Er hatte umfassende Befugnisse von Bruckheimer bekommen und es war klar, dass die Sache nun beschleunigt werden müsste. Schließlich wusste Paul, dass auch Bruckheimer keinesfalls wollte, dass Menschen unnötig zu Schaden kamen. Heute Abend musste er bei der Parteiveranstaltung der PGO mit Peters sprechen. In ein paar Tagen würde die entwarnende Pressemitteilung herauskommen. Dann würde alles seinen geplanten Weg gehen. Jetzt galt es erst einmal, Peters in Szene zu setzen.

KAPITEL 32

»Aufwachen, David.«, flüsterte eine zarte Stimme in Davids Ohr. »Deine Zeit ist um. Ich löse dich ab.« David schreckte auf. Er spürte eine kleine, aber zärtliche Hand an seiner Schulter. Seitdem die temporäre Quarantänestation in Bens Zimmer errichtet worden war, wechselten sich Laura und David ab und hielten auch nachts Wache. Sie wollten Ben keine Sekunde aus dem Augen lassen. David war erschöpft und immer wieder im Sessel, den Laura eigens in Bens Zimmer geschleppt hatte, für kurze Zeit eingeschlafen. Doch an ruhigen Schlaf war nicht zu denken. Davids Gedanken schienen in seinem Kopf zu tanzen, zeitweise paarten sie sich mit Traumsequenzen. Was war Wirklichkeit, was war Traum? Die Demonstration hatte David wirklich beeindruckt. Die Menschen mit ihrer ungeheuren Tatkraft inspirierten ihn. Die Atmosphäre der gleichgesinnten und gleichsam leidenden Menschen umarmte ihn. Er hatte von den umstrittenen Auseinandersetzungen rund um die Demo nichts mitbekommen, vielleicht wollte er auch nichts mitbekommen. Er fühlte sich nun als Teil einer unbesiegbaren Bewegung, einer Einheit, einer starken Einheit. Da er auch kein Fernsehen mehr schaute, seitdem Ben vom Lassa heimgesucht worden war, war auch die Berichterstattung nicht zu ihm vorgedrungen. Er war einfach begeistert von der Bewegung, die offenbar durch das ganze Land ging. Dieser Peters war zudem ein wahnsinnig sympathischer Kerl und bereit, Dinge zu ändern und sich mit *denen da oben* anzulegen. Wir sind ein so reiches Land mit so einer guten Forschung. Da schafft es die Regierung nicht, eine solche Epidemie zu verhindern und etwas dagegen zu tun? Wieso sind die Ausgaben des Landes für Soziales so hoch, aber wieso ist der Staat nicht bereit, alles für die Gesundheit zu tun? Und die Menschen? Jahrelang geben sie Geld für materielles Zeug aus, gefördert von dieser Wirtschaftspolitik der Regierung. Immer mehr wollen die Menschen haben, immer teurer und immer neuer. Alte Sachen landen schnell auf dem Müllhaufen der westlichen Zivilisation, neue Dinge müssen her. Der Konsum steigt ins Unermessliche. David schüttelte bei den Gedanken daran verächtlich den Kopf. Hauptsache teure Autos, teure Häuser und teure Kleidung. Aber bloß kein Geld für Gesundheit ausgeben. Da rufen die dann nach dem Staat.

Nein, dachte sich David. Es war eine neue Bewegung im Gang. Endlich Menschen, die einen Bewusstseinswandel in der Gesellschaft bewirken wollten. Menschen, die grundlegend bereit waren, die Gesundheit in den Mittelpunkt zu stellen. Wir brauchen hier keine Menschen, die ihre Probleme und Krankheiten in unser Land schleppen. Und wir brauchen auch keine Ignoranten, die so weiterleben wollen wie bisher und sich nicht um ihre Gesundheit und die der anderen Menschen scheren. Und die Bewegung wollte gehört werden. Es war Zeit für Volksentscheide. Entschlossen füllte David das Aufnahmeformular der PGO aus und wollte es heute Abend zu der Parteiveranstaltung mitnehmen und abgeben. Er wollte sich direkt einbringen. David hatte Laura kurz von der Demonstration und von seinem Vorhaben, in die PGO einzutreten, erzählt, aber sie war vor ein paar Tagen noch nicht ernsthaft aufnahmefähig gewesen. Sie quittierte seine Erzählung nur mit einem belanglosen »Aha.«

Laura konnte nicht mehr. Ihr Ein und Alles, ihren kleinen Sohn in einem derartigen Zustand zu sehen, war für sie jede Sekunde ein Schritt durch die Hölle. Dazu kamen neuerdings die dauernden Angriffe ihres Vaters, dass sie ja eine schlechte Mutter sei und ihren Sohn einer solchen Gefahr ausgesetzt habe. Er spielte dabei auf einen Urlaub von David, Ben und ihr vor ein paar Jahren an, in dem sie nach Afrika geflogen waren. Sie flogen nie in den Urlaub. Zu Hause waren sie glücklich. Vielleicht einmal ans Meer oder an den Badesee, aber Fernziele waren nicht unbedingt Davids und Lauras Sache. Doch dieses eine Mal hatten sie entschieden, weit weg zu fahren. Einmal ein exotisches Reiseziel ausprobieren, solange Ben noch jung war und fast umsonst fliegen konnte. Eigentlich war es ein Traumurlaub gewesen. Vor dem Hintergrund der Epidemie jedoch wurde dieser Urlaub plötzlich zur Angriffsfläche für ihren Vater und andere Menschen zu sein, die von ihren Gefühlen und Ängsten übermannt wurden. Es war klar, dass Ben sich nicht in diesem Urlaub angesteckt haben konnte. Erstens lag das Urlaubsziel nicht an den von den Studien bekannt gegebenen Orten, an denen die Krankheiten ausgelöst worden sein sollte. Zweitens lag der Urlaub schon zu lange zurück. Aber zurzeit wurde alles, was mit Afrika zu tun hatte, einfach dämonisiert. Daher brachte es nichts, dagegen zu argumentieren. Alleine der Umstand, dass man seiner Gier nach einem exotischen Traumurlaub der Vorsicht vor Gefahren für kleine Kinder Vorrang gab, wurde mittlerweile von der Gesellschaft verachtet.

David spürte, dass Laura ihn das erste Mal seit Lamgem mit einem Ansatz von Zärtlichkeit behandelte, wie vor Bens Erkrankung. Ein wenig schüchtern legte er seine Hand auf ihre. Sie schauten sich einen Moment lang schweigend in die Augen. Seit heute Morgen schon hatte Laura nicht mehr versucht, so ungerecht zu David zu sein. Sein neuestes Vorhaben – der Eintritt in diese Partei – interessierte sie nicht wirklich. Vielmehr versuchte sie, sich zusammenzureißen und sich daran zu erinnern, dass David Ben ja genauso liebte wie sie selbst. Vielleicht nervte sie sein Gequatsche aus früheren Zeiten wirklich und jetzt kam der Ärger darüber erst so richtig an die Oberfläche, aber es war doch eigentlich immer David, der die Familie in den kleinen Dingen des Alltags beschützt hatte. Sie schämte sich, so mit ihm umgegangen zu sein.

David stand von dem Sessel auf und sagte nur leise: »Entschuldigung für alles.« Er gab ihr einen zaghaften Kuss auf die Stirn.

Zu seiner Überraschung ließ sie es sich das erste Mal, seitdem Ben krank geworden war, gefallen und streckte ihm ihren Mund entgegen. David fiel ein unendlich großer Stein vom Herzen. Er spürte, wie auf einmal alles in ihm zusammenfiel. Er konnte seine Tränen nicht mehr zurückhalten und weinte einfach los. Laura weinte mit und nahm Davids Kopf in ihre Hände. In diesem Moment spürten sie ein Gefühl der Unzertrennlichkeit. Das Gefühl, dass sie zusammengehörten. Das Gefühl, dass sie sich niemals trennen lassen würden und kein Umstand der Welt sie trennen könnte. Als sie sich wieder beruhigt hatten, gaben sie sich erneut einen Kuss, wischten sich die Tränen aus den Gesichtern und schauten auf ihren Sohn. Da lag ihr Engel, ruhig und friedlich schlafend. Seine Gesichtsfarbe hatte wieder ein leichtes Rosa. Offensichtlich ging es ihm langsam besser.

David war glücklich und erleichtert. Vielleicht wird ja jetzt wieder alles gut. Er setzte sich an seinen Schreibtisch und begann sofort, den Antrag zum Parteibeitritt der PGO in einen Umschlag einzutüten. Plötzlich sah er den USB-Stick vor sich. Den Stick aus Teighaus' Büro. David wusste nicht warum, aber aus irgendeinem Grund spürte er, dass dieser Stick nicht nur einfach so auf Teighaus' Schreibtisch gelegen hatte. Auf einmal dachte er an Franzi. Die hatte er nun schon seit einiger Zeit nicht mehr gesehen oder gehört. Einerseits konnte er es Laura in diesen Zeiten nun auch nicht antun, auch nur einen Gedanken an ein Treffen oder ein Telefonat mit Franzi zu verschwenden. Andererseits hatte sich auch Franzi selbst erstaunlich rar der letzten Zeit gemacht.

David ärgerte sich ein wenig darüber, dass Franzi es nicht einmal für nötig befunden hatte, nachzufragen, wie es seinem Sohn ging. Gedankenversunken spielte er mit dem USB-Stick. David stutzte. Er steckte ihn in seinen Computer und wartete, bis das Gerät die Hardware erkannte. Mit einem Doppelklick öffnete David den Ordner. Plötzlich waren alle Gedanken an Franzi verschwunden.

Er schaute gebannt auf den Bildschirm. Was war denn das? Er fand lediglich eine Datei im Ordner. Die Bezeichnung lautete *UMC intern.* UMC intern? David stutzte erneut. War das etwa das Interessante, das Teighaus angeblich herausgefunden hatte und damals veröffentlichen wollte? Er hielt den Atem an. Mit einem weiteren Doppelklick öffnete David die Datei. Offenbar war sie sehr umfangreich. Es dauerte Sekunden, bis auf dem Bildschirm etwas passierte. Mit einem Rattern teilte der Computer mit, dass er endlich die Aufgabe erledigt hatte, der Bildschirm wurde weiß und es kam ein Text-Dokument zum Vorschein. Es dauerte wiederum Sekunden, bis sich der Text auf die Blätter hinterlegte. David schaute auf den unteren Bildrand und sah den Umfang des Dokuments, einhunderteinundzwanzig Seiten. Das kann schon mal dauern. Plötzlich ertönte eine Stimme, die wie ein Donnerhall aus dem Himmel, wie der Richterspruch des Jüngsten Gerichts klang. Sie klang wie Lauras Stimme, doch er war sicher, dass das der Teufel sein musste.

»Er atmet nicht mehr! David, er atmet nicht mehr!« David gefror das Blut in den Adern, er sprang wie in Zeitlupe auf und rannte an Laura vorbei in Bens Zimmer. Die Geräte, an denen Ben angeschlossen war, piepten. Der kleine Ben zuckte, aus seinem Mund quoll Schaum hervor. Seine Augen waren verdreht. Laura schrie. David schüttelte den kleinen Ben. »Bleib bei uns, bleib bei uns!« Die Geräte sendeten einen automatischen Notruf ab. Laura kreischte, nahm ihn aus dem Bett heraus und drückte ihn an ihre Brust. David versuchte immer noch, an ihm zu rütteln. »Hör auf!«, schrie Laura. Ben atmete nicht. David schrie Laura an: »Leg ihn hin! Die Zunge! Er erstickt!« Laura legte ihn wieder ins Bett. David öffnete seinen Mund. Erbrochenes kam heraus. David packte die Zunge und zog sie Ben aus dem Rachenraum.

Laura brüllte: »Du musst ihn beatmen!« David begann sofort die Mund-zu-Mund-Beatmung. Kein Puls war zu spüren. Der kleine Mann lag regungslos vor ihnen. Plötzlich klopfte es laut an der

Wohnungstür.

»Sanitäter! Aufmachen!« Laura sprang zur Eingangstür, öffnete schreiend die Tür.

»Er atmet nicht mehr, er atmet nicht mehr!« Die Notärzte stürzten in Bens Zimmer und ignorierten die Luftschleuse für die Quarantäne. Sofort spritzte einer der Ärzte Ben ein Medikament in seinen Arm. Der andere legte Ben das mobile Beatmungsgerät um den Kopf. Ein dritter Sanitäter versuchte, David und Laura zu beruhigen und sie ein wenig in den Hintergrund zu drängen. Wild und laut brüllten die beiden durcheinander. Die Stimmen der Ärzte wurden lauter.

»Komm schon, komm schon.«

»Beeil dich. Defibrillator!«

»Schnell, schnell!«

»Jetzt mach schon!«

»Es hat keinen Sinn!«

»Nochmal!« Peng, der kleine Körper zuckte. Und noch einmal. Er zuckte. Bens Gesicht war regungslos. Und noch einmal. Peng! Davids Kopf leerte sich. Laura brach zusammen. David ging langsam an das Bett. Die Stimmen der Notärzte wurden leiser. David hörte sie gar nicht mehr. Er wusste Bescheid. David beugte sich über das Bett. Er nahm Bens kleine Hand in seine. Diese kleine Hand, die er nach der Geburt das erste Mal gehalten hatte. Als er seinem Sohn geschworen hatte, ihn auf ewig zu beschützen. Die kleine Hand war leblos. Sein kleines Gesichtchen verblasste. Die Zeit war stehen geblieben. David wusste, dass er in der Hölle gelandet war. Und Lassa war der Satan.

KAPITEL 33

Gleichzeitig

»Warum sollte ich Ihnen glauben, dass es echt ist, was da drauf ist?«

»Weil Sie gar keine andere Wahl haben. Entweder, Sie tun etwas und machen mit uns gemeinsame Sache oder Sie stehen in spätestens ein paar Monaten genau wie die anderen vor Gericht.«

»Lächerlich. Wir sind gerade dabei, die Macht zu erlangen. Alle schließen sich uns an! Hier kommen höchstens die Verbrecher vor Gericht, die die Lassa-Scheiße in unser Land gelassen haben.«

»Es gibt kein Lassa. Zumindest nicht so, wie behauptet.«

»Und wieso ist meine Frau dann am Abnippeln? Wieso kotzt sie sich die Seele aus dem Leib? Lügt sie oder lügen die Ärzte?«

»Steht alles in den Dokumenten, die auf dem Stick gespeichert sind. Gucken Sie sich das an.«

»Woher haben Sie das denn überhaupt? Wenn noch nicht mal die Regierung Bescheid weiß?«

»Das muss Sie nicht näher interessieren. Aber es gibt noch Menschen mit einem guten Gewissen, die die richtige Seite wählen. Wählen Sie diese bloß auch.«

»Mich interessiert es aber! Sagen Sie mir nicht, dass es mich nicht näher interessieren sollte. Das habe ich schon einmal gehört und das hat mir gar nicht gefallen!«

»Eben. Sie sind der Einzige, der diesen ganzen Wahnsinn aufhalten kann.«

»Und wenn das alles wahr sein sollte: Wie soll mir das nutzen und was sollte ich Ihrer Meinung nach tun?«

»Nutzen Sie es, um die Korruption rund um Meffert, Peters und Co. zu beenden. Nur Sie haben die Kraft und Unterstützung, um diese unsägliche Unity Medical Care Group zu zerstören.«

»Wenn das wahr ist, was Sie sagen, und wenn die Dokumente

dies belegen, dann ist die UMC erledigt. Auch ohne mich.«

»Unterschätzen Sie Bruckheimer nicht. Bruckheimer und seinen nichtsahnenden Handlanger Paul Schneider. Denken Sie daran, was die mit mir gemacht haben. Die gehen über Leichen. Es werden noch viel mehr sterben. Tausende! Nur Sie können das beenden. Der Lobbyismus in diesem Land muss ein für alle Mal beseitigt werden, Bernie.«

KAPITEL 34

Der Saal war bis auf den letzten Platz belegt. Die Ordner mussten sogar noch Zelte und zusätzliche Stühle auf dem Vorplatz der Veranstaltungshalle und eine Leinwand zur Live-Übertragung aufbauen. Die Halle fasste knapp eintausend Menschen, die Bühne war blau dekoriert, ganz in den Farben der Partei. Auf dem Podium waren keine Sitze postiert, die wie bei anderen Parteien für irgendwelche Parteivorsitzende oder sonstige wichtige Delegierte gedacht waren. Hier sollten alle gleich wichtig sein. Kein Anzeichen sollte erkennbar sein, dass hier dasselbe gemacht würde wie bei den etablierten Parteien. Es wartete ein einsames Rednerpult auf die angekündigten Wortmeldungen. Die gesamte Wand dahinter war in tiefen Blau gehalten. Darauf stand in riesigen, schneeweißen Lettern: **Partei für Gesundheit und Ordnung (PGO) Mit uns in ein neues Zeitalter!**

Mit einem solchen Ansturm hatte auch Paul nicht gerechnet. Okay, der Parteitag war strategisch nur ein paar Tage nach dieser großen Demonstration terminiert, und die Demonstration war ein voller Erfolg gewesen, aber trotzdem hatte selbst Paul nicht damit gerechnet, dass die PGO in diesem Maße davon profitieren sollte. Es waren Menschen aus allen Schichten gekommen. Menschen jeden Alters und jeden Berufs. Paul hatte soeben noch einmal versucht, Bruckheimer anzurufen, doch sein Smartphone war offenbar ausgeschaltet. Wo steckte der nur? In so einer wichtigen Phase kann ich ihn nicht erreichen. Paul sah David Braun und winkte ihn zu sich. Die beiden Männer waren sich – obwohl sie sich vorher nicht gekannt hatten – auf Anhieb sympathisch. Sie waren ungefähr gleichen Alters und auf irgendeine Weise fühlten sich die beiden miteinander verbunden. Doch heute sah David Braun sehr merkwürdig aus.

War er betrunken? Seine Haare waren zerzaust, seine Augen gerötet und seine Haut war sehr blass. Er hatte trotz des sommerlichen Wetters eine dicke Jacke an. Paul begrüßte David mit Handschlag und fragte: »Ist alles in Ordnung mit Ihnen?«

»Ja, alles in Ordnung.«

»Wollen Sie bei mir in der ersten Reihe sitzen? Da ist das Gedränge nicht so groß.« David nahm stumm nickend an. Was ist ihm denn passiert? Etwas mit seinem Sohn? Doch der anstehende Auftritt von Peters riss ihn aus seinen Gedanken. Paul setzte sich an den äußersten Rand, er brauchte stets die Möglichkeit, schnell und unerkannt verschwinden zu können. Der letzte Platz neben ihm war für Peters reserviert, wenn er mit seiner ausführlichen Begrüßungsrede fertig war. Die Stimmung der Menschen im Zuschauersaal schwankte zwischen Euphorie über die starken Umfragewerte für die PGO und der Wut über die amtierende Regierung. Vor allem erwarteten sie von Peters eine Einschätzung der aktuellen Ereignisse zur geplatzten Koalition und zu den drohenden Neuwahlen.

Kanzler Meffert hatte fast gleichzeitig zu Peters Auftritt medienwirksam auf allen Kanälen verkündet, dass es in diesen schweren Zeiten sicherlich in erster Linie um Inhalte und deren Umsetzung gehe und nicht um parteipolitische Spielchen. Daher gehe er davon aus, dass die Schnittmengen mit der erstarkten PGO in vielen Gebieten groß seien, um wichtige Beschlüsse zum Thema Gesundheit und Sicherheit auch ohne eine formelle Koalition fassen zu können. Es war ganz offensichtlich: Meffert pokerte auf die Unterstützung der PGO. Aber keinesfalls würde er einen Volksentscheid dulden. Unter keinen Umständen. Komplexe Fragen über die globalen Zusammenhänge müssten von Experten entschieden werden. Das Volk wählte diese Experten. So funktionierte aus Mefferts Sicht die Demokratie und nicht anders. Aber das werde ich denen schon ausreden, war sich Meffert sicher. Alles eine Frage der Kommunikation.

Paul schaute noch einmal zu David herüber. Der starrte ins

Leere. Es war offensichtlich, dass es ihm nicht gut ging. Ich spreche später mit ihm. Doch nun musste er sich zwingen, an seine Arbeit zu denken? Sich zwingen, an die Arbeit zu denken? Paul, du veränderst dich, dachte er.

Peters war in großartiger Form. Die Erfolge der letzten Wochen beflügelten ihn. War er vor ein paar Monaten noch der kleine, charmant aussehende Polit-Freak einer Splitterpartei gewesen, sollte er nun eine Bewegung hinter sich bringen, die es in diesem Land seit Langem nicht mehr gegeben hatte. Ihm traute man es zu, die Radikalen zu zügeln und die Trägen zu beflügeln. Er genoss es in vollen Zügen. Bereits in den letzten Wochen war er gern gesehener Gast in den Talkshows, die die Sendergruppe TeleDeutschland ausstrahlte. Er wusste, dass er Paul Schneider viel zu verdanken hatte, schließlich war er es gewesen, der seinerzeit die Zusammenarbeit gesucht hatte und nun letztlich auch dafür sorgte, dass er bei den Talkshows auftreten konnte. Doch im Grunde genommen war Paul Schneider nur ein kleiner Lobbyist, der versuchte, Einfluss zu nehmen. Die große Politik wurde hier gemacht! An diesem Abend! Dieser Meffert in seinem Größenwahn, dachte sich Peters. Die Situation hatte sich schon längst geändert. Meffert ahnte beim Koalitionstreffen von heute Morgen nicht, dass Peters längst andere Pläne hatte. Warum sollte Peters nun nach Mefferts Nase tanzen, wenn alle Welt auf ihn selbst hörte? Nein, das ist meine Zeit, dachte sich Peters. Umfragen, die besagten, dass der Einbruch der Konservativen nach Mefferts harter Linie erst einmal abgefangen sei, sahen die PGO hinter Mefferts Partei. Doch davon ließ Peters sich nicht beirren. Wie häufig hatten die Demoskopen sich schon geirrt. Am Ende spielt die Musik. Sollten die Wähler doch entscheiden! Unser Trumpf werden die Volksentscheide sein. Da war sich Peters sicher!

In seiner Rede schwadronierte er über die Zeichen der Zeit, die sich nun zeigen und erkannt werden müssten. Er ließ allerlei Unrat über die bisherige Regierung ab und disqualifizierte die Sozialisten als Schwächlinge. Der ehemalige Kanzler bekam den Titel als *größter Schwächling der Geschichte dieses Landes.* Immerhin sei er für die letzten Jahre verantwortlich gewesen, in denen ungezügelt Krankheiten ins Land gelassen und die Gesundheitsforschung kaputtgespart worden war. Und es schien, als ob Peters recht hatte: Die Menschen feierten seine kompromisslose Forderung nach Volksentscheiden frenetisch. Endlich einer, der uns unsere Stimme zurückgeben will!

Plötzlich tippte jemand Paul auf die Schulter. Es war Bruckheimer. Er hatte sich auf den freien Platz gesetzt und grinste Paul geheimnisvoll an. In seinem dunkelbeigen Mantel und seiner grauen Mütze hätte er auch irgendein alter Rentner sein können, der sich mal anhören wollte, was in der Politik so vor sich ging. Paul war wieder einmal erstaunt, wie Bruckheimer das Understatement perfektioniert hatte.

»Mister Bruckheimer! Ich habe den ganzen Tag versucht, Sie zu erreichen«, flüsterte Paul.

»Hatte einen Termin, außerhalb.«

»Worum ging's?«

»Um unseren Plan. Alles läuft perfekt.«

Paul legte die Stirn in Falten. Unser Plan? Es war doch sein Plan? Oder etwa nicht? Paul traute sich nicht zu fragen, aber Bruckheimer bemerkte Pauls Skepsis und kam ihm zuvor: »Paul, wir sollten die Tage noch einmal alles abstimmen. Es geht auf die Zielgerade. Da sollten wir uns nun noch enger abstimmen.« Bruckheimer guckte Paul ernst und prüfend an. Er war jetzt langsam soweit, dachte er sich.

»Gute Idee«, stimmte Paul ihm zu. Er war irritiert, aber Bruckheimer lenkte ab. Er zeigte auf Peters und flüsterte mit einem verschmitzten Grinsen:

»Und? Fühlt er sich schon als Kanzler?«

»So ziemlich.« Paul musste lachen. Wie Menschen doch von ihrem Ego getäuscht werden.

»Hat er schon was zu der Duldung der Konservativen gesagt?«

»Nein, aber mit diesem Rückenwind wäre er ja wahnsinnig, wenn er dulden würde. Wieso nicht selbst mitregieren? Darauf wird er schon selbst kommen. Dafür braucht er mich nicht.«

»Stimmt«, pflichtete Bruckheimer ihm bei und die beiden schauten sich verschwörerisch an.

»Loyalität ist nicht gerade Peters' Stärke. Ein Chamäleon.« Die beiden Männer grinsten und hörten Peters weiter zu. Einen Moment später verschwand Bruckheimer genauso unauffällig, wie er gekommen war.

Die beiden Männer behielten recht. Unter tosendem Jubel erklärte Peters, dass er keineswegs eine Minderheitenregierung der Konservativen dulden würde. Das Volk solle entscheiden. »Neuwahlen jetzt! Neuwahlen jetzt!«, schrie die Menge.

Bernie saß inmitten seiner Männer in den hinteren Reihen. Er hatte immer mehr Gefolgsleute. Aus ganz Deutschland meldeten sich scheinbar besorgte Abgehängte und dem politischen Klüngel Überdrüssige bei ihm und seinen Männern. Männer, die ein Ventil suchten, aber die mit dem aufgesetzten Gerede von Parteichef Peters nicht so recht etwas anfangen konnten. Bernie schwieg bei Peters Rede eiskalt, er sagte keinen Ton. Genauso wie seine Männer. Es herrschte eine seltsame Stille in diesem Teil des Saales, während der übrige Saal vor Freude kochte. Hier klatschte niemand. Peters war zu sehr von seinem Erfolg verblendet, als dass er diesen Teil des Saales bemerkte. Alle schwiegen grimmig. Nur einer der Männer sagte auf einmal leise: »Verräter.«

KAPITEL 35

Nach der Veranstaltung ließen die Delegierten und die Teilnehmer den Abend bei Freibier und Currywurst ausklingen. Die Menschen genossen die euphorische und endlich einmal wieder unbeschwerte Zeit. Das sommerliche Wetter und die bodenständige Biergartendekoration vor der Halle verwandelte die Parteiversammlung in ein wahres Volksfest. Die Menschen hatten nicht das Gefühl, bei einer Partei zu Gast zu sein, sondern bei Freunden und Gleichgesinnten. Sie glaubten, dass alles jetzt wieder besser werden würde und wollten für ein paar Stunden einfach mal die Gedanken über die Krankheit und die Angst über das drohende Ende beiseiteschieben. Die Zahl 12.353, die in den Abendnachrichten bekannt gegeben worden waren, schienen nun niemanden mehr zu interessieren. Ein paar Bier taten ihr Übriges.

Paul bat Peters, mit in eine ruhige Ecke zu kommen. Er gratulierte Peters noch einmal und sagte nicht ohne Stolz: »Na, was hatte ich damals gesagt? Sie werden mitregieren!« Dabei gab er Peters einen freundlichen Klaps auf die Schulter.

Peters missfiel diese gönnerhafte Art. Na, warte bloß ab, dachte er sich. Bald wirst du auf mich hören! Er riss sich zusammen, konnte sich aber ein Kontra nicht verkneifen: »Na, was heißt mitregieren? Vielleicht regiere ich bald an vorderster Front!«

Paul grinste innerlich. So, mein Freund. Jetzt wirst du mal erleben, was Phase 2 bedeutet. Was es heißt, wenn man wieder abgebaut wird, nachdem man aufgebaut worden war. Meinst du denn, du hättest so gute Umfragewerte, weil du so nett bist oder so gut aussiehst? Nein, mein Freund. Nur wegen unseren Bildern, unseren Texten und unseren Studien bist du da, wo du jetzt bist. Und genau das gleiche Spiel können wir auch wieder in die andere Richtung machen.

»Peters, mein Freund. Ruhig bleiben. Das wird Ihnen nicht gefallen, aber dazu wird es – zumindest *noch* – nicht kommen!«

Peters schwieg erstaunt. Was erlaubte der sich?

»Sie haben alles getan und jedes kleine Prozentpünktchen Potential aus dieser Partei herausgekitzelt, aber weiter wird es nicht gehen.«

Peters spürte, wie er vor Empörung wütend wurde. Was bildete der sich ein? Meinte er, Gott spielen zu können? Meinte er, er könne in die Köpfe der Menschen gucken. Aber Peters biss sich auf die Zunge. Er war ja nicht Bernie. Er war ja ein Stratege.

»Und wie meinen Sie das jetzt wieder?«

»Peters, der Zenit ist erreicht. Demnächst wird sich alles wieder zum Guten wenden und Sie werden komfortabel in der Regierung als Juniorpartner die Politik dieses Landes mitbestimmen. Was wollen Sie mehr? Ihre Partei ist im Volk noch nicht so verankert. Sie sind zumindest noch keine Volkspartei.«

»Was heißt, es wird sich zum Guten wenden?«

»Das, mein Freund, muss genauso wenig Ihre Sorge sein, wie es seinerzeit Ihre Sorge war, als Ihre Partei noch eine Splitterpartei war und dann das Land von der heimtückischen Epidemie überrannt wurde.«

Dann ließ Paul den verdutzten Peters stehen. Er wollte ihn vorwarnen. Seine Partei musste jetzt stabil bleiben. Schließlich würde Meffert einen starken Koalitionspartner brauchen.

Peters musste sich eingestehen, dass er eigentlich gar nichts wusste. Nichts. Er bemerkte zum ersten Mal, dass er ein Spielball war, der von einer Seite auf die andere getreten worden war. Unbehaglich stieg er in sein Auto und fuhr nach Hause. Morgen musste er fit und ausgeschlafen sein.

Paul sah David Braun alleine an einem Tisch stehen. Mittlerweile sah er sehr wütend aus und schaute auf den Boden.

»Hallo, Herr Braun! Na, zufrieden mit dem Abend?« David antwortete nicht.

»Ist wirklich alles in Ordnung mit Ihnen?«

David nickte schweigend. Doch Paul glaubte ihm nicht. Warum trug er eine so schwere Jacke bei diesen Temperaturen? Aus irgendeinem Grund spürte er, dass dieser Mann künftig eine wichtige Rolle spielen würde. Mehr widerwillig fragte er: »Hören Sie, wie wäre es, wenn wir gemeinsam noch ein paar Getränke in der Bar nebenan trinken?«

David grummelte: »OK.«

Die Bar war direkt neben der Veranstaltungshalle und sah nicht besonders ansprechend aus. Doch hier hatten die beiden die Ruhe, ein paar Drinks zu nehmen ohne aufzufallen.

»Wollen wir uns duzen?«, schlug Paul vor.

»Meinetwegen. David!«

»Paul! Angenehm! Was ist mit Ihnen los?« David schüttete seinen Drink herunter. Zynisch schaute er danach Paul an:

»Nichts, außer dass mein Sohn heute ermordet wurde. Er war sicherlich Todesopfer Nr. 12354.« Paul erschrak.

»Was?« Paul verstummte. Er spürte, wie sich sein Magen umdrehte. Was wäre, wenn man Olivia ermordet hätte? Wie würde er sich jetzt dabei fühlen? Irritiert nippte er an seinem Cocktail. »Ermordet? David, das tut mir sehr leid. Was ist passiert?« David bestellte noch eine Runde, obwohl Paul erst ein paar Schlucke getrunken hatte.

»Ermordet, vergiftet.« Mit dem zweiten Drink wurde seine Stimme etwas weicher und immer leiser.

»Vergiftet?«

»Haben Sie Kinder?«, fragte David.

»Ja, eine Tochter, sechzehn.«

»Ein Vater macht sich immer Sorgen, aber wenn das eigene Kind schwer krank ist, dann denkt man darüber nach, ob man wirklich alles für sein Kind getan hat.« Paul nickte stumm. Schließlich hatte er auch ein Kind und hatte gerade in den letzten Tagen gespürt, dass es für ihn wohl das allerschlimmste wäre, wenn es eine derartige Erkrankung hätte. David wischte sich mit den Händen über sein Gesicht. »Ein paar Tage vor seinem Zusammenbruch in der Kita hätten wir eigentlich einen normalen Routinebesuch beim Arzt gehabt. Ich habe es aber nicht für nötig gehalten. Und ich war wegen der Arbeit gestresst.« David schüttelte den Kopf und schaute betreten auf sein Cocktailglas. »Wie dumm ich war. Vielleicht hätte man da schon etwas entdecken können.«

»David, du hast dir sicher nichts vorzuwerfen. Und was ist dann passiert?«

»Ich bin mir sicher, dass er vergiftet wurde.«

»Was ist mit ihm passiert, David?«

»Es ging ihm eigentlich etwas besser. Er bekam regelmäßig flüssige Nahrung durch den Schlauch und hatte auch schon wieder etwas zugenommen. Gegen die Schmerzen bekam er immer dieses Schmerzmittel, dieses VITRUXX. Plötzlich und ohne Vorwarnung ging alles ganz schnell.« David konnte nicht weitersprechen und Paul legte seinen Arm tröstend auf Davids Schulter.

Paul schaute David genau an, als er bemerkte, dass ihm beinahe selbst die Tränen gekommen wären. Tja, Paul, das war es, was du wolltest. Die Menschen sollten sich schuldig fühlen. Schuldig, nicht alles für sich und ihre Lieben getan zu haben. Und wütend darüber sein, dass sie zu wenig wussten. Wütend auf die, die das zu verantworten hatten. Paul spürte die Wirkung des Alkohols und fand sich in einem Zustand zwischen Triumph und Scham wieder. Das, Paul, ist dein Werk! Ein Mann, der am Ende ist. Von Schuldgefühlen geplagt und von Wut zerfressen. Du kannst stolz auf dich sein! Nun spürst du deinen Erfolg am lebendigen Leibe! Doch Paul war nicht stolz. Es war in seinem Plan nicht vorgesehen gewesen, mit einem Betroffenen so eng in Kontakt zu kommen. Paul, reiß dich zusammen.

»Und hatte er vorher nichts? Er war kerngesund?«, fragte Paul auf einmal.

»Ja, kerngesund. Er wurde vergiftet. Vergiftet von dem, der das Lassa-Virus eingeschleppt hat.«

Paul stutzte innerlich. Er spürte, wie er selbst Beklemmungen bekam. Okay, das war ja der Plan gewesen. Dass alle Wehwehchen jetzt auf Lassa zurückgeführt werden würden und sich somit ein grundlegendes Gefühl der Panik und der Angst vor Krankheiten einstellte. Dass bei jedem Aufwachen erst einmal panisch überprüft werden würde, ob man Veränderungen am Körper bemerkte. Das war es, was er wollte. Aber es gab die Lassa-Epidemie ja nicht. Paul hörte immer wieder von Bekannten, dass Angehörige erkrankt seien. War das die Panik, die er geplant hatte oder war es mehr? Wurden aus Mücken Elefanten gemacht oder gab es tatsächlich diese Erkrankungen? Bei allen Fällen, die Paul gehört hatte, begann es – genauso wie bei Davids Sohn Ben – immer mit außerordentlich hohem Fieber. Genau wie beim Lassa-Fieber. Paul, alter Freund, du bist jetzt tatsächlich schon Opfer deiner eigenen Kampagne geworden. Genauso sollten doch die Anfangssymptome der Krankheit sein. Das hast du dir doch ausgedacht! Nicht zu glauben! Reiß dich zusammen!

David hatte zwischenzeitlich noch einen Drink getrunken und war sichtlich betrunken. »Ich werde etwas gegen diese Schweine tun, die meinen Sohn ermordet haben.«

Als er vom Stuhl rutschte, um die Toilette aufzusuchen, knallte ein harter Gegenstand aus Davids Jacke auf den Boden. Paul schaute herunter und dann entsetzt David an, der sich ertappt fühlte. Blitzschnell stand Paul auf.

»David, was hast du mit der Waffe vor?«

»Weiß noch nicht. Ich gehe ins Gesundheitsministerium. Ich werde alle abknallen und dann den Meffert. Und dann mich selbst.« Paul traute seinen Ohren nicht.

»David, mach jetzt keine Dummheiten. Denk an deine Frau! Glaub mir, wir werden alles regeln. Die Verantwortlichen werden zur Rechenschaft gezogen! Es wird sich von selbst regeln. Vertrau mir!«

»Ich werde meinen Sohn rächen.«

»Ja, aber nicht auf diese Art. Das hat keinen Zweck!« David schien sich ein wenig zu beruhigen. Paul schluckte seinen letzten Drink herunter und nahm seine Jacke. Er nahm den Revolver, entleerte das Magazin und gab ihn David wieder. Was würde David tun, wenn er die Wahrheit herausbekäme? Mensch, Paul, du bewegst dich auf ganz dünnem Eis. Du musst noch unauffälliger sein.

David steckte die Waffe schuldbewusst wieder ein und fing an zu weinen. Er drückte seinen Kopf an Pauls Brust und weinte minutenlang. Paul versuchte, ihn zu trösten. In Natur fühlt sich das alles doch etwas anders an als auf dem Reißbrett.

Nach kurzer Zeit konnten die beiden fast schon ein wenig über den Vorfall schmunzeln.

»Woher hast du die Waffe eigentlich?«, fragte Paul.

»Frag nicht. Ich habe da so alte Freunde von früher. Die – sagen wir mal – einen etwas anderen Weg im Leben eingeschlagen haben. Die konnten mir das Ding schnell besorgen. Heutzutage wird dank der Waffenlobby ja nicht mehr so genau hingeguckt.« Paul schüttelte den Kopf. Was für eine Welt.

»Komm, ich bring dich mit dem Taxi nach Hause.«

Als David im Hausflur verschwunden war, klingelte plötzlich Pauls Smartphone. Es war Olivia. »Papa, *dringend!!* Mama ist zusammengebrochen! Sie liegt im Krankenhaus! Es ist das Lassa!«

Paul spürte, wie ihm das Blut in den Adern gefror.

KAPITEL 36

Franzi schaute Teighaus skeptisch an. Ihre Organisation, der Widerstand, hatte sich in eine alte, verfallene Remise zurückgezogen und versuchte dort, Pläne für Gegenschläge gegen die Maschinerie aus Lobby, Politik und Lügen zu entwickeln. Es war nun über sieben Monate her, seitdem Paul Schneiders Vernichtungsfeldzug Teighaus zu einer Person des Untergrunds gemacht hatte. Teighaus erzählte Franzi, dass er damals direkt vom Studio ins Institut gefahren war. Er hatte wichtige Sachen abgeholt, zu Hause einen Koffer gepackt und war per Fernbus unerkannt aus der Hauptstadt geflohen. »Ich wusste, dass ich eine Schlacht verloren hatte. Die Medienmacht war zu stark. Der Lobbyismus und die Lüge hatten gegen Argumente und Rationalität gesiegt. Vorerst.«

Teighaus erzählte, dass er schon bei seiner Flucht gewusst hatte, dass er zurückkommen würde, dass er zurückkommen musste. Sonst würde es für diese Gesellschaft ein böses Ende nehmen. Ansonsten verfiele sie einer Lüge und ginge der Gesundheitsindustrie auf dem Leim. Er hatte einen Trumpf im Ärmel. Er hatte das entscheidende Leck entdeckt. Das Leck, dass die UMC zum Kentern bringen konnte. Doch er musste es gut vorbereiten, Leute um sich scharen, vertrauenswürdige Leute. Und dann musste er im richtigen Moment zur Stelle sein. »Bruckheimer wird schon sehen.« Teighaus berichtete, dass Bruckheimer nur eine entscheidende Schwäche hatte. Eine Schwäche, die ihm offenbar einfach nicht bewusst war. Wohlmöglich war er zu arrogant, zumindest aber zu sorglos, zu überheblich. Teighaus lachte.

»Er hat sich nicht mehr an mich erinnert. An die Zeit vor Jahren in Afrika.« Teighaus schilderte, wie er dort versucht hatte, Menschenleben zu retten, gegen den HI-Virus, gegen den Hunger, gegen den Durst und gegen den Krieg. Bruckheimer war damals ein junger Goldgräber gewesen. Schon damals, bereit über Leichen zu gehen, suchte er seine Chance in der Vermittlung von Medikamenten aus der reichen, westlichen Welt. Und er hatte von beiden Seiten profitiert. Er eröffnete der Pharmabranche als erster sogenannter Vertreter für Afrika einen neuen Markt und ließ sich das unanständig teuer bezahlen. Auf der anderen Seite ließ er sich gleichzeitig von den Hilfsorganisationen bezahlen und bezog Hilfsgelder. Doch bei all der Skrupellosigkeit hatte er eine Schwäche.

»Und die kenne ich! Und diese müssen wir ausnutzen! Ohne, dass es Bruckheimer auch nur ahnt! Die Abrechnung wird kommen, lieber Bruckheimer.« Teighaus haute sich dabei mit der Faust in die Hand.

»Sie müssen mir schon mal sagen, wie Sie an die Informationen herangekommen sind. Schließlich legen wir uns hier mit einem der mächtigsten Konzerne an. Da will ich wissen, was Sache ist.« Franzi verschränkte die Arme und forderte eine Antwort. Sie hatte als Einzige versucht, Teighaus nach dem Talkshow-Eklat zu erreichen. Die anderen Mitarbeiter wollten mit der persona non grata nichts mehr zu tun haben. Nachdem sie vergeblich zu seiner Privatadresse gefahren war, hatte sie auch bei den Nachbarn geklingelt. Die Nachbarn waren in den letzten Monaten Teighaus' einzige Kontaktpersonen gewesen. Damit sich keine windigen Gestalten an seinem Haus oder seinem Briefkasten zu schaffen machten, hatte Teighaus ihnen kurz vor seinem Untertauchen erzählt, dass er wieder für lange Zeit nach Afrika gehen würde und sie gebeten, sowohl den Briefkasten regelmäßig zu leeren als auch nach dem Rechten zu schauen. Er würde sich regelmäßig telefonisch bei ihnen melden und erfragen, ob alles okay sei. Teighaus wusste, dass er seinen Nachbarn vertrauen konnte. Sie waren schon über 80 Jahre alt und hatten keinen Fernseher. So konnten sie auch von dem Talkshow-Desaster keine Kenntnis genommen haben. Als Franzi dann bei den Nachbarn nach Teighaus gefragt hatte, erzählten sie

Teighaus beim nächsten Telefonat, dass eine entzückende, hübsche, junge Frau mit kurzen blonden Haaren nach ihm gefragt habe. Teighaus wusste, dass es nur Franzi sein konnte. Ohnehin hatte er Franzi als eine überaus loyale Person kennen gelernt, die überaus pragmatisch war, jedoch aus irgendeinem Grund eine Schwäche für Geächtete und Außenseiter hatte. Teighaus musste sich eingestehen, dass er sie außerordentlich attraktiv fand und hatte nicht nur einmal versucht, mit ihr zu flirten und auszuloten, wie weit die Loyalität zu ihm ging. Aber vergebens, Franzi war eine standhafte, charakterstarke Person. Mit dem Chef ins Bett gehen? Kam für sie wohl nicht in Frage. Oder vielleicht stand sie auch einfach nicht auf so alte Knacker wie ihn? Teighaus wertete Franzis Kontaktversuch als Zeichen ihrer Loyalität. Er wusste, für jeden wissenschaftlich arbeitenden Menschen wäre es eine Todsünde gewesen, Forschungsgelder zu erschleichen oder zu veruntreuen. Nur jemand, der fest davon überzeugt war, dass die Gerüchte nicht stimmten, würde es nochmal wagen, mit so einem in einen Dunstkreis zu kommen. Und Franzi schien von Teighaus' Unschuld überzeugt zu sein. Daher fasste Teighaus auch den Mut und rief Franzi eines Tages an.

»Klar verdienen Sie dazu eine Antwort.« Teighaus schaute Franzi dankbar an. Nach einem ersten geheimen Treffen, in dem er ihr seine Sicht der Dinge erzählt hatte, entschieden die beiden, einen Widerstand aufzubauen. Die Menschen mussten davon erfahren. Von den Lügen, der Manipulation und der Boshaftigkeit. Franzi war in den nachfolgenden Wochen seine Kontaktperson in die »normale« Welt und sie spielte ein fein abgestimmtes Doppelleben zwischen Institutsarbeit und Widerstand. Sie half ihm bei Recherchearbeiten, bei dem Verfassen von anonymen Texten und kümmerte sich um die Geheimhaltung seines Aufenthaltsortes. Um den Fängen findiger Journalisten zu entkommen, die die Fährte aufgenommen hatten, hatte er mehrfach seine Unterkunft wechseln müssen. Die angebliche Veruntreuung von Forschungsgeldern hatte gerade in dieser Zeit hohe Wellen in der Öffentlichkeit geschlagen, so dass mehrere Redaktionen nicht nachließen, Teighaus zu finden. Bisher war ihm die Geheimhaltung gelungen, auch wenn die Einschläge der Suche näherkamen. Seit einiger Zeit hatten sie ihre Zelte in der alten Remise in unmittelbarer Umgebung vom Hauptquartier des Feindes, der UMC, aufgeschlagen.

»Ich kenne Bruckheimer von früher.«

»Den Oberboss?«

»Ja. Wir hatten eine recht kurze, aber intensive gemeinsame Zeit in Afrika damals. Ich war Leiter einer Forschungseinrichtung und versuchte, dem HI-Virus Herr zu werden. Bruckheimer war der Giftengel, der sich als Retter aufspielte, aber eigentlich nur im Sinne der Pharmakonzerne handelte. Ich erspar Ihnen die Details von damals.« Franzi schaute Teighaus gespannt an.

»Bruckheimer hat eine entscheidende Schwäche. Niemand weiß etwas von seinem Privatleben. Niemand, außer mir. Anfangs fand ich ihn sehr sympathisch, wir freundeten uns sogar fast ein wenig an. Schließlich waren wir beide weit weg von zu Hause in einem fremden Land.« Der Professor stand von seinem provisorischen Schreibtisch auf und ging langsam durch den dunklen Raum. Er schaute durch das Fenster in den Innenhof auf die alten, fast verfallenen Häuser.

»Das ging so lange gut, bis …«

»Bis?«

»… bis auf einmal eine wunderschöne französische Krankenschwester auf unsere Station kam.«

Franzi lachte ungläubig. »Bis eine Frau Ihre Freundschaft zerbrechen ließ? Wie klischeehaft!« Franzi schüttelte den Kopf.

»Tja, so spielt das Leben. Zwei Männer, eine Frau, das geht selten gut. Im Endeffekt hat sie sich für keinen von uns entschieden. Aber Bruckheimer sah in ihr die Liebe seines Lebens. Für mich war es eher nebensächlich. Eher mal so eine schnelle Nummer.« Franzi hielt sich die Hände vor das Gesicht.

»Oh, Professor, bitte keine Details!«

Teighaus drehte sich um und lachte. »Schon gut, schon gut.« Er setzte sich wieder an seinen Tisch.

»Na, jedenfalls hatte die französische Herzdame unserem guten Bruckheimer das Herz gebrochen. Er hat nie geheiratet und auch sonst kein Privatleben.«

»Und das ist also der Grund, warum er so ein Arsch ist? Ein gebrochenes Herz?« Teighaus grinste.

»Nein, so ist er wohl zur Welt gekommen.«

»Warum erzählen Sie mir dann diese rührselige Geschichte?«

»Weil die Dame der Schlüssel zu unseren Informationen ist.«

Teighaus nahm einen USB-Stick in die Hand und hielt ihn hoch. Franzi schaute ihn ratlos an.

»Ich habe da so eine Bekannte in Serbien. Die habe ich sofort nach meiner Flucht aus Berlin besucht. Ich wusste, wo ich suchen musste, weil ich wusste, dass Bruckheimer hinter der Unity Medical Care Group steckt, und ich wusste, dass dieser Paul Schneider sein Scherge ist.«

Teighaus war sichtlich aufgewühlt, als er über Paul sprach. Diese Diskussion in der Talkshow hatte seinem eitlen Ego sehr zugesetzt. Franzi erkannte das und versuchte schnell, abzulenken.

»Und Ihre Bekannte?«

»Die kann gut mit Computern und so. Sogar sehr gut. Hat wohl mal für einen ausländischen Geheimdienst gearbeitet.«

Das wird ja immer besser, dachte sich Franzi.

Sie hatte es eigentlich scherzhaft gemeint, bemerkte aber sofort, als sie die Worte ausgesprochen hatte, dass das kein guter Witz war: »Aber getrunken haben Sie nichts, oder?«

Teighaus stand wütend auf und brüllte: »Ich habe schon seit Monaten nichts mehr getrunken. Und das, obwohl es ausreichend

Gründe dafür gibt!«

»Schon gut, Professor, bitte entschuldigen Sie. Das war taktlos. Bitte, setzen Sie sich wieder.«

Teighaus beruhigte sich und schaute entschlossen aus dem Fenster. Du machst das hier sehr gut, Teighaus. Gute Leistung, mein Freund! Bald wird die Saat meiner und unserer Rache aufgehen, dachte er insgeheim. Er sammelte sich.

»Auf jeden Fall konnte sich meine Bekannte in den Online-Zugang von Bruckheimer hacken. Sie benötigte nur einen Hinweis bezüglich des Passwortes. Nur ein Bestandteil, dann konnte sie das gesamte Passwort entschlüsseln. Mir fiel es sofort ein: Delphine!«

»Die französische Krankenschwester?!«, entfuhr es Franzi.

»So ist es. Er liebt sie wohl immer noch, irgendwie. Und ich habe es gemerkt, als er damals aus Afrika abreiste. Dieser Blick, diese Enttäuschung. Delphine würde er niemals vergessen.«

Teighaus, du bist super. Wie du erzählen kannst.

»Und daran erinnerten Sie sich nach all der Zeit?«

»Mir war klar, dass wir uns irgendwann noch einmal treffen. Und wie recht ich behalten sollte. Ich hätte niemals für möglich gehalten, dass Bruckheimer so tief sinken würde.«

Franzi schwieg. Was für eine Welt. Aber wie sie so war, schluckte sie einmal kurz und dann waren die zweifelnden Gedanken vergessen. So war es nun mal und man musste die Welt so nehmen, wie sie war. Doch es blieben Fragen offen. Franzi schien das Gefühl zu haben, dass jetzt alles beantwortet werden konnte. Teighaus fühlte sich Franzi verbunden. Sie war eine Vertraute geworden, eine Gefährtin für den Kampf.

»Und die angebliche HIV-Erkrankung? Stimmt das?«

Teighaus schien nicht überrascht über die Frage zu sein. Er schaute betreten zu Boden und sagte leise: »Ja, das stimmt. Aber nicht wegen angeblicher Frauengeschichten in Afrika, sondern weil ich seit meinem zehntem Lebensjahr Bluter bin und in Afrika damals infizierte Blutkonserven bekommen habe.«

Franzi schaute Teighaus an und schüttelte angewidert den Kopf. Dieser Schneider, diese elendige Ratte. Wie konnte der so etwas verbreiten? Sie spürte die Wut auf das mediale System und wollte sich gerade in ihren Ärger reinsteigern, als sie sich erinnerte, dass das in der Talkshow ja gar nicht von Paul Schneider behauptet worden war. Sie ertappte sich dabei, dass sie jetzt selbst Opfer der Manipulationen geworden war, die ausschließlich dafür gedacht waren, Zweifel zu säen. Franzi schüttelte sich. »Und die Ansteckung der Frau?«

»Ja, das stimmt. Aber ich wusste zu der Zeit noch nichts von meiner Krankheit.«

»Also keine weiteren Ansteckungen von Frauen?«

»Keineswegs. Alles Lüge. Aber was soll man vor laufender Kamera in so einem aufgeheizten Umfeld dagegen sagen? Ich war damals machtlos gegen so eine Form der Bosheit.«

Franzi stand auf und ging auf Teighaus zu. Sie legte ihre Hand auf seine Schulter. Dieser Mann hatte trotz seiner Schwächen eine solche Behandlung nicht verdient. Vor allem gehörten die Manipulanten bestraft. Wir müssen etwas tun. Und zwar schnell. Sie schaute Teighaus in die Augen. »Professor, damit wir beide im selben Boot sitzen: Was ist mit Ihrer Alkoholsucht? Und was ist mit der Dissertation?«

»Ja, ich bin Alkoholiker. Und: Nein, ich habe keine gefälschten Studien in meiner Dissertation verwendet. Das ist schlichtweg gelogen gewesen. Aber um das zu widerlegen, braucht man einen offenen Diskurs. Und der war offensichtlich weder an dem Abend möglich, noch wollte nach den weiteren schweren Anschuldigungen gegen mich irgendjemand mit mir in Diskurs treten!«

Franzi glaubte Teighaus. Wieso sollte es ausgerechnet an diesem Abend herauskommen, wieso war nicht schon vorher jemand daraufgekommen? Nein, weil da jemand mit einem enormen Interesse arbeitete. Jemand, der keinen unabhängigen Wissenschaftler brauchen konnte. Teighaus war im Weg. Und der musste weg. Das hatte Franzi nun erkannt. »Okay. Aber was ist mit den erschlichenen Forschungsgeldern in Afrika? Schließlich ist das der schlimmste Vorwurf, den den man einem Wissenschaftler machen kann.«

Teighaus schwieg für einige Sekunden. Dann stand er auf. Franzi merkte, dass seine Gesichtszüge sich röteten. »Was hätte ich denn tun sollen? Es starben Menschen vor Ort! Deutschland tat nichts! Diese Bürokraten saßen zu Hause in Berlin und brüteten über meinen Anträgen auf weitere Forschungsgelder. Mit diesen Geldern hätte ich ganze Gesundheitsstationen bauen können!« Teighaus war offensichtlich in Rage. »Hätte ich nichts getan, würden die im Parlament wahrscheinlich heute noch über die Bewilligung von weiteren Entwicklungsgeldern diskutieren.« Er drehte sich zu Franzi um. »Franzi, glauben Sie mir. Die Schwäche der parlamentarischen Demokratie ist ihre Trägheit. Und täglich sterben Menschen, Kinder, Frauen.« Das meine ich sogar ernst.

»Was haben Sie damals getan?«

»Ich habe nur die Zahlen ein wenig dramatischer erscheinen lassen. Und habe das damals der Presse zugespielt. Damals gab es die große Bewegung »Helfen für Afrika« und so. Daher passten meine Zahlen in die Stimmung der Zeit. Ich hätte nie gedacht, dass das jemals herauskommen würde.«

»Aber Sie haben nichts anderes getan, als was *die* jetzt hier tun und was wir bekämpfen wollen!«

»Ich habe ein paar Zahlen verändert. Die Krankheit damals gab es ja und hat Tausende Menschen getötet. Hier gibt es in Wirklichkeit keine Epidemie. Zumindest keine, die nicht absichtlich herbeigeführt wurde! Hier werden Menschen absichtlich vergiftet! Ich habe damals für das Gute gehandelt!«

Franzi war skeptisch, aber sie wog schnell ab. Sein kleines Vergehen damals zu Gunsten der Menschen in Afrika gegen den gemeinsamen Kampf gegen jemanden, der ein ganzes Land in die Irre führen und Menschen Schaden zufügen wollte und offensichtlich Menschen tötete.

»Okay, ich vertraue Ihnen.« Teighaus sah Franzi an. Er war offensichtlich erleichtert, dass jetzt mal alles ausgesprochen war. Nun konnte der Kampf beginnen.

Als Franzi alleine in der Küche der Remise war, dachte sie nochmal über Teighaus' Worte nach. Ihm war übel mitgespielt worden. Sie fand es klasse, wie er die Hoffnung nicht verlor und sich entschlossen hatte, gegen diese Verschwörung anzukämpfen. Aber war dieser Bruckheimer wirklich so blöd, den Namen seiner ehemaligen Geliebten in seinem wichtigsten Passwort zu verwenden?

~

Einige Kilometer entfernt wurden gleichzeitig andere Pläne geschmiedet. In den dunklen Räumen roch es nach abgestandenem Zigarettenrauch. Aus den Lautsprechern lief leise Schlagermusik und die wenigen Fenster mit den schweren Stoffgardinen des Ecklokals ließen durch die schmutzigen Fenster mit den schweren Stoffgardinen nur wenig Licht in die Gasträume. Die Bardame war mittleren Alters und versuchte, dies mit einer dicken Make-up-Schicht und bunter Schminke zu kaschieren. Die Möbel hatten ihre besten Tage bereits hinter sich. Die Zeit schien hier vor Jahren stehengeblieben zu sein. An den Wänden hingen alte Fußballtrikots und Portraits von Boxchampions. Die Kneipe war eine der wenigen, die dem Rauchverbot, das vor ein paar Jahren eingeführt worden war, bis zuletzt standgehalten hatte. Doch auch hier war irgendwann der Gesundheitswahn eingezogen und hatte dem Lokal die bis dahin von den Stammgästen so geliebte Verruchtheit und Unkorrektheit genommen. Der Laden war von den Behörden geschlossen worden und ein Kamerad aus Bernies Truppe pachtete ihn, zunächst aus Sentimentalität. Er stellte Leute ein, der Laden warf keinen großen Gewinn ab, aber verursachte auch keine Kosten und man behielt die Erinnerung. Als der Kamerad dann seinen Job verlor, nachdem seine Firma von einem großen globalen Unternehmen gekauft worden war und den Betrieb stilllegte, war das Lokal nun kein Hobby mehr, sondern eine Frage der Existenz für ihn und seine Familie. Die Stammgäste dankten es ihm. Besser ein rauchfreies Stümpel-Eck als gar keins.

Die Männer saßen im großen Raum im hinteren Bereich der Gaststätte. Vor der Kneipe machte das Schild *Geschlossene Veranstaltung* anderen Gästen klar, dass Publikumsverkehr heute nicht erwünscht war. Ein technisch versierter Kamerad hatte alles vorbereitet. Aus ganz Deutschland waren die Kameraden in einer Videokonferenz zugeschaltet. Bernie musste das weitere Vorgehen besprechen. Und dabei musste er vorsichtig sein. Es durfte nichts an die Öffentlichkeit gelangen. Seitdem die PGO in den Fokus der Medien geraten war, spionierten Journalisten in allen Ecken der Partei. Bevor die Tür von innen verschlossen wurde, beförderten zwei stämmige Männer noch einen Kameramann vor die Tür. »Hier findet heute eine Hochzeit statt!«, riefen sie ihm feixend zu.

»Sind alle anwesend? Dann schalte die Videokonferenz ein.«

Der Kamerad drückte auf ein paar Knöpfe und es schalteten sich aus allen Teilen des Landes Gleichgesinnte zu, die es nicht zum Parteitag in die Hauptstadt geschafft hatten. Gut organisiert und vernetzt, hatten sie sich ebenfalls an verschiedenen Lokalen im ganzen Land versammelt.

»Guten Abend, Kameradinnen und Kameraden! Freu mich, dass ihr euch alle Zeit genommen habt.« Ein allgemeiner Gruß ging durch die Schaltungen.

»Wie ihr wisst, ist Großes im Gange. Wichtig ist, dass ihr keine Scheiße baut! Wir müssen jetzt klaren Kopf bewahren. Peters ist ein Verräter. Er hat sich mit den Lobbyisten und dem Meffert verbündet. Ein Informant hat sich bei mir gemeldet.«

»Was für ein Informant?«

Bernie schwieg kurz. Wenn er es anders machen wollte als Peters und das ganze Pack, dann musste er den Kameraden von Anfang an die Wahrheit sagen. Dieser Wissenschaftler war ihm doch egal. Sollte der meinetwegen auffliegen. Wichtig war unsere Kameradschaft!

»Es war dieser Professor. Professor Teighaus.« Es ging ein lautes Raunen durch die Videokonferenz. »Jaja, genau der, den die in dieser Talkshow so niedergemacht haben.«

»Kann man ihm vertrauen?«

»Ich tue es«, sagte Bernie laut und überzeugt. »Er hat immer wieder gesagt, dass er die Lobbyisten genauso hasst wie wir. Und er hat Dokumente und auch Mitschnitte über Telefonate zwischen diesem Chef von UMC, diesem Bruckheimer, und dem widerwärtigen Meffert geliefert. Auch Mitschnitte zwischen Peters und seinem Handlanger Paul Schneider, dem Typen aus der Talkshow damals, waren dabei. Der Teighaus hat sozusagen seine Hose runtergelassen. Ich vertraue ihm. Zumindest in der Sache.«

Die Kameraden nickten zustimmend. Dann folgte ein allgemeines, lautes Aufmuntern.

»Bernie, du bist einer von uns!« – »Wenn du ihm vertraust, dann vertrauen wir ihm auch!« – »Wir folgen dir!«

Bernie hob beruhigend die Hände.

»Danke, Kameraden. Ohne euch bin ich nichts. Ihr seid meine Familie. Ihr wisst, meine Frau ist schwer krank. Schwer krank gemacht worden von denen! Die sind schuld und an denen werden wir uns rächen!«

Die Kameraden jubelten und versuchten gleichzeitig, Bernie aufzumuntern. Es hatte sich herumgesprochen, dass Bernies geliebte Frau schwer am Lassa-Fieber erkrankt war und gerade das machte

Bernie in ihrem gemeinsamen Kampf noch glaubwürdiger. Er war niemand, der daherredete. Er war einer von ihnen, einer, der um die Sache kämpfte und nicht um die Macht.

»Kameraden. Wichtig ist, dass der Peters und seine Weicheier nichts merken. Kein öffentlicher Affront. Keine Gespräche mit irgendwelchen Zeitungen. Keine Angriffe. Ist das klar?«

Die Kameraden nickten.

»*Ist das klar?*«, schrie Bernie nun. Er wusste, dass jetzt ein Ritt auf der Rasierklinge beginnen würde. Einerseits musste er schonungslos offen sein. Andererseits mussten sie bis zur Wahl Ruhe bewahren. Und es waren unberechenbare Typen dabei. Dagegen war Bernie ein Chorknabe. Er hatte keine große Ahnung vom korrupten politischen Geschäft, aber Bernie wusste, dass seine Kameraden und er nur eine Chance hatten, wenn dieser Verräter Peters und sein Gefolge weiterhin bis zur Kür des Kanzlerkandidaten an ihrer Seite stünden. Eine Spaltung der Partei wäre das schlechteste, was passieren konnte. Das würde nur dem dicken Meffert in den Kram passen. Morgen war die Kür und bis dahin durfte nichts nach außen dringen.

»Klar, Boss! Wir machen nichts, ohne dich zu fragen!«

Bernie nickte zufrieden. »Dann noch einen schönen Abend! Sauft euch heute einen an! Schickt die Rechnung an die Parteizentrale! Die übernehmen das!«

Großes Gelächter an den Bildschirmen und im Schankraum. Bernie ging auf die Toilette. Am Waschbecken schaute er in den Spiegel. Ihm gefiel immer noch nicht, was er da sah. Sein Ego interessierte ihn nicht. Das Ego hatte man ihm in der Kindheit weggeprügelt. Ihm ging es um Rache. Er spritzte sich kurz ein wenig Wasser ins Gesicht. Als er abermals in den Spiegel schaute, grinste er zufrieden. Die Kameraden stehen hinter mir. Gemeinsam werden wir uns rächen. Der Schulterschluss war geglückt.

KAPITEL 37

Am nächsten Morgen nach der Parteiveranstaltung der PGO begann das große Hauen und Stechen. Alle Zeitungen berichteten von dem Platzen der politischen Bombe. Welch ein Affront gegen Kanzler Meffert! Einerseits war deutlich zu spüren, dass die Menschen Unbehagen fühlten, da nun neben der öffentlichen Sicherheit und Ordnung auch die politische Ordnung abhanden zu kommen schien. Wie sollte es bloß werden, wenn selbst die Regierung instabil würde? Bürgerkrieg? Rezession? Andererseits feierten die Menschen den Mut von Peters und der PGO. Die PGO verweigerte in aller Öffentlichkeit eine Duldung der Kanzlerschaft von Meffert. Peters machte auf allen Kanälen deutlich, dass nun die Macht dem Volk zurückgegeben werden musste und es Neuwahlen geben werde. Aus diesem Grund blieb Meffert nichts anderes mehr übrig, als die Regierung aufzulösen und zeitnah Neuwahlen auszurufen. Die Volksseele kochte und war gleichermaßen befriedigt. Die Menschen waren aufgebracht. Sie wollten es nun allen heimzahlen, die für die Epidemie und diese schreckliche Situation verantwortlich waren. Zu viel hatten sie gelitten, zu viele geliebte Angehörige leiden sehen. Und wieso sperrte sich dieser Meffert so gegen das eigene Volk? Wieso erlaubte der keinen Volksentscheid?

Bruckheimer wartete im Vorzimmer von Kanzler Meffert. Er ruhte in sich und wusste, dass er gewinnen würde. Als er auf die Uhr schaute, kam Paul durch die Eingangstür in den Vorraum. Er wurde von der Vorzimmerdame begrüßt und ihm wurden Mantel und Schal abgenommen. Paul sah schwer angeschlagen aus. Er hatte fast die gesamte Nacht nicht geschlafen. Nach Olivias Nachricht war er sofort ins Krankenhaus gefahren, aber man erteilte ihm keine Auskunft über Cathys Zustand, da er als Ex-Ehemann kein

Angehöriger mehr war. Olivia hatte ihr Handy ausgeschaltet und so wartete er, bis seine Tochter endlich mal kurz die Intensivstation verließ. Paul bemerkte nebenbei, wie überfüllt das Krankenhaus zu sein schien. Er hatte aber keine Zeit, sich darüber Gedanken zu machen. Cathy lag immerhin mit einer lebensbedrohlichen Krankheit auf der Intensivstation.

Tränenüberströmt berichtete Olivia, was passiert war: Ihrer Mutter ginge es schon seit ein paar Tagen nicht gut. Trotzdem hatte sie sich beharrlich geweigert, zum Arzt zu gehen. Dann sei sie heute Abend einfach zusammengebrochen. Näheres wisse man auch noch nicht, doch auch bei Cathy werde vermutet, dass sie mit Lassa infiziert sei. Paul machte sich Vorwürfe. Er hatte die Krankheitsanzeichen vor ein paar Tagen nicht ernst genommen. Reiß dich zusammen, Paul. Es gibt kein Lassa, zumindest nicht hier. Es ist nun einmal so, wie es ist. Menschen werden krank. Und sterben. Das kann bei Davids Sohn passieren und auch bei meiner Frau. Ex-Frau, alter Freund. Aber sie darf nicht sterben. Paul spürte die Auswirkungen des Alkohols und verfluchte sich dafür, dass er überhaupt etwas getrunken hatte. Und die Menschen wundern sich, dass sie die Kontrolle über ihr Leben verlieren, dachte er sich. In so einem Zustand, kein Wunder. Saufen sollte verboten werden. Das werde ich irgendwann auch noch veranlassen.

Paul hatte versucht, Olivia zu beruhigen und sie mit dem Taxi zu ihr nach Hause gebracht. Er schlief nicht, sondern dämmerte nur ein paar Stunden auf dem Sofa im Häuschen von Cathy und Olivia.

Bruckheimer bemerkte, dass Paul komplett neben sich stand. Sein Gesicht war blass und seine Augen waren gerötet.

»Paul, alter Freund. Sie sehen müde aus. Brauchen wohl bald mal Urlaub, oder?« Urlaub? Nie gehört, dachte sich Paul. Gleichzeitig rieb er sich die Augen und wandte sich in besorgtem Ton an Bruckheimer:

»Mister Bruckheimer, wir müssen dringend mal in Ruhe reden. Mir kommen da immer mehr Dinge zu Ohren, die mich beunruhigen. Menschen sterben!«

»Später, alter Freund, später. Jetzt haben wir hier eine Mission zu erfüllen.« Bruckheimer legte beruhigend seine Hand auf Pauls Hände. »Paul, Sie wissen schon, dass vom jetzigen Moment fast alles abhängt? Alles, woran wir gemeinsam in den letzten Jahren gearbeitet haben? Alles, was wir uns vorgenommen haben?«

In diesem Moment öffnete sich die Tür zu Mefferts Büro und die Vorzimmerdame bat die beiden Herren nüchtern herein.

»Dass Sie sich noch einmal hierher trauen. Ganz ehrlich: Ich weiß nicht, ob ich Sie für verrückt erklären oder Respekt vor Ihrem Mut haben soll.«

Meffert verweigerte den Männern den Handschlag und blieb in seinem dicken Ledersessel sitzen. Er schaute sie eiskalt an. Es war offensichtlich, dass er sich auf kein Spielchen mehr mit Bruckheimer einlassen wollte. Zu viel hatte er das letzte Mal verloren. In aller Ruhe setzte sich Bruckheimer in den Besucherstuhl. Paul spürte, wie er wieder einmal von der Ruhe Bruckheimers beeindruckt war. Sie waren nun wie immer: ein unschlagbares Team.

»Kanzler Meffert, ich frage Sie hier: Wollen Sie Kanzler bleiben?«

Mefferts Gesichtsfarbe schien sich in ein blaurot zu färben. Wenn du mir die Wahrheit gesagt hättest, wäre ich jetzt ein unumstrittener Kanzler! Doch er schwieg.

»Wir wollen das zumindest. Wir haben ein großes Interesse an einer stabilen Regierung und einer international anerkannten und erfahrenen Spitze. Und wir haben ein Interesse daran, dass das Sterben aufhört. Es sind nun knapp 15.000 Menschen dieses Landes, die am Lassa-Fieber gestorben sind. Millionen sind infiziert und warten auf ihren Tod.«

Meffert schien sich ein wenig zu beruhigen. Paul schaute ihn ganz genau an. Jede Gefühlsregung schien er zu analysieren, jede

Bewegung einzuordnen.

»Da dieses Interesse unserer Gruppe außerordentlich groß ist, haben wir etwas, was Sie bei den Neuwahlen sicherlich wieder zum Kanzler macht und zwar zu einem Kanzler mit vielen Optionen.«

»Ich höre zu«, reagierte Meffert erstmalig.

»Kurz: Unsere Forschungseinrichtung hat das Gegenmittel gegen die Krankheit entwickelt. Ihre Fachleute aus den Gesundheitsbehörden haben – wenn wir uns einigen – in kurzer Zeit Gelegenheit, dies zu überprüfen und die nötigen Schritte einzuleiten.« Meffert schwieg. Da würde ja wohl noch was kommen. Dieser Mensch war ja kein Samariter.

»Seit wann haben Sie dieses Mittel schon, wenn ich fragen darf?«

»Seit Kurzem.«

Ich glaube ihm kein Wort, dachte sich Meffert. Dieser Mann nahm es billigend in Kauf, dass Menschen litten. Unglaublich! Den werde ich vor Gericht zerren. Es sei denn, er ist uns nützlich.

»Und bevor Sie daran denken, uns in irgendeine schmutzige Sache hineinzuziehen …«, ergänzte Bruckheimer, um Meffert zuvorzukommen. »… das Mittel kennt nur ein einziger Mann in unserem Institut und der sitzt gerade an einem unbekannten Ort. Loyal bis aufs Blut. Und diesen Mann werden Sie nie finden.«

Paul hielt den Atem an. Jetzt war es soweit. Auf diesen Moment hatte er lange hingearbeitet. Er war kurz vor dem Ziel. Wenn Meffert jetzt keinen Fehler machte, hatte Paul erreicht, was er seit seiner späten Jugend wollte: Regeln, die die Menschen zwangen, die Gesundheit ernst zu nehmen. Meffert sträubte sich noch, sein Ego war sehr stark, doch er wusste, Bruckheimer hatte ihn in der Hand. Das Volk tobte, die Umfragen wurden schlechter. Die Menschen starben in allen Ecken des Landes, es wurden immer mehr. Seine Leute schafften es nicht, der Krankheit Herr zu werden. Ganz im Gegenteil, die Beamten meldeten sich vermehrt ebenfalls krank, das ganze System schien langsam zusammenzubrechen. Es würde nicht mehr lange dauern, dann müsste er den Notstand ausrufen. In diesem Land, dem Inbegriff von Stabilität und Sicherheit, den Notstand ausrufen: ein Ding der Unmöglichkeit und ein Zeichen der absoluten Krise. Die nächste Demo war bereits angemeldet und die Menschen mobilisierten sich im ganzen Land gegen die Regierung. Bald würde die Situation in einen Volksaufstand umschlagen. Es mussten gute Nachrichten her. Und zwar verdammt gute Nachrichten, dachte sich Meffert. Und wenn der Bruckheimer der einzige ist, der das liefern kann, dann kann ich ihm ja zumindest einmal zuhören.

»Sie wollen die Politik erpressen?«

»Wäre nicht das erste Mal, dass die Politik sich erpressen lassen würde, oder? Aber uns geht's hier nicht um Erpressung. Klar, unsere Firma würde profitieren, aber darum geht es nicht vordergründig.« Er schaute zu Paul. »Paul, warum erzählen Sie ihm nicht, was wir wollen? Tragen Sie bitte unsere Forderungen vor.«

Das war zwar nicht geplant gewesen, dass Paul sich maßgeblich am Gespräch beteiligt, aber Paul war konzentriert. Er wollte es jetzt zu Ende bringen. Keine Spur von Nervosität gegenüber einer so großen Lichtgestalt der Politik in diesem Lande. Jetzt war er in seinem Element.

»Nun, ich denke, die Menschen hier haben schon lange erkannt, dass die Gesundheit bald vielleicht das größte Kapital sein wird, viel mehr als Geld. Vielleicht ist Gesundheit bald die neue Währung. Unser Land ist so wohlhabend, dass wir uns fast alles kaufen können. Selbst die Armen in unserem Land haben einen deutlich höheren Lebensstandard als noch vor Jahrzehnten. Da fragen die Menschen sich verständlicherweise: Können wir uns nicht auch Gesundheit kaufen?«

Meffert war beeindruckt von Pauls Redegewandtheit. In klarem und ruhigem Ton, ohne Unterbrechung, hielt Paul die Rede seines Lebens. Bruckheimer jubelte innerlich. Er hatte ihn so lange aufgebaut, er hatte so lange an ihm gearbeitet. Keiner könnte jetzt die vermeintlichen Ziele des Vorhabens besser erklären als Paul Schneider.

»Natürlich, die Mediziner, die Philosophen und die Soziologen erklären uns, dass man sich Gesundheit natürlich nicht kaufen kann. Vieles könne man zwar verbessern, Leben verlängern, aber schließlich hinge doch auch Vieles vom individuellen Glück ab, von Gott, vom Karma oder sonstwas. Und da kommen wir zum größten Betrug in der jüngeren Menschheitsgeschichte: Gesundheit lässt sich eben doch kaufen. Würde man die Menschen schon im Babyalter von Grund auf nach den neuesten medizinischen Erkenntnissen aufwachsen lassen und die Menschen ein Leben lang begleiten, sie fördern und fordern, sie reglementieren und in ihnen dadurch einen Bewusstseinswandel hervorrufen, wäre es ein Meilenstein in der Geschichte der Menschheit. Der vollkommen gesunde Mensch. Zufallserkrankungen würden nahezu ausgerottet werden, Alterskrankheiten wie Demenz oder Alzheimer könnten schon früh erkannt und geheilt werden. Die Menschen könnten frei von Gesundheitssorgen leben und so eine ganz andere Gesellschaft begründen, sich ganz anderen Zielen der Menschheit zuwenden. Rein und stark! Gesund und tatkräftig! Zu was wäre der vollkommen gesunde und sorgenfreie Mensch fähig?«

Meffert saß versunken in seinem Sessel und hörte Paul ungläubig, aber nicht uninteressiert zu. Bruckheimer war begeistert. Der Junge hatte seine Hausaufgaben gemacht. Dieser Idealismus! Diese Vision! Du hast ihn für dein Projekt hervorragend ausgesucht, Bruckheimer.

Meffert fing sich. Nach kurzem Schweigen war er wieder ganz der Politiker: »Okay, hört sich nett an. Die Menschen werden aber selbst entscheiden wollen. Zu viele Reglementierungen sind da sicher nicht hilfreich. Das haben schon andere versucht.«

Paul grinste. Diese Antwort hatte er natürlich erwartet.

»Nein, natürlich nicht. Aber durch die Krankheit sind alle Menschen im großen Maße bereit, Regeln – auch strenge Regeln – zu befolgen, denn sie werden erst einmal froh sein, dem Untergang entronnen zu sein. Und sie werden durch diesen Schock ein ganz anderes Bewusstsein haben, mit der Gesundheit umzugehen. Sie werden sich zweimal überlegen, ob sie nun dreißigtausend Euro für ein Auto oder doch dreißigtausend Euro in die Gesundheit ihrer Familie stecken. Große gesellschaftliche Veränderungen geschehen sind ein jahrhundertelanger Prozess oder sie geschehen durch einen gesellschaftlichen Schock. Manchmal hat man aber keine Zeit für ein Jahrhundert. Letztendlich werden die Menschen erkennen, was das Beste für sie ist. Eine Zeitlang muss man ihnen den Weg zeigen. Aber es gibt keine Zeit, die besser dafür passt als die jetzige.«

»Na, dann passt Ihnen die Lassa-Epidemie ja ganz großartig in Ihr Konzept«, fauchte Meffert plötzlich.

»Meffert, sind Sie mit uns oder gegen uns?«, rief Bruckheimer plötzlich hinein. Paul war dankbar dafür. Auf Augenhöhe mit so einem Dickschiff in der Politik war dann doch eher Bruckheimer.

»Schon gut. Was heißt das konkret?«

Jetzt war wieder Paul am Zuge: »Wir wollen eine Umverteilung der Währung *Gesundheit* von oben nach unten, und zwar zu strengen Regeln. Erlassen Sie noch heute Dekrete.« Meffert sank sprachlos in seinen Sessel zurück. Pauls Herz schlug ihm bis zum Hals. Friss es! Los, friss es! Meffert lachte gleichsam irritiert wie amüsiert auf. Dekrete? Er erinnerte sich nur zu gut. An die Diskussion in der Partei mit seinem Vorgänger. Dieser Schwächling von einem Kanzler, dachte er sich. Ein Glück konnte ich die Partei auf meine Seite ziehen. Immer wieder schlitterte das Land wegen dem unruhigen und zersplitterten Wählervotum an Regierungskrisen vorbei, da das Land drohte, durch ständige Neuwahlen führungsunfähig zu werden. Meffert war der größte Befürworter der Stärkung der Kanzlerstellung. Er war der Anführer derjenigen Politiker, die sich für die Einführung von Dekreten stark gemacht hatten. Dabei hatte er sich offen gegen den damaligen Kanzler gestellt – und gewann. Das Parlament entmachtete sich teilweise selbst und gab dem Kanzler eine nie dagewesene Machtposition. Seitdem erlaubte die Verfassung des Landes direkte Dekrete des Kanzlers in einer Phase des Vakuums, wenn eine Regierung geplatzt war und Neuwahlen ausgerufen wurden. Der Kanzler konnte nahezu ohne parlamentarische Kontrolle Gesetze erlassen, die eine zunächst unbefristete Wirkung hatten. Und Meffert war quasi der Vater der Dekrete.

»Sie haben von Anfang an auf Dekrete gesetzt? Sie haben von Anfang an gewusst, dass es irgendwann einen Zustand des politischen Vakuums geben wird?« Meffert stand auf und zeigte sich entsetzt und geschmeichelt zugleich. Mit lautem Knall warf er einige Akten vom Tisch. Bruckheimer und Paul schwiegen. Bruckheimer schlug die Beine übereinander. Paradoxerweise schien er nun noch entspannter zu sein als vorher. Offenbar brauchte er diese Situationen, um vollkommen in sich selbst zu ruhen. Paul wusste nicht, wie das hier enden würde. Meffert wird sich jetzt doch nicht gegen seine eigene Idee stellen? Doch da unterbrach Bruckheimer seine Gedanken.

»Kanzler Meffert, Sie sind jetzt wie lange im Geschäft? 40 Jahre? 45 Jahre? Ich denke, Sie werden nicht abstreiten, dass der Lobbyismus in der Hauptstadt schon immer einen großen Anteil an der Politik hatte, oder? Vielleicht sogar den größten Anteil? Wir haben das Spiel nur weitergespielt und eine neue Taktik gewählt. Quasi von einem Ein-Mann-Sturm auf einen Drei-Mann-Sturm gewechselt.«

Meffert verdrehte die Augen. Wie er diese Sportvergleiche hasste! Aber er konnte natürlich nicht widersprechen. Wie häufig hatte er selbst Vorteile aus seinen Netzwerken mit den Lobbyisten gezogen? Wäre er ohne sie so weit gekommen? Meffert nahm sich ein Glas Wasser zu trinken und setzte sich wieder ohne ein Wort zu sagen in seinen Sessel. Paul sah Bruckheimer an. Als dieser nickte, fuhr er fort:

»Mit den Dekreten können Sie umfassende Änderungen herbeiführen. Zunächst sollen Sie den Etat für Gesundheit vervielfachen. Da ja keiner will, dass neue Schulden dafür gemacht werden, sollten Sie natürlich woanders einsparen. Setzen Sie sich mit Ihren Haushaltsexperten zusammen. Ich denke, da gibt es genügend Sparmöglichkeiten. Fangen Sie doch beim Militär an! Das braucht eh bald kein Mensch mehr.«

Meffert schüttelte ungläubig den Kopf. Aber er wusste, er musste weiter zuhören.

»Schaffen Sie die gesetzlichen Krankenversicherungen ab. Jeder Mensch bekommt eine aus Steuermitteln bezuschusste private Krankenversicherung, die genau auf ihn abgestimmt ist.«

»Wieso private Krankenversicherungen? Wieso stecken wir nicht mehr Geld in die gesetzlichen Krankenversicherungen?«

Meffert schaute Bruckheimer ironisch grinsend an. Er wusste, dass Bruckheimer Vorsitzender des größten Anbieters privater Krankenversicherungen im Land war.

»Kanzler, weil die es einfach besser können als die gesetzlichen Kassen und zudem viel flexibler sind, oder? Und natürlich muss das auch alles bezahlt werden, was wir bereits für den Plan investiert haben, den Paul Schneider Ihnen gleich vorschlägt.«

Meffert schaute nun wieder zu Paul.

»Lassen Sie staatlich geförderte Gesundheitszentren bauen, erweitern Sie die ganze Infrastruktur im Gesundheitswesen! Jeder Mensch bekommt einen Chip unter seine Haut, der seine Gesundheitswerte misst und bei Bedarf zu Verbesserungen anregt. Und das gleich nach der Geburt. Schaffen Sie Regeln, die von den Menschen einfordern, sich auf diesen Weg zu begeben. Und geben Sie Anreize für gesunde Menschen. Sanktionieren Sie mittelfristig kranke Menschen, vor allem die, die sich bewusst krank machen. Und wer in diesem System mittelfristig noch krank ist, der hat sich einfach nicht an das Chip-System gehalten und widersetzt sich bewusst der Gesundheitsförderung und den Gesetzen. Nur so schaffen wir ein neues Bewusstsein. Wir haben ein Chip-System entwickelt, welches durch eine zentrale Stelle kontrolliert und gesteuert wird. Das Datenschutzgesetz muss natürlich entsprechend angepasst werden. Jeder Mensch wird nun per Knopfdruck seine Stärken kennen und Anregungen für die Verbesserung der gesundheitlichen Schwächen erhalten. Sie werden sehen, in ein paar Jahren haben wir eine deutliche Gesundung der Gesellschaft.«

Meffert konnte nicht unterdrücken, dass er von der Idee erschlagen war. Es gab die letzten Jahre kein griffiges Thema mehr für die Politik gegeben. Regungslos und unbeteiligt dämmerte das politische Wesen im Lichte der Verwaltung des Ist-Zustandes und steuerte der Alterung und dem demografischen Wandel entgegen. Es gab keine Visionen mehr für die Jugend, kein Thema, das einen politischen Streit ausgelöst hätte. Die Wahlbeteiligung – gerade bei der Jugend – war dramatisch eingebrochen. Alles schien auf den Weg zu einer bürokratischen, unemotionalen Gesellschaft zu verkommen. Den Menschen ging es gut, das Land wurde schon lange nicht mehr von außen bedroht, die Parteien schienen ineinander zu verschwimmen, was die Menschen noch gleichgültiger machte. Da passte so ein Thema mit so einem Schwung natürlich ganz gut! Und er könnte der Kanzler des Neubeginns sein. Eine neue Epoche! Eine gesellschaftliche Erneuerung! Durch mich initiiert!

Paul schaute Meffert an. Innerlich jubelte er schon, denn er erkannte es genau. Genau diese Ausstrahlung, die er schon bei unzähligen Menschen gesehen und ausgenutzt hatte: dieses Ego, diese Selbstherrlichkeit. Peters war so ein Kandidat, und Meffert eben auch. Wahrscheinlich musste man in der Politik so sein. Sonst würde man nicht weit kommen. Paul wusste, er war am Ziel.

Meffert stand auf, gab Bruckheimer und Paul Schneider die

Hand und verkündete:

»Ich werde mich den ganzen Tag mit meinen Fachleuten zusammensetzen, alle anderen Termine absagen. Heute Abend werden die Dekrete medienwirksam erlassen. Kurz vorher erwarte ich die Bekanntgabe des Gegenmittels. Sie kommen hierher und wir machen einen Deal Zug-um-Zug.«

Paul gab ihm die Hand und reichte ihm dazu ein Stapel Papiere, die er aus seiner Aktentasche herausgeholt hatte.

»Ich habe mir erlaubt, schon mal ein paar Vorarbeiten für die Dekrete zu verfassen. Ihre Leute sollen mich heute gerne anrufen, um diese zu besprechen.«

Bruckheimer nickte. »Sie werden in die Geschichte eingehen, Kanzler.«

Meffert schaute ihn siegesgewiss an. Genauso ist es, dachte er hämisch. Und nach der Neuwahl, wenn ich wieder als Kanzler bestätigt werde, werde ich euer teuflisches Unternehmen zerschlagen. Da kannst du dir sicher sein. Ein Meffert vergisst nie!

Paul wollte nun nur noch schnell zu Cathy. Er hatte es geschafft. Nach so vielen Jahren der Arbeit. Er würde jetzt beruflich zurückstecken. Weniger arbeiten. Er wollte mehr Zeit mit Olivia verbringen, mit den beiden in den Urlaub fahren. Vielleicht gab es dann noch eine Chance für Cathy und ihn. Wer weiß? Jetzt muss Cathy einfach wieder gesund werden. Jetzt wird alles gut und die Menschen werden in eine neue Epoche eintreten. Es gab ja schließlich keine Krankheit, keine Epidemie, kein Lassa. Das wusste Paul ganz genau. Schließlich hatte er alles ja nur erfunden!

Als Paul gerade in sein Auto steigen und zu Cathy fahren wollte, hielt ihn Bruckheimer noch einmal zurück.

»Paul, wir müssen noch kurz über etwas sprechen.«

Er stieg noch einmal aus dem Auto und fragte genervt:

»Ja?«

»Hier! Wir haben vor ein paar Tagen einen Brief bekommen. Diese Schmerztabletten, über deren Preis Sie vor einiger Zeit neu verhandelt haben und die damals der Kassenschlager nach der Einführung waren. Die scheinen irgendwelche Nebenwirkungen zu haben, die nicht so Ohne sind. Nichts Dramatisches wohl: ein bisschen Übelkeit und Schwindelgefühle oder so. Aber wir nehmen sie vorsorglich sofort vom Markt, okay? Aber geräuschlos bitte.«

Bruckheimer übergab Paul ein Schreiben des Gesundheitsministeriums, in dem höflich um Überprüfung der Tabletten gebeten wurde. Paul las skeptisch das Schreiben. Gleichzeitig war er verwirrt, wie Bruckheimer nun in diesen Momenten, in dem Moment, in dem sie eigentlich das Erreichen ihrer Ziele feiern sollten, auf diese unbedeutenden Schmerztabletten kam. Egal, er war und blieb eben ein Profi, dachte sich Paul.

»Die VITRUXX?«

»Heißen die VITRUXX? Noch nie gehört«, lachte Bruckheimer ihm entgegen.

»Ja, klar, mache ich sofort, Mister Bruckheimer. Ich rufe vom Auto aus unseren Vertrieb an.«

Bruckheimer klatschte Paul auf die Schulter. »Danke, mein Freund! Und denken Sie daran, dass wir der Regierung dann unsere Placebo-Tabletten senden, nachdem die Dekrete erlassen wurden.« Bruckheimer lachte laut auf und schaute sich um, dass niemand in der Nähe war. »Die Heilungs-Placebos für das Lassa! Rufen Sie dafür unseren Mann in der Entwicklung an.«

Ohne ein weiteres Wort zu verlieren, stieg Paul wieder in seinen Wagen und fuhr los. Durch den Rückspiegel beobachtete er, wie Bruckheimer die Hände in die Hosentaschen steckte und ihm mit einem sonderbaren Gesichtsausdruck hinterherschaute.

KAPITEL 38

David hatte nicht geschlafen. Auch sein Rausch hatte nicht geholfen. Der Schmerz war zu groß gewesen. Laura saß leblos in die Luft starrend auf dem Sessel in Bens Zimmer. Die mobile Quarantänestation hatten sie bereits abgeholt. Im besten Beamtendeutsch machte die Behörde schriftlich deutlich, dass *es für das öffentliche Gemeinwohl unerlässlich ist, das durch den Fiskus finanzierte Krankenhilfsmittel anderweitig zu verwenden.* Laura hatte weder geschlafen noch gegessen noch getrunken. Sie hatte gar nicht bemerkt, dass David weg gewesen war. Lauras Eltern hatten vergeblich versucht, sie anzurufen. David und Laura ließen auch niemanden in die Wohnung herein. Sie dachten nicht ans Weiterleben, sie dachten nicht an das *Danach*. Sie spürten, dass ihr Leben vorbei war.

Wie in Trance ging David in sein Arbeitszimmer und ließ sich in den Arbeitssessel fallen. Er schnaufte durch und schloss ein paar Sekunden die Augen. War das ein Albtraum? Nein, es war die Wirklichkeit. Er konnte nicht klar denken. Wieso bin ich nicht mit Ben beim Arzt gewesen? Wieso bin ich so gleichgültig durch das Leben gelaufen? Wieso habe ich geglaubt, dass alles ewig weiter so gut laufen würde? Wir waren unsterblich! Wie konnte ich es zulassen, dass man meinen Engel mit Lassa ansteckte? Die Wut brannte in Davids Brust. Dieses Feuer im Herzen musste die Hölle auf Erden sein. Wenn nichts mehr zählte außer Rache und Hass. David krampfte sich zusammen. Es tat so weh, so unsagbar weh. Wenig später schlief er ein.

Durch einen Knall wurde er geweckt. Was ist los? Ben? Puh, es war nur ein Albtraum. Dann noch ein Knall, Scherben zersplitterten. David stand auf, er musste sich erst einmal orientieren. Dann hörte er, wie Laura Gläser im Wohnzimmer an die Wand schmiss,

Teller zerstörte, Tassen auf den Boden warf. Und dann erinnerte er sich: Nein, es war kein Albtraum.

»Laura!«

Laura erblickte David und schmiss eine Tasse nach ihm. Er duckte sich und die Tasse zersprang an der Wand hinter ihm. Dann lief Laura auf David zu. Wie von der Tarantel gestochen prügelte sie mit beiden Fäusten auf David ein, der es über sich ergehen ließ. Wenig später ließ sie von ihm ab, zog sich eine Jacke über, nahm weder Portemonnaie noch Handy oder Schlüssel mit und war weg.

David versuchte nicht, ihr hinterherzulaufen. Er konnte nicht. Laura war ihm momentan ziemlich egal. Sein Schmerz und seine Wut waren größer als die Besorgnis über Lauras plötzliches Verschwinden. Sie würde schon wiederkommen.

Unbewusst und wie ein Roboter ging David in die Küche, machte sich einen Kaffee, spülte das Geschirr und räumte ein wenig auf. Er spürte keine Hoffnung mehr, keine Zuversicht. Es war kein einziger positiver Gedanken in ihm. Die Schweine werden bluten müssen, so oder so. Alle, die etwas damit zu tun hatten. David setzte sich mit der Kaffeetasse in der Hand an seinen Schreibtisch, reckte sich einmal und beugte sich dann über die Tischplatte. Langsam klappte er seinen Laptop auf. Nachdem er sich angemeldet hatte, öffnete sich ein paar Sekunden später wieder das Dokument, das er letztens von Teighaus' USB-Stick heruntergeladen hatte. Stimmt, da war doch was! Das hatte ich ja schon fast vergessen! Plötzlich erwachte der letzte Funken Widerstand gegen die Gleichgültigkeit und gegen die irrationalen Gefühle in seinem Herzen.

David kniff die Augen zusammen, um zu erkennen, was das war. Die Schrift war fast unleserlich klein eingestellt. Gebannt starrte er auf den Bildschirm. Er las die Überschriften und vergrößerte die Schrift. Er las den Text, Zeile für Zeile. Er haute auf den Tisch und las dann weiter. Der Raum drehte sich. David stand auf und setzte sich wieder hin. Es kam ihm vor, als ob er sich in Zeitlupe bewegte. David setzte sich wieder hin und las weiter. Das konnte doch nicht wahr sein! Teighaus, wo haben Sie das her? So böse können keine Menschen sein! So korrupt kann das System nicht sein! Solche Pläne kann kein normaler Mensch fassen! Die haben Ben auf dem Gewissen! Jetzt weiß ich es. Das sind die Beweise! Diese Schweine! David las weiter. Er scrollte das Dokument Seite für Seite durch. Er wusste nicht, wie spät es war. Er wusste nicht, was für ein Tag war. Er sah die Grafiken, die Tabellen, alles fein säuberlich aufgeführt und aneinandergereiht. Alles geplant, alles erklärt, alles auf dem Reißbrett entworfen. Und das Reißbrett war das Herz der Menschen, die Angst der Menschen, der Hass der Menschen. Und immer wieder las er den Namen Paul Schneider. Paul Schneider plant dies, Paul Schneider verhandelt das, Paul Schneider geht in die Talkshow. Paul Schneider spricht mit Peters. Paul Schneider redet mit Kanzler Meffert. Und vor allem las er das, was nicht sein konnte, was nicht sein durfte. Er las das, was die Vorstellungskraft eines jeden aufgeklärten Menschen übersteigen sollte. Paul, du verfluchter Mörder. Wie hatte ich ihm nur jemals vertrauen können? Nicht mit mir. Vielleicht wollte Teighaus mir mit dem USB-Stick etwas mitteilen. Vielleicht hatte er gehofft, dass ich ihn finde. Wenn ich doch nur wüsste, wo er jetzt ist? Vielleicht wusste Franzi etwas. Jetzt knöpfe ich mir erst mal Paul vor. Gestern hat er mir noch den guten Freund vorgespielt und heute erfahre ich davon, dass er ein Volksmörder ist. Das muss man erst einmal verarbeiten. David drückte auf *Drucken* und die Maschine setzte sich minutenlang lang in Bewegung. Ungeduldig ging David im Arbeitszimmer auf und ab. Er machte eine Sicherungskopie von dem Dokument, verschlüsselte die Datei und steckte den USB-Stick in die Hosentasche seiner Jeans. Er zog sich die Jacke an, nahm den Stapel Papiere in die Hand und steckte ihn in eine Hülle. Obwohl er wusste, dass Laura keinen Schlüssel hatte, hinterließ er ihr einen Zettel. Vielleicht kam sie ja über die Nachbarn rein. Die hatten ja immer einen Ersatzschlüssel. Auf dem Zettel stand: »Laura, Schatz. Ich weiß, wer es war! Ich weiß, wer Ben ermordet hat! Wir haben keine Schuld. Ich melde mich. In Liebe, David.«

David rannte die Straßen entlang. Er fand kein Taxi und die U-Bahnen fuhren immer noch nicht regelmäßig. Das Auto überließ er Laura, falls sie es brauchen würde.

Als David an Pauls Wohnung ankam, klingelte er Sturm. Nach ihrem gemeinsamen Barbesuch hatten sie gegenseitig auch die privaten Kontaktdaten ausgetauscht, daher versuchte es David zunächst bei ihm zu Hause. Doch es machte niemand auf. David, du Naivling. Es war Werktag. Er wird arbeiten. Ich werde ihn erwischen. David lief wieder los. Schnellen Schrittes lief er zielstrebig von Pauls Wohnung in das nahe Regierungsviertel zum Hochhaus von UMC. Die Menschen hielten ängstlich Abstand zu ihm. Warum benahm der sich so merkwürdig? Ob er wohl ein Infizierter und somit ansteckend war? David nahm davon keine Notiz. Er malte sich in Gedanken aus, wie er Paul zur Rede stellen würde. Nicht mit mir und meiner Familie, Freundchen, dachte er sich. Du wirst für den Tod von Ben büßen.

Er bog um die letzte Ecke und betrat das Firmengebäude von UMC. Er ging zum Empfang und bat um eine Unterredung mit Paul Schneider. Die Empfangsdame sagte, er sei nicht da. David platzte der Kragen. Er zog die Dame von ihrem Stuhl hoch und zerrte an ihrem Kragen.

»Ich will Paul Schneider sprechen! Sofort!«

Es dauerte keine fünf Sekunden, da kamen Sicherheitsleute und packten David. Sie zerrten ihn durch die Empfangshalle und schmissen ihn unsanft aus dem Gebäude. David fiel hart auf die Seite. Sein Hemd riss am Ärmel auf und das Blut floss sofort aus einer Wunde an seinem Arm. Die Leute, die vorbeigingen, rümpften die Nase und machten, dass sie wegkamen.

Egal, dachte sich David. Mich werdet ihr nicht los. Er stand auf und richtete seine Klamotten. Er sammelte die Papiere ein, die durch seine unsanfte Landung auseinandergeflogen waren und sich auf dem Gehweg verteilt hatten und wischte sich das Blut notdürftig von der Wunde. Ich weiß, wo ich Paul finde. Heute Abend auf der Kandidatenkür der PGO. Das würde er sich nicht nehmen lassen.

KAPITEL 39

Der gestrige Tag der Parteiversammlung hatte bereits einem fest geglichen. Doch der zweite Tag sollte die PGO in eine neue Richtung bringen. Peters, der Hoffnungsträger, sollte diese Partei ganz nach vorne bringen. Heute war der Tag der Kanzlerkandidatenkür. Gleicher Ort, gleiche Halle. Peters stand mit einem Kaffeebecher am Rande des Eingangsbereichs. Er hatte sehr gut geschlafen. Er wusste, es konnte nichts mehr schiefgehen. Heute war sein Tag. Er hatte seinen schönsten Anzug angezogen. Hier zieht sich der künftige Kanzler an, dachte sich Peters stolz, als er morgens vor den Spiegel getreten war. Den ganzen Morgen hatte er in den Stadtteilen Hände geschüttelt, sich medienwirksam ablichten lassen und in der Veranstaltungshalle mit den Delegierten aus allen Teilen des Landes gescherzt und gelacht. Nur Bernie, seinen Vize, hatte er lange nicht mehr gesehen oder gesprochen. Mist, Peters. Den Bernie darfst du nicht vernachlässigen. Um ihn muss ich mich in den nächsten Tagen mehr bemühen. Er schaute sich um und versuchte, Bernie irgendwo zu erspähen. Aber er war nicht zu sehen. Der Bernie ist nicht so doof wie die anderen Paviane aus seiner Truppe, dachte sich Peters. Den brauche ich für das spezielle Wählerspektrum. Aber Bernie ist loyal. Der wird nichts Blödes anstellen.

Peters versuchte, sich selbst wieder zu beruhigen. Schnell kam der nächste Delegierte, der ihn mit einem breit aufgesetzten Lächeln begrüßte. Diese Speichellecker, dachte sich Peters grinsend. Da ist mir der Bernie doch irgendwie lieber.

Als Paul auf dem Weg zur Veranstaltungshalle war, piepte sein Handy. Er schaute auf das Display und las eine Mitteilung seines Nachrichtendienstes:

+++ BREAKING NEWS: DURCHBRUCH! LASSA-MUTATION IST HEILBAR +++ GEGENMITTEL GEFUNDEN +++ REGIERUNG VERORDNET PER NOTFALLDEKRET ZWANGSEINNAHME DES GEGENMITTELS FÜR ALLE BÜRGER +++ TODESOPFERZAHL AUF 15.231 GESTIEGEN +++ BREAKING NEWS +++

Er grinste zufrieden und schaute auf die nichtsahnenden Teilnehmer der Veranstaltung. Das wird die höchste Zahl an Todesopfern sein, die er verkünden würde. Ab jetzt würde keines mehr dazu kommen.

Die Nachricht schlug erneut ein wie eine Bombe. Meffert würde in einer Stunde die Dekrete in einer Live-Ansprache verkünden. Paul hatte gute Arbeit geleistet. Er hatte alles so gut vorformuliert, dass Mefferts Mitarbeiter nur noch kleine Korrekturen vornehmen mussten, bevor Meffert unterzeichnen konnte. Diese Korrekturen gestanden Bruckheimer und Paul ihm zu. Er musste ja sein Gesicht wahren. Im Gegenzug gab es die Dokumente und die Lösung des Gegenmittels, welches angeblich im Institut des UMC entwickelt worden war. Paul schüttelte den Kopf. Natürlich gab es das nicht, genauso wenig wie es eine Epidemie gab. Aber die Placebo-Tabletten würden ihre Wirkung erzielen. Und Meffert kam nun gut aus der Sache heraus. Er würde das Land nun in ein neues Zeitalter führen. Paul brauchte keine falschen Bilder, keine falschen Berichte und keine falschen Studien mehr zu veröffentlichen. Es würde sich jetzt alles von alleine fügen. In einer Stunde würde Peters Kanzlerkandidat sein, Meffert würde in ein paar Tagen gegen ihn gewinnen und gewählt werden und die PGO als Juniorpartner in die Koalition eintreten. Die Dekrete würden Bestand haben, die Menschen würden bereit sein, Regeln zu akzeptieren, die nur zu ihrem Besten gedacht waren. Mit einem Gefühl aus positiver Spannung und Erleichterung betrat er den Vorplatz der Halle. Er musste wieder an Cathy und Olivia denken. Paul würde erst mal einen langen

Urlaub mit ihnen verbringen. Vielleicht kündige ich auch bei UMC und mache etwas ganz anderes. Vielleicht mache ich auf einer Insel eine Bar auf. Ha! Paul musste lachen, als er an der Halle ankam. Erst mal jetzt das hier zu Ende bringen und dann entscheide ich mit Cathy zusammen. Cathy wird sich sicher auch wieder erholen. Es wird nichts Schlimmes sein. Eine schwere Grippe. Geht ja zurzeit offenbar um.

Paul betrat die Halle und beobachtete unbeteiligt das Treiben. Er schaute auf seine Uhr. Noch eine halbe Stunde bis zum Beginn. Peters war der einzige Kandidat. Er würde eine kurze Rede halten und dann würde die Abstimmung sicherlich keine Stunde dauern. Peters war gesetzt. Der fühlte sich doch schon wie der Sonnenkönig. Als Paul seine Zugangskarte zückte und der Security vorlegte, bemerkte er vor den Eingängen einige auf dem Kopf kahl geschorene Menschen. Das waren die Stressmacher der PGO. Das waren die Gorillas von Bernie Retzke. Die stellten eine kleine Inkonstante in der Gleichung seines Plans dar. Was rotteten die sich hier so zusammen? Er sah, wie sie Flugblätter verteilten und lauthals schrien:

»Peters ist ein Verräter!!«

»Peters ist korrupt!«

Paul näherte sich ihnen irritiert und bemerkte, dass ein Glatzkopf ihn erkannt hatte. Mit einem breiten, hämischen Grinsen übergab er Paul eines der Flugblätter.

»Für unseren Herrn Schneider doch immer gerne«, lachte der Glatzkopf. Paul schaute ihm ein wenig verängstigt hinterher, als er die Halle betrat. Es war ihm nie in den Sinn gekommen, sich mit denen körperlich anzulegen. Was ist denn hier bloß los? Paul sah, dass die Halle in großer Aufregung war. Fast alle Menschen hatten die Flugblätter in der Hand und diskutierten lauthals. Paul schaute auf den Handzettel. Was er da las, gefiel ihm ganz und gar nicht.

»Peters korrupt. Unser Vorsitzender Peters hat sich mit den

Lobbyisten verbündet und ist einer von ihnen. Menschen wurden vergiftet. Regierung involviert.«

Dazu war ein Foto abgedruckt, was Peters mit Paul zeigte. Ebenso war ein Foto abgedruckt, das Peters mit Meffert zeigte. Paul war sprachlos. Wo hatten die das her? Paul las weiter. Es war die Rede von Manipulation und großen Verflechtungen zum UMC-Konzern. Paul, alter Junge. Das ist nicht gut, ganz und gar nicht gut. Sind die denn wahnsinnig? Wenn diese Sache an die Öffentlichkeit gerät, ist die PGO in kürzester Zeit mausetot! Die wählt kein Mensch mehr. Außer, dachte sich Paul, außer, die lösen das gleich hier und jetzt. Dann könnte es als großer Wurf gefeiert werden. Als große innerparteiliche Reinigung. Dafür müssten die aber einen Gegenkandidaten wählen, der es ansatzweise mit Peters Format aufnehmen kann. Was haben die Gorillas bloß vor? Haben die überhaupt einen Plan?

Die Teilnehmer sahen Paul an und tuschelten. Gleichzeitig warfen sie ihm einen verächtlichen Blick zu. Überall wurde er erkannt. Das mochte er ganz und gar nicht. Er spielte doch lieber im Hintergrund. Wo war Bruckheimer? Wehe, er kommt heute nicht und lässt mich hier jetzt alleine. So langsam reicht es nämlich mit meiner Loyalität. In dem Moment piepte wieder der Nachrichtenkanal seines Handys. Er schaute drauf und las, dass in den sozialen Netzwerken wohl verbreitet wurde, dass gegen den Vorsitzenden der PGO mehrere von Strafanzeigen wegen Korruption und Veruntreuung von Parteivermögen gestellt worden waren. Paul wischte sich mit der Hand nervös über das Gesicht. Was ging denn hier nur vor sich?

Paul versuchte, sich im Hintergrund zu halten und suchte nach Peters. Als er an seinem Stuhl in der ersten Reihe angekommen war, entdeckte er weiter hinten David. Dieser schaute ihn grimmig und hasserfüllt an. In dem Moment kam ein sichtlich nervöser Peters auf die Bühne und bat die Teilnehmer des Parteitages Platz zu nehmen. Die Menschen befolgten seine Bitte und es dauerte einen Moment, bis Ruhe im Saal einkehrte. Der Platz neben Paul blieb frei, Bruckheimer war nicht da. Er schaute nochmal zu David und winkte ihm zu. Doch der schaute nur wutzerfressen zurück. Paul wusste nicht, was los war. Am liebsten hätte er jetzt die Halle verlassen und wäre sofort zu Cathy gefahren. Doch die Gorillas hätten ihn sicherlich nicht ohne Weiteres herausgelassen. Das hätte Aufsehen erregt. Es galt eine eiserne Regel, wie in der Oper. Wenn die Veranstaltung begonnen hatte, sollte man den Saal nicht mehr verlassen.

Peters ging ans Mikrofon und sagte mit brüchiger Stimme: »Liebe Parteifreunde.« Ein grelles Pfeifkonzert wurde von den hinteren Reihen gestartet und griff nach vorne über. »Liebe Parteifreunde. Glauben Sie nicht alles, was gesagt oder geschrieben wird.« Das Pfeifkonzert hielt an. »Ich rufe nun den ersten und einzigen Tagesordnungspunkt am heutigen Tag auf. Die Wahl des Kanzlerkandidaten der PGO.« Die Menschen in den vorderen Reihen klatschten höflich, aber irritiert. Die hinteren Reihen, in denen Bernies Leute saßen, pfiffen weiter.

Der Wahlleiter kam auf die Bühne und verlas: »Als einziger Kandidat steht zur Wahl: Klaus Peters!« Aus den vorderen Reihen kam verhaltener Applaus, aber das grelle Pfeifkonzert und die Buhrufe waren nicht zu überhören. Plötzlich rief jemand:

»Halt! Stopp!« Die Leute verstummten, schauten sich um und reckten und streckten die Köpfe. »Ich stelle mich ebenfalls zur Wahl.« Stille. Man hätte eine Nähnadel fallen hören können. Paul verrenkte seinen Hals in alle Richtungen und sah den heraneilenden Mann. Es kam ihm vor, als wenn er in einem Film mitspielen würde. Ungläubig sah er dem Mann hinterher, der direkt an ihm vorbei auf die Bühne ging. Es war Bernhardt Retzke, genannt Bernie. Paul schüttelte den Kopf. Als Bernie die Bühne betrat und sich ein wenig grob das Mikrofon vom Wahlleiter griff, jubelte der

hintere Saal, während die vorderen Reihen irritiert applaudierten. Einige schienen ihn gar nicht zu erkennen. Paul hielt sich angespannt die Hand vor den Mund. Seine Schläfen pochten. Verliere ich hier das erste Mal in meinem Leben wirklich die Kontrolle? Ich habe doch alles geplant. Alles minutiös vorbereitet. Jahrelange Arbeit steckt dahinter. Und so ein Prolet will mir das jetzt versauen?

Bernie begann zu sprechen, vielmehr schrie er ins Mikrofon. Man merkte, er war kein geübter Redner.

»Parteifreunde! Kameraden! Hier ist mächtig was am Stinken!« Bernie zeigte auf Peters, der zur Salzsäule erstarrte.

»Dieser Kerl versucht, euch zu verraten und zu verkaufen! Lest die Flugblätter, lest die unmanipulierten Nachrichten! Dieser Kerl hat sich von den Lobbyisten kaufen lassen und macht mit dem Meffert gemeinsame Sache!« Der Applaus wurde stärker, auch in den vorderen Reihen. »Ich stelle mich hier heute auch zur Wahl zum Kanzlerkandidaten, weil ich ein für alle Mal Schluss machen will mit dem Pack. Ich will aufräumen. Ich will die Grenzen schließen! Ich will Sauberkeit und Ordnung! Ich will Gesundheit! Und ich will das Volk entscheiden lassen! Für unsere Familien! Und ich will wieder Vertrauen schaffen. Ich bin einer von euch. Der Kerl ist einer von *denen*!«

Jubel brandete im Zuschauerraum auf. Es war offensichtlich, dass Bernie mit seiner direkten und ehrlichen Art ankam. Seine Rede war nicht abgelesen. Bernie hatte gar kein Manuskript vor sich liegen. Seine ungehobelte und ungeschliffene Sprache zeugte von Authentizität und genau das gefiel den Menschen. Sie hatten keine Lust mehr auf Politiker, die herumschwafelten und sie für blöd verkaufen wollten. Von einem Tag auf den anderen schien Peters vom hochgelobten Hoffnungsträger zu einem korrupten Politiker des Establishments geworden zu sein. Paul konnte es nicht glauben. Waren die Menschen so leicht zu beeinflussen? Hatten sie denn keinen inneren Kompass, auch wenn er noch so klein war? Hatten sie denn keinen Ehrgeiz, den Dingen mal selbst auf den Grund zu gehen? Nein, Paul. Das hatten sie offenbar nicht. Das musst du am allerbesten wissen. Du hast es provoziert und zur Perfektion gebracht. Das war dein Spiel. Nur jetzt spielte jemand anderes mit. Die gleiche Klaviatur, nur mit schwarzen Tasten.

»Und deshalb, liebe Parteifreunde und Kameraden, erzähle ich euch auch eine kurze Geschichte. Viele kennen sie schon, aber trotzdem: Ich liebe meine Frau…« Ein tosender Applaus unterbrach Bernie. »Ich liebe meine Frau, aber sie ist krank geworden. Sehr krank. Das Lassa-Fieber.« Es wurde ruhig im Saal. Alle hörten ihm gespannt zu. Paul spürte, wie sein Blutkreislauf verrückt spielte. In seiner Verzweiflung und fast schon bettelnd schaute er zu Peters, der wie ein Häufchen Elend ein paar Sitze weiter saß und ausdruckslos auf den Boden starrte. Mach was, Peters! Wofür haben wir dich die ganze Zeit aufgebaut! Paul erschrak, als Bernie auf einmal schrecklich laut ins Mikrofon rief: »Das *angebliche* Lassa-Fieber! Das Lassa-Fieber, das *die* uns vorgegaukelt haben! Die haben meine Frau krank gemacht! *Die* haben alle vergiftet!« Er zeigte auf Peters und Paul fühlte sich angesprochen. Ich habe niemanden krank gemacht, wollte er am liebsten schreien. Wie kommen die bloß darauf?

»Die wollen meine Frau umbringen! Aber nicht mit uns, liebe Parteifreunde und Kameraden! Ich werde das alles lückenlos aufklären! Das bin ich meiner Frau schuldig!« Die Menschen erhoben sich von ihren Sitzen und spendeten minutenlangen Applaus.

Kurze Zeit später begann der Wahlgang. Es war ein heilloses Durcheinander. Alle liefen wild umher. Jeder diskutierte noch mit Parteifreunden. Doch die Stimmung schien klar zu sein. Peters saß weiterhin regungslos auf seinem Sitz. Bei ihm standen nur noch eine Handvoll Parteifreunde, die stumm und todernst das Geschehen beobachteten. Peters hatte zwar einige Vertraute, aber in seine Abmachungen mit Paul, der UMC und Meffert hatte er niemanden eingeweiht. Niemand wusste Bescheid. Die Riege der Freundschaften lichtete sich rasend schnell.

Bernie befand sich mit seinen engsten Vertrauten im hinteren Bereich der Halle und die Leute standen Schlange, um ihn zu beglückwünschen. Aber Bernie mochte das nicht. Er wollte nur das Richtige tun und kein gefeierter Held sein.

Paul stand irgendwo gedankenverloren zwischen den Menschen. Kein Bruckheimer. Nirgends. Plötzlich spürte er einen harten Schlag auf seiner Schulter. Er drehte sich um und sah David. Er sah schrecklich aus. Offensichtlich hatte er seit dem Tod seines Sohnes noch nicht wirklich geschlafen.

Die anfängliche Erleichterung, endlich einen Vertrauten bei sich zu haben, wich schnell der Gewissheit, dass dieser David keineswegs mehr ein Vertrauter war. Grimmig sagte er: »Schneider, wir müssen reden.« David legte den Arm grob um Paul und zog ihn grinsend und unauffällig in einen Nebenraum der Halle. David schloss die Tür und ging auf Paul zu. Spätestens zu diesem Zeitpunkt wusste Paul, dass er nur noch ein Statist gewesen war, ein Statist in seinem eigenen Spielfilm. Die Regie führte nun jemand anderes. Mit einem gewaltigen Schlag streckte David Paul nieder.

»So, und das war erst der Anfang!« Paul spürte, dass David seine Nase getroffen hatte. Sie brannte wie Feuer. Er hielt sich instinktiv die Hand darüber, während er mit dem anderen Arm versuchte, aufzustehen. Das Blut tropfte auf den harten Betonfußboden. David kam wieder auf ihn zu und rief ihm entgegen: »Du hast meinen Sohn auf dem Gewissen! Du Arsch bist für das alles hier verantwortlich!« Bevor David ihn erreichen konnte, verstand Paul. Hier war ihm etwas entglitten. Er wusste nicht, an welchem Punkt sein Plan gescheitert war, doch er wusste, dass er nicht für das alles hier verantwortlich war. Sein innerer Kompass und seine

Fähigkeit, blitzschnell wieder einen klaren Kopf zu bekommen, ließen ihn hochschnellen und vor dem nächsten Angriff David ausweichen. Mit seinem naiven Schwinger stürzte David ins Leere und Paul gab ihn einen gut platzierten, jedoch schwachen Stoß in die Seite, so dass David unsanft auf den Boden fiel. Paul beugte sich über den rasenden David und hielt seine Arme fest. Paul war David körperlich überlegen. Außer Atem sagte er: »Eines kann ich dir sagen! Sicherlich war nicht alles korrekt, was ich getan habe, aber es war für eine bessere Welt! Und ich habe bestimmt keinem Menschen irgendetwas angetan! Auch nicht deinem Sohn!« Grimmig schaute der wehrlose David Paul in die Augen. Dann wich die Wut aus seinem Gesicht. Er war erschöpft. Die Müdigkeit saugte seine Seele aus. Er konnte nun nicht mehr. Nicht mehr stehen, nicht mehr hassen. Seine Augen füllten sich mit Tränen, als er Paul weiter anschaute.

»Aber mein kleiner Engel ist tot, er ist tot!«

Aus irgendeinem Grund wich die Wut der Trauer, als er Pauls klare Augen sah. Mit letzter Kraft riss David sich von Paul los und stand auf. Als er Paul kniend neben sich sah, dessen Nase immer mehr blutete, kramte er in seiner Jackentasche, zog ein Taschentuch heraus und warf es in Pauls Richtung. Der Kampf war vorüber.

»Danke«, flüsterte Paul fast lautlos und versuchte, seine Blutung zu stoppen. Außer Atem setzte er sich dabei auf den Boden und lehnte sich gegen die Wand. Langsam setzte sich David neben ihn.

»Aber dein Name steht überall in den Dokumenten.«

»Welche Dokumente?«, fragte Paul fast gleichgültig. Er hatte in den letzten Monaten und Jahren so viele Dokumente gesichtet. Falsche, wahrheitsgemäße, vertrauliche, offizielle. Was war ein Dokument wirklich wert?

»Die Dokumente von Teighaus. Ich glaube, genau die Dokumente sind es auch, die heute diesem Peters die Tour vermasselt haben. Ich erkenne viele der Vorwürfe auf den Flugblättern in den

Dokumenten wieder.« Paul sah ihn entgeistert an.

»Was für Dokumente von Teighaus?«

»Ich habe in seinem Büro einen USB-Stick gefunden mit – sagen wir mal – delikatem Inhalt. Und du und dein Verbrecherunternehmen kommen dabei nicht gut weg.« David spürte, wie die Wut wieder in ihm hochkroch, doch er versuchte, sich zusammenzureißen.

»Eines solltest du dir klarmachen. Eure Firma ist erledigt, egal wie die Wahl ausgeht. Und dein Chef, dieser Bruckheimer, dürfte bestimmt schon über alle Berge sein. Der ist ja nicht doof.«

Ja, der ist nicht doof, dachte sich Paul. Ihn beschlich ein Gefühl der Einsamkeit, des Verlassenseins. Fast dasselbe Gefühl, was er damals gehabt hatte, als Cathy mit Olivia als Cathy ihn mit Olivia verließ. Doch damals hatte er sich wochenlang darauf einstellen können. Er hatte es ja auch irgendwie lanciert. Aber heute kam es über ihn wie das Jüngste Gericht.

Paul und David schauten sich schweigend an. David unterbrach die Stille, indem er ihm tief und ernst in die Augen schaute und meinte: »Aber irgendetwas sagt mir, dass du eigentlich ein guter Mensch bist.«

Paul schaute zu Boden. »Ich weiß es selbst nicht mehr«, entgegnete er leise. »Ich weiß nur, dass ich wissen will, was hier eigentlich wirklich los ist.«

»Was hast du mit der ganzen Sache wirklich zu tun?«

»Ich? Ich habe das alles hier erschaffen! Ich habe diese Welt der Angst und Panik erschaffen!« Paul schlug sich die Hände vor das Gesicht. »Ich habe Meldungen erschaffen, Bilder erschaffen. Ein Drehbuch erschaffen! Ich kontrolliere die Berichterstattungen, ich spreche mit Politikern! Ich wollte eine bessere Welt! Eine Welt, die sich vom Konsum abwendet und sich wieder auf wichtige Dinge konzentriert! Auf Gesundheit, auf Zusammenhalt! Und da sind eben manchmal Tricks nötig, um diese trägen Menschen zu erreichen!«

»Diese trägen Menschen sind jetzt krank und werden sterben! Wenn sie nicht schon tot sind!«, schrie David ihm entgegen.

»Aber ich habe doch nie den Menschen wirklich geschadet! Das waren nur Bilder, Geschichten, Fiktion!«

Die Saalglocke läutete. Das war das Zeichen, dass die Auszählung vorüber war und das Ergebnis verkündet werden konnte.

»Ich muss wissen, was du weißt, David. Vielleicht kann ich noch etwas retten!« Die Zeit drängte. »Später unterhalten wir uns in Ruhe. Jetzt brauche ich kurze Infos, damit ich Bruckheimer zur Rede stellen kann. Er ist wie ein Vater für mich gewesen! Ich weiß, dass er nicht abgehauen ist.«

David schaute Paul an und erzählte ihm alles, was er wusste. Alles, was er in der Kürze der Zeit hatte lesen können. Dabei zeigte David ihm die ausgedruckten Papiere sowie entsprechende Quellen und Mitschnitte. Paul schüttelte den Kopf. Er konnte es nicht glauben. VITRUXX? Das war nie sein Plan. Niemals hätte er so einem Projekts zugestimmt, das Menschenleben gefährdete, ja tötete. Sein ungutes Gefühl hatte ihn also doch nicht getäuscht. Barbara, Marie, Ben und jetzt Cathy. Und wahrscheinlich tatsächlich Abertausende andere arme Menschen waren dem Tode geweiht. Viele Menschen waren seinetwegen bereits gestorben. Wie konnte ich so blind sein? Wie konnte Bruckheimer mich derartig täuschen? Jahrelang hat er mir diese Vater-Sohn-Geschichte vorgespielt. Aber wollte ich nicht auch einen Vater, zu dem ich aufschaue? Vertraute ich dieser Vaterliebe blind? Ohne genau hinzuschauen?

»David, ich versichere dir: Ich weiß, ich kann es nie wieder gut machen, aber ich werde die Verantwortung dafür übernehmen und noch Schlimmeres verhindern. Ich muss jetzt los. Ich rufe nachher noch einmal an und dann lass uns gemeinsam versuchen, etwas zu retten.«

»Wo willst du jetzt hin?«

»Zu Bruckheimer. Ich weiß, wo ich ihn finde …«

Paul verließ den Raum. Er versuchte, seine Hand über seine geschwollene Nase zu legen, damit niemand etwas bemerkte. Der Saal füllte sich wieder und es schien ein eindeutiges Ergebnis zu geben. Die Menschen jubelten sich schon gegenseitig zu und das verhieß nichts Gutes. Doch Paul hatte nun etwas anderes zu tun. Dies hier war nicht mehr sein Spiel. Hier hatte er verloren. Hier hatte er nichts mehr zu suchen. Er wollte seine Fragen beantwortet haben. Und retten, was zu retten war.

Als Paul den Raum verließ, war David alleine. Alleine mit seinen Gefühlen, mit seiner Trauer und mit seinem Schmerz. Langsam stand er vom Boden des Hinterzimmers auf. Sein Handy klingelte. Er schaute auf das Display. War es Laura? War sie wieder zu Hause? Nein, es war Franzi.

Die Gorillas waren damit beschäftigt, den spannenden Ausgang der Kandidatenwahl zu beobachten und achteten nicht ernsthaft auf die Ausgänge. Paul konnte unerkannt aus der Halle verschwinden.

Als er durch die große Drehtür ging, hörte er den Wahlleiter sprechen:

»Das Ergebnis lautet: 75 % der Stimmen für … **Bernhardt Retzke!**« Den ohrenbetäubenden Jubel hörte Paul jedoch schon gar nicht mehr.

KAPITEL 40

Paul hatte seine Hausaufgaben hervorragend gemacht, dachte Bruckheimer, als er am selben Abend in seinem Penthouse über der Stadt saß und auf die Lichter über den Dächern schaute. Bruckheimer saß am selben Abend in seinem Penthouse über der Stadt und schaute auf die Lichter über den Dächern. Er hatte das Penthouse zeitweise gemietet, immer verlängerbar nach sechs Monaten. Er wusste von Anfang an nicht genau, wie lange sein Projekt dauern würde und er wollte schleunigst raus aus dieser üblen Stadt, aus diesem ekelhaften Land. Ein Land voller Neid, Missgunst und Melancholie, dieser Angst. Jeder versuchte, besser zu sein als der andere. Jeder wollte ein schöneres, größeres Haus haben als der Nachbar. Pleite zu gehen war hier schlimmer als Gewalttaten zu begehen. In diesem Land, in dem bis Ende der Neunziger Jahre die Vergewaltigung in der Ehe noch straffrei gewesen war. Jeder meckerte nur, über seinen Job, über seinen Partner, über das Wetter. Überall und immer war es woanders besser. Und diese Angst! Immer und überall sahen diese Menschen Gefahren. Gleichzeitig spielten sie sich wie die größten Moralapostel der Menschheitsgeschichte auf. Sie wussten es immer besser. Da konnte ihnen keiner etwas vormachen.

Bruckheimer verachtete diese Mentalität. Er hatte sie schon immer verachtet. Diesen Teil seiner Gene wollte er sich am liebsten herausschneiden lassen. Er hatte von Beginn an ein besseres Verhältnis zu seinem amerikanischen Vater als zu seiner deutschen Mutter gehabt. Rausschneiden ging ja aber nicht, also hatte er schon seit Jahren das Bedürfnis, diesen Menschen den Spiegel vor die Fratze zu halten. Ich werde ihnen eine Lektion erteilen, die sie nicht mehr vergessen.

Zufrieden schaute er den Nachrichtenkanal. Es lief über die

Nachrichten-Ticker, dass Kanzler Meffert Dekrete erlassen hatte, die unmittelbare Wirkung entfalten und per nächsten Monatsbeginn gültig waren. Dekrete zur Neuregelung der gesetzlichen Krankenversicherung. Dekrete zur Neuordnung der Gesundheitsverordnung. Dekrete über die Pflicht einer privaten Krankenversicherung mit staatlichen Zuschüssen. Dekrete über die Pflicht zum Implantat eines Gesundheitschips. Bruckheimer zündete sich lächelnd eine Zigarre an. Paul Schneider ist ein Meister seines Fachs. Es war ein Glücksgriff, als er ihn vor Jahren in einer Kneipe in Berlin kennenlernte, in der er kellnerte. Die beiden waren ins Gespräch gekommen und es hatte sich herausgestellt, dass Paul Schneider ein äußerst vielversprechendes Talent war, das sein Studium schnellstens fertig stellen wollte und gleichzeitig hochgradig hungrig und verbittert war. Vielleicht war Paul Schneider tatsächlich mein bestes Werk. Ich hoffe, er geht den Weg jetzt bis zum Ende. Er wird es nicht bereuen. Ich habe keine Kinder. Zumindest nicht mehr. Bruckheimer kniff die Lippen zusammen, zog stark an seiner Zigarre und pustete mit Kraft den Rauch aus. Nicht mehr. Naja, und Paul Schneider kann mein legitimier Nachfolger werden. Jetzt wird alles seinen Gang nehmen und dann haue ich hier ab.

Plötzlich öffnete sich die Fahrstuhltür. Ein privater Lift führte direkt in die Penthouse-Wohnung. Nur der Pförtner und er kannten den Code. Bruckheimer drehte sich um und sah Paul aus den Fahrstuhl kommen. Der schien überhaupt keine gute Laune zu haben. Seine Nase war dick geschwollen und notdürftig mit einem Taschentuch verarztet. Seine Augen schauten grimmig und verwirrt. Bruckheimer wusste zwar nicht, wie er es geschafft hatte, am Pförtner vorbei zu kommen und den Zugang zum Lift zu bekommen. Aber er wusste, dass es Zeit war. Die Zeit, an dem Paul sagen musste, ob er für oder wider ihn war. Bruckheimer hatte diesen Zeitpunkt schon lange vorausgeplant, schließlich hatte er es nicht ewig vor ihm geheim halten können. Es war klar, dass von außen irgendwann Druck käme. Er hatte für jede der möglichen Antworten den Plan schon zurechtgelegt. Sollte er für mich sein, werde ich ihm die ganze Wahrheit sagen. Er wird es verstehen. Und er wird mit mir kommen und ich werde den naiven Jungen in die wirkliche Welt der wirtschaftlichen, globalen Zusammenhänge einführen und wie man sich ihrer bedient. Ist er gegen mich, wird er verschwinden müssen.

»Paul, mein Junge, was ist denn mit Ihnen passiert?«

»Sagen Sie es mir!«

»Ich gehe mal nicht davon aus, dass Sie in eine Kneipenschlägerei geraten sind.«

»Wie man es nimmt. Ich fühlte mich vorhin wie in einer Kneipe, aber sicherlich nicht wie in meiner Stammkneipe. Wo waren Sie? Wussten Sie, dass etwas passiert?«

»Dass *was* passiert?«

»Dass unser Plan – *mein Plan* – fehlschlägt! Dass Peters hochgradig in Grund und Boden gestampft wird! Dass geheime Dokumente, die uns belasten, existieren! Dass da jetzt ein Faschist auf dem Kandidatenposten einer Partei ist, die gewinnen kann!«

»Was, Peters wurde nicht gewählt? Wer denn dann?«

»Bernie Retzke!« Paul wurde immer lauter. Die fadenscheinige Art von Bruckheimer schmeckte ihm überhaupt nicht. Das kann er mit anderen Gestalten machen, aber nicht mit mir. Ich habe vom Meister gelernt.

»Retzke? Wie konnte das passieren? Sagen Sie es mir! Ich bin nicht zur Veranstaltung gegangen, weil ich es nicht für nötig gehalten habe. Ich dachte, das Feld sei bestellt!« Bruckheimer drehte sich und tat empört. Er schenkte sich und Paul ein Glas Whiskey ein.

»Nein, danke!«, sagte Paul laut. »Das Zeug ist die Pest!«

»Ach ja, Ihre Eltern, ich vergaß, dass sie schwere Alkoholiker waren.«

»Bruckheimer, Sie können sich bei mir Ihre Spielchen sparen! Ich gehe weder auf Ihre Fadenscheinigkeit noch auf Ihre versteckten Versuche ein, mich in die Defensive zu drängen. Denken Sie dran, ich habe lange genug für Sie gearbeitet. Und ich war der Beste, den Sie je hatten!«

Paul setzte sich auf die Couch und erneuerte sein Taschentuch in seiner Nase. Bruckheimer nahm sein Glas und setzte sich in seinen Sessel. Pauls Stimme beruhigte sich ein wenig.

»Bruckheimer, was haben Sie getan? Ich weiß alles!«

»Was wissen Sie denn? Ja, was wissen Sie denn?« Bruckheimer spielte verletzte Eitelkeit vor. Wie konnte der Junge, für den er alles getan hatte, nur so illoyal sein!

»Sie haben mich benutzt! Ich sollte alles vorbereiten. Die Kampagne, die angeblichen Studien, die Verhandlungen mit den TV-Sendern, die Demos, die Gespräche mit Peters und Meffert, die Vorbereitung der Dekrete, die Bilder von den angeblichen Krankenhäusern, …« Paul hielt plötzlich inne.

»Die Bilder von den Krankenhäusern! Ich habe alle Aufnahmen mit den besten Regisseuren und mit absolut vertrauenswürdigen Schauspielern drehen lassen! Ich habe das Studio gebucht, extra ein Krankenhaus nachkonstruieren lassen! Und jetzt sagen die, dass wir die Menschen absichtlich vergiftet haben! Mit Schmerztabletten, mit den VITRUXX-Tabletten!«

»VITRUXX?«, flüsterte Bruckheimer gespielt.

»Schmerztabletten, die einen zusätzlichen Wirkstoff enthalten! Ein künstlich hergestelltes Virus, ein Lassa-Virus, was auf die Nervenbahnen anschlägt und nichts mit hygienischen Verhältnissen zu tun hat! Wie konnten Sie nur? Unser Abkommen war es, dass keinem Menschen unmittelbar Leid zugefügt wird! Wir wollten den Menschen etwas geben und sie nicht krank machen!«

»Krank machen?« Bruckheimer lachte und stellte dabei seinen Spott über Paul immer offener zur Schau. Er nickte und grinste hämisch. Paul erkannte, dass Bruckheimer alles geplant hatte. Wirklich alles. Auch Bernie?

»Ja, krank machen, Sie fieses Schwein!«

Bruckheimer lachte erneut laut auf.

»Wie können Sie nur? Meine Ex-Frau haben Sie auch krank gemacht! Mit VITRUXX, deren Nutzen und Vertrieb *ich* verhandelt habe! Ohne, dass ich wusste, was da wirklich drinsteckt! Die wurden überall und an alle verkauft! Ich selbst kenne die Zahlen am besten! Es werden noch mehr Menschen erkranken! Und wer weiß, wohin das führt? Vielleicht sterben ja alle! Das von mir in der Öffentlichkeit hoch versprochene Gegenmittel gibt es ja nicht.«

Paul flehte Bruckheimer förmlich an, ihn endlich aus seinem Albtraum zu erlösen. Bitte sag doch, dass alles nur ein Scherz ist. Eine miese Verschwörung gegen uns. Ein Konter der Politik. Doch den Gefallen konnte Bruckheimer ihm nicht tun. Ganz im Gegenteil. Bruckheimer stand auf und lehnte sich an die Vorderkante seines schweren Schreibtisches. In der rechten Hand hielt er sein Glas, die linke hatte er lässig in der Hosentasche seiner zerknitterten grauen Anzugshose vergraben.

»Paul. Jetzt hören Sie mir mal zu. Sie selbst haben bei Meffert vorgetragen, wie wichtig es ist, Regeln für die Menschen aufzustellen, um ihnen zu helfen. Sie selbst vertraten die Ansicht, dass die Menschen es nicht selbst können, weil sie zu schwach und zu verführbar sind. Durch ein ungesundes Leben, durch Konsum. Sie gehen sehenden Auges in den Untergang und wir wollten ihnen helfen, sich selbst davor zu bewahren!«

Paul lehnte sich zurück. Bruckheimers Worte erschienen ihm wie aus einem schlechten Film.

»Ich habe Ihnen doch erzählt, von den gesellschaftlichen Werten, die sich immer wieder verschieben, ganz langsam. Wir waren uns einig, als wir vor ein paar Jahren das Projekt besprochen haben, dass wir das beschleunigen wollten. Sie hatten vornehmlich ideelle Werte, die ich teilte, aber ich wollte natürlich auch Gewinn machen.

Ist es so? *Ist es so*?«

Paul antwortete leise und ohnmächtig: »Ja, so war es.«

»Und ist es nicht so gewesen, dass Sie sämtliche Skrupel beiseitegelegt haben? Sie haben Studien manipuliert, Bilder manipuliert, Geschichten manipuliert. Sie haben den Menschen eine Epidemie vorgespielt, die es so nicht gab. Sie hatten Gründe vorgetäuscht, woher das Virus stammen sollte und waren sich nicht zu schade, damit ganze Bevölkerungsteile, ganze Minderheiten zu diskreditieren. Gerade Sie bekommen jetzt einen moralischen Anfall? Sie haben mit der Politik gespielt, Sie haben Menschen ausgetauscht und Karrieren zerstört.«

»Aber es sind über 15.000 Tote! Und die sind Realität! Nicht, wie von mir geplant, Fiktion!« Paul versuchte es noch einmal.

»Kollateralschäden.« Bruckheimer schaute gleichmütig auf sein Whiskey-Glas.

»Kollateralschäden?« Paul stand voller Wut auf. »Das kann nicht Ihr Ernst sein!« Aber das war Bruckheimers Ernst.

»Ja, das waren Menschen, die bereits andere Erkrankungen gehabt haben. Das hat sich irgendwie nicht mit dem Wirkstoff vertragen. Wussten wir aber nicht vorher. Daher habe ich Sie gebeten, den Vertrieb einzustellen.«

»Sie sagten: wegen Schwindel und Übelkeit!« Aber Paul spürte, dass er gegen Bruckheimers Gleichgültigkeit nicht ankam.

Paul stutzte. Hatte er vorhin *wir* gesagt? Er kniff die Augen zusammen. »Wer ist eigentlich *wir*? Ich dachte, *wir* wären wir?«

Bruckheimer fühlte sich ertappt.

»Ein Mann, dessen Identität ich noch nicht preisgeben kann. Ansonsten wäre er in höchster Gefahr. Und wir brauchen ihn. Er ist der Biochemiker, der alles hat entstehen lassen. Er war sozusagen der Schöpfer des Virus. Und dann noch ein vollkommen vertrauenswürdiger Mitarbeiter aus der Entwicklungsabteilung von UMC. Den kennen Sie aber nicht. Der hat sozusagen ein Speziallabor. Den kennt auch sonst keiner. Steht auf einer gesonderten Gehaltsliste.«

Paul war es mittlerweile egal. Er wusste ohnehin nicht mehr, ob Bruckheimer ihm die Wahrheit sagte und wie viele Verschwörungen noch zu Tage treten würden.

»Und wieso haben Sie mich nicht von Anfang an eingeweiht? Ich war Ihnen doch treu ergeben.«

»Ja Paul, trotzdem war es wichtig, dass Sie sich nur auf das konzentrieren, was sie können: nämlich Meinungen machen! Ich bin überzeugt, dass Sie das nicht in dem Maße hätten durchziehen können, wenn Sie über alles Bescheid gewusst hätten. Sie sind noch jung!«

Paul schüttelte den Kopf. Der Typ nimmt mich nicht ernst. Hat er mich je ernst genommen? Er verabscheute den Weg, den Bruckheimer gewählt hatte. Er erinnerte sich, wie er von seinen Eltern nie ernst genommen worden war, wie sie ihm nie etwas zugetraut hatten. Ein Junge aus dieser Gegend wird es nie zu etwas bringen. Gleichzeitig ertappte er sich dabei, wie er Bruckheimer recht geben musste. Hätte er mitgemacht, wenn er *das* gewusst hätte? Sie hatten dasselbe Ziel, aber der Weg dorthin schien sich erheblich zu unterscheiden.

»Es hätte doch auch mit *meinem* Plan funktioniert! Wieso mussten sie die Tabletten vergiften?«

»Sind Sie sich da sicher? Ich glaube nicht. Bilder und Kampagnen sind irgendwann angreifbar. Selbst die beste Initiierung hat immer die Schwäche der eingeweihten Menschen. Menschen, verstehen Sie, Paul? Die Menschen sind immer der Schwachpunkt! Irgendwann hätte jemand geredet und dann wäre der Plan gescheitert. Wir sind hier ja nicht im Kommunismus oder in einer Diktatur. Hier kann es immer einen freien Blogger geben, der irgendetwas unter das Volk mischt. Und dann verbreitet sich das über die sozialen Medien, die wir nicht immer im Griff haben können. Nur die Echtheit kann die Menschen überzeugen. Echte Angst, echte

Krankheit, echter Krieg. Sie müssen es am eigenen Leibe spüren, mit den eigenen Augen sehen und ihren eigenen echten Abgrund erkennen. Nur dann sind sie bereit, echte Veränderungen vorzunehmen. Meinen Sie, irgendwelche Geschichten beeindrucken die Menschen nachhaltig? Meinen Sie, die Geschichten vom Nahtod, die die Leute in irgendwelchen Zeitungen oder Büchern lesen, lässt ihnen das Leben wertvoller erscheinen? Nein, nur wenn man wirklich selbst dem Tod ins Auge schaut.«

Paul konnte nicht verbergen, dass er wieder einmal von Bruckheimers Überzeugungskraft beeindruckt war. Er war kein billiger Geschichtenerzähler. Nein, er meinte es ernst.

Paul merkte, wie er müde wurde. Er wollte nun einfach nur noch schlafen. Er schloss die Augen. Bruckheimer setzte sich zu Paul auf die Couch und legte seine Hand väterlich auf sein Knie. Paul wurde still.

»Dann haben Sie es auch geplant, dass dieser Bernie Retzke nun Kandidat der PGO wird? Wo ich doch die ganzen Monate den Peters gepusht habe?«

Bruckheimer riss die Augen auf.

»Nein, das habe ich wahrhaftig nicht.« Bruckheimer stand wieder auf und wandte sich von Paul ab. »Für mich war nicht ansatzweise vorhersehbar, dass Peters noch einmal fallen würde. Dieses Datenleck ist mir unerklärlich und ich werde sofort die Abteilung O darauf ansetzen, herauszufinden, wer dahintersteckt.« Bruckheimer leerte sein Glas mit einem Schluck. Abteilung O. Prowski. Paul überlegte, ob Prowski auch mit Bruckheimer gemeinsame Sache gemacht hatte. Wo *er*, Paul, ihm doch das Leben gerettet hatte.

»Aber machen Sie sich nicht zu viele Gedanken über Bernie. Der Meffert wird gewinnen. Haushoch. Die Menschen werden so einen Proleten ohne irgendwelche politischen Erfahrungen niemals als Kanzler wählen.«

»Und wenn doch?«

Bruckheimer zögerte.

»Und wenn doch, ist es auch egal. Selbst in den schlimmsten Zeiten haben die Lobbyisten den Ton im Land angegeben. Immer, zu jeder Zeit und unter jedem Herrschaftssystem. Von den Königen bis zu den Nazis.« Bruckheimer wusste, dass er log. Er wusste, dass ein Land unter Bernie Retzke als Kanzler dem Untergang geweiht wäre. Er musste ablenken. Bruckheimer erwartete nun von Paul eine Reaktion. Eine klare Reaktion, wie es mit der Zusammenarbeit weiterginge.

Paul fühlte sich leer. Er konnte nicht ertragen, dass Bruckheimer jahrelang so ein doppeltes Spiel gespielt hatte. Wie hatte er sich so lange ausnutzen lassen können? Immerhin hatte er nicht so einen wie Bernie Retzke unterstützt. Das wäre der Gipfel gewesen. Paul stand plötzlich auf und spürte einen letzten Funken Entschlossenheit. Er dachte auf einmal an Cathy, wie sie im Krankenhaus lag. An Maschinen angeschlossen, mit dem künstlichen Lassa-Virus vergiftet. Und er dachte an Olivia. Die Höllenqualen litt, weil sie Todesangst um ihre geliebte Mutter hatte.

»Bruckheimer, ich stehe zu dem, was ich damals gesagt habe. Und ich habe immer noch dieselbe Ansicht über das Thema. Menschen sind vielfach zu blöd oder zu verblendet, um zu sehen, was ihnen guttut oder nicht guttut. Sie sind von der Konsumwirtschaft zu sehr verführt, als dass sie ohne Hilfe aus diesem Kreislauf rauskommen. Aber was Sie getan haben geht zu weit. Das ist kein *Grenzen-Verschieben*, sondern das Hervorrufen einer Revolution.«

»Ja genau, die wollten wir doch gerade, Paul! Eine Revolution der Gesundheit!«

»Aber nicht so.« Paul wandte sich von ihm ab und ging langsam zum Fahrstuhl.

»Schneider!« Bruckheimer stand schlagartig auf und brüllte Paul hinterher.

»Sind Sie für oder gegen uns?«

Paul blieb kurz stehen. Dann ging er langsamen Schrittes weiter. Er senkte seinen Kopf, als er sagte: »Ich bin zumindest nicht mehr für Sie.«

»Dann betrachten Sie dies als fristlose *Kündigung*!«, schrie Bruckheimer ihm entgegen.

Paul lächelte seelenlos. Er hatte bei Bruckheimer noch nie einen so wütenden Gesichtsausdruck gesehen. Als ob es darauf jetzt noch ankäme. Paul ging in den Fahrstuhl und drückte auf den Knopf für das Erdgeschoss. Als sich die Türen schlossen, trafen sich die Blicke der Männer noch einmal.

»Sie sind erledigt«, sagte Bruckheimer leise. Der Fahrstuhl fuhr hinab. Bruckheimer nahm sein Handy, tippte eine Nachricht ein und sendete sie ab. *»Er ist raus!!«*

~

Die Auseinandersetzung mit Paul Schneider beim PGO-Parteitag hatte für einen kleinen Moment gutgetan. Zumindest spürte David wieder etwas. Er hatte die Wut zumindest etwas herauslassen können. Nach der Veranstaltung ging David sofort nach Hause. Es half ja nichts, er musste mit Laura über die weiteren Schritte sprechen. Die Beerdigung von Ben stand an und es musste wohl oder übel alles Weitere geplant werden. Es tat weh, aber er nahm sich vor, zumindest mit Laura wieder eine Einheit bilden zu wollen. Sie könnten sich doch gegenseitig Halt geben! Ich brauche sie doch auch!

David schloss das Türschloss auf und ging in die Dachgeschosswohnung. Sie war genau in dem Zustand, wie er sie verlassen hatte. Keine Laura weit und breit. Der Zettel mit seinen Notizen lag unangetastet auf der Flurkommode. Das Handy und der Schlüssel lagen immer noch daneben. David griff zum Hörer. Ihre Eltern wussten auch nichts. Er wollte sie nun nicht auch noch zusätzlich in Aufruhr versetzen, also schwindelte er ihnen vor, dass sie wohl nur kurz spazieren gegangen sei. David dachte sich, dass sie wahrscheinlich einfach bei einer Freundin war. Er telefonierte und telefonierte. Nirgends hatte man sie gesehen. Von allen kamen Beileidsbekundungen, aber die brauchte David gerade überhaupt nicht. Er fing an, sich ernsthafte Sorgen zu machen. David kramte in Lauras persönlichen Sachen, in ihrer Handtasche und zuletzt in ihrer Kommode. Nichts. Plötzlich klingelte es an der Tür. Laura! Endlich! Er stürmte an die Tür und öffnete sie.

»Laura! Da bist du ja! Ich habe mir Sorgen gemacht! …«

Doch David erschrak. Es war nicht Laura. Zwei Polizisten standen mit todernsten Mienen vor der Tür. Einer hielt Lauras durchnässte Jacke in der Hand.

»Herr Braun, es tut uns leid. Man hat Ihre Frau tot in der Spree gefunden.«

Satan – weiche von mir.

KAPITEL 41

»Wie viele sind auf die Straße gegangen?« Kanzler Meffert fühlte sich alleine gelassen. Jahrzehntelange, harte Arbeit im politischen Geschäft schienen nun nichts mehr wert zu sein. Er hatte seinen Instinkt verloren. Seinen Instinkt für die Stimmungen der Menschen. Sein Mitarbeiter überbrachte die unschöne Wahrheit. Es war erst ein paar Tage her, als Bernie Retzke zum Kandidaten der PGO gewählt worden war, doch in dieser kurzen Zeit schnellten die positiven Umfragewerte für Bernie in die Höhe. War es die Neugier? War es ein Protest?

»Zweihunderttausend?« Meffert war sichtlich erschrocken.

»Allein in Berlin. Landesweit deutlich über eine Million.«

»Das kann doch nicht sein! Ich dachte, die Lage beruhigt sich jetzt. Das Lassa-Fieber ist unter Kontrolle, die notwendigen Dekrete sind erlassen und werden umgesetzt, der Staat kann wieder funktionieren!«

»Die Menschen suchen nach Schuldigen. Innen und außen. Und dieser Bernie Retzke scheint eine Sprache zu sprechen, die die Leute verstehen.«

»Retzke! Dieser armselige Prolet! Wo ist eigentlich der Peters hin?«

»Unbekannt. Man sagt, er mache einen langen Urlaub.«

»Feigling. Versager. Und ich darf diese Suppe jetzt ausbaden! Haben Sie Bruckheimer erreicht?«

»Ist nicht zu sprechen. Dauernd verreist.«

»Der lässt sich verleugnen, diese Schlange!« Meffert nahm ein Röhrchen Tabletten und schüttete sich ein paar in die Hand. Schnell schluckte er die Tabletten trocken herunter. »Aber noch ist die Schlacht nicht geschlagen. Was machen die TV-Sender? Berichtet irgendeiner auch zu unseren Gunsten?«

»Sehr nüchtern und neutral. Man merkt, die wissen auch nicht, wohin es geht. Die wollen sich auf keine Seite schlagen.«

»Bruckheimer steckt doch hinter allem! Der plant das doch auch wieder!« Mefferts Mitarbeiter widersprach ihm: »Glaube ich nicht. Der hat doch jetzt alles, was er wollte. Der Wert seines Unternehmens wird durch die Decke gehen. Der kann sich doch sicher bald vor Aufträgen kaum noch retten.«

»Haben Sie auch wieder recht.« Meffert wischte sich nervös über das Gesicht.

»Es sind die Menschen, Kanzler Meffert, die Menschen. Die sind nur bedingt berechenbar. Davor haben wir immer wieder gewarnt. Irgendwann zählen Daten und Fakten und vor allem gute Leistung nicht mehr. Es zählen nur noch die Gefühle! Und die Gefühle sagen den Menschen jetzt, dass es Zeit für einen radikalen Wechsel ist. Wenn ich die Aufrufe von Bernie Retzke und den Demonstranten richtig verstehe, geht es gar nicht so sehr um die Dekrete, die Sie erlassen haben, sondern eher um Ihre Person. Und um die Anderer. Und denken Sie an seine Frau. Er ist einer von *ihnen*. Er ist ein Betroffener.«

Meffert schaute aus seinem Bürofenster und konnte in der Ferne die Massen sehen, die lauthals seine Absetzung forderten.

»Und es sind die Volksentscheide«, führte sein Mitarbeiter fort. »Er will sie auf Biegen und Brechen durchsetzen. Und die Menschen fühlen sich von ihm gehört. Da geht es nicht um Expertisen oder Sachverständnis. Es geht um die Wahrnehmung. Denken Sie doch noch einmal darüber nach! Vielleicht zunächst auf kommunaler Ebene.«

»Niemals! Volksentscheide sind Gift! Niemals kann ein durchschnittlicher Arbeiter durchschauen, wie die Welt funktioniert. Das müssen wir dem eben besser erklären!«

»Sehen Sie? Genau das ist der Punkt.«

Mefferts Mitarbeiter hatte recht. Bernie stand auf der Bühne der Kundgebung und brüllte mit martialischem Ton regelrecht ins Mikrofon. Er war hasserfüllt und hatte ein großes Foto seiner totkranken Frau an das Rednerpult gehängt. Er forderte lauthals den Kopf von Meffert und seinen *Gaunern*, die seine Frau krank gemacht hatten und kündigte ein neues Land an, sobald er an der Regierung ist. Bernie versuchte, seinen Hass nicht zu offen zu zeigen. Er ließ die Emotionen in diesen Momenten nicht zu nah an sich ran.

Die Vorschriften, die per Dekret vom Kanzler erlassen wurden, gingen ihm nicht weit genug. Das sei nur ein Tropfen auf den heißen Stein. Er forderte die unbefristete Grenzschließung, eine Kasernierung von Kranken und potentiellen Gesundheitsgefährdern. Diesen Begriff hatte Bernie selbst neu definiert. Dafür müsste nur der geringste Hinweis auf Kriminalität, Drogen oder Krankheit ernst genommen werden. Jeder, der sich falsch verhalten würde, müsste in eine entsprechende Einrichtung. Oder sogar mehr. Er wollte die Todesstrafe. Er wusste, dass die Mehrheit der Menschen im Land das auch wollten. Aber die Politiker hielten sich für etwas Besseres und hörten nicht auf sie. Das Volk sei für eine derartig emotionale Abstimmung nicht geeignet. Eine solche elementare Frage könne man nicht einfach anhand einer Frage mit Ja oder Nein entscheiden. Was für ein Blabla, dachte sich Bernie schon lange. Es ist doch ganz einfach. Wer schwerste Verbrechen begeht, hat sein Recht auf Leben verwirkt. Schon um die Bevölkerung vor diesen Verbrechern zu schützen.

Für das gemeine Volk versprach er deutliche Entlastungen. Die Gesundheitsversorgung würde für nachweisbar Gesunde künftig kostenfrei sein. Der von Kanzler Meffert geplante Chip sollte nicht nur die Gesundheitsdaten speichern, sondern vor allem auch Daten über Herkunft, Rasse und politische Aktivitäten, damit ein ganzheitliches Bild abgegeben werden könne. Diese Daten würden von einem Ministerium gespeichert, ausgewertet und bei Verfehlungen entsprechend sanktioniert werden, das ausschließlich dem Kanzler unterstellt sein würde.

»*Nur so können wir unser Land wieder sauber machen! Ich verspreche einen sofortigen Volksentscheid nach der Wahl! Und der wird bindend sein!*«, schrie Bernie seinen jubelnden Kameraden zu.

»*Und den Lobbyismus werden wir abschaffen! Diese Verräter, die nur ihr eigenes Wohl im Sinn haben, werden wir bestrafen! Wir werden das Andenken an über 15.000 Ermordete in Ehren halten!!*«

Bernie und seine PGO wollten für den Schutz vor Lobbyismus ein eigenes Strafgesetz schaffen. Er war fest entschlossen, das so verhasste System zu vernichten. Die Menschen sahen in Bernie mittlerweile jemanden, der sie nach jahrelangem Schlaf geweckt zu haben schien. Wie lange haben wir daran geglaubt, dass wir die Sachen selbst in der Hand haben? Wie lange haben wir den Nachrichten geglaubt? Wie lange sind wir davon ausgegangen, dass wir in einer freien Welt leben? Das alles muss weg! Nach dem Schock kommt die Leere, nach der Leere die Enttäuschung und nach der Enttäuschung der Hass. Und Verbrecher müssen anständig bestraft werden.

~

Paul bekam von der Demonstration nichts mehr mit. Er hatte nur eine Sache im Sinn: Er wollte seine Familie retten. Er wusste nicht, in welche Richtung dieses Land noch steuerte, aber er hatte abgeschlossen mit seinem Job und seinen Idealen. Er merkte, dass es nur eine Utopie gewesen war, für die er gelebt hatte. Paul hatte sich aufgrund seiner Lebensgeschichte ein Idealbild in den Kopf gesetzt und dabei den Faktor Mensch vergessen. Das tat weh, aber es war die Realität. Er wusste nun, dass dieser Faktor die am schwierigsten zu berechnende Variable war. Er hatte sie schlicht unterschätzt. Direkt nach der Auseinandersetzung mit Bruckheimer rannte

Paul zum verlassenen Firmengebäude von UMC. Ich muss ein paar Tabletten von dem Gegenmittel für Cathy besorgen. Die Heilung muss sofort beginnen, sonst könnte das Fieber zu hoch werden. Um diese Zeit waren fast alle Mitarbeiter bereits im verdienten Feierabend. Hoffentlich komme ich noch ins Gebäude. Aber so schnell kann Bruckheimer meine Sicherheitskarte gar nicht deaktivieren. Als er bei der Eingangspforte ankam, steckte er die Karte in den vorgesehenen Sicherheitsschlitz. Paul hielt den Atem an. Nichts. Er versuchte es noch einmal. Nichts. Plötzlich wurde der Pförtner auf ihn aufmerksam. Wild gestikulierte er Paul entgegen. Tja, Paul, das war es wohl. Warten die jetzt schon auf mich? Der Pförtner verschwand. Holt er jetzt den Sicherheitsdienst? Werde ich jetzt gleich verschleppt? Bruckheimer war keine Methode zu grausam. Das wusste er ja jetzt. Kurz überlegte er, abzuhauen. Aber dann könnte Cathy die Tabletten nicht mehr rechtzeitig nehmen. Plötzlich kam der Pförtner zurück. Alleine. Paul atmete durch. Mit einem großen Schlüssel schloss der Pförtner die Sicherheitstür auf. Grinsend und fast entschuldigend sagte er zu Paul: »Bitte entschuldigen Sie, wir haben ein Software-Problem bei den Sicherheitszugängen. Alle Karten sind deaktiviert und müssen morgen neu gelesen werden.«

Wortlos lächelte Paul den Pförtner an und verschwand im Fahrstuhl. Im Büro atmete Paul tief durch. Er steckte einige Packungen ein. Und ich dachte, das wären Placebo-Tabletten. Und ich dachte, es gibt gar keine Krankheit. Ich dachte, Cathy hat irgendeine andere schlimme Krankheit. Schnell, ich muss zu ihr.

Bevor Paul zu Cathy in das Zimmer im Krankenhaus ging, wollte er nun der Wahrheit ins Auge sehen. Nicht zu glauben, dachte er sich, dass ich bisher nie selbst in einem Krankenhaus war. Brauchte er ja auch nicht, denn die Bilder von überfüllten Krankenhäusern malte er selbst. In einem feinen Fernsehstudio! Als er die Stationen besuchte und endlich mal genau hinschaute, war Paul fassungslos. Die Menschen krümmten sich vor Schmerzen, übergaben sich. Es roch nach Erbrochenen und Chemiereiniger. Paul offenbarte sich ein Bild von heillosem Durcheinander. Das Personal war komplett überfordert. Auch wenn das angebliche Gegenmittel gefunden sein sollte, war hier von einer Besserung noch nichts zu spüren. Kein Wunder, dachte sich Paul, die vergifteten Tabletten von VITRUXX waren ja teilweise immer noch im Umlauf. Es würde Monate, wenn nicht Jahre dauern, bis die letzte falsche Tablette vom Markt genommen oder aufgebraucht war. Und das alles zu Lasten der Menschen und des Gesundheitshaushaltes. Und zu Gunsten seines Arbeitgebers, der Unity Medical Care Group, und von Bruckheimer. Zum allerersten Mal sah er das Leid der Menschen, die Bruckheimer vergiftet hatte. Bruckheimer und diese dubiosen unbekannten Männer. Ich bin mir sicher, die Menschen werden Bruckheimer demnächst rösten und alles wird ans Licht kommen. Wenn er nicht vorher flieht. Vielleicht hat Bruckheimer ja auch gemeinsame Sache mit dem Meffert gemacht? Vielleicht bekommt er Straffreiheit zugesichert, wenn Meffert erneut zum Kanzler gewählt wird. Paul schüttelte den Kopf, als er sich umdrehte und in Richtung der Station ging, auf der Cathy lag. Meffert wird auf jeden Fall gewählt. Da gibt es keine zwei Meinungen. Natürlich wird die PGO ihn kräftig durchschütteln, aber trauten die Menschen diesem Bernie tatsächlich Regierungsverantwortung zu? Unmöglich. Die Konservativen haben loyale Stammwähler. Vor allem dort in den Bergen oder auf dem Land. Die haben schon immer die Konservativen gewählt und das wird auch diesmal so sein. Trotz Lassa-Fieber.

Cathy sah erbärmlich aus. Sie hatte fast ein Drittel ihres Gewichtes verloren, war gelblich im Gesicht. Ihre Augen waren blutunterlaufen und ihre Haut war seifig vom Fieber. Doch sie war bei Bewusstsein. Paul wusste, dass er keine Zeit verlieren durfte. Er schaute auf die digitale Körpertemperaturanzeige. 40,5 Grad. Lange würde sie es nicht mehr durchhalten.

»Hallo Schatz!«

Cathy lächelte angestrengt.

»Olivia ist zu Hause. Jetzt wird alles gut. Ich habe rettende Tabletten. In ein paar Tagen wird es dir schon besser gehen.« Langsam goss Paul ihr ein Glas Wasser ein. Er gab ihr zwei Tabletten. Hoffentlich konnte sie die Pillen bei sich halten. Wie stark Cathy war. Mit letzter Kraft setzte sie sich auf und schluckte tapfer die Tabletten. Sie würgte kurz, doch sie blieben drin.

»Jetzt schlaf, mein Schatz. Ich bleibe jetzt bei dir. Für immer.«

~

Am Abend stand Bernie Retzke am Bett seiner Frau. Er sagte nichts, er weinte nicht. Das Weinen hatte er bereits in seiner Kindheit verlernt, doch nun war der letzte Fetzen Sinn in seinem Leben zerrissen. Vor ein paar Stunden hatte sich ihr Zustand dramatisch verschlechtert. Sie hatte immer wieder das Bewusstsein verloren und war in die Klinik eingewiesen worden. Dort versuchte man, die Schmerzen, die sie offenbar am ganzen Körper hatte, mit VITRUXX-Tabletten zu lindern und das Fieber zu senken. Offenbar war der Rückruf der VITRUXX-Tabletten aus dem Hause UMC noch nicht erfolgreich gewesen. Dann war es ganz schnell gegangen. Atemnot, Ausfall der Hirnfunktionen, Herzstillstand. Rettungsmaßnahmen waren nicht erfolgreich gewesen. Bernie war nicht dabei, als es soweit war. Das werde ich mir nie verzeihen. Meine geliebte Frau stirbt und ich tanze auf der Politbühne herum. Das werden die mir büßen, dass die mich davon abgehalten haben. Jetzt werde ich ihre Bühne verwüsten. Ich werde Kanzler werden.

Er hielt ihre Hand, ihre kalte Hand. Ihr Gesicht sah friedlich aus. Jetzt hatte sie keine Schmerzen mehr. Bernie schwor sich: jetzt sind sie zu weit gegangen. Ich werde nicht eher ruhen, bis ich meine Rache ausgelebt habe. Bernies Frau war dem Lassa-Fieber erlegen. Neben ihr stand ein Papierkorb mit leeren Schachteln der VITRUXX-Tabletten.

3. Abschnitt

KAPITEL 42

Acht Wochen später

Es war früher Morgen. Die Straßenzüge waren leer, die Stadt schlief noch. Die Straßenschlachten, die es mittlerweile seit Wochen täglich gab, machten eine Pause, ruhten sich aus, um Kraft zu tanken. Die Häuserschluchten im Regierungsviertel lagen im dichten Morgendunst und nur ein paar Vögel verirrten sich in diese baumlose Gegend.

Kanzler Meffert benahm sich in den letzten Wochen wie die Kavallerie: hart, bedingungslos und ohne Kompromisse. Er verlor keine Zeit und setzte seine Dekrete um. Öffentliche Diskurse fanden nicht statt. Hofiert von den Berichterstattungen von TeleDeutschland war er in dem Glauben, dass nur er das Volk retten könne. Selbstgerecht führte er das neue Gesundheits-Chip-System ein und schaffte die gesetzlichen Krankenversicherung ab. Gleichzeitig wurden die Menschen verpflichtet, private Versicherungen abzuschließen, wenn auch mit Steuerzuschüssen. Der Staatshaushalt wurde eigens dafür geändert. Meffert versuchte, das Sicherheitsempfinden der Menschen wiederherzustellen. In allen öffentlichen Gebäuden, in Krankenhäusern, Bürogebäuden und sogar auf Spielplätzen wurden Eingangskontrollen installiert, die nur gesunde Menschen passieren konnten. Somit sollten die Krankheiten ausgerottet werden. Die Menschen im Lande nahmen die Umsetzungen teilnahmslos hin. Doch all das half nichts: Meffert war nach wie vor unbeliebt. Er war einer von denen, einer von *da oben*. Er scherte sich auch nicht wirklich um den Volkswillen. Daher stieß sein kategorisches *Nein* zu Volksentscheiden auf wütende Kritik in der Bevölkerung. Wie konnte sich ein Politiker so renitent gegen den Volkswillen stemmen? Mefferts Argumente kamen nicht mehr beim Volk durch. Es galt nur noch schwarz oder weiß. Für den Volksentscheid oder dagegen. Für die Wahrnehmung des Volkswillens oder dagegen.

Zudem wurde Mefferts Kurs von mehreren Seiten angegriffen: Es bildete sich ein aggressiver Widerstand von Freiheitsrechtlern und Anarchisten auf der einen Seite und denjenigen, denen es nicht schnell und weit genug ging auf der anderen Seite. Eine nachhaltige Beruhigung, wie Meffert es nach dem Eindämmen des Lassa-Fiebers gehofft hatte, blieb aus, die Stimmung war weiterhin explosiv.

Plötzlich rannten sie los. Fünf Männer und Frauen in schwarzer Kleidung und dunklen Sturmhauben. Jeder Einzelne war ausgerüstet mit Rucksack, Spraydose und Hammer. Ihr Ziel war klar: die Parteizentrale der PGO. Blitzschnell schlug einer die Scheiben ein. Eine zweite Person nahm einen Brandbeschleuniger und schüttete ihn in das Gebäude. Sekunden später eröffnete ein Schnellfeuerzeug das Feuer. Während sich die anderen schon auf die Flucht machten, sprühte einer der Vermummten mit großen, weißen Buchstaben die Worte **Widerstand gegen die Gesundheitsfaschisten** an die Wand der vor einigen Monaten neu erbauten Parteizentrale. So schnell, wie sie gekommen waren, waren sie auch wieder verschwunden. Überall in der Innenstadt überfielen Kleingruppen wichtige Regierungsgebäude, Parteizentralen und Verbandsgebäude. Am Mittag war die Innenstadt von einer großen Rauchwolke umgeben. Polizei und Feuerwehr standen verzweifelt vor den Brandherden. Wo sollten sie anfangen?

KAPITEL 43

»Aber ich habe Jahrzehnte in die Krankenversicherung eingezahlt!«, schrie ein alter Mann die Empfangsdame im Krankenhaus an. Das Krankenhaus stand bereits seit mehr als zweihundert Jahren im Regierungsviertel der Hauptstadt. Als die Bevölkerung wuchs und dringend Wohnraum benötigt wurde, waren in den letzten Jahrzehnten immer mehr Wohnblöcke um den alten Komplex herum gebaut worden. Mehrere tausend Menschen wohnten nun auf engem Raum.

»Es tut mir leid, die Leistungen wurden umgestellt. Die alten Krankenversicherungen nützen Ihnen nichts mehr.«

»Was soll ich denn jetzt machen? Wo soll ich denn jetzt hin?«

»Wenden Sie sich bitte an die Behörden, an das Sozialamt.«

»An das Sozialamt? Ich, der immer gearbeitet hat?«

»Oder kommen Sie morgen früh wieder. Da haben wir ab neun Uhr eine Notsprechstunde. Aber da müssen Sie sich hinten anstellen.« Die Krankenhausmitarbeiterin zeigte raus auf die große Wiese vor dem Krankenhaus.

Der alte Mann trat vor die Tür und sah das ganze Elend. In Zelten und auf Luftmatratzen hausten alte Menschen, kranke Menschen, Schwarzafrikaner, Menschen, die von den Kranken- und Pflegeheimen abgewiesen worden waren, weil von den neuen Leistungen Alte und Kranke weitgehend von der Versorgung ausgeschlossen blieben. Es sei denn, man konnte die Behandlung selbst zahlen. Aber welcher Rentner konnte schon die teilweise fünfstelligen Krankenhauskosten aus eigener Tasche finanzieren?

Alle Menschen, die dort draußen bei Wind und Wetter hausten, hofften auf eine kostenlose Behandlung am kommenden Morgen um neun Uhr. Sie hofften, dass sie einer der wenigen auserwählten Menschen sein würden, die die Chance auf Heilung hatten.

Der alte Mann nahm seinen Rucksack und irrte orientierungslos über die große Wiese vor dem Krankenhaus. Schätzungsweise fünfzig Zelte und notdürftige Matratzen lagen dort. Alle in einer Reihe. Es gab keine Toiletten. Die Menschen warteten dort unter desaströsen hygienischen Bedingungen. Auch Schwarzafrikaner mussten hohe Hürden überwinden, um in der neuen privaten Krankenversicherung aufgenommen zu werden. Nur wenn sie schon zwanzig Jahre im Land lebten und eine gewisse Bonität hatten, wurden sie von den staatlich geförderten neuen privaten Krankenversicherungen aufgenommen.

Auch die Müllentsorgung ließ zu wünschen übrig. Die Berge türmten sich an mehreren Ecken in den Himmel und der Gestank war kaum mehr zum Aushalten.

»Eine Schweinerei, wie ihr euch hier benehmt!«, schrie eine junge Frau den wartenden Menschen zu.

»Aber wo sollen wir denn hin?«, fragte der alte Mann die hasserfüllte Frau.

»Das ist mir doch egal. Bloß weg von hier! Ihr steckt uns hier noch alle an!«

Immer mehr Anwohner kamen dazu. Die Sonne brannte auf die freie Wiese mitten im Wohnblock. Einige Menschen hatten Bierflaschen in den Händen. Die heiße Sonne gepaart mit Alkohol hatte offensichtlich bereits ihre Wirkung entfaltet.

»Genau! Raus hier aus unserem sauberen Viertel! Die scheißen uns alle zu!«

Der alte Mann wich zur Seite. Die wartenden Menschen schauten verschüchtert auf die immer zahlreicheren Passanten.

»Und keine Polizei weit und breit«, sagte eine alte Dame schutzsuchend zu einem Schwarzafrikaner.

Mittlerweile war die Gruppe auf dreißig Menschen angewachsen. Immer mehr junge Männer schlossen sich dem wütenden Mob an und pöbelten lautstark die Menschen in den Zelten und auf den

Matratzen an.

Bernies Kameraden machten sich die Situation zunutze. Sie hatten schnell von dem Aufruhr gehört und verteilten eifrig Flugblätter auf den Straßen des Viertels. Sie forderten die Menschen auf, ihr Schicksal selbst in die Hand zu nehmen und sich endlich dafür stark zu machen, dass man Kranke und Schwarze, die sie für die Ursache der Krankheiten hielten, wegsperrte. Das Volk brauchte Sicherheit und dafür müsste man diese Menschen separieren. Angestachelt von den Flugblättern, fingen die jungen Männer an, sich mit Steinen und Stangen zu bewaffnen.

Die alte Dame fing an zu weinen. »Wir wollen doch nur einen Arzt im Krankenhaus!«

Die Schwarzafrikaner dagegen wollten sich ihrem Schicksal nicht einfach ergeben. Es war trotz diverser Notrufe von der Polizei vor Ort nichts zu sehen, daher riefen sich die jungen Afrikaner zusammen und fingen an, Zaunlatten von einem Nachbargrundstück zu reißen. Wie in einem Stellungskrieg standen sich nun vierzig Männer aus dem Viertel und zwanzig Afrikaner gegenüber und brüllten sich bedrohlich an. Die übrigen Menschen liefen, so schnell ihre alten Beine sie tragen konnten, zum Eingang des Krankenhauses. Plötzlich flog eine Flasche aus dem Pulk der Männer des Viertels. Eine Latte flog zurück und traf einen der Gegner am Kopf. Mit lautem Geschrei stürmten die Männer daraufhin auf die Afrikaner zu. Das Krankenhaus öffnete die Türen für die Alten. Eine Krankenschwester winkte die Menschen schnell in das Foyer des Krankenhauses, bevor sich die Kampfhandlungen auch dorthin verlagerten. Als sie auf die brutale Schlägerei auf der Wiese schaute und die ersten Verletzten mit blutenden Köpfen sah, sagte sie kreidebleich: »Was ist nur mit den Menschen los?«

KAPITEL 44

Der Tod von Bernies Frau schlug auch Wochen danach noch hohe Wellen. Das traurige Ereignis wurde nach öffentlicher Bekanntgabe über die sozialen Netzwerke wie ein Lauffeuer verbreitet. Es hatte nicht mal eine Stunde gedauert, da war bei der Großzahl der Menschen im Lande angekommen, dass Kanzlerkandidat Retzke seine geliebte Frau durch das Lassa-Fieber verloren hatte. Eine Beileidsbekundung ging durch das Land wie seit langer Zeit nicht mehr. Bernies Sympathiewerte stiegen rasant und auch die Presse berichtete respektvoll vom schleichenden Tod der Kandidatengattin. Kanzler Meffert hatte sich eher widerwillig an einem Beileidsschreiben beteiligt, so sehr verachtete er den Polit-Proleten Bernie Retzke. Aber das Zögern brachte ihm weitere Minuspunkte im Zweikampf.

»Kann ich dich jetzt alleine lassen, Cathy?«, fragte Paul. Olivia nahm ihrer Mutter die Antwort ab. Sie war so glücklich wie schon lange nicht mehr. Ihre Eltern hatten offensichtlich wieder Gefühle füreinander entwickelt und vielleicht würden sie wieder eine richtige Familie werden. Ein paar Tage lang war es wie früher. Cathy konnte, nachdem es ihr besser ging und ihr Zustand stabil war, nach Hause entlassen werden. Paul kümmerte sich seitdem hingebungsvoll um Cathy und genoss die Tage in vollen Zügen. Er kannte dieses Gefühl der Wärme, der Geborgenheit fast nicht mehr. Keine Arbeit, keine Verpflichtungen, nur Familie.

In den letzten Tagen hatte sich Paul weggeduckt. Nach seiner Auseinandersetzung mit Bruckheimer war ihm fristlos gekündigt worden. Seine Mitarbeiter verstanden die Welt nicht mehr, doch Paul verließ fast wortlos das Büro mit seinen persönlichen Sachen. Er wusste, er durfte ihnen nichts erzählen. Es wäre zu gefährlich gewesen. Mit Bruckheimer sprach er nie wieder.

Danach pendelte Paul mit Olivia zwischen Krankenhaus und Haus. Er befürchtete jederzeit einen Racheakt von Bruckheimers Leuten. Doch die Nachricht vom Tod von Bernies Frau hatte Paul natürlich mitbekommen und sich dazu seine Gedanken gemacht. Er wusste, dass diese Neuigkeit die Umfragewerte für Bernie Retzke in ungeahnte Höhen schießen würde. Andererseits kannte er Retzke und seine Gorillas. Der würde nicht eher ruhen, bis er Genugtuung erfahren und sein Bild von der Welt durchgedrückt hatte. Der würde jetzt unberechenbar sein. Das müssten die Menschen doch erkennen, dass es verheerend für das Land und die Menschen war.

Paul hatte vor ein paar Tagen eine beunruhigende Nachricht von David bekommen: »Ich habe nichts mehr zu verlieren. Wenn du helfen willst, etwas zu retten, dann melde dich. David.« Paul rief David daraufhin an, doch dessen Telefon war ausgeschaltet. Als Paul daraufhin seine Wohnung aufsuchte, um ihn persönlich zu treffen, traf er niemanden an. Mehrmaliges Klingeln half nichts. Er wartete stundenlang, beobachtete aus dem gegenüberliegenden Café die Eingangstür. Nichts. Am nächsten Tag ging er wieder hin. Nichts. Dann wagte er es, bei den Nachbarn zu klingeln.

»Haben Sie David Braun und seine Frau gesehen?«

»Welch ein Unglück.« Die alte Dame fing an zu weinen.

»Nicht nur, dass die teuflische Epidemie den armen, kleinen Ben getötet hat. Nein, die arme Laura hat es wohl nicht verkraftet. Soll sich in der Spree umgebracht haben. Armer David. Der hat doch niemanden mehr. Die waren doch so eine entzückende Familie.«

Umgebracht? Das darf doch alles nicht wahr sein! Was für ein Unglück hast du über das Land gebracht, Paul?

»Und David Braun? Den haben Sie nicht mehr gesehen?«

»Der hat eine Tasche gepackt, ist abgehauen und bisher nicht wiedergekommen. Hoffentlich tut er sich nicht auch noch etwas an!«

»Nein, wird er nicht. Er hat was anderes vor.«

Paul hatte schon nicht mehr an ein Lebenszeichen von David geglaubt, da rief er plötzlich an. »Du willst mitmachen? Dann komm zu der Adresse, die ich dir gleich per SMS sende.«

David hatte offenbar Kontakt zum Widerstand geknüpft. Nach Lauras Tod war ihm nichts mehr geblieben. Keine Familie, kein Heim und vor allem keine Zukunft. Für ihn galt jetzt nur noch, sich auf die richtige Seite und gegen die Mörder zu stellen. Koste es, was es wolle. Sein Gefühl hatte David von Beginn an gesagt, dass Franzis merkwürdiges Verhalten in letzter Zeit und die fehlenden Nachfragen wegen Ben irgendetwas mit dem Widerstand zu tun haben musste. Und er sollte recht behalten.

Auch für Paul gab es nur einen Weg: Er hatte zwar sehr viel zu verlieren. Doch er musste das wieder gutmachen, was er verbrochen hatte, zumindest retten, was zu retten war. Und er musste seine Familie schützen. Paul ahnte, dass er bei den Widerständlern nun die einzigen Freunde finden würde, die es noch auf der Welt für ihn gab. Und er brauchte Freunde. Alleine würde er es nicht schaffen, aus dieser Sache glimpflich herauszukommen. Letzte Nacht war er gerade noch einer Schlägerei entgangen. Er wusste nicht, ob sie ihm direkt aufgelauert hatten oder ob er nur zwischen die Fronten von Bernies Ordnungshütern und deren Opfer geraten war, aber man spürte, dass die Atmosphäre auf der Straße zum Bersten gespannt war. Immer wieder wurden die Menschen Zeugen von Straßenschlachten. Die Regierung verhängte daraufhin nachts eine Ausgangssperre. Doch die Polizei war im Zeichen der Lassa-Epidemie weder ausreichend ausgestattet noch ausreichend strukturiert, um diesen Exzessen Herr zu werden. Oder war sie nicht Willens?

Cathy war noch zu schwach, um zu sprechen, aber ihr zartes Lächeln im Gesicht zeugte von tiefer Dankbarkeit und Liebe zu Paul.

Daher sprach Olivia für ihre Mutter.

»Klar, Papa. Du hast schon genug gemacht. Danke für alles!« Auch Paul spürte sich endlich wieder. Keine Kampagne, kein Plan, sondern nur die Liebe zur Familie. Das fühlte sich verdammt gut an. Wie hatte er dieses Gefühl so lange vergessen können? Cathy erholte sich sehr langsam von dem Lassa-Virus. Das Gegenmittel, das Bruckheimer der Regierung zur Verfügung gestellt hatte, nachdem die Dekrete erlassen worden waren, wirkte leider nicht schnell. Aber Cathys gute Gesamtkonstitution half dabei, dass sich die Körperfunktionen verhältnismäßig schnell wieder einpendelten.

»Ich komme bald wieder und schaue nach euch. Bitte seid erreichbar. Die Zeiten sind unruhig und ich habe keinen direkten Einblick mehr. Ich bin nun ein Geächteter.« Er lachte spöttisch und zog seine Jacke an.

Plötzlich klingelte es an der Tür. Paul schreckte hoch und duckte sich intuitiv weg. Langsam ging er zur Haustür und signalisierte Cathy und Olivia, dass sie mucksmäuschenstill sein sollten. Fäuste hämmerten gegen die Haustür. »Aufmachen! Gesundheitsamt!«

Paul schaute durch den Spion und erkannte drei Außendienstmitarbeiter der Gesundheitsbehörden, begleitet von mehreren Polizisten. Sie kommen, um den Chip zu implantieren. Kanzler Meffert hatte zwischenzeitlich die von Paul sorgsam vorbereiteten Dekrete umgesetzt. Sofort danach war begonnen worden, jedem Menschen im Land einen Chip unter die Haut im Unterarm zu setzen. Die Daten wurden stets aktuell von einer unabhängigen Behörde ausgewertet. Gleichzeitig wurde die gesamte Infrastruktur für das Gesundheitswesen im Lande umgebaut. Paul hörte von alten Kollegen, dass Unity Medical Care Group alle Hände voll zu tun hatte, um die Aufträge der Regierung zu bearbeiten. Ein super Plan von Bruckheimer. Kann der sich noch mehr Geld in seinen Tresor stecken, dachte sich Paul.

Paul kannte diese Chips nur zu gut. Er hatte sie quasi mit entwickelt. Er hatte mit dem Chip die Welt verändern, den Menschen ein größeres Bewusstsein für ihre Gesundheit schaffen wollen, doch er wusste nach dem Bruch mit Bruckheimer, dass dies der Anfang vom Ende war.

»Aufmachen! Sofort! Sie sind verpflichtet, Ihre Tür zu öffnen!« Es hatte keinen Sinn. Paul öffnete die Tür. Sofort wurde ihm der gerichtliche Beschluss vor die Nase gehalten, dass die ganze Familie verpflichtet sei, sich zum Wohle des Volkes einen Gesundheits-Chip implantieren zu lassen.

Olivia wollte sich gegen die Implantierung wehren, doch Paul kannte die Vorschriften, er wusste, die Polizeibeamten, die ebenfalls mit ins Haus kamen, würden notfalls Olivia fixieren, um die Vorschriften auszuführen. All das hatte er in die Dekrete hineingeschrieben. Damit gewährleistet war, dass lückenlos alle Menschen an dieses Informationsnetz angebunden werden.

»Olivia, es hat keinen Zweck. Tu, was sie dir sagen. Es wird auch nicht wehtun.«

»Aber, Papa!«

»Schatz, es hat keinen Sinn.«

Nacheinander wurden die Unterarme von Paul, Olivia und Cathy fixiert, mit einer Spritze, die eine große Öffnung hatte, wurde per Knopfdruck ein wenige Millimeter großer Chip unter die obersten Schichten der Haut gepflanzt.

»Der Chip dehnt sich unter Ihrer Haut noch ein wenig aus. Das kann etwas drücken, aber das ist alles. Sollten Sie allergische Reaktionen bekommen, gehen Sie bitte zum zuständigen Bezirksarzt.« Cathy schaute Paul entsetzt an. Paul wusste, was sie ihm jetzt sagen würde, wenn sie die Kraft gehabt hätte, zu sprechen. Der Plan sollte doch einem guten Zweck dienen, wollte Paul ihr am liebsten entgegnen.

Als die ungebetenen Besucher wieder weg waren, nahmen sich die drei in den Arm. Paul schwor sich in diesen Momenten, dass er seine Familie niemals mehr alleine lassen werde. Und ich werde versuchen, das hier alles zu retten. Kurz darauf verabschiedete sich Paul von Olivia und Cathy. Cathy stand mit Tränen in den Augen am Fenster stütze sich auf die Fensterbank und schaute Paul hinterher. Vorsichtig versuchte sie zu sprechen.

»Mama, was ist denn?«

»Ob wir uns je wiedersehen?«

Als Paul durch die mit verkohlten Müllcontainern und Autowracks übersäten Straßen Richtung Regierungsviertel fuhr, musterte er jede Ecke und jede Gestalt mit besonderer Vorsicht. Natürlich hatte er Bruckheimers Satz gehört: »Sie sind erledigt.«

Wenn ein Bruckheimer das sagte, war es ernst zu nehmen. Ich war jetzt sein Feind. Das ist nicht gut, gar nicht gut. Zielgerichtet fuhr er zu der Adresse, die David ihm per SMS durchgegeben hatte. Ein paar Blocks weiter stellte er sein Fahrzeug ab und ging den Rest zu Fuß.

~

David befand sich bereits in der alten Remise und lehnte sich an einen Schreibtisch. Er war beeindruckt von der Organisation dieser Gruppe. Unerkannt in so einer kurzen Zeit ein landesweites Netzwerk zu bilden, dem zollte er Respekt. Franzi stand an seiner Seite. Nachdem er ihren Anruf in Abwesenheit auf seinem Handy gesehen hatte, hatte er sie noch am selben Tag zurückgerufen. Er hatte seine Kollegin vermisst. Vor allem jetzt, da er alles verloren hatte, brauchte er eine Vertraute. Er hatte all die Jahre mit Franzi als Kollegin genossen. Diese zwanglosen Scherze jenseits von Beziehungsdramen und Beziehungskonventionen.

Franzi hatte nicht viel gesagt. Nachdem sie kurz ihr Beileid ausgedrückt hatte, war sie zur Sache gekommen. Er müsse sich ihnen anschließen. Ansonsten sei er in großer Gefahr, hatte Franzi gesagt. Sie wusste, dass er den USB-Stick eingesteckt hatte. Schließlich waren beide in Teighaus' Büro gewesen, als er ihn entdeckt hatte. Als sie Teighaus von dem USB-Stick erzählte, machte dieser unmissverständlich klar, dass David kontaktiert werden musste. Er sei in großer Gefahr. Bruckheimer würde von der Existenz des Sticks erfahren und würde ihn dann durch seine Leute verfolgen lassen.

David zögerte nicht lange. Ihm war es egal, ob er in Gefahr war. Er hatte schlichtweg nichts mehr zu verlieren und wanderte orientierungslos im Hier und Jetzt hin und her. Da war er für eine Mission mehr als dankbar.

Trotzdem war er überrascht, als er Teighaus am vereinbarten Ort im Hinterhof sah. Er war es, der die Tür öffnete. David zögerte zunächst, doch als er im Hintergrund Franzi sah, wusste er, dass dies hier Freunde waren. Außerdem konnte er seine Freude nicht verbergen, Teighaus zu sehen. Alles Bekannte tat ihm jetzt gut.

Wortlos begegnete er die ernste Begrüßung von Teighaus und betrat den großen, kargen Raum. Überall waren Personenfotos an den Wänden. Zeitungsartikel waren fein säuberlich chronologisch sortiert und an der Wand angeordnet. Eine Übersichtskarte vom Land war mit Markierungen durchstochert. Gleichzeitig sah er einen Gebäudeplan. Eine Karte von einem Hochhaus im Regierungsviertel. Drei Buchstaben standen groß am rechten unteren Bildrand: UMC.

Neben Franzi und Teighaus waren auch noch etwa acht bis zehn weitere Personen mit schwarzen Pullovern und schwarzen Hosen im Raum. Alle musterten David intensiv und grimmig. Es waren gleichermaßen Frauen und Männer, alle um die dreißig Jahre alt. Er spürte, dass es sich hierbei um eine Schicksalsgemeinschaft handelte. Ein Haufen, der sich geschworen hatte, etwas gegen das Unrecht zu unternehmen. Trotzdem schienen sie gewarnt genug zu sein, um niemanden mehr zu trauen.

Am hinteren Ende, sah er eine Frau in einer dunklen Ecke, die ihn nicht beachtete. Sie war damit beschäftigt, etwas auf dem Computer zu schreiben. Die Frau kam ihm bekannt vor, doch er konnte sie gerade nicht einordnen. Er war zu durcheinander und es war zu dunkel.

»David, schön, dass Sie hier sind. Wir sind hier in der Stadt insgesamt dreißig Mitstreiter, die etwas gegen die politischen Entwicklungen tun wollen, noch mehr werden sich uns bald im ganzen Land anschließen. Franzi und mich kennen Sie ja schon. Die anderen werden Sie noch kennenlernen. Und hinten am Computer, Sie werden sie sicherlich auch kennen, sitzt unser Sprachrohr. Sie textet unsere Flugblätter und nimmt inoffiziell Kontakt zu Medien auf.«

Die Frau ließ kurz von ihrem Computer ab und drehte sich zu David um. Sie kam ihm definitiv bekannt vor, doch es war ihm zu unangenehm, sie zu fragen. Dann machte sie sich wieder eifrig an die Arbeit.

»David, zunächst einmal tut es mir leid, was Ihnen widerfahren ist. Franzi hat es uns berichtet. Aber glauben Sie mir: Hier in unseren Reihen hat fast jeder einen Verlust aufgrund des Lassa-Fiebers und der kriminellen Machenschaften von UMC und der Regierung zu beklagen. Daher seien Sie versichert: Sie sind hier unter Freunden. Ich möchte Ihnen nun nur eine Frage stellen: Teilen Sie unser Vorhaben?«

»Dafür müsste ich erst einmal wissen, was Ihr Vorhaben ist.«

»Wir wollen die Menschen an die Freiheit erinnern. Wir kämpfen gegen die Autokratie, wir kämpfen gegen den Lobbyismus und gegen die Medienmanipulationen durch Regierung und Wirtschaft …«

»Dagegen kämpft dieser Bernie auch! Und das ist ganz sicher kein netter Kerl.«

Die anderen Mitstreiter schmunzelten. Davids Worte waren offensichtlich belustigend.

»Aber wir kämpfen auch gegen die Todesstrafe!«, sagte Teighaus.

»Dieser unsägliche Volksentscheid darf nicht stattfinden. Er muss aufs Schärfste boykottiert werden. Die Menschen wissen nicht, über was sie abstimmen!«

David nickte. Da hatte Teighaus natürlich recht. In nur kurzer Zeit würde sich dieses Land von seinen Grundwerten entfernen. Durch von Kriminellen gesäten Hass würde nur Unrecht geerntet.

In dem Moment klopfte es an der Eingangstür. Alle schreckten hoch. Teighaus sah Franzi an. Sie war wie immer die Ruhe selbst.

»Das ist der Schneider«, beruhigte sie zynisch. »Der ist jetzt Davids bester Freund und wurde von diesem Bruckheimer mal so richtig reingelegt. Er ist vielleicht die ärmste Sau von uns allen.« Teighaus lachte kurz selbstgefällig auf. Ach, nee. Wer hatte denn hier wen damals ins gesellschaftliche Aus befördert?

»Mal sehen, wie der reagiert, wenn ich ihm die Tür öffne.«

Alle lachten leise. Tatsächlich staunte Paul nicht schlecht, als er sein Gegenüber sah.

»Teighaus?« Dieser schaute ihn mit finsterer Miene an.

»Professor Teighaus, bitte.« Das wollte er sich nicht nehmen lassen.

Paul sah ihn zurückhaltend an und wusste nicht, wie er reagieren sollte. Er hatte mittlerweile eine Menge Feinde und er hatte keine Lust, noch einen auf die Nase zu bekommen.

»Ach, kommen Sie herein, Sie alter Verräter!« Paul war erleichtert, als er Teighaus grinsen sah. Dieser legte seinen Arm um Pauls Schulter und zog ihn in die Remise. Paul wusste nicht, was ihn erwartete. Als er David sah, wusste er, dass er richtig war. Dazu diese ganzen tatkräftigen, jungen Menschen, die ihn mit einer Mischung aus Arglist und Entschlossenheit anschauten. Teighaus hatte also einen Widerstand organisiert? Nicht totzukriegen, der Kerl. Das muss man ihm lassen. Und da hinten in der Ecke. War das nicht …? In diesem Augenblick drehte sie sich um.

»Herr Schneider, schön, dass wir uns wiedersehen!«

»Frau Meyer? Henrike Meyer?« Paul kam aus dem Staunen gar nicht mehr heraus.

Ach, die Talkshow-Tante! David nickte, nachdem er sie nun auch erkannt hatte.

»Was machen Sie denn hier?«

»Sie haben mich ja feuern lassen. Da musste ich mir einen neuen Job suchen oder meinen Sie, ich würde tatenlos zusehen, wie das Land den Bach runtergeht? Ich habe schon ganz andere Krisen auf der Welt aus nächster Nähe gesehen.«

Paul lachte verlegen und richtete sich an alle. Er versuchte offenbar, ein paar Worte der Entschuldigung zu sagen. Er befand sich auf einmal inmitten der anwesenden Männer und Frauen und fühlte sich sichtlich unwohl.

»Sie wissen ja. David Braun hat ja sicherlich schon erzählt.« Paul schaute hilfesuchend David an, der nur eisern den Kopf schüttelte.

»Na gut. Ich muss zu allererst sagen, dass ich von dem allen nichts wusste!«

»Nichts?«, fragte jemand nach.

»Naja, zumindest nicht so.« Er wollte gerade ausholen, als Teighaus auf ihn zukam und ihm lachend zu verstehen gab, dass er hier unter Freunden sei und die Vergangenheit zu ruhen hatte. Er bot ihm einen Kaffee an, den er dankend annahm und sich zu David setzte.

»Also, David, was wollten Sie noch wissen?«

»Ich habe gesagt, dass der Bernie Retzke doch der Schlimmste von allen ist.« Teighaus stellte sich vor die versammelten Männer und Frauen und richtete seinen Blick auf David.

»Der Bernie Retzke ist unsere Marionette in der ganzen Sache.«

Paul hörte aufmerksam zu. Marionette? Der Bernie? Ich glaube, die kennen ihn hier alle nicht richtig. Der ist brandgefährlich, auf keinen Fall ist der bloß eine Marionette. Aber Paul war erst einmal froh, aus der Schusslinie zu sein und verkniff es sich, etwas dazu zu sagen.

»Dem haben wir die Informationen, die ich herausbekommen habe, zugespielt. Sie glauben gar nicht, wie der durchgedreht ist. Der hat nur darauf gewartet, dem Lobbyismus ein Ende zu bereiten. Interessanterweise hassen solche Menschen die Lobbyisten scheinbar noch mehr als die Politiker.«

»Klar, die Lobbyisten sind nach deren Ansicht einfach die, die für die Ungerechtigkeit sorgen und nur auf sich gucken. Und sie sind nicht abwählbar«, entgegnete einer der Mitstreiter.

Paul konnte sich nicht mehr zurückhalten. Leise fragte er David: »Die gleichen Informationen, die du hast?«

David nickte.

»Die kamen von dem Teighaus? Woher hat der die?«

David zuckte mit den Achseln.

»Woher haben Sie eigentlich die Informationen?«, traute sich Paul schließlich und fragte laut. Teighaus drehte sich um, aber Franzi kam ihm zuvor und sagte an David und Paul gerichtet: »Das erzähle ich euch später.«

Teighaus wandte sich wieder zu David und erzählte ihm von seinem Plan, durch Bernie Retzke eine Koalition des Lobbyismus zu verhindern. Da Bernie weder regierungs- noch koalitionsfähig war, würden sie ihn nicht zum Kanzler wählen. Aber durch die Aufmerksamkeit, die Bernies Rachefeldzug erwecken und durch die zusätzlichen Informationen, die der Widerstand der Presse und der Öffentlichkeit zuspielen werde, müssten die Menschen erkennen, dass es Zeit für eine grundlegende Aufarbeitung der ganzen Sache war.

»Bernie Retzke wird die Sache ans Tageslicht bringen. Dadurch wird das Volk auf die Straße gehen und sich ganz neue Leute profilieren, die dann für ein neues Land stehen und sich zur Wahl stellen. Und dann hat der ganze Albtraum ein Ende.«

Paul war nicht ganz überzeugt. Er war ein Politprofi durch und durch. Er kniff die Augen zusammen. Ich befürchte, dass Teighaus die trägen und faulen Menschen vergisst, die lieber keine Experimente wollen. Dann kommt der Meffert an die Macht und es bleibt alles wie bisher. Den Lobbyismus bekämpfen sie somit zumindest nicht. Aber was soll's? Ich halte mich zurück. Solange ich hier bin, bin ich zumindest in Sicherheit und kann versuchen, meine eigenen Pläne zu schmieden. Paul schaute wieder auf Teighaus, der weiter den Plan vorstellte.

»Frau Meyer arbeitet hart im Hintergrund und spielt sowohl Medien als auch Justiz inoffiziell Informationen zu.« Henrike Meyer schaltete sich ein und wandte sich vor allem zu Paul.

»Ich muss ganz vorsichtig vorgehen, weil der Bruckheimer diesen Prowski scharfgemacht hat. Der kann alles herausfinden und scheut auch nicht vor Mord zurück.«

Prowski? Ich habe es geahnt. Der Verräter. Aber was wunderst du dich? Der steht ja auch auf Bruckheimers Lohnliste und nicht auf deiner.

Teighaus ergriff wieder das Wort.

»Wir wissen, dass das Kriminalamt kurz davor ist, alles lückenlos aufzuklären. Und …« Er drehte sich zu Paul.

»Es steht Ihnen sicherlich gut zu Gesicht, wenn Sie von jetzt an widerspruchslos kooperieren, Herr Schneider. Sie stehen natürlich auf der Ermittlungsliste ganz oben.«

Paul mochte es nicht, wenn man so mit ihm redete. Er wollte trotz allem immer noch die Zügel selbst in der Hand halten. Vor allem, seitdem er von Bruckheimer böse reingelegt worden war. Er lässt sich sicherlich nie wieder dermaßen manipulieren. Paul wusste zwar, dass er etwas tun musste, aber er ließ sich sicherlich nicht noch einmal vor irgendeinen Karren spannen.

»Unterschätzen Sie den Bernie Retzke nicht. Ich halte ihn nicht für eine Marionette.«

Teighaus sagte lapidar: »Überlassen Sie den Bernie mir. Den habe ich im Griff.« Da war es wieder, dachte sich Paul: dieses Ego, diese Überheblichkeit von Teighaus, die nicht zu übersehen war. Paul beschloss, nichts weiter zu sagen.

»Also haben wir zwei neue Mitstreiter?«

David und Paul schauten sich an und nickten wortlos, ohne so recht zu wissen, was sie hier erwartete. Sie wussten nur, dass sie hier sicherer waren als da draußen. Von dem einen war das Leben in Gefahr, dem anderen war sein Leben egal.

»Gut, dann richtet den beiden bitte ein Schlaflager oben ein. Ihr könnt jetzt erst mal nicht mehr nach Hause, bis sich die Welt geändert hat. Informiert eure Lieben.« Er schaute zu Paul und sagte sarkastisch: »Wenn ihr welche habt. Ihr seid jetzt im Untergrund.«

»Teighaus!«, fauchte Franzi und nickte zu David, der nach diesen Worten traurig auf den Boden schaute.

»Oh, entschuldigen Sie, David. Manchmal rede ich, bevor ich denke.«

Teighaus wandte sich der ganzen Gruppe zu. »Wenn ihr fertig seid, besprechen wir die Flugblattaktion am Wahltag und die nächsten Straßenaktionen!«

Paul entdeckte plötzlich den Bauplan des Bürogebäudes von UMC an der Wand. »Was machen Sie denn damit?«

»Das lassen Sie mal meine Sorge sein«, schnitt Teighaus ihm das Wort ab.

Etwas später klingelte Bruckheimers Handy. Er hatte eine Nachricht bekommen: »Er ist hier.« Bruckheimer nickte siegesgewiss.

KAPITEL 45

Am nächsten Tag rauchte Bernie in seinem Büro im Ortsverein in Wedding eine Zigarette. Er hatte wieder angefangen, stärker zu rauchen, seit dem Tod seiner Frau. In jeder Sekunde dachte er an seine Frau. Jedes Wort, jede Handlung verband er mit diesem Schicksalsschlag. Bei keinem Gedanken vergaß er zu überprüfen, was dies für seine Rache bedeuten würde.

An diesem Vormittag saß er mit seinen zwei engsten Vertrauten zusammen. Einen Mann namens Engler kannte Bernie bereits aus seiner Jugend. Er hatte sich aus der kargen Arbeiterklasse hochgearbeitet und war Rechtsanwalt, hatte aber nie vergessen, wo er herkam. Er kümmerte sich um die juristischen Angelegenheiten der ganzen Truppe und war für Bernie ein ganz wichtiger Ratgeber in diesen Tagen. Der andere hieß Robert, wurde aber von allen nur Ronny genannt. Er war der Mann fürs Grobe und hatte Bernie die Treue geschworen, nachdem Bernie ihm zum zweiten Mal in Auseinandersetzungen das Leben gerettet hatte. Ronny hatte damals versucht, die Drogendealer aus ihrem Viertel zu vertreiben, aber das haben solche Verbrecher nicht gerne. Bernie war damals mit seiner halbautomatischen Waffe gerade rechtzeitig gekommen.

»Männer, für mich kommt nur eins in Frage. Und wenn ich dabei draufgehen sollte. Das Land steht vor dem Abgrund. Nur wir können es retten. Und ich werde alles dafür tun, es zu retten. Und es denen zu zeigen.«

»Was hast du genau vor?«, fragte Engler.

»Ich werde endlich das aussprechen, was vorher Tabu war. Ich werde das machen, was vorher politisch nicht korrekt war und ich werde denen aus der Seele sprechen, die vorher nie gehört wurden.«

»Und das heißt?«

»Der Ton muss verschärft werden. Ich kümmere mich jetzt auch nicht mehr um Parteigremien oder so einen Scheiß. Wir müssen noch mehr auf das Thema Todesstrafe gehen!«

Ronny lachte: »Die Parteifreunde aus den Gremien wagen es eh nicht mehr, dir zu widersprechen.«

»Alle, die irgendwie rumdiskutieren wollen, schmeißen wir aus der Partei. Die haben bei uns keinen Platz mehr. Die ganzen Peters-Weicheier müssen weg, wenn sie nicht schon selbst gegangen sind. Ich brauche nur noch Männer der Taten.«

»Und was meinst du mit Ton?«

»Todesstrafe, Grenzen dicht. Vor allem Lebensmittel aus dem Ausland kommen mir nicht mehr ins Land. Wer weiß, wer die alle angefasst hat. *Made in Germany* muss es wieder heißen! Afrikaner werde ich nicht mehr dulden. Sollen die ihr eigenes Land krank machen. Und alle wachsweichen Politiker, die Sozis, Grünen, Liberalen, wie sie alle heißen, werden mundtot gemacht. Vor allem *dafür* brauche ich euch. Wir geben dem Volk die Macht wieder. Das Volk ist mündig. Es kann selbst entscheiden, was richtig und falsch ist. Ob Verbrecher die Todesstrafe bekommen, ob kranke und kriminelle Ausländer ins Land dürfen, ob die Konzerne über die Menschen regieren dürfen.«

Er wandte sich an den Anwalt. »Du musst rechtlich alles möglich machen, die mundtot zu machen. Jede Gegenrede ist eine Verleumdung und wird zur Anzeige gebracht.«

»Und die Presse?«

»Wir machen uns unsere eigenen Medien. Wer braucht schon die Zeitungen? Direkt machen wir es. Direkt an unsere Anhänger und die normalen Menschen. Schlauberger wollen wir eh nicht.«

Dann wandte sich Bernie wieder zu Ronny: »Und du tust, was du am besten kannst. Du wirst mal richtig für Ordnung sorgen mit deinen Jungs!«

Der Mann fürs Grobe grinste.

»Du wirst die Straßen säubern. Du wirst die Afrikaner kontrollieren. Wir machen Straßenstreifen. Vier Männer für drei Straßenblocks.«

»Macht es bitte sauber.«, sagte Engler zu Ronny. »Gib jedem Kameraden meine Karte mit. Die sollen mich sofort anrufen, wenn irgendein Bulle ihnen Stress machen will.«

»Und was machst du mit den Lobbyisten?«

»Überlasst die mir. Irgendwann werde ich diesen Bruckheimer treffen. Dann gnade ihm Gott.«

Bernie hielt inne. Vor seinem geistigen Auge malte er sich die Situation genau aus. Dieser Moment wird der größte meines restlichen Lebens werden. Wie ich diesen Mann fertigmachen werde.

»Sonst noch etwas?«

»Macht diese dreckigen ausländischen Kulturvereine sauber. Macht Moscheen sauber. Macht ausländische Läden sauber. Wer weiß, was da so rumkrabbelt? Habt ihr mich verstanden? Macht es so, dass das Volk hinter uns steht. Die sind nicht blöd. Die wissen genau, was los ist und haben es satt, verarscht zu werden!«

Die beiden Vertrauten nickten entschlossen.

»Gut, dann los jetzt. Ich rede mit den Kameraden aus den anderen Städten. Die werden dort dieselbe Tour fahren wie wir hier.«

Es dauerte keinen Tag, da schritt Ronny zur Tat. Er sagte zu seinem vierzehnjährigen Sohn, dass er etwas für die Nachbarschaft tun müsse. Es käme jetzt darauf an, dass er endlich erwachsen werde.

»Was soll ich denn tun?«

»Nicht viel. Einfach dir einen auf die Schnauze hauen lassen.« Ronnys Sohn war verwirrt, aber nie würde er seinem Vater widersprechen. Der war streng, aber gerecht. Er würde ihn nie ernsthaft in Gefahr bringen. Offenbar brauchte sein Vater ihn dringend.

»Und von wem?«

»Du hattest doch vom Fußball mal so einen Freund. So einen Schwarzen.«

»Jamal?«

»Ja, genau der. Hast du noch viel Kontakt zu dem?«

»Nein, der will mit mir nix mehr zu tun haben. Der hängt jetzt immer in diesem schwarzen Jugendclub rum.«

»Ich weiß. Und weißt du, mit wem der jetzt zusammen sein soll?«

Ronnys Sohn sah ihn fragend an.

»Mit deiner Ex.«

»Mit Jenny?« Ronny nickte und beobachtete seinen Sohn genau. Wie erwartet, konnte der sich kaum halten vor Wut. Der Arsch war mit Jenny zusammen? Mit meiner Jenny? Jenny mit einem Schwarzen?

Kurze Zeit später gingen Ronny, sein Sohn und noch zwei Kameraden aus Bernies Truppe zum afrikanischen Kultur- und Jugendclub im Viertel. Es war frühsommerliches Wetter und die schwarzen Teenies nutzten die Sonnenstrahlen, um vor der Tür zusammen abzuhängen, Skateboard zu fahren und Musik zu hören. Ronnys Sohn verlor ein wenig den Mut, als er die ganzen dunklen Jungs dort sitzen und stehen sah. Doch sein Vater stachelte ihn an. »Denk dran, er hat dir deine Jenny ausgespannt.«

»Hey, Jamal!«, rief Ronnys Sohn plötzlich in einem Anflug von Mut.

Ein großer, schwarzer Junge drehte sich um und sah Ronnys Sohn fragend an. »Na, alles klar?«, gab Jamal cool zurück.

»Findest du das richtig, mir die Freundin auszuspannen?«

Jamal schaute ihn mitleidig an. »Geh nach Hause, Kleiner.« Jamals Freunde bauten sich langsam und bedrohlich auf. Ronny stand mit seinen Kameraden hinter seinem Sohn.

»Du hast sie mir ausgespannt! Jenny gehört mir!«

Jamal wurde langsam wütend und kam auf Ronnys Sohn zu. Er ließ sich auch nicht von Ronny und seinen Freunden abhalten. Offenbar fühlte er sich in seinem Club sicher. »Hör mal zu, du kleiner Pisser! Jenny ist jetzt mit mir zusammen.«

Ronnys Sohn war knapp einen Kopf kleiner als Jamal und er stammelte: »Das … stimmt doch gar nicht. Du hast sie unter Druck gesetzt.«

Jamal lachte. »Unter Druck gesetzt? Das habe ich gar nicht nötig. Jenny ist jetzt mit einem richtigen Mann zusammen.« Jamal drehte sich langsam um und ging feixend zu seinen Freunden.

Ronny schubste seinen Sohn leicht und flüsterte: »Scheiß Neger.«

»Scheiß Neger!«, schrie Ronnys Sohn plötzlich. Stille. Sekunden schienen zu vergehen. Was habe ich getan? Ronnys Sohn wusste, jetzt gab es Stress. Das ginge nicht gut aus. Aber Papa war ja da.

Jamal drehte sich um. Seine Freunde verzogen plötzlich das Gesicht und gingen auf Ronnys Sohn und die drei Kameraden zu.

»Was hast du gesagt?« Er schubste Ronnys Sohn.

»Heyheyhey!«, schrie Ronny.

»Hilfe!«, schrie ein Kamerad lauthals theatralisch. Sofort erregte die Auseinandersetzung in dem Wohngebiet Aufmerksamkeit. Der Jugendclub war nicht sehr beliebt im Viertel, auch bei den türkischen Ladenbesitzern nicht, da sie immer öfter mit Ladendiebstahl zu kämpfen hatten und die schwarzen Jugendlichen dafür verantwortlich machten. Es dauerte nicht lange, da standen zusammen mit Ronny, seinen Kameraden und Ronnys Sohn fünfzehn Männer den zehn schwarzen Jugendlichen gegenüber. Doch Jamal hatte keine Augen dafür. Er sah nur diesen kleinen Hänfling, der ihn einen *scheiß Neger* genannt hatte.

»Was hast du gesagt, du Zwerg?«

»Was ist denn da los?«, fragte ein deutscher Ladenbesitzer einen von Ronnys Kameraden.

»Der Schwarze hat Drogen vertickt und will jetzt den armen Kleinen da vermöbeln, weil der die nicht haben wollte und es seinem Vater erzählt hat.«

»Drogen? Hab ich es doch gewusst, dass die Schwarzen nur

Scheiße bauen.«

»Ich sagte, du sollst Jenny in Ruhe lassen.«

»Nein, was hast du gesagt?«

»Scheiß Neger.«

Rumms. Die Nase brannte, Blut floss auf den Asphalt. Ronnys Sohn lag auf dem Boden. Innerhalb von Sekunden gingen Ronny und seine Kameraden auf die Schwarzen zu. Mit einem gewaltigen Schwinger streckte Ronny Jamal nieder. Zwei Ladenbesitzer kümmerten sich um Ronnys verletzten Sohn. Die übrigen schlossen sich Ronny an. Es entstand eine große Schlägerei, die sich später in das Innere des Jugendclubs verlagerte, weil die schwarzen Jugendlichen spürten, dass sie in der Unterzahl waren.

Als die Polizei kam, trafen die Beamten nur auf blutende weiße Ladenbesitzer und auf einen wie ein Schlosshund weinenden Sohn. Die Situation war klar. Und entsprechend wurde sie auch im Polizeibericht vermerkt. Zum wiederholten Male war aus dem Jugendclub Gewalt verübt worden.

Ein paar Tage später wurde der afrikanische Kultur- und Jugendclub geschlossen.

KAPITEL 46

4. Mai, 11.30 Uhr

Bruckheimer saß in seinem Ledersessel im Büro und schaute auf die Uhr. Es ist Zeit, dachte er sich. Heute entscheidet sich das Schicksal dieses Landes. Bruckheimer war auf alles vorbereitet. Heute werden die Früchte geerntet. Er ging zum Tresor, gab die Kombination ein und nahm einen Bündel Geldscheine, Dokumente und eine Schachtel heraus. Er öffnete die Schachtel kurz und vergewisserte sich, dass die Diamanten an ihrem Platz waren. Dann schloss er die Tür ab, verabschiedete sich von seiner Sekretärin.

»Ich habe jetzt gleich den 12 Uhr-Termin. Bin in etwa zwei Stunden wieder da.« Die Sekretärin winkte ihrem Chef teilnahmslos zu und vertiefte sich dann wieder in ihren Stapel Papiere. Bruckheimer verschwand im Fahrstuhl. Er wusste, er würde dieses Büro nie wiedersehen.

~

Heute war der Tag der Neuwahl. Der Andrang in den Wahllokalen zeigte deutlich, dass die Menschen ihr Schicksal wieder selbst in die Hände nehmen wollten. Es durfte sich nie wieder eine solche verheerende Situation im Lande ausbreiten wie es in den letzten Monaten der Fall gewesen war. Es durfte nie wieder ungehindert eine Krankheit wie das Lassa-Fieber in das Land getragen werden. Und wenn dafür einige Freiheiten der Menschen geopfert werden mussten. Und wenn sogar dafür die Todesstrafe eingeführt werden musste. Sicherheit geht vor Freiheit.

Überall im Land gab es Aufstände gegen vor allem afrikanische Kultur- und Religionsvereine. In den sozialen Medien wurden immer mehr Nachrichten verbreitet, dass es ein weitreichendes

Drogennetz im Land gäbe und die afrikanischen Kulturvereine die logistischen Zentren dafür seien. Die Menschen beschimpften die Wahlkämpfer von Kanzler Meffert, der in ihren Augen weiterhin den Volkswillen ignorierte, weil er sich nach wie vor gegen Volksentscheide aussprach.

Das Land stand vor einer Zerreißprobe. Niemand glaubte mehr an eine schnelle Stabilisierung. Es herrschte eine kriegsähnliche Stimmung.

Nachmittags zündete sich Bernie im Büro seines Ortsvereins im Wedding eine Zigarette an und schaute sich die Berichterstattung über die große Wahl im Fernseher an. Seine Kameradinnen und Kameraden hatte er um sich geschart, im ganzen Land machten seine Gefolgsleute teilweise aggressive Stimmung und Wahlkampf. Für sie ging es um nicht weniger als um die Vermeidung eines Bürgerkriegs. Entweder würde Bernie gewählt werden oder die Menschen würden sich erheben und zu den Waffen greifen. Die Wahlplakate waren martialisch. Sie setzten voll auf Bernie. Der Parteiname PGO war nur noch im Kleingedruckten zu lesen. »Retzke rettet unser Land!« »Retzke oder Bürgerkrieg!« Die Parteikasse war dank großzügiger Spender wie UMC prall gefüllt. Doch jetzt war bei der PGO der größte Feind der UMC am Steuer. Das war natürlich damals nicht Sinn der Spende gewesen. Noch einmal die korrupte Politikerklasse und die Lobbyisten entscheiden zu lassen, würden sie sich nicht gefallen lassen.

Meffert hatte ebenfalls alle Register gezogen. Er versuchte, sich als Landesvater zu symbolisieren, als ausgleichende Mitte. Nur er als erfahrener Politiker und Kanzler könne die schwierigen Herausforderungen der nächsten Zeit meistern. Meffert versuchte die Menschen zu beschwichtigen. Er beschwor die Gefahr herauf, die von der PGO ausgehen würde. Den Wahlkampf prägte eine Schärfe nie dagewesenen Ausmaßes. Politexperten sprachen nicht mehr von Wahlkampf, sondern von Wahlkrieg. Meffert und Bernie weigerten sich, in eine direkte Debatte zu ziehen. Ohnehin scherte sich Bernie Retzke nicht sonderlich um den normalen Politzirkus, der bei Wahlen entsteht. Er vermittelte den Eindruck, dass er für das Land sterben würde. Wahlkämpfer scheuten sich davor, für ihre Partei auf die Straße zu gehen. Von allen Seiten drohte die Gefahr, verprügelt zu werden. Manchen war man zu etabliert, zu korrupt, zu links oder zu rechts. Bernies offizielle Wahlkämpfer wurden ebenfalls nur noch von seinen Männern beschützt, die sich bekanntlich zu verteidigen wussten.

Es ging nur noch um Meffert gegen Bernie Retzke. Die anderen spielten keine Rolle mehr.

»Bring mir mal 'n Bier«, sagte Bernie zu einem seiner Kameraden. »Ich hab' schon den ganzen Tag so 'ne trockene Kehle.« Und als das Bier geöffnet war, ging es los. Der Gong ertönte. Die erste Hochrechnung war da. Bernies Anhänger jubelten schon, bevor die Balken sich auf dem Bildschirm anstiegen.

~

Zur selben Zeit hatten sich David und Paul gerade ein paar Brote zum Abendbrot gemacht, als die erste Hochrechnung kam. Die letzten Tage hatte der Widerstand unterschiedlichste Aktionen gestartet, trotzdem verbrachten die beiden die meiste Zeit gelangweilt im sicheren Versteck, da sie als unerfahrene Mitstreiter nicht an vorderster Front kämpfen durften. Teighaus bestimmte jeden Einsatz. Das schmeckte Paul zwar gar nicht, doch er war froh, nicht in die Schlacht ziehen zu müssen. Er war doch eher einer, der vom Schreibtisch und vom Handy aus agierte und nicht auf der Straße.

Paul hatte in den letzten Jahren viele Wahlen intensiv verfolgt, beruflich wie privat. So war es ihm bereits ins Blut übergegangen, mitzufiebern und zu analysieren.

David schaute eher gleichgültig auf den Fernseher. Seine Gedanken standen schon seit Tagen Kopf. Die Betäubung durch den Schock über den Verlust seiner Liebsten ließ langsam nach und somit spürte er mehr und mehr seine Traurigkeit. Die Langeweile und Tatenlosigkeit im Untergrund hatten den Effekt, dass er wieder der große Grübler wurde. Er wusste gar nicht, was er hier sollte, doch er hatte auch keine Ahnung, wohin er gehen könnte. Wenigstens Franzi war da.

Die Wahlumfragen vor dem Urnengang waren schon lange nicht mehr aussagekräftig. Die Menschen glaubten den Demoskopen nicht mehr. Jede Zeitung, jeder Fernsehsender versuchte die Stimmung auf seine Weise zu interpretieren. Die Menschen hielten die offiziellen Umfragen für eine von den etablierten Parteien gesteuerte Manipulation und verweigerten schlichtweg die Antwort, sofern sie gefragt wurden. Bernies Wahlhelfer hatten im ganzen Land die Reihen hinter dem Herausforderer geschlossen. Gegner von Bernie wurden eingeschüchtert, indem man ihnen einredete, dass nach einer siegreichen Wahl eine gnadenlose Aufarbeitung stattfinden würde. Daher rechneten die Demoskopen damit, dass diese lieber zu Hause blieben und hofften, dass die Wahl mit ihnen einfach nicht in Verbindung gebracht und dass es gut ausgehen werde. Ein Irrglaube, wie die vollen Wahllokale zeigten.

Den ganzen Tag waren die Mitstreiter des Widerstands durch das Land gefahren und hatten anonyme Flugblätter ausgelegt, hatten versucht, aufzuzeigen, was ein Volksentscheid über die Todesstrafe bedeuten würde. Doch je länger der Tag foranschritt, je mehr Wahllokale sie besuchten, spürten die Mitstreiter des Widerstands eine ungute, aggressive Stimmung im Land. Das Volk stand hinter einem radikalen Neuanfang. Die Mitstreiter spürten, dass ihre Aktionen nicht ausgereicht hatten. Vielleicht auch, dass es zu spät war. Gegen die Angst und die Wut der Menschen konnte man nicht mit Argumenten ankämpfen.

Es erklang der Gong. Das Zeichen für die Schließung der Wahllokale und der Zeitpunkt der ersten Hochrechnung. Paul stand auf und verschränkte angespannt die Arme. Würde sein Traum jetzt endgültig zum Albtraum werden? Würde er gleich den totalen Kontrollverlust über sein Projekt in Daten und Zahlen erkennen können? Auch David stand auf. Ihn hielt es ebenfalls nicht mehr auf der Couch. Die Mitstreiter um sie herum verstummten. Die alten Parteien, Sozis, Grüne, Freiheitliche: alle spielten sie keine Rolle mehr, niemand kam mehr über 10 % der abgegebenen Stimmen. Der Balken von Meffert stoppte viel zu früh, Bernies dunkelblauer Balken schoss in die Höhe. Von draußen waren Jubelschreie zu hören, dann Feuerwerkslärm, Raketen wurden in die Luft geschossen. Bernie hatte es geschafft. Bernhardt Retzke war zum Kanzler gewählt worden. Und das mit einer überwältigenden Mehrheit. Über zwei Drittel der Wähler hatten sich für den einfachen Mann aus dem Wedding entschieden. Paul warf seine Wasserflasche wütend in die Ecke. Laut schrie er: »Bruckheimer! Das ist dein Werk! Jetzt hast du es!« Auch die anderen Mitstreiter diskutierten lautstark. Es konnte nicht sein, was nicht sein durfte!

Ein Radikaler an der Macht!

Aber er war doch unser Verbündeter in der ganzen Sache! Aber doch nur, um die ganze Angelegenheit an die Öffentlichkeit zu bekommen!

Jemand, der sich offen dafür aussprach, die Gesellschaft radikal in Gut und Böse zu unterteilen. Wie konnten die Menschen so einen wählen? Das hätten wir doch vorhersehen müssen!

Die Stimmung in der Remise pendelte zwischen Verwirrung, Fassungslosigkeit, Angst und Wut. Drohungen wurden ausgesprochen. Das eigene Volk wurde als *dumm* bezeichnet, das es nicht anders verdient hatte, niederzugehen. Nur Teighaus saß stumm auf seinem Stuhl. Fast schon zufrieden schaute er auf den Bildschirm. Franzi blieb ebenfalls ruhig. Sie schaute Teighaus genau an. War das nun wieder sein Trotz? So nach dem Motto: Jetzt erst recht? War das wieder seine Selbstherrlichkeit, indem er sich innerlich sagte, dass er es ja schon immer gewusst habe? Er erhob sich und sagte leise: »Jedes Volk hat die Regierung, die es verdient.«

~

Beim Ortsverein der PGO im Wedding kannte der Jubel keine Grenzen. Spontan wurde ein Autokorso vor der Tür gestartet. Die Menschen schwenkten Fahnen aus den Wagen und hupten, was das Zeug hielt. Die ganze Stadt, das ganze Land sollte erkennen: Endlich regiert wieder das Volk, endlich regieren wieder *Wir hier unten!* Bernie nahm seinen überwältigenden Wahlsieg gelassen entgegen. »Is gut, is gut«, sagte er beschwichtigend zu den Gratulanten. »Ich bin immer noch einer von euch.«

Den Menschen standen die Tränen in den Augen. Sie konnten nicht glauben, dass sie das System besiegt hatten. Jetzt begann eine neue Zeitrechnung. Endlich würde im Land aufgeräumt werden. Endlich haben sie wieder eine Stimme!

»Kommt, Freunde! Feiert!« Das ließen sich seine Kameraden nicht zweimal sagen und tanzten ausgelassen auf den Straßen zu lauter Musik. Mittlerweile stand die Presse vor der Tür. Bernie hatte seinen Aufenthaltsort am Wahltag lange geheim halten können. Er wollte bei dem Nachwahl-Theater im Fernsehen nicht mitmachen. Reden tun andere, ich mache. Aber dann hatten die Journalisten irgendwann Lunte gerochen. Es hatte nicht lange gedauert, bis die ersten Gerüchte durch die Branche gingen, dass der neue Kanzler sich in seinem Ortsverein verstecken würde.

»Lasst sie rein. Ich will was zum Volk sagen.«

Die Fernsehleute wurden von Bernies Leuten kritisch beäugt. Schließlich waren sie Teil des Systems. Aber da räumen wir auch bald auf, dachten sie sich und gewährten ihnen missbilligend Zutritt.

»Herr Retzke, Kanzler Retzke. Was sagen Sie zu dem überwältigenden Wahlsieg?«

Bernie schaute grimmig, aber authentisch in die Kamera. Er hatte weder jemals einen Rhetorikkurs besucht noch gelernt, wie man sich vor der Kamera verhielt, welche Kleidung wie auf dem Fernsehschirm bei den Zuschauern wirkte. Aber genau das schien den Leuten zu gefallen. Keiner, der *gemacht* wurde, sondern einer der *ist.*

»Es ist nicht mein Sieg, sondern der Sieg der Menschen. Die Menschen haben die Schnauze voll und lassen sich nicht mehr von dem System und von den Lobbyisten und den Konzernen an der Nase herumführen.« Von draußen ertönte großer Jubel, als die Worte in die Fernseher der Eckkneipen und Wohnzimmer übertragen wurden.

»Aber gerade Sie stehen für eine neue Politiker-Figur. Wie gehen Sie damit um?«

»Ich bin nicht wichtig. Die Menschen sind wichtig.«

Wieder lauter Jubel.

»Kanzler Retzke, was werden Sie als Erstes ändern?« Bernie schwieg für ein paar Sekunden. Am liebsten würde er alles auf einmal machen.

»Ich werde Ordnung schaffen. Ich werde dafür sorgen, dass alle im Gefängnis landen, die etwas mit der Vergiftung der Bevölkerung mit Lassa-Viren zu tun haben. Ich werde dafür die Todesstrafe wiedereinführen, wenn das Volk dies will. Dafür werde ich einen Volksentscheid einleiten, weil es das größte Verbrechen an der Gemeinschaft ist, an der Gesundheit und am Leben der Menschen zu werkeln. Lasst das Volk entscheiden! Und ich werde den

Lobbyismus rückstandslos ausmerzen.«

Die Reporterin schluckte und wusste nicht so recht, was sie darauf entgegnen sollte. Ihr zaghafter Versuch einer Antwort ging jedoch unter dem Getöse und dem Jubel der Menge unter. Die Kameraden stürmten vor laufender Kamera das Büro, hoben Bernie auf die Schultern und schleppten ihn damit unfreiwillig als Symbol des Sieges auf die Straße. Bernie reckte die Faust empor und schaute entschlossen und grimmig in die Kamera.

~

Die Aufnahmen verbreiteten sich im ganzen Land. Als Teighaus die Bilder von Bernie Retzke im Fernsehen sah, schaute er auf seine Mitstreiter, wie sie sprachlos und verwirrt in der Remise standen. Er stand auf und richtete einige Worte an sie.

»Liebe Freunde, das ist ein schwarzer Tag. Wir haben Retzke benutzt. Benutzt, um die Öffentlichkeit auf das Verbrechen mit dem Lassa-Virus zu stoßen. Naiv waren wir. Aber nie haben wir erwartet, dass die Menschen ihn deshalb zum Anführer wählen. Wenn ihr mich fragt, ist es das Schlimmste, was uns passieren konnte. Mit Meffert hätten wir den erwarteten korrupten und unbeliebten Politiker als Gegner. Bernie Retzke aber ist unberechenbar. Wir wissen nicht, wo das hinführt und ich befürchte das Schlimmste. Trotzdem: Gebt nicht auf! Der wirkliche Kampf beginnt erst jetzt. Das ganze Land, alle etablierten Politiker und Medien haben die Wut der Menschen unterschätzt, haben die Emotionen der Menschen nicht ernst genommen. Das war dumm! Jetzt haben wir den Salat. Aber vielleicht muss dem Volk einfach der Spiegel vorgehalten werden, damit sie die Fratze des Bösen erkennen. Damit die Menschen endlich mal wieder aus ihrer Lethargie aufwachen!«

Es war allen Mitstreitern in diesem Moment klar, dass ihre Aktionen nicht gefruchtet hatten. Jetzt herrschte Krieg. Jetzt müsste die nächste Stufe gezündet werden. Jetzt würde der Zweck alle Mittel heiligen.

»Jetzt müssen wir losschlagen!«

KAPITEL 47

4. Mai, 13 Uhr

Prowski machte sich gar nicht erst die Mühe, sein Gesicht zu verdecken. Sein Schicksal war eh besiegelt. Langsam öffnete er die Tür seines alten Fords und richtete seinen Gürtel. Er schaute auf das kleine, unscheinbare Einfamilienhaus in einem Vorort jenseits der Grenze der Hauptstadt. Der Ort war das perfekte Abbild einer Idylle. Ein ideales Versteck. Hier würde keiner auch nur annähernd in Erwägung ziehen, was hinter diesen Mauern passiert. Die Bewohner waren liberal und aufgeschlossen und setzten sich gegen das Leid in der Welt und für Arme und Bedürftige ein, solange diese nicht in der direkten Nachbarschaft wohnten. Hier wurden Versammlungen abgehalten, die über die Höhe der Hecken entschieden. In diesem Vorort wurden die Ampeln um 20 Uhr abgeschaltet. Falschparker wurden rigoros zur Anzeige gebracht. Aber man konnte sich aufeinander verlassen. Wer hier wohnte, gehörte zum inneren Zirkel.

Prowski schaute sich um. Keine Menschenseele auf der Straße. Hier wohnte man nur. Gearbeitet wurde in der Stadt. Vormittags war das Viertel wie ausgestorben, abends kamen die schwer arbeitenden Menschen zurück ins traute Heim.

Prowski öffnete die Gartenpforte, schritt den Gehweg zur Eingangstür entlang und drückte die Klingel ohne Namensschild. Einmal, zweimal.

Prowski hörte Schritte hinter der Eingangstür. Ein zögerliches »Wer ist da?« kam von der anderen Seite.

»Prowski hier, machen Sie auf. Ich komme von Bruckheimer. Es geht um die Tabletten, um die VITRUXX.«

Es dauerte einige Sekunden, bis diverse Schlösser geöffnet worden waren und die Tür aufging. Prowski schaute in ein altes

Gesicht. Ein Mann mit grauen, zerzausten Haaren, weißem Kittel und ausgeleierter Brille grinste, als er Prowski sah.

»Ah, Prowski. Ich dachte schon, es wäre jemand Böses.«

Prowski trat in das Haus. Dieser alte Zausel. Ein Genie, der biochemisch alles entwickeln konnte, was man wollte, aber sozial nicht überlebensfähig war. Ständig hatte er Angst vor irgendwelchen Gefahren. Naja, diesmal nicht zu Unrecht.

Das kleine weiße Haus mit rotem Ziegeldach sah von außen danach aus, als würde hier eine heile Familie leben. Im Inneren offenbarte sich nichts Geringeres als ein Hightech-Labor. Überall standen Geräte, kleine Produktionsmaschinen und Versuchsapparaturen. Prowski schaute sich um. Was für ein Durcheinander. Naja, Bruckheimer brauchte ihn ja. Bisher.

»Wollen Sie einen Kaffee, Prowski? Ich habe hier irgendwo noch Instantkaffee rumstehen. Und die Maschine müsste auch noch funktionieren.«

Prowski drehte sich um, griff in seinen Gürtel, zog eine halbautomatische Pistole, drehte schnell und sicher den Schalldämpfer auf die Mündung, zielte auf den alten Mann, der ihn völlig verschüchtert ansah, und drückte ab.

»Nein! Nicht …!«

Ein gezielter Schuss zwischen die Augen und es war still. Der alte Mann fiel wie ein Sack Mehl auf den Boden. Prowski trat an ihn heran und fühlte dessen Puls. Fehlanzeige. Er war tot. Ungerührt schraubte Prowski den Schalldämpfer wieder ab, steckte die Waffe ein, ging zu seinem Ford, öffnete den Kofferraum und holte einen Kanister heraus. Langsam und ruhig ging er zurück in das Haus. Er schüttete den gesamten Inhalt über das Labor und zündete sich eine Zigarette an. Genüsslich zog er an ihr, bis nur noch die Hälfte übrig war. Er schaute aus den Fenstern. Weit und breit war keine Menschenseele zu sehen. Prowski schnippte die Zigarette auf das Labor und ging ruhigen Schrittes zu seinem Ford. Als er den

Wagen startete und gemächlich die Dreißiger-Zone entlangfuhr, sah er im Rückspiegel, wie das Haus in Flammen aufging. Er nahm sein Handy und wählte eine Nummer. Ruhig sprach er hinein: »Erledigt.«

KAPITEL 48

4. Mai, 18.30 Uhr

Bruckheimer saß in seiner Limousine. Auf seinem Bordfernseher schaute er die Wahlberichte. Unbeeindruckt verfolgte er die immer deutlicher werdenden Hochrechnungen. Er sah, wie ein geschlagener Meffert um Worte rang und schüttelte nur den Kopf. Was für ein Versager. Er sah die Berichte über Bernie und verfolgte Interviews. Die üblichen Wahl-Diskussionsrunden, die normalerweise nach den großen Wahlen abgehalten werden, fanden nicht statt. Die PGO und Bernie hielten sich schlichtweg nicht an die bisherigen Regeln, sich der Diskussion zu stellen. Bernie feierte lieber weiterhin in seinem Viertel mit den Menschen und dachte gar nicht daran, sich an die Gepflogenheiten der Medien zu halten. Als Bruckheimer sah, dass das Geheimnis des Aufenthaltsortes von Bernie gelüftet war, zögerte er keine Sekunde. Er raunzte seinen Chauffeur von hinten an: »Los, ab in den Wedding, schnell.« Der Fahrer schaute sich irritiert um. So nervös hatte er seinen Boss noch nie gesehen. Schnell startete er die schwere Limousine und fuhr mit quietschenden Reifen los. Hinter ihnen folgte ein schwarzer Van mit verdunkelten Scheiben. Prowski saß am Steuer und hatte keine Mühe, Bruckheimers Limousine zu folgen. Die Straßen der Stadt waren menschenleer. Das Volk schaute die Wahlsendungen und erwartete gespannt die weiteren Reaktionen des neuen Kanzlers. Jeder spürte, dass hier eine neue Zeitrechnung begann.

Es dauerte keine zehn Minuten, bis die beiden schweren Fahrzeuge inmitten der Wahlfeierlichkeiten im Wedding ankamen. Als sie stoppten, blieben sie von den freudetrunkenen Männern und Frauen noch unbemerkt. Die Menschen tanzten, tranken und sangen. Feuerwerkskörper wurden in die Luft geschossen. Hier hatte ein ganzes Viertel gesiegt. Mitten unter den begann feierte der neue Kanzler mit. Doch als die breitschultrigen großen Männer in schwarzen Jacken und mit schwarzen Sonnenbrillen den Wagen verließen, verstummte die Menge langsam. Prowksi stieg aus dem Van aus und delegierte seine Männer, die alle einen Knopf im Ohr hatten, um die Limousine. Bruckheimer richtete seinen Anzug und seinen Mantel. Er atmete tief durch. Norman Bruckheimer, du darfst jetzt keinen Fehler machen. Es muss alles klappen! Ansonsten war alles umsonst! Jetzt wirst Du die Früchte ernten.

Dann öffnete sich die Wagentür. Bruckheimer war mehr als zwei Köpfe kleiner als seine Männer, doch Bernies Anhänger wussten, wer hier der Chef war. Als Bruckheimer ausstieg, herrschte Stille. Die Musik aus dem Autokorso verstummte. Es ertönte ein Pfiff. Einer von Bernies Männern rief die anderen Kameraden herbei. Die fünf schwarz gekleideten Hünen Bruckheimers sahen sich nun mindestens zehn, nicht weniger breitschultrigen Männern Bernie Retzkes gegenüber. Bernie kam aus einem Pulk Menschen heraus und hob beschwichtigend die Arme. Zielgerichtet ging er auf den kleinen, alten und rundlichen Kerl in seinem billigen grauen Mantel zu.

»Wer sind Sie und was wollen Sie hier?« Bernie schien Bruckheimer nicht zu erkennen. Wie sollte er auch? Es gab ja fast keine öffentlichen Fotos von ihm.

Die schwarzen Männer hatten ihre rechten Hände in die Jacke gesteckt, offenbar jederzeit bereit, ihre Handfeuerwaffen zu zücken und gegebenenfalls zu zünden.

Bruckheimer ging langsam auf Bernie zu. Zwei Kameraden von Bernie verstellten ihm den Weg.

»Gestatten, Bruckheimer, UMC. Ich denke, Sie haben schon von mir gehört.«

Ein Raunen ging durch die Menge. Das ist also der Kerl. Der hat also die Menschen vergiftet. Da ist er, der Feind. War er lebensmüde oder geisteskrank? Ein Kamerad, der hinter Bernie stand und die Männer mit den schwarzen Jacken beobachtete, flüsterte einem anderen zu, der weiter hinten stand: »Hol die Waffen! Schnell! Hier gibt es gleich ein Blutbad!« Als dieser sich auf den Weg machte, zischte er ihm hinterher: »Und schaff die Frauen hier weg!«

Bernie grinste verächtlich. Jetzt kommt der Moment, auf den ich gewartet habe. Diesem Mann Auge in Auge gegenüber zu stehen, war für ihn in diesem Augenblick mehr wert als jeder Wahlsieg. Der Mörder seiner Frau.

»So sieht also der Mann aus, der ein ganzes Volk auf dem Gewissen hat.« Bruckheimer blieb unbeeindruckt. Er hatte schon Männer jeglichen Charakters bearbeitet. Das würde ihm auch jetzt gelingen.

»Haben Sie kurz Zeit? Ich würde gerne kurz mit Ihnen reden. Unter vier Augen.«

Bernie strich sich über den fast kahlen, schwitzenden Schädel und schüttelte spöttisch den Kopf. Seine Augen funkelten in seinem groben und zerfurchten Gesicht.

»Sie wagen sich hierher in die Höhle des Löwen? Wohlwissend, dass Ihnen bald die Todesstrafe droht? Davor habe ich Respekt! Das muss ich schon zugeben!« Bernie ging in Richtung Büro. »Für mutige Männer habe ich immer Zeit.«

Bruckheimer folgte ihm in das alte, unsanierte Haus, in dem der Ortsverein sein Büro hatte. Bernies Männer wollten ihren Chef nicht mit diesem Verbrecher alleine lassen, doch dieser gab ihnen zu verstehen, dass Bruckheimer ihm gehören würde. Bruckheimers Männer hielten sich weiterhin in Alarmbereitschaft bei den Autos auf und observierten grimmig die Lage. Die Motoren liefen noch. Die Fahrzeuge waren jederzeit bereit, zu starten. Es brauchte nur einen kleinen Funken, um die ganze Atmosphäre in diesem Straßenzug des Wedding zum Explodieren zu bringen.

Die Dämmerung setzte ein und die Straßenlaternen wurden

angeschaltet. Der große Wahltag ging seinem vorläufigen Ende entgegen. Doch hier schien sich unbemerkt von Kameras und Wahlvolk ein Showdown der besonderen Art anzukündigen. Volk gegen Lobbyismus.

Als die beiden Männer das karge Büro des Ortsvereins betraten, schaute sich Bruckheimer kurz um: »Nett haben Sie es hier.«

Bernie wusste, dass er sich über ihn lustig machen wollte. Das Büro war alles andere als repräsentativ und auch nicht gerade für eine konstruktive Arbeit geeignet. Doch all das zählte nicht für den neuen Kanzler. Für ihn war wichtig, dass er direkt bei seinen Leuten war. Aus all dem Chaos und dem Mief im Büro stach nur das große schwarz-weiße Foto von Bernies verstorbener Frau hinter dem alten Schreibtisch ins Auge. Jeder sollte dieses Foto als Mahnung ansehen, dass die Politik und der Lobbyismus alles zerstören kann und sogar vor Menschenleben nicht haltmacht. Und das nur, um Profit zu maximieren.

»Setzen Sie sich und sagen Sie, was sie wollen. Und zwar schnell. Draußen wartet eine Feier und dann viel Arbeit auf mich. Ich muss mich um euch Lobbyisten kümmern.« Bruckheimer nahm in dem kleinen, unbequemen Besucherstuhl vor dem vergilbten Schreibtisch Platz, während Bernie sich vor ihm an den Schreibtisch lehnte und seine breiten Arme verschränkte. Bruckheimer sah Bernie für einen kurzen Moment schweigend an. Der Moment des Schweigens provozierte Bernie. Mach keine Spielchen mit mir, Freundchen, dachte sich der.

»Wissen Sie noch, dass wir uns mal begegnet sind? Vor langer, langer Zeit bei einem Fußballspiel vom BFC.«

Bernie schaute ihn fassungslos über Bruckheimers Frechheit an und schüttelte den Kopf.

»Ist auch egal. Ich denke, wir können gut zusammenarbeiten, lieber Kanzler Retzke. Ich denke, ich kann Ihnen helfen, Ihre Ziele zu verwirklichen.«

Bernie war fast belustigt über die Chuzpe von Bruckheimer. War er lebensmüde oder naiv? Glaubt er allen Ernstes, er kann mit mir zusammenarbeiten? Der Mann, der meine Frau vergiftet hat?

Leise, aber voller Zorn sagte er: »Sagen Sie mal, sind Sie lebensmüde? Sie kommen hierher und wollen mir eine Zusammenarbeit anbieten? Sie, der große Feind? Der Teufel?«

»Fraglich ist, wer hier der Teufel ist, lieber Bernie. Unterschätzen Sie nicht meinen Einfluss.«

Bernie unterbrach Bruckheimer laut: »Ihr Einfluss ist am Ende! Sie werden am Galgen landen!«

Bruckheimer ignorierte Bernies Wutanfall.

»Glauben Sie mir, es ist besser, wenn Sie kooperieren und das tun, was ich sage. Dann können Sie gut und glücklich leben und ein guter Kanzler sein.«

Bernie wurde rot vor Zorn. Er war kurz davor, zu explodieren, doch Bruckheimer fuhr unbeeindruckt fort:

»Fahren Sie Ihre Vorhaben zurück. Die Menschen brauchen Ruhe. Setzen Sie Mefferts Dekrete in ordentliche Gesetze um. Schließen Sie von mir aus die Grenzen, aber lassen Sie diesen Unsinn mit Todesstrafe und Ghettos für *Potentielle Gefährder der Volksgesundheit,* wie Sie es nennen. Die gibt es nämlich nicht.« Spöttisch schüttelte Bruckheimer den Kopf.

Bernie traute seinen Ohren nicht. Was ist mit dem Kerl los? Leidet der unter Wahrnehmungsschwierigkeiten? *Ich* bin der Kanzler! Die Leute haben *mich* gewählt! Mit mehr als Zweidrittel! Ich kann sogar alleine die Verfassung ändern! Das konnte noch kein Kanzler vor mir! Und dieser Kerl will mir jetzt sagen, ich soll alles so lassen, wie es ist? Seine raue, tiefe Stimme wurde noch einmal eine Oktave tiefer und zerkratzter.

»Sagen Sie mal, haben Sie einen an der Waffel? Glauben Sie wirklich, was Sie da reden?«

Bernie schaute Bruckheimer ungläubig an. In ihm brodelte es.

Er hasste es, für dumm verkauft zu werden. Seit seiner Kindheit hatte er es mit Menschen zu tun gehabt, die ihn unterschätzt hatten. Eltern, Lehrer, Chefs. Dann dieser Peters, Meffert und jetzt dieser Bruckheimer.

»Bernie. Glauben Sie allen Ernstes, Sie hätten die Wahl gewonnen? Wir haben die Wahl für Sie gewonnen! Wir sind mächtiger, als Sie je sein werden. Wir können Sie auch wieder stürzen!«

Bernie stand auf und ging zitternd vor Wut auf Bruckheimer zu. »Jetzt hörst du mir mal zu, du großes Stück Scheiße! Erstens: Nenn mich nicht Bernie. Und zweitens: Ich bin hier der Boss. Ich entscheide, was getan wird. Ich entscheide, wer lebt und wer stirbt. Und bei dir brauchen wir gleich keine Todesstrafe, wenn du so weitermachst. Dann erledige ich das gleich hier!«

Bruckheimer schaute zur Tür. Es war kurz vor 19 Uhr. Draußen war das Tageslicht bereits erloschen. Der perfekte Zeitpunkt. Bruckheimer hatte alles geplant. Er wusste, es gab kein Zurück mehr. Die Tür war geschlossen. Es war soweit. Bruckheimer schloss kurz die Augen und drückte von Bernie unbemerkt auf einen Knopf in seiner Manteltasche. Draußen vibrierte gleichzeitig in Prowskis Manteltasche ein Signal.

Bernie beugte sich mit seinem vor Wut rot gefärbten Kopf über den sitzenden Bruckheimer. Dieser gab sich unbeeindruckt, öffnete wieder seine Augen und sagte:

»Wissen Sie. Ich kann Kriege entfesseln und wieder Frieden schließen lassen. Ich kann die Menschen krank machen und sie wieder gesund werden lassen. Es ist alles eine Frage der Geschichten, die ich erzähle und der Bilder, die ich male.« Bernie näherte sich bedrohlich Bruckheimers Gesicht. Seine Wut ließ seine Augen hervorquellen. Seine Halsschlagader schwoll an. Der Vulkan war kurz vor dem Ausbruch, doch dann legte Bruckheimer noch einen nach.

»Ach, da fällt mir ein: Wie geht's eigentlich Ihrer Frau?«

Der Vulkan explodierte, kochend heiße Lavaströme traten aus, dicke Gesteinsbrocken flogen durch die Luft. Bruckheimer sah wie in Zeitlupe, wie Bernie an seinen Schreibtisch sprang, die Schublade öffnete, eine Pistole in die Hand nahm und auf ihn feuerte. Immer wieder. Immer und immer wieder zischten laute Schüsse durch die Luft. Bruckheimer sah Bernie reglos an. Mit geöffneten Mund sank er zu Boden. Sein Kopf prallte laut auf den Boden des Büros. Das Blut floss aus unzähligen Löchern seines Oberkörpers. Bernie näherte sich ihm langsam. Der Vulkan war erloschen. Er zog Bruckheimers Kopf hoch und bemerkte keine Regung mehr. »Da hast du bekommen, was du verdient hast!« Bernie spuckte noch einmal in Bruckheimers Gesicht, als er Schüsse von der Straße hörte. Prowskis Männer schossen um sich. Bernies Kameraden gingen in Deckung und schossen zurück. Die Menschen, die eben noch gefeiert und gejubelt hatten, flüchteten hinter Häuserwände, Telefonzellen und Stromkästen.

Der Angriff war kurz und unerwartet. Schnell zogen sich die Männer in Schwarz in ihre Autos zurück. Doch hatten sie offensichtlich nicht erwartet, dass der Gegner ebenfalls bewaffnet war. Als die Männer in Schwarz in die laufenden Autos einsteigen wollten, standen drei Kameraden von Bernie auf und kamen hinter ihrer Deckung hervor. Der Lärm war ohrenbetäubend. Sie erwischten zwei der Männer, die von den Kugeln getroffen rücklings aus dem Auto stürzten. Seelenruhig stieg Prowski noch einmal aus und schoss. Er traf sie mit gezielten Kopfschüssen.

Bernie hörte die Schüsse und die Schreie. Er wollte gerade seinen Kameraden zur Hilfe eilen und hielt die Waffe fest in der Hand. Da ging die Tür auf und zwei Kameraden zogen Bernie durch den Hinterausgang heraus. »Du musst hier weg! Das ist ein Anschlag auf den Kanzler!«

Bruckheimer blieb alleine in seinem Blut liegen. Meine Mission ist erfüllt.

KAPITEL 49

4. Mai, 21.00 Uhr

Bernie wischte sich mit einem Taschentuch den Schweiß von der Stirn. Sein Hemd war dreckig, seine Hose voller Bluttropfen. Bernie war unverletzt geblieben. Er versuchte, nach seiner Rückkehr an den Tatort seine Kameraden zu retten. Er verehrte jeden einzelnen von ihnen und für ihn war es ein schwerer Schlag, auch nur einen Mann in diesem Krieg zu verlieren. Bernie sprach nun nur noch von Krieg. Für ihn gab es keine andere Vokabel mehr für diesen Zustand in diesem Land.

»Wie geht's den Dreien?«, erkundigte er sich nochmals bei Ronny nach den angeschossenen Kameraden.

»Zwei sind tot, der Dritte wird's wohl auch nicht überleben.«

Bernie haute wütend mit der Faust auf die Tischplatte seines Kanzlerbüros. Hierhin hatten sich Bernie und sein Gefolge verschanzt. Auf den Straßen des Wedding war es nun zu gefährlich.

Plötzlich klopfte es an der Bürotür. Ein Mitarbeiter des Kanzlerbüros kam herein. »Kanzler Retzke? Der Polizeipräsident Steiner und der Stabschef der Armee von Brandt sind nun da.«

»Gut, lass sie herein.«

Kurze Zeit später traten die beiden hochgewachsenen Männer in das Büro ein. Bernie begrüßte sie mit Handschlag. Er hoffte, die beiden für seine Mission zu gewinnen und versuchte, offen auf die beiden zuzugehen. Die uniformierten Männer reagierten jedoch nur mit einem eiskalten, verschlossenen Blick. Die drei setzten sich auf die Polstersessel in der Sitzecke und redeten nicht um den heißen Brei herum. Stabschef von Brandt zeigte nicht nur mit seinen Worten, dass er den Proleten aus dem Wedding hasste und als Kanzler für völlig deplatziert hielt.

»Herr Retzke, es ist bedauerlich, was Ihnen heute widerfahren ist, aber wir werden uns keinesfalls in die inneren Angelegenheiten dieses Landes einmischen«. Der Stabschef der Armee, Von Brandt, machte sofort klar, was er von Bernies Plan hielt, mittels Polizei und Armee Ordnung zu schaffen und die Unruhen in Griff zu bekommen. »Dieses Land hat eine Verfassung und aus gutem Grund verbietet diese unser Einmischen.«

»Diese Verfassung kann man ändern, Herr von Brandt«, raunzte Bernie ihn an. Der Stabschef schaute den neuen Kanzler abschätzig an. »Dann sollten Sie das tun, wenn Sie das für das Richtige halten. Bis dahin ist die Unterredung beendet.«

Bernie schüttelte wütend den Kopf. Noch nicht einmal zuhören wollte dieser Kerl. Dieser arrogante Fatzke, dieser Adlige.

»Raus hier!«, schrie er mit hochrotem Kopf. Wortlos stand von Brandt auf, richtete seine Uniform und verließ den Raum.

»Was für ein unmöglicher Kerl, finden Sie nicht?« Steiner lächelte. Steiner war deutlich zurückhaltender als von Brandt. Schließlich musste er im Zweifel dem Kanzler gehorchen. Er war nur ein kleines Licht und hatte noch eine Karriere vor sich. Da könnte sich eine Kooperation mit dem neuen Kanzler sicher lohnen. Doch er hatte anderes im Sinn.

»Er ist eben ein Mann der ganz alten Schule, Kanzler Retzke. Er wird sich an Sie gewöhnen müssen.«

»Ich sollte ihn austauschen lassen. Aber egal jetzt. Lieber Herr Steiner, wir brauchen Sie. Also: Wie ist Ihre Einschätzung?«

»Kanzler Retzke, wir stehen zu diesem Land und werden jede kriminelle Handlung der Chaoten streng ahnden.«

»Also verstehen wir uns?«

»Gewiss.«

Die beiden Männer standen auf und gaben sich zum Abschied die Hand. Bernie war nicht unzufrieden. Die Armee bekommen wir auch noch hin, aber die Polizei hält uns jetzt den Rücken frei. Ich kann meine Säuberungsaktionen verstärkt durchführen.

Steiner durchlief den Ausgang der Sicherheitskontrolle, zog sich seinen Mantel an und verließ das Kanzlergebäude. Als er in seinem Dienstwagen saß, tippte er eine Nummer in sein Handy.

»Hallo? Steiner hier. Ich war gerade bei ihm. Ich habe wie besprochen meine Nummer gespielt.«

»Ja, er glaubt nun wirklich, dass die Polizei hinter ihm steht.«

»Na klar, für Ihre Aktionen ist alles vorbereitet. Hauptsache, Sie haben das Geld rechtzeitig parat.«

KAPITEL 50

Kurze Zeit später

Die Nachrichten überschlugen sich. Innerhalb kürzester Zeit wurde im gesamten Land über den gescheiterten Anschlag auf Kanzler Retzke berichtet. Überall gingen die Menschen spontan auf die Straße, um ihre Solidarität kundzutun. Erst hatte er seine Frau verloren, dann versuchte auch noch jemand, ihn zu ermorden. Unseren Kanzler! Den das Volk gewählt hat!

Bernie verschwendete keine Zeit. Sofort nach dem Mordanschlag machte er sich daran, den versprochenen Volksentscheid in die Wege zu leiten, um das Volk über die Todesstrafe abstimmen zu lassen. Er wusste, dass er die gegenwärtige Stimmung nutzen musste. Er wusste, endlich waren alle aufgewacht. Endlich waren die Menschen keine Weicheier mehr, sondern es galt: Auge um Auge, Zahn um Zahn. Am 8. Mai, in ein paar Tagen schon, sollte abgestimmt werden. Es musste schnell gehen, um schnell handeln zu können. Und die Menschen würden schnell handeln. Sie wollten es und sie brauchten es. Sie wollten Sicherheit und Genugtuung.

Auf der Straße traf man auf einige gewaltbereite, autonome Gruppen, die versuchten, die Situation zu nutzen, um eine Welt nach ihrer Vorstellung zu schaffen. Das Vakuum, das das Lassa-Virus und die Polizei hinterlassen hatten, versuchten sie zu füllen. Doch die Menschen sehnten sich nach Ruhe und verachteten alle, die sich gegen Retzkes Regime auflehnten. Kein Chaos mehr! Das Land brauchte eine starke Führung, keine Experimente! Zwei Mitstreiter des Widerstands von Teighaus hatten die Wut der Menschen am eigenen Leibe zu spüren bekommen, als sie zwischen die Fronten gerieten.

Henrike Meyer sprang von ihrem Computer auf, als die beiden

sich blutüberströmt in die Remise schleppten.

»Was ist denn mit euch passiert?«

Ihre Klamotten waren zerrissen, die Nasen und Augen geschwollen. Unzählige Hämatome überdeckten ihre Körper.

»Retzkes Leute?«

Während der eine Mitstreiter vor Schock kein Wort über seine geschwollenen Lippen bekam, schluchzte der andere:

»Nein, das waren keine Paramilitärs. Das waren normale Leute. Normale Bürger. Die haben uns wohl mit Autonomen verwechselt! Die haben sie gar nicht mehr gerne!«

»Und von der Polizei war weit und breit nichts zu sehen?«, fragte Henrike Meyer.

»Doch, ich habe welche gesehen, aber die machen überhaupt nichts. Auch nicht dann, wenn es offensichtlich ist, dass Unbeteiligte zu Schaden kommen!«

Henrike Meyer bemerkte nach diesen Worten, dass Teighaus' Mission wohl aussichtslos sein würde. Wir kämpfen nicht gegen ein Regime, sondern gegen eine legitim gewählte Regierung, hinter der das normale Volk steht. Und das Volk war mehr und mehr bereit, Gewalt anzuwenden. Die Polizei schien überfordert oder komplett korrumpiert zu sein. Meyer wusste mittlerweile gar nicht mehr, wer hier gegen wen kämpfte. Gestern hatte sie noch mit dem Kriminalamt gesprochen, um die UMC-Sache und das Lassa-Fieber zu untersuchen. Heute schien die Polizei kein Freund mehr zu sein. War es den Menschen überhaupt noch wichtig, die Wahrheit zu kennen? Wussten sie überhaupt noch, wer wirklich für dieses Unglück verantwortlich war? Wie sollen wir so mit unseren Aktionen Zustimmung gewinnen? Weiß Teighaus eigentlich, was er tat? Wo war der überhaupt?

Etwas später sickerten bei einigen Medien die ersten Gerüchte durch, dass Verbrecher der mächtigen und berüchtigten Unity

Medical Group den Anschlag auf Kanzler Retzke verübt hätten. Paul dachte an seine Kollegen. Keiner von ihnen hatte jemals von Bruckheimers und seinen Plänen gewusst. Außer Prowski. Er hoffte, dass die Kollegen so schlau waren und der Arbeit fernblieben. Wie hatte sich das alles nur so schnell in die falsche Richtung entwickeln können? Oder war die Richtung von Anfang an falsch gewesen, Paul?

Sicherlich würde der Mob das Firmengebäude von UMC bald stürmen. Die Stimmung in der Bevölkerung war explosiv. Mittlerweile befürchteten die Mitstreiter in der Remise, dass die Polizei Bernie Retzke und seinen Kampf aktiv unterstützte. Niemand war mehr sicher. Das Unternehmen hat auf jeden Fall keine Zukunft mehr, dachte sich Paul. Bruckheimer hat auf ganzer Linie versagt. Wer hätte das gedacht?

~

Bernie verlor keine Zeit. Er wollte demonstrieren, dass er als Kanzler seine Wahlversprechen einlöste und die erste Amtshandlung befriedigte ganz und gar seinen Rachetrieb: Er verfügte die Zerschlagung des Unternehmens Unity Medical Group. Das Hochhaus sowie sämtliches Firmenvermögen wurden enteignet, das Bürogebäude künftig als eines der Regierungsgebäude genutzt. Er erklärte dem Volk die Enteignung als Sieg für die Transparenz und gegen den Lobbyismus und versprach, das Unternehmensvermögen an die Unter- und Mittelschicht im Lande zu verteilen. Bernie verkaufte sich als einen der ihren. Seine Frau, seine über alles geliebte Frau, war schließlich auch ermordet worden, so dass er die Justiz darauf ansetzte, die Wahrheit unter Hochdruck und lückenlos aufzuklären. Gleichzeitig machte er deutlich, dass es die Bürgerpflicht von allen war, den notwenigen Schritten zur Aufrechterhaltung der nationalen Gesundheit zuzustimmen, auch wenn es teilweise tiefe Einschnitte in die Freiheit der Menschen bedeutete. Auf der anderen Seite würde es wahre Freiheit und eine gerechtere Verteilung der Währung Gesundheit geben.

Bernie vertraute darauf, dass die Polizei auf seiner Seite stehen würde, auch wenn die Gesetze nicht alle Handlungen deckten, die nötig waren, um Ordnung zu schaffen.

Die Lassa-Epidemie betraf die Menschen aus allen Schichten. Es fühlte sich wie ein kollektives Trauma an, aus dem Bernie Retzke die Menschen befreite. Entsprechend waren die Sympathiewerte für ihn. Er machte eben alles komplett anders als seine Vorgänger und die verhasste Politikerklasse.

Bernie saß als einziger Gast der Donnerstagabend-Talkshow, die auf dem Hauptsender der zwischenzeitlich staatlichen Tele-Deutschland-Mediengruppe gesendet wurde. Retzke wollte dem Volk so oft und so gut es ging Einblick in seine Politik gewähren. Der Zuschauersaal war voll und Bernie Retzke wurde unter stürmischem Jubel begrüßt.

»Herr Retzke, Sie sprachen von Sofortmaßnahmen, die Sie unverzüglich umsetzen wollen. Wie kann man sich das vorstellen?«

Nach jedem Punkt, den Bernie nun in die Kamera sprach, jubelten die Menschen im Zuschauersaal frenetisch. Man konnte nicht klar erkennen, ob Bernie eigene Gefolgsleute hatte einladen lassen oder ob das Volk tatsächlich so bedingungslos hinter ihrem neuen Kanzler stand. Auf jeden Fall wurden diese Bilder in nahezu alle Wohnzimmer des Landes gesendet.

»Zunächst werde ich auch andere Lobbyverbände auflösen und Konzerne zerschlagen. Den Erlös werde ich kompromisslos an das Volk verteilen!«

Der Applaus dauerte mehrere Minuten an.

»Die zentrale Stelle, in denen die Daten der eingeführten Gesundheitschips unter der Haut zusammengefasst sind, wird nun mir direkt unterstehen!«

Wiederum brannte tosender Applaus auf. Retzke war schließlich der vertrauenswürdigste von allen. Die Menschen befürworteten die starke Hand, offenbar hatten sie sich jahrelang nach einer starken Hand gesehnt. Einer der die Technokraten enttarnte und Transparenz in dieser komplizierten Welt schaffte.

»Ich werde im öffentlichen Nahverkehr und in öffentlichen Gebäuden getrennte Bereiche einführen. Getrennt zwischen Gesundheitsgefährdern und *normalen*, also nicht infizierten Bürgern!«

»Das würde ja einen massiven Grundrechtseingriff bedeuten, Kanzler Retzke.«

»Und ist es kein Grundrecht für die gesunden und rechtschaffenden Bürger, gesund zu bleiben?« Wieder folgte jubelnder Applaus aus dem Zuschauerraum.

»Für mich wiegt das mehr. Daher werden wir das auch umsetzen.« Bernie Retzke setzte nun zum Schlussakkord an: »Gleichzeitig werden im ganzen Land die Gesundheitsgefährder verhaftet, um das Volk vor Gefahr zu schützen. Wir können es uns in der heutigen Zeit nicht leisten, noch einmal von einer solchen Epidemie überrollt zu werden. Das Land muss geordnet, gesäubert und dann wieder aufgebaut werden. Ich werde in allen Innenstädten, an allen U- und S-Bahn- sowie Busstationen Kontrollpunkte aufbauen lassen, an der jeder Passant überprüft wird. Zunächst werden diese mobil sein müssen, später werden wir feste Stationen errichten.« Kurze Pause. »Und die Todesstrafe wird kommen, wenn sie das Volk will!«

~

Olivia hatte es vor ein paar Tagen sofort bemerkt. Ihr Vater war plötzlich ein anderer geworden. Als sie neben ihrer Mutter auf der Couch im Wohnzimmer ihres kleinen Hauses am Stadtrand der Hauptstadt lag und die One-Man-Show von Bernie Retzke im Fernsehen schaute, erinnerte sie sich daran, wie er vor ein paar

Wochen in das Krankenhaus zu Cathy und ihr gekommen war. Er hatte ausgesehen, als ob er gerade dem Teufel leibhaftig begegnet wäre. Er hatte nicht mehr gelacht und plötzlich gar nicht mehr über seine Arbeit geredet. Gleichzeitig hatte sie gespürt, wie er wieder ihr wahrer, liebevoller und emphatischer Vater geworden war. Der Vater von früher, bevor er in seinem Arbeitswahn verfallen war. Noch in der Klinik hatte er der Krankenschwester die Tabletten aus der Hand gerissen, die den schwerkranken Patienten zur Schmerzlinderung verabreicht wurden. VITRUXX. Die Tabletten, auf deren Schachtel die drei großen Buchstaben hervorstachen: UMC. Die drei teuflischen Buchstaben, hinter denen er unter Anweisung seines Teufels von Chef eines der größten und einflussreichsten Unternehmen des Landes entwickelt hatte. Etwas später hatte sich Paul Olivia und Cathy offenbart. Er war nur eine Marionette gewesen. Wie hatte er das alles übersehen können? Bruckheimer konnte nur der Teufel in Person sein. Wie konnte ein Mensch aus finanziellen Interessen ein ganzes Land krank machen und sterben lassen? Er hatte gedacht, Bruckheimer sei auf seiner Seite gewesen. Einer, der die Gesellschaft positiv verändern wollte. Klar, alle wollten auch gut verdienen, aber das schloss sich ja nicht aus. Doch der Teufel hatte es auf die Spitze getrieben. Was wollte er mit dem ganzen Geld machen? Oder ging es ihm um Einfluss? Um Macht? Paul hatte seinen einstigen Mentor nicht mehr gekannt. Er hatte ihn wahrscheinlich nie wirklich gekannt. Wahrscheinlich hatte er nie wirklich hingesehen.

Cathy und Olivia hatten genauso irritiert ausgesehen wie die Krankenschwester, als Paul die Tabletten VITRUXX wortlos in der Toilette entsorgt und der Krankenschwester Anweisung gegeben hatte, dass seine Ex-Frau keine Tabletten mehr von UMC bekommen dürfte. Ansonsten drohte er dem Krankenhaus mit einer Klage. Die Krankenschwester war wortlos verschwunden und Cathy und Olivia hatten Paul fragend angesehen.

Olivia blickte zusammen mit ihrer Mutter angewidert auf den Fernseher. Wie konnten die Menschen so einen nur wählen? Todesstrafe? Verhaftungen? Grundrechtseinschränkungen? Getrennte Bereiche? Wo sollte das bitte schön hinführen? Kamen jetzt auch noch Arbeitslager und Geheimdienste? Dass das in diesem Land jemals wieder möglich wäre.

Cathy ging es seit einigen Tagen deutlich besser. Paul hatte ihnen nichts Genaues verraten können, außer das, was er ihnen schon gebeichtet hatte. Er hatte gesagt, es ginge hier mittlerweile um Leben und Tod und ansonsten kämen sie auch in Gefahr. Aber er hatte zumindest deutlich gemacht, dass die Tabletten vergiftet und der Grund waren, warum Cathy wirklich krank geworden war.

Cathy und Olivia schauten sich ungläubig an, als Retzke live im Fernsehen verkündete, dass just in diesen Momenten überall im Land Gesundheitsgefährder und Verräter aufgespürt und in die dafür errichteten Einrichtungen zur Quarantäne gebracht würden. Es drohe ein nicht unerheblicher Schaden für die Menschen. Es müsse alles dafür getan werden, dass sich ein traumatisches Erlebnis wie in den letzten Monaten nicht wiederholte.

»Was hat Papa nur getan?«

»Er kann nichts dafür. Dein Vater hat ein großes Herz, aber er war verblendet von diesem Bruckheimer. Er hatte Zeit seines Lebens zusehen müssen, wie seine Eltern alles dafür taten, ihre Körper zu ruinieren. Gleichzeitig musste er machtlos mit ansehen, dass den Armen und Kleinen vom Staat nicht geholfen wurde. Das hat ihn sehr geprägt, Olivia.«

»Ja, ich weiß.«

»Er ist nur dem falschen Mann hintergelaufen.«

Nur wenige Sekunden später schreckten beide hoch. Vor der Tür quietschten Autoreifen, heulten Polizeisirenen und plötzlich standen mehrere Kleinbusse vor dem kleinen Haus. Schwer bewaffnete und muskelbepackte Männer sprangen aus den Autos und umstellten das Haus. Cathy und Olivia sprangen auf. Intuitiv griff Cathy ihr Handy und begann zu tippen. Mit einem lauten Knall wurde die Tür von der Polizei gesprengt und mehrere Männer zielten mit Waffen auf die beiden verängstigten Frauen, die sich gegenseitig umklammerten.

»Catharina und Olivia Schneider?«, schrie einer der Männer. Cathy nickte kurz. »Sie sind des Hochverrats angeklagt und werden in eine Quarantäneeinrichtung nach Moabit gebracht! *Los!!*«

Wie auf Kommando sprangen die Männer auf die beiden zu. Olivia schmiss sich wild vor ihre Mutter, die die Gelegenheit nutzte, um die letzten Worte in ihr Handy einzutippen. Kurz bevor einer der Männer ihr das Handy aus der Hand schlagen konnte und sie gleichzeitig einen Faustschlag ins Gesicht bekam, drückte sie auf *Senden.*

KAPITEL 51

7. Mai, nachmittags

Paul hatte Teighaus immer noch nicht gesehen. Auch Franzi zuckte nur mit den Achseln, als er sie fragte. Paul hatte sich vorgenommen, mit Teighaus zu sprechen. Ihn zu fragen, ob es nicht besser wäre, die Sache zu beenden. Er hatte mit Henrike Meyer gesprochen und die verprügelten Mitstreiter wurden sinnbildlich für ihre Aktionen, die das gemeine Volk offensichtlich nicht guthieß. Hier wurde kein Volk von einem Despoten unterdrückt. Hier wollte das Volk Minderheiten unterdrücken und hatte einen von ihnen an die Spitze gestellt. Die Mitstreiter des Widerstands waren nicht die einzigen, die ihre Missgunst gegenüber Bernie Retzke erklärt hatten. Es waren nicht viele, doch einige Mutige wagten sich tatsächlich auf die Straße. Doch sie waren alleine. Keine Polizei schützte sie, als wildgewordene Horden von privaten Nachbarschaftsverteidigern die Demonstranten wahllos niederschlugen. Keine Polizeistation nahm Beschwerden oder Anzeigen gegen diese Gewalttaten auf.

Paul hatte schon seit der Schießerei am Wahlabend im Wedding das Gefühl gehabt, dass es keine Hoffnung mehr auf Besserung gab. Ein Leben im Untergrund war nichts für ihn. Er vermisste Cathy und Olivia schrecklich. Er konnte noch nicht einmal fragen, wie es Cathy ging. Die beiden würden sich sicherlich schreckliche Sorgen um ihn machen. Paul sehnte sich nach Ruhe und Geborgenheit. Er wollte seine Familie nehmen und dann einfach abhauen. Er brauchte einen Plan.

Doch Teighaus war nicht da. Sobald er wieder da ist, nahm sich Paul fest vor, werde ich mit ihm sprechen und dann gehen.

David saß in der Küche der Remise. Seine Gedanken machten ihn fast wahnsinnig. Diese Enge hielt er nicht mehr aus. Er wollte alles herausschreien. Er wollte alle vernichten. Er wollte alles kaputtschlagen. Diesen Untergrund konnte er nicht mehr ertragen. Dabei war er erst ein paar Tage hier, doch es fühlte sich wie eine kleine Ewigkeit. Wie hatte es sein Chef Teighaus nur so lange im Untergrund ausgehalten? Immer wieder hatte David die Bilder von Ben vor sich. Von den letzten Sekunden seines Lebens. Als er blau angelaufen in seinem Bett lag, die Geräte versagten, das Fieber zu hoch war und sein kleines Herz irgendwann aufhörte zu schlagen. Er träumte nachts von den Bildern und wachte schweißgebadet auf seiner Pritsche auf. Er sah diese Bilder auch tagsüber. Er bekam sie nicht mehr aus dem Kopf. Am liebsten hätte er sich diesen Kopf abgeschlagen. Franzi legte sich in den Nächten immer wieder zu ihm und versuchte, ihn zu beruhigen. Sie streichelte seinen Kopf so lange, bis David wieder einschlief.

Paul setzte sich zu David und berichtete ihm von seinen Plänen, abzuhauen und das Land zu verlassen.

»Eigentlich keine schlechte Idee. Wer weiß, wie das hier noch endet. Das ist doch auch kein Leben hier. Ich habe eh nix mehr zu verlieren.«

»Dann komm einfach mit. Ich habe ein Boot an der Ostsee …«

Plötzlich knallte es ohrenbetäubend. Der Boden der Remise wackelte. Paul und David zuckten zusammen und warfen sich instinktiv unter die Küchenstühle. Dann noch eine Detonation. Und noch eine. Die Mitstreiter liefen wild durcheinander. Fensterglas zersplitterte. Jemand schrie laut auf, er wurde von einer großen Glasscherbe am Oberkörper getroffen. Dann kam eine gewaltige Staubwolke. Der gesamte Innenhof war eingenebelt. Langsam kam der Staub durch die zersplitterten Fenster in die Remise. Niemand konnte mehr etwas erkennen. Dann war Stille. Franzi war die erste, die wieder zu sprechen wagte.

»Alle soweit okay? Irgendjemand verletzt?« Ein Mitstreiter schrie vor Schmerzen, aber scheinbar waren die anderen unversehrt geblieben.

»Was, um Gottes Willen, war das?« Keiner konnte sich erklären, was gerade geschehen war. Natürlich, das waren Bomben gewesen, und zwar ganz in der Nähe. Hier im Regierungsviertel musste gerade etwas ganz Schreckliches passiert sein. Das war ihnen klar. Paul schaute auf sein Handy. Kein Netz. Auch die Festnetzleitung funktionierte nicht. Der Strom war ebenfalls ausgefallen. David und Paul gingen mit Franzi vorsichtig vor die Tür in den Innenhof. Langsam lichtete sich der Staub. Sie gingen Richtung Straße und sahen, wie die Menschen staubumhüllt panisch durcheinanderliefen. Einem Mann, der sich am Bein verletzt hatte und versuchte, sich wegzuschleppen, riefen sie zu: »Was ist passiert?«

»Bombenanschlag auf das Regierungsgebäude und auf das Hochhaus von dieser Unity Medical Group!« Die beiden Gebäude lagen nur ein paar Häuser voneinander entfernt. Paul hatte seinerzeit den Firmensitz genau deshalb ausgesucht. Wegen der Nähe zur Macht.

»Wer?«

»Keine Ahnung! Terroristen!« Und weg war der Verletzte. Die drei schauten sich an. Wer sollte das gewesen sein? Wir waren das nicht. Eine andere Widerstandsgruppe, die das zustande bringen konnte, war ihnen nicht bekannt. Und Bernie? Der hatte einen ungeheuren Hass auf die UMC. Aber der war Kanzler, und der würde das doch nicht veranlasst haben. Und vor allem nicht den Regierungssitz. Plötzlich drehte Paul sich um und ging Richtung Ausgang des Innenhofs.

»Das war's. Ich bin weg. Hier ist keiner mehr sicher.« Das machte Franzi wütend.

»Na klar, der feine Herr Lobbyist verdrückt sich jetzt. Gerade jetzt, wenn es mal unangenehm wird.« Paul würdigte Franzi keines Blickes. Er war fest entschlossen. David rannte ihm hinterher.

»Paul, warte! Bitte noch ein bisschen. Wer weiß, was dich da draußen erwartet. Lass sich die Sache etwas beruhigen und lass uns auch auf Teighaus warten. Vielleicht weiß der mehr. Und dann komme ich mit! Ich will auch weg hier, ein neues Leben anfangen. Irgendwo, bloß weg aus diesem gottverdammten Land.« Paul war nicht wohl bei der Sache. Sein Gespür sagte ihm, dass er augenblicklich verschwinden müsse. Hier war etwas ganz Schlimmes am Kochen. Der Mob war unberechenbar und mit Bernies Leuten war nicht zu spaßen. Er hatte sie damals schließlich alle analysiert. Jeden einzelnen. Trotzdem ließ er sich von David überreden, auf Teighaus zu warten. Paul spürte, dass Teighaus der Schlüssel dafür war, wie die Sache hier zu Ende ging. Doch der kam nicht.

KAPITEL 52

8. Mai, morgens

Jetzt ist Schluss! Ich werde jetzt aufräumen. Wer wagt es, hier Gebäude in die Luft zu sprengen? Ich muss diese Terroristen ein für alle Mal vernichten. Bernie befand sich, umgeben von seinen engsten Gefolgsleuten, im streng bewachten Verteidigungsministerium. In Jeans und Pullover gekleidet schaute er aus dem Fenster auf die Rauchwolken über dem Regierungsviertel. Es war nicht bei den Anschlägen auf die UMC-Zentrale und das Regierungsgebäude geblieben. Überall im Zentrum waren Gebäude angegriffen, alle Bomben innerhalb kürzester Zeit gezündet worden. Niemand wusste, wer dahintersteckte. Wer hatte die Logistik und das Know-how, Derartiges zu vollbringen? Es war klar, dass sich die Anschläge gegen Bernie Retzke richteten. Und vor allem gegen das Volk, das ihn gewählt hatte. Fassungslos standen Anwohner, Ladenbesitzer und Mitarbeiter der angegriffenen Gebäude vor den Flammen. Die ganze Nacht brannten Häuser, Autos, Geschäfte und Büros. Zorn machte sich breit. Über genaue Opferzahlen war noch nichts bekannt geworden, aber die Menschen waren es leid, nun weiteres Chaos ertragen zu müssen. Ein Kamerateam von TeleDeutschland war ebenfalls an einer Stelle der Explosionen und interviewte die danebenstehenden Menschen.

»Das kann so nicht weitergehen!«, sagte einer.

»Keine Sorge, der Retzke wird schon die richtigen Mittel auffahren.«

»Wir lassen uns das von den Chaoten nicht bieten. Eher greife ich selbst zur Waffe und hole mir die Verbrecher!« Andere applaudierten bei diesen Worten. Live wurden die Worte der Menschen in die Wohnzimmer des Landes gesendet: »Leute! Wir müssen jetzt ein für alle Mal Schluss machen mit dem Chaos! Lasst uns zur Abstimmung gehen. Es muss doch jetzt eigentlich auch dem Letzten klar geworden sein, wie nun über die Todesstrafe abgestimmt werden muss! Wir brauchen Ordnung, Recht und Sicherheit hier im Lande! Der Kanzler muss etwas tun!« Dieser würde sich das nicht zweimal sagen lassen.

Die Sonne brannte auf die Stadt. Es war ein außerordentlich heißer Tag für diese Jahreszeit. Keine Wolke war am Himmel. Lediglich die Nebelschwaden der Anschläge zogen durch die ansonsten glasklare Luft. Die Feuerwehren kamen nicht schnell genug zu den Einsatzorten. Die Stadt brannte. Die Abstimmung zum Volksentscheid über die Einführung der Todesstrafe sollte einen halben Tag dauern. Von morgens bis zum frühen Nachmittag. Bernie wollte dem Volk das Ergebnis bereits am Nachmittag verkünden. Er spürte, wie es lauten würde.

Die Abstimmung war an nicht viele Regeln gebunden. Jeder mit einem gültigen Ausweis und der deutschen Staatsangehörigkeit durfte zu den Behörden gehen und sich einen Abstimmungszettel holen. Dort lautete dann die Frage schlichtweg: »Sind Sie für oder gegen die Einführung der Todesstrafe bei schweren Verbrechen?« Keine Erläuterung, keine Erklärung, was unter einem schweren Verbrechen gedeutet wurde. Die Abstimmungsberechtigten konnten ein einfaches Kreuz bei Ja oder Nein machen. Das war alles.

Genau so stellte sich Bernie Retzke die Demokratie vor. Jetzt werde ich für Ordnung schaffen. Alle werden sehen, wie sauber es hier sein wird, wenn ich einmal aufgeräumt habe. Ich werde nicht zulassen, dass dieses Land von Verbrechern terrorisiert wird. Die Menschen sind auf meiner Seite. Jetzt müssen wir nur noch den lästigen Gesetzeskram erledigen.

»Männer, holt die Juristen. Sofort. Und bereitet eine Rede vor. Ich will den Menschen da draußen etwas sagen.«

»Wo, Bernie?«

»Vom Balkon des Reichstagsgebäudes!« Mit glühenden Augen nickten seine Kameraden. Vom Reichstagsgebäude. Das würde die ganze Welt sehen. Hier im Lande würde nichts mehr so sein, wie es einmal war!

Verschüchtert kamen die Mitarbeiter der Regierung, die sogenannten *Arbeitsameisen*, zu Bernie in das Büro. Sie hatten schon einige Regierungen miterlebt und für die unterschiedlichsten Kanzler Gesetze formuliert. Das war ihnen egal, denn sie waren zum Arbeiten hier und machten keine Politik. Aber sie wussten, dass dieser hier ein anderer war.

»Da seid ihr ja. Setzt euch.« Bernies Kameraden boten den Ameisen ein Glas Wasser an. Diese schauten befremdet auf Kanzler Bernhardt Retzke. Ein Kanzler in dreckigen Jeans. Das hatten sie sich auch niemals vorstellen können. Neben ihm stand Polizeipräsident Steiner. Die Ameisen fragten sich, was der hier verloren hatte. Es war klar, dass Bernie sich durch Steiners Auftritt noch mehr Nachdruck versprach.

»Vorweg: Wann kann man die Verfassung ändern?« Die Juristen schauten sich zögernd an. Leise sagte einer: »Mit einer Zweidrittelmehrheit …«

Bernie klatschte in die Hände. »Ha! Genau! Also tun wir das jetzt mal! Das Volk hat entschieden!« Im besten Straßendeutsch diktierte Bernie den Ameisen, was er vorhatte. Diese schrieben alles haargenau mit. Nur ab und zu zögerten sie und schauten ungläubig auf. Todesstrafe? Anti-Terror-Gesetze? Grundrechtseinschränkungen? Bernies Worte hatten es in sich. Als Bernie fertig war, kam er dicht an die Ameisen heran.

»Und damit das klar ist: Ihr arbeitet jetzt für mich! Und ich erfahre alles!« Demütig nickten die Ameisen und verließen das Büro, um sich sofort an die Arbeit zu machen.

»So, und nun erkläre ich dem Volk, wie wir hier aufräumen werden!« Bernies Männer lachten siegesgewiss. Sie kannten das

Ergebnis des Volksentscheids über die Einführung der Todesstrafe schon.

Bevor Bernie den Weg Richtung Reichstag einschlug, flüsterte einer seiner Kameraden ihm ins Ohr.

»Wir haben beim Anschlagsort im Regierungsgebäude einen Zettel gefunden. Wir wissen, wo die Dreckschweine vom Widerstand stecken.«

»Dann los.«, befahl Bernie trocken. »Nimm zehn Männer mit und jagt sie bis ans Ende. Ich will ihren Kopf.«

»Und was ist mit der anderen Sache?«

»Geht alle auf Position. Ich will ein Feuerwerk. Lasst die ganze Saubande von Lobbyisten hochgehen.« Retzke schaute zu Polizeipräsident Steiner. Der nickte nur wortlos und verschwand ins Nebenbüro zum Telefonieren. Er musste Anweisungen an seine Abschnittsleiter geben. Bernie hatte freie Bahn.

Die Meldung von Bernies bevorstehender Rede ans Volk vor dem Reichstag verbreitete sich in Windeseile in der Stadt. Die Menschen kamen in Heerscharen in das Regierungsviertel. Er tat jetzt etwas! Kanzler Bernie ginge gegen das Chaos vor! Was für ein Mann der Tat! Wie lange hatten sie sich so einen gewünscht? Bernies Ankunft blieb nicht unbemerkt. Unter großen Jubelstürmen wurde er begrüßt. Die Menschen erwarteten sehnsüchtig seine Worte.

~

Das Telefonnetz funktionierte wieder. Cathys Nachricht an Paul kam erst jetzt an. Sie war offensichtlich in höchster Not. Paul wusste nun, dass er zu spät war. Es war alles zu spät: *Werden verhaftet. Kommen in ein Ghetto. Moabit. In Liebe Ca.* Ihr Name war nicht mehr ausgeschrieben. Offensichtlich hatte sie gerade noch auf *Senden* drücken können. Dann war ihr wohl das Handy genommen worden. Danach hatte er noch zwei Anrufe von Cathy auf dem Display im. Aber Paul wusste, dass *die* nun ihr Telefon hatten. Sie war verloren.

Auch in der zerstörten Remise hörte man von der Nachricht, dass in Kürze eine große Kundgebung vor dem Reichstag stattfinden sollte. Alle wussten, dass der Widerstand zerbrach. Das Volk war zu mächtig. Und zu traumatisiert. Nie wieder wollten sie so eine Angst spüren wie vor dem Lassa-Fieber. Sie wollten ihren alten Wohlstand zurück, ihre alte Ruhe, aber sie wollten nicht mehr von den Parteien und von den Lobbyisten hinters Licht geführt werden. Dass sie nun blind jemand anderem hinterherliefen, schienen sie nicht zu bemerken. Zu groß war die Sehnsucht nach der starken Hand.

Teighaus kam nicht wieder. Die Mitstreiter hatten keine Hoffnung mehr. Sie waren sich sicher, dass Teighaus ermordet oder verhaftet worden war. Langsam trafen sie Vorbereitungen, die Remise zu verlassen.

KAPITEL 53

8. Mai, 14.00 Uhr

Als Bernie den Balkon betrat, hielt es die Menschen nicht mehr zurück. Minutenlange Ovationen ließen ihn nicht zu Wort kommen. »*Bernie! Bernie!*«

Feuerwerkskörper wurden in die Luft geschossen. Einige schossen auch mit scharfen Waffen. Bernie und seine Leute ließen sie gewähren. Seit seiner Kanzlerschaft hatte er das ohnehin liberale Waffenrecht weiter gelockert und die Behörden angewiesen, wohlwollend mit Zulassungen für scharfe Waffen umzugehen. Die Menschen sollten sich verteidigen können. Das war schließlich ein Grundrecht, sagte Bernie.

»*Liebe Mitmenschen!*« Plötzlich war von der Ferne eine Detonation zu hören. Die Menschen erschraken, sahen aber, wie Bernie beruhigend die Hände hob.

»Das ist der Anfang vom Ende des Lobbyismus! Habt keine Sorge! Die Sprengungen habe ich veranlasst!« Begeisterte Jubelstürme brandeten auf.

»Freunde! Der schlimme Anschlag auf mich und meine Parteifreunde ist noch ganz frisch in unserer Erinnerung, da haben diese Verbrecher heute weitergemacht. Der Terror gegen das Volk hat Einzug gehalten. Wegbereiter war das System, Ex-Kanzler Meffert und die Lobbyisten. Alle haben uns blind gemacht, schwach gemacht. Doch das hat jetzt ein Ende!«

Bernie wurde immer wieder von Jubelstürmen unterbrochen.

»Menschen versuchen, unser Volk zu infizieren. Afrikaner haben uns krank gemacht. Die etablierten Parteien haben das alles jahrzehntelang geduldet! Unsere Kinder werden infiziert! Unsere Frauen! Alles unter dem Motto *Multikulti* und *Jeder soll glücklich werden, wie er will*! Ab heute nicht mehr! Ich werde es nicht mehr dulden, dass diese Egoisten rücksichtslos durch die Straßen ziehen! Dass die Afrikaner Drogen an unsere Kinder verkaufen! Ich werde es einfach nicht mehr dulden und bitte euch, Widerstand zu leisten! Sucht diese Verräter, die uns krank und schwach gemacht haben. Das Pack, das uns krank machen will! Ich werde in jedem Winkel dieses Landes für Sauberkeit, Ordnung und Gesundheit sorgen! Kein Stein bleibt auf dem anderen! Ich habe Ghettos einrichten lassen! Geschlossene Wohnblöcke, in denen ich Verräter und Gesundheitsgefährder kaserniere, bis die sich vor Gericht für ihren Verrat zu verantworten haben! Keiner wird verschont! Keine Milde wird geduldet! Ich werde uns alle in ein neues Zeitalter führen! Wir haben jetzt das Sagen! Das alte System ist *tot*!« Die Menschen auf der Wiese vor dem Reichstag waren hypnotisiert vor Euphorie. Es folgten weitere Detonationen in der ganzen Innenstadt. Die Vögel flohen, die Menschen schienen die Innenstadt endgültig zu übernehmen. So wollte es Bernie, das hatte er vor. Er hatte viel zu wenig Leute, um gezielt Jagd auf die Verräter zu machen. Sollten die Menschen das selbst in die Hand nehmen. Sie waren schließlich das Volk! Und der Volkswille sollte geschehen! Als Bernie bemerkte, dass sich Rudel bildeten, um auf die Jagd zu gehen, setzte er zum Höhepunkt an.

»Freunde! Bürger dieses Landes! Ihr habt entschieden! Das Volksvotum ist eindeutig! Mehr als 70% der Menschen haben für die Einführung der Todesstrafe gestimmt. Ich habe daher alles veranlasst. Sie gilt ab sofort. Daher lauft jetzt los! Schützt eure Familien! Schützt eure Frauen und Kinder! Schützt unser Volk! *Findet sie! Alle!!*«

Angefacht von einem Feuerwerk an Detonationen in den Lobby-Zentralen, ausländischen Kulturvereinen und Menschenrechtsbüros im ganzen Regierungsviertel schwärmten die Menschen sofort aus. Sie waren wie von Sinnen, im Rausch der Wut, im Rausch der Massen. Die Luft war staubdurchzogen. Kein Auto fuhr mehr.

Wenige Minuten später war der Platz vor dem Reichstagsgebäude fast menschenleer. Nach dem Jubel kam die Stille. Die Ruhe vor dem Sturm.

Polizeipräsident Steiner stand auf dem Balkon und beobachtete das Treiben. Ich habe es mir hart verdient, ich habe große Opfer bringen müssen. Ich weiß nicht, wie das hier alles endet, aber das werde ich mir teuer bezahlen lassen. Und dann haue ich aus diesem Land ab. Bloß weg hier. Sein Handy piepte. Er nahm es in die Hand und schaute auf das Display. Er las die Nachricht:

Und jetzt Seitenwechsel. Sofort! Das Feuer muss lodern!

~

David wollte noch nicht aufgeben. Franzi bat ihn zu allem Überfluss, noch ein wenig zu warten und er fühlte ihr gegenüber eine gewisse Verpflichtung. Teighaus musste doch noch am Leben sein. Paul verstand David. Er musste schließlich selbst wissen, was für ihn am besten war. Aber für Paul gab es jetzt nichts anderes mehr, als herauszufinden, wo seine Familie war, sie zu retten und abzuhauen. David versprach, sobald es ginge, nachzukommen. Beide wussten, dass es nicht passieren würde.

Als Paul sich von David und Franzi verabschiedete, schaute er noch einmal auf die Uhr. Es war 16 Uhr. Er nahm seinen Rucksack und begab sich in den Hinterhof. Paul ging die Einfahrt entlang und stolperte fast über die dicken, alten Pflastersteine. Noch ein Blick zurück. Was soll ich jetzt tun? Ich muss hier weg. Sofort. Raus aus diesem Land. Keineswegs würde er seine Familie im Stich lassen. Cathy hatte etwas von einem Ghetto in Moabit geschrieben. Als er überlegte, wie er nach Moabit kommen könnte, schossen plötzlich zehn vermummte, kräftige Männer an ihm vorbei Richtung Remise. Er erkannte einen von ihnen, der ihm damals bei der Parteiveranstaltung wegen einer großen Narbe im Gesicht besonders aufgefallen war. Die Verletzung führte von der Stirn tief in die Augenpartie hinein, so dass er sie sogar trotz Vermummung sehen konnte. Das waren zweifellos Bernies Männer. Er blieb stehen und schaute den Männern hilflos hinterher, wie sie mit gezückten halbautomatischen Pistolen in die Einfahrt zur Remise rannten. Einer verlor plötzlich eine Pistole aus seiner Tasche. Der Mann bemerkte seinen Verlust offenbar nicht. Da lag die Waffe. Paul zögerte. Dann fielen auch schon Schüsse. Noch ein Schuss und noch einer und noch einer. Paul hörte irgendwann auf zu zählen. Dann wurde es still. Paul wusste, sie hatten keine Chance. David hatte keine Chance. Franzi hatte keine Chance, Henrike Meyer und die anderen hatten keine Chance. Sie hatten keine Waffen in der Remise, um auch nur annähernd gleich stark zu sein. Augenblicklich erkannte Paul die Stille als Zeichen dafür, abzuhauen. Sofort! Intuitiv lief er zur Waffe, ergriff sie und rannte weg. So schnell es ging. Da kamen sie schon. Sie sahen Paul und rannten ihm hinterher. Plötzlich peitschten wieder Schüsse durch die Luft. Aber offenbar nicht in seine Richtung. Paul versteckte sich hinter einem Stromkasten. Voller Angst schaute er mit zugekniffenen Augen Richtung Einfahrt. Er konnte es nicht glauben. David schleppte sich verletzt mit einer Pistole die Einfahrt hinunter. Er schrie: »Lauf Paul, ich halte sie auf!« Er zielte auf einen der Männer, der bereits verwundet am Boden lag. Mit einem Mal weitere Schüsse. Paul duckte sich. Wieder Schüsse. Dann herrschte Ruhe. Paul kam es so vor, als ob er die Vögel an einem Sonntagmorgen zwitschern hörte. Doch es piepte nur in seinen Ohren, weil der Knall der Schüsse sein Trommelfell angegriffen hatte. Langsam schaute er hinter dem Kasten hervor. David lag regungslos am Boden. Er blutete aus dem Oberkörper. Die anderen Männer lagen neben ihm. David hatte ihm das Leben gerettet und die Männer erschossen, dabei aber selbst schwerste Treffer abbekommen. Paul schluckte schwer und schaute nach links und nach rechts. Nichts. Langsam ging er zu David. Plötzlich bemerkte er, dass er noch röchelte. Die anderen Männer zeigten keine Regung. Schnell beugte er sich über Davids Gesicht. Auf eine merkwürdige Art sah David glücklich aus. Paul flüsterte: »David, komm schon. Ich helf dir auf!« Aber Paul bemerkte, dass David schwer verletzt war und nicht aufstehen konnte. Er blinzelte Paul an.

»Vergiss es, mein Freund. Ich habe getan, was ich konnte.« Seine Stimme wurde brüchiger. Er schnappte nach Luft, riss die Augen auf und lief rot an. Blut lief langsam aus seinem Mund.

»Lauf!«, stieß er mit letztem Atem hervor. »Da ist er!«, hörte Paul noch. Mit Tränen in den Augen schnellte er hoch, flüsterte ein leises »Danke« und rannte weg. Paul rannte. Paul Schneider rannte. Er rannte weg. Immer weiter, bloß weg hier. Wohin, wusste er nicht. Er wusste, er war nirgends mehr sicher. Er würde überall verfolgt werden. Und er wusste, irgendwann würden sie ihn kriegen.

David Braun lag auf den kalten Pflastersteinen. Er spürte nichts mehr. Seine Augen waren geöffnet. Er sah in den Himmel, sah die Wolken. Es war komplett still. Plötzlich spürte er Laura. Sie legte ihre Hand auf seine Stirn und hatte Ben auf dem Arm. Ein Schuss. Laura war weg. Er schloss die Augen. Ich bin jetzt wieder bei euch.

KAPITEL 54

Kurz zuvor

Die vermummten Männer schossen die kompletten Magazine ihrer Waffen leer. Es waren regelrechte Hinrichtungen. Die Mitstreiter versuchten, Schutz unter Tischen, in den Toiletten oder in Schränken zu finden, doch die Killer von Kanzler Retzke hatten einen klaren Auftrag erhalten. Gefangene wurden nicht gemacht. Verräter durften nicht verschont werden. Die Kugeln durchschlugen alles, was vermeintlichen Schutz gewährte.

Als der letzte Schuss fiel, hörte Henrike Meyer nichts mehr. Stille legte sich über die Remise. Sie kauerte im Dunkeln eines Kellerschrankes und schloss weiterhin panisch die Augen. Sie hoffte, dass es schnell passieren würde. Und schmerzlos. Sie sollen mir direkt in den Kopf schießen. Aber es passierte nichts. Henrike Meyer wartete geraumer Zeit. Sie hatte jegliches Zeitgefühl verloren. Obwohl sie seit einer Ewigkeit weder Stimmen noch andere Geräusche gehört hatte, traute sie sich nicht, ihr Versteck zu verlassen. Sie lauschte. Nichts. Sie nahm allen Mut zusammen und öffnete fast geräuschlos die Schrankwand. Sie kniff erneut die Augen zusammen. War es möglich, dass die Killer direkt vor dem Schrank lauerten und sie nun hinrichteten? Doch es passierte nichts. Langsam öffnete sie die Tür ein Stückchen weiter und riskierte einen ersten Blick in den Kellerraum. Offenbar waren die Angreifer weg. Der Kellerraum sah genauso aus wie vor ihrer Flucht in den Schrank. Hier hatten die Mörder offenbar nicht gewütet. Sie stieg leise heraus und horchte wieder, ob sie noch Geräusche von oben hörte. Doch es war still. Sie hörte nur ein leises Tropfen. Bestimmt die Klospülung. Die tropft schon seit Tagen, dachte sie sich. Sie stieg langsam die Kellertreppe empor und erstarrte augenblicklich. Vor ihren Augen lag ein erschossener Mitstreiter, der es offenbar vergebens versucht hatte, die Flucht in den Keller zu schaffen. Sie hielt sich die Hände vor die Augen, da sie den Anblick nicht ertragen konnte. Gleichzeitig schämte sie sich, als sie Erleichterung spürte. Wäre er vor den Augen der Angreifer in den Keller entkommen, hätten sie dort auch jeden Winkel durchsucht und auch sie wäre jetzt nicht mehr am Leben. Als sie über den armen Kerl stieg, bemerkte sie, dass das Tropfen nicht die Klospülung war, sondern dass das Blut des Mitstreiters langsam, aber stetig durch die offene Kellertreppe auf den harten Beton tropfte. Übelkeit stieg in ihr hoch und um sich nicht übergeben zu müssen, riskierte sie es, schnellstmöglich nach oben an die frische Luft zu kommen. In diesem Moment ließ die Angst den menschlichen Bedürfnissen Vorrang und so stürzte Henrike Meyer in die Remise. Sie kniff die Augen zusammen. Das Tageslicht blendete sie. Sie hatte wohl sehr lange im Dunkeln gekauert. Als sie die Augen öffnete, konnte sie es nicht mehr zurückhalten. Überall lagen übel zugerichtete Leichen. Kopfschüsse, Herzschüsse, Blut war vermischt mit Hirnmasse und Körperflüssigkeiten. Sie rannte in die Küche und übergab sich in die Spüle. Die meisten der Mitstreiter hatten die Augen geöffnet. Das sprach zumindest für einen plötzlichen Tod, dachte sich Meyer, nachdem sie sich ein wenig gesammelt und sich das Gesicht gewaschen hatte. Für einen kurzen Moment hielt sie inne und ließ ihren Tränen freien Lauf. Doch sie war eine erfahrene Journalistin, die schon so einiges erlebt hatte. Daher riss sie sich zusammen, nahm ihre kleine Tasche und verließ den Ort des Schreckens.

Als sie die Remise verließ und die Einfahrt hinunterlief, sah sie David. Neben ihm lagen leblos einige vermummte Gorillas. Was war hier passiert? Sie kniete sich zu ihm herunter und fühlte seinen Puls. Vergeblich. Armer David, dachte sich Henrike Meyer, trotzdem musste sie ihn zurücklassen. Sie schaute sich um. Keine Autos, keine Menschen, keine Killer waren zu sehen. Sie lauschte. In der

Ferne, sicherlich ein paar Straßen weiter, hörte sie Schüsse. Leise Schreie, ansonsten gespenstische Ruhe. Sie hatte die große Stadt noch nie so still erlebt. Nur aus einigen Ecken war leises Feuerknistern zu hören. Man konnte die brennenden Häuser nicht mehr zählen. Das ganze Regierungsviertel war nicht mehr dasselbe. Die wenigen Anwohner, die hier noch ausharrten, verbarrikadierten sich. Niemand wagte es, aus den Fenstern oder Türen zu schauen. Niemand wollte ein Zufallsopfer des Mobs werden.

Henrike Meyer rannte Richtung Norden. Sie rannte direkt an dem zerstörten Hochhaus der Unity Medical Care Group vorbei. Ohne Zeit zu verlieren, riskierte sie einen Blick auf den Anschlagsort. Das Haus lag in Schutt und Asche. Aber es waren keine Opfer zu sehen. Offenbar waren die Menschen, die dort gearbeitet hatten, entweder alle im Inneren verschüttet oder sie waren gewarnt worden und nicht zur Arbeit erschienen.

Sie rannte weiter Richtung Norden. Plötzlich sah sie einen Mann, der aus einem unzerstörten Nebengebäude kam und das Weite suchte. Wie vom Blitz getroffen, stoppte sie. Der Mann lief in die entgegengesetzte Richtung. Sie versuchte ihm hinterherzuschauen. Sollte sie rufen? Auf keinen Fall. Das würde den Mob anlocken. Sie war sich nicht ganz sicher. War das nicht Teighaus?

Laute Rufe rissen sie aus ihren Gedanken. Offenbar waren Männer in der Nähe. Henrike Meyer sah einige von ihnen, wie sie mit gezogenen Waffen über die Straße stürmten und offenbar jemanden verfolgten. Die Männer sahen Meyer nicht. Intuitiv folgte sie ihnen unauffällig.

»Da ist er!«, schrien sie und zeigten auf einen Mann auf einen kleinen Spielplatz.

Henrike Meyer sah, wie die Männer über den Zaun des Spielplatzes kletterten. Der Gesuchte hatte seine todbringenden Verfolger bemerkt, schreckte auf und schoss sofort auf sie. Er verfehlte sie. Offenbar war er kein geübter Schütze. Die Verfolger sprangen mit einem Satz vom Zaun herunter und schossen zurück. Immer und immer wieder. Die Kugeln heulten über den Spielplatz. Als der Mann auf die Begrenzungsmauer des Spielplatzes hinter der Bank geklettert war, drehte er sich noch einmal für einen Sekundenbruchteil um. Henrike Meyer duckte sich hinter einen Stromkasten. Sie musste warten, bis die Männer weg waren, sonst hatte sie keine Chance. Sie schaute kurz hervor und sah genau in das Gesicht des Mannes. Als dieser sich kurz umdrehte und auf die andere Seite sprang, um weiteren Kugeln zu entkommen, erkantte Henrike Meyer den Mann. Es war Paul Schneider. Sie spürte ein kurzes Gefühl der Erleichterung. Er hatte es überlebt! Wenigstens einer! Im nächsten Moment spürte sie intuitiv eine Entschlossenheit. Sie kramte in ihrer Tasche und zog eine kleine Handfeuerwaffe hervor. Zu ihrer Zeit als Journalistin in Amerika hatte sie sich eine kleine Waffe zur Selbstverteidigung zugelegt und zudem von ihrem damaligen Lebensgefährten, einem General a. D., das Schießen gelernt.

Langsam schlich sie zum Eingang des Spielplatzes und beobachtete die Männer, die gerade im Begriff waren, die Mauer zu erklimmen, über die Paul in die vermeintliche Freiheit geklettert war. Aber es war eine trügerische Freiheit. Sie kannte die Gegend ganz genau. Paul Schneider saß in der Falle. Hinter der Mauer war ein abgeschlossener Gewerbehof. Zwar war dieser riesengroß, aber es gab aus dem Hof keinen Ausgang außer einem abgeschlossenen meterhohen Tor. Paul konnte sich zwar verstecken, aber irgendwann würden sie ihn finden. Sie wussten schließlich, wer er war und für den Tod von Paul Schneider gab es bei Bernie Retzke sicherlich besonders große Anerkennung. Sie duckte sich und rannte los. Sie rannte, so schnell sie konnte. Bevor die Männer sie bemerken und auf die andere Seite springen konnten, stoppte sie abrupt ein paar Meter vor ihnen, zielte nach oben und drückte ab. Drei Mal. Drei präzise Schüsse. Die Männer fielen wie die Fliegen von der

Mauer und landeten vor ihren Füßen. Sie betrachtete sie wortlos mit einem verächtlichen Gesichtsausdruck, betrachtete, wie sie regungslos dalagen. Dann schaute sie sich um. Kein weiterer Angreifer war zu sehen. Es herrschte wieder absolute Stille. Sie horchte, ob sie auf der anderen Seite der Mauer etwas von Paul Schneider hörte. Vielleicht war er angeschossen, vielleicht war er schwer verletzt. Doch sie hörte nichts. Sie fasste Mut und rief leise: »Schneider, Paul Schneider! Hier ist Henrike Meyer! Sie sind tot!«

Es geschah zunächst nichts. Sie horchte. »Paul! Sie kommen da nicht raus. Sie sind eingeschlossen. Hier ist reine Luft! Ich helfe Ihnen!« Nichts. »Ich weiß, wo Ihre Frau und Ihre Tochter sind! Ich kann Ihnen helfen! Lassen Sie uns gemeinsam fliehen!«

Plötzlich hörte sie ein Kratzen und ein kurzes Stöhnen. Mit der Waffe in der Hand kletterte Paul auf die Mauer und zielte auf Meyer. Im nächsten Augenblick sah er die drei toten Männer neben ihr liegen. Er ließ den Arm mit der Waffe sinken und sprang von der Mauer. Als er unten war, sank er auf die Knie und ließ sein schmerzverzerrtes Gesicht erkennen. Er fasste sich an den Knöchel und schob seine Socke herunter. Der Knöchel war blau und dick geschwollen. Paul musste sich beim Sprung von der Mauer am Knöchel verletzt haben. Henrike Meyer kniete sich zu ihm und kramte etwas aus ihrer Tasche. Sie nahm eine Salbe in die Hand und schmierte fürsorglich ein wenig davon auf den verletzten Knöchel. Paul und Henrike Meyer schauten sich kurz in die Augen und dann fielen sie sich in die Arme. Sie hatten es geschafft. Erst jetzt merkten sie, wie die letzten Wochen die Mitstreiter des Widerstands zusammengeschweißt hatten. Sie waren eine Ersatzfamilie geworden. Hatten noch andere Mitstreiter überlebt? Das Kommandozentrum in der Remise war komplett ausgelöscht worden. Aber was war mit den Mitstreitern im übrigen Land? Kurz dachte Henrike Meyer an den Mann beim UMC-Gebäude. War das wirklich Teighaus gewesen? Hatte der auch überlebt? Oder hatte sie sich getäuscht?

KAPITEL 55

8. Mai, 16.00 Uhr

»Finden Sie den Kerl! Er muss sich verantworten!«

Bernie war nicht zu beruhigen. Wir stecken im wichtigsten Teil des Krieges und dieser Clown von Polizeipräsident lässt einige meiner wichtigsten Männer verhaften? Während einer wichtigen Operation gegen die Gesundheitsgefährder? Was bildet der sich ein?

Steiner war nach Bernies Rede unerkannt vom Balkon des Reichstagsgebäudes zurück in das Polizeipräsidium gefahren. Noch auf dem Weg dorthin hatte er Anweisungen an seine Einheiten gegeben, dass Gewalttaten und unberechtigte Festsetzungen von jetzt an nicht toleriert werden würden, egal von wem die Aggressionen ausgehen würden. Die Einsatzleiter fragten nach, ob das sein Ernst sei und ob er sich im Klaren darüber sei, dass er sich damit gegen den Kanzler stellen würde, aber Steiner schwieg nur und bestand auf die Ausführung seiner Befehle.

Wenig später hatte eine Polizeistreife drei von Bernies Männern beobachtet. Die drei muskelbepackten Männer hatten gerade mit gezogenen Waffen ein afrikanisches Restaurant gestürmt, als die Beamten Verstärkung riefen. Während sie auf die Unterstützung warteten, schauten sie sich seelenruhig vom sicheren Polizeiwagen die Taten der drei Gorillas an. Sie sahen, wie diese zunächst einen der Restaurantbesitzer erschossen, als dieser sich dagegen wehrte, in ein Auto zu steigen. Dann schlugen sie im Restaurant alles kurz und klein. Währenddessen grüßte einer der Männer die Beamten im Polizeiwagen, die sich nicht rührten. Wenige Sekunden später wurden die drei Gewalttäter von heranrasenden Einsatzwagen mit heulenden Sirenen überrascht. Völlig entgeistert hoben sie ihre Hände und schmissen ihre Waffen auf den Boden, als die zahlenmäßig überlegenen und mit scharfen Maschinenpistolen bewaffneten Polizisten sie aufforderten, sich zu ergeben. Widerstandslos ließen sie sich festnehmen. Einer davon war Ronny, Bernies wichtigster Vertrauter.

»Steiner ist nicht erreichbar.«

»Dann schick Leute ins Präsidium! Wir müssen Ronny da rausholen!«

Als die Männer sich auf den Weg machten wollten, klingelte Bernies Telefon in seinem provisorischen Büro im Verteidigungsministerium.

»Retzke?«

»Steiner hier.«

»Steiner, Sie Arschloch! Was ist in Sie gefahren? Lassen Sie meine Männer sofort frei, sonst werden Sie es bereuen!«

»Kanzler Retzke. Sie sind zu weit gegangen. Die Polizei wird das nicht mehr tatenlos mit ansehen. Wir werden ab sofort gegen jede Form der Gewalt vorgehen. Wir werden die Gesetze und die Bürger schützen.«

»Ach, auf einmal?«, schrie Bernie ins Telefon. »Sie sind ein toter Mann!«

Bernie schmiss den Telefonhörer auf den Apparat. Mist! Ich brauche die Polizei. Ohne sie kann ich nicht agieren. Wir sind zu wenige, um alles in den Griff zu bekommen. Und gegen die Polizei können wir nicht kämpfen. Und wer weiß, wie lange sich das Militär zurückhält? Bernie spürte, dass er plötzlich in die Defensive geriet.

»Das Volk wird uns unterstützen. Rekrutieren wir eben das Volk«, sprach Retzke leise zu seinen Leuten.

Doch er wusste, dass es ihm nicht helfen würde. Gegen einige wenige Widerständler zu kämpfen war das eine, aber gegen die Polizei zu kämpfen würde das Volk nicht mitmachen.

»Okay, zündet die letzten Explosionen, das wird alle in Schach halten und vielleicht einige Aufrührer zur Aufgabe zwingen. Zumindest wird es den Menschen weiter Angst einjagen.«

Bernies Männer nickten und verschwanden aus dem Büro.

KAPITEL 56

8. Mai, ca. 18.00 Uhr

Langsam brach die Dämmerung ein. Sie wussten, dass sie im Dunkel der Nacht größere Chancen hatten, zu verschwinden. Auf der anderen Seite mussten sie die Müdigkeit, die zwangsläufig irgendwann eintreten würde, besiegen. Es blieb Henrike Meyer und Paul Schneider nur wenig Zeit, um Luft zu holen. Pauls Fuß war glücklicherweise ein wenig besser geworden. Er konnte zwar keinen Sprint mehr laufen, doch fürs Erste würde es reichen, um das hier zu Ende zu bringen.

Die Schüsse kamen wieder näher und plötzlich wurde das Regierungszentrum von einer Reihe von Detonationen erschüttert. Eine lauter als die andere. Die beiden schraken wie vom Blitz getroffen aus ihrem kurzen Moment der Ruhe und der Sicherheit auf und warfen sich einen schnellen Blick zu. Der Spielplatz hatte nur einen Ausgang und sie mussten ihn vor den Angreifern erreichen. Sonst waren sie verloren. Mittlerweile wussten sie, dass ihre Gesichter in der ganzen Stadt beim Mob veröffentlicht und bekannt waren. Sie waren vogelfrei. Daher waren jetzt nicht nur Bernies Schergen von Gefahr, sondern auch der gewöhnliche Mob der Menschen, die sich vom Rattenfänger Bernie Retzke hatten ködern lassen.

Wie auf Kommando liefen die beiden los, öffneten das Spielplatztor und rannten Richtung Norden.

»Mein Auto steht hier ein paar Straßen weiter!«

Meyer nickte. Wieder erschütterten mehrere Detonationen in direkter Nähe die Häuser. Meyer und Paul wurden zu Boden gerissen. Als sie Menschen weglaufen sahen, verkrochen sie sich hinter einen Stromkasten. Stille. Nach ein paar Sekunden steckte Henrike Meyer ihren Kopf hinter ihrem Versteck hervor, um zu sehen, was da draußen vor sich ging. Man hörte nur das Knistern von Feuer.

»Na, ich hoffe, das ist nicht Ihr BMW. Kennzeichen B-PS 192?« Henrike Meyer kannte die Antwort und zeigte zu einem brennenden Fahrzeug.

Paul kroch entsetzt aus dem Versteck hinter dem Stromkasten hervor und sah erschüttert sein Auto in Flammen stehen.

Augenblicklich peitschten wieder Schüsse durch die Luft. Die Angreifer kamen näher. Sie hatten keine Zeit, zu überlegen oder um das Auto zu trauern. Sie rannten weiter. Den Geräuschen nach zu urteilen kamen die Schüsse aus südlicher Richtung, vom Reichstagsgebäude, daher wähnten sie sich nördlich in Sicherheit. Als sie keine Schüsse mehr hörten, hielt Paul ruckartig an. »Warten Sie. Wohin laufen wir? Wir müssen uns genau überlegen, was wir tun!«

Henrike Meyer stoppte ein paar Meter vor Paul und drehte sich um. Außer Atem kniete sie sich hin.

»Sie sagten, Sie wüssten, wo meine Frau und meine Tochter sind.«

»Paul, kommen Sie, erst müssen wir hier weg. Sobald wir aus dem Regierungsviertel sind, haben wir es erst mal geschafft und dann sage ich Ihnen, was ich herausbekommen habe.«

Paul schaute Henrike Meyer skeptisch an, aber was blieb ihm anderes übrig? Er wusste nur, dass sie vielleicht irgendwo in Moabit waren. Aber der Stadtteil war groß und er war vogelfrei. Also musste er ihr vertrauen. Die beiden liefen wieder los. Sie liefen an Menschen vorbei, die exekutiert worden waren. Schwarzafrikaner, Widerständler, Schlipsträger, Menschenrechtler, die friedlich demonstriert hatten und nun tot neben ihren Schildern lagen.

Henrike Meyer und Paul Schneider hielten die Waffen fest in ihren rechten Händen, ihre Taschen hatten sie sich um die linken Hände gebunden, damit sie nicht verloren gingen. Paul brauchte den nachgebauten Universalchip in seinem Rucksack, mit dem er auch das Tor zum Spielplatz unbemerkt geöffnet hatte. Das ganze Regierungsviertel war seit Kurzem gläsern. Die Regierung konnte anhand der Gesundheitschips unter der Haut des Unterarms sofort ermitteln, wer welchen Zugang nutzte. Um unerkannt zu bleiben, war der nachgebaute Chip, den er von seiner Firma UMC mitgenommen hatte, überlebenswichtig. Ein Glück habe ich den seit der Entwicklung immer bei mir, dachte sich Paul. Wer hätte gedacht, dass ich den nochmal so brauchen würde? Sollte doch eigentlich nur ein Talismann sein, da es der erste Chip aus der Produktion war.

Als sie an einer Spreebrücke ankamen, sahen sie von Weitem die Straßenkontrolle. Sie hatten nur diese Chance, aus dem abgeriegelten Regierungsviertel herauszukommen, in dem die Unruhen am stärksten waren. Auf der anderen Seite war der Mob nicht unterwegs. Die Menschen dort verkrochen sich und versuchten, die Kampfhandlungen abzuwarten. Die Polizei war weit und breit nicht zu sehen und überließ die Straßen den Kämpfern.

»Und was jetzt?« Henrike Meyer schienen die Ideen ausgegangen zu sein. Sie blickten zurück und zu den Seiten, aber es war kein anderer Ausweg zu sehen. Ganz im Gegenteil. Die Schüsse wurden wieder lauter. Irgendwo, ein paar Häuser weiter, schien wieder der Mob zu wüten. Paul kniff die Lippen zusammen.

»Ich habe eine Idee«, flüsterte Paul. Ohne ein weiteres Wort ging er Richtung Straßensperre.

»Paul!«, rief Meyer leise. »Was machen Sie da?«

Aber Paul ließ sich nicht mehr aufhalten. Die Waffe versteckte er in seiner Jacke, griffbereit mit der rechten Hand. Er sah, dass die Straßensperre aus drei Männern bestand. Er holte aus seinem Rucksack den nachgebauten Chip heraus und steckte ihn unauffällig in den Ärmel seiner Jacke. Er versuchte, ihn genau dort zu positionieren, wo sich sein eigentlicher Chip unter der Haut befand. Die Männer guckten grimmig. Zweifellos waren das Bernie Retzkes Leute. Wortlos wiesen sie Paul an, seinen Chip an einem Lesegerät zu scannen. Pauls Körper stand unter höchster Anspannung. Er hielt den Atem an. Offenbar erkannten die Männer ihn nicht. Paul versuchte, den Blickkontakt zu vermeiden. Henrike Meyer versteckte sich hinter einer Telefonzelle. Sie befand sich hundert Meter entfernt und versuchte zu beobachten, welchen Plan Paul umsetzen wollte. Der war lebensmüde. Was machte er da?

Paul streckte seinen Arm hervor und das Lesegerät piepte. Als sich Paul schon auf den Weg zum anderen Ende der Brücke machen wollte, hielt er seine Waffe ganz fest unter der Jacke. Sobald die sich umdrehen und Richtung Henrike Meyer und Regierungsviertel blicken, knall ich sie von hinten ab, beschloss Paul. Das schaffe ich. Es muss sein! Wir haben keine andere Chance!

»Moment! Das Gerät zeigt niemanden an. Stopp!«, schrie ein Wächter Paul plötzlich hinterher. Paul ging langsam weiter. Verdammt. Der Plan hatte nicht geklappt. Jetzt sieh zu, dass du zumindest dich rettest, Paul. Er sprintete los. Aus dem Augenwinkel sah Paul in einem Sekundenbruchteil, wie die Männer ihre Waffen zückten. Nun, lieber Paul, geht es zu Ende. Das war es. Du wirst es nicht schaffen. Paul hatte den Eindruck, dass er sich wie in Zeitlupe bewegte. Er wurde und wurde nicht schneller. Geburt, Kindheit, Schule, Pubertät, die erste Freundin, Tod seiner Eltern, Ausbildung, Cathy, Olivia. Plötzlich drehte er sich um und sah den wütenden Männern ins Gesicht. Er zückte seine Waffe, doch die hatten die ihren schon schussbereit. Er wusste nicht, auf wen er zuerst schießen sollte. Die Zeit blieb stehen, Paul schien zu schweben. Es war still. Er schloss die Augen. Ein Schuss. Noch ein Schuss. Und noch ein Schuss. Dann Stille, Dunkelheit. Paul spürte nichts. Er fiel zu Boden und sank in sich zusammen.

»Rechts frei!«

»Links frei!

»Zentrum frei! Kommen Sie hier herüber!«

Paul spürte, wie eine Hand seinen Körper schüttelte.

»Hey, Kumpel, aufstehen!«, sagte eine dumpfe Stimme. Paul öffnete die Augen und erblickte Henrike Meyer und einen schwer bewaffneten Soldaten. Er setzte sich auf. Sein Blick war verschwommen. Als Paul seine Sinne wieder beisammen hatte, merkte er, dass er komplett unversehrt war. Er stand auf und schaute Richtung Straßensperre. Die drei Männer lagen erschossen auf der Mitte der Brücke.

»Was zum Teufel? Wer seid …?«

»Keine Zeit, junger Freund. Bringen Sie sich in Sicherheit!«

Henrike Meyer stützte Paul Schneider noch für ein paar Meter. Schließlich ist Todesangst nichts, was man jeden Tag erfährt. Sie hatte das in ihrer Zeit als Kriegsreporterin schon häufig erlebt, aber so ein zarter Lobbyist wie Paul Schneider?

»Komm Paul, wir müssen weiter. Wir sind erst mal in Sicherheit.«

»Wo kommen die denn her?«, fragte Paul immer noch überrascht über die unverhoffte Rettung durch die Soldaten.

»Der Eine erzählte mir, dass die Armee nicht mehr tatenlos zuschaut, wie Retzke das Land verwüstet. Es gibt einen Putsch. Zumindest versuchen die das, weil ein anderer Teil der Armee sich auf Retzkes Seite schlagen will. Vor allem Generäle, die sich wohl nicht gegen den Volkswillen stellen wollen. Schließlich war Retzke von einer großen Mehrheit vom Volk gewählt. Daher wird hier im Regierungsviertel wohl der Bürgerkrieg entschieden werden.«

»Bürgerkrieg?« Paul fasste sich ungläubig an den Kopf.

»Na, wie wollen Sie das hier denn jetzt noch nennen?« Henrike Meyer fasste Paul Schneider an den Arm. »Wir müssen hier weg! Wir müssen Ihre Familie hier rausholen und dann das Land verlassen! Ich kenne solche Konflikte. Solange genug Waffen vorhanden sind, wird der Kampf andauern. Und hier sind reichlich davon vorhanden. Dafür hat die Waffenlobby in den letzten Jahren gesorgt. Aber Sie wissen ja, wie das funktioniert.« Henrike Meyer schaute Paul bissig an. Der schaute verstohlen zu Boden.

»Beide Seiten sind gleich stark. Unser Land ist auf jeden Fall erst einmal verloren. Retzke wird nicht so einfach aufgeben. Und das Volk unterstützt ihn. Wir dagegen sind Gejagte, Vogelfreie. Wir müssen hier weg.« Henrike Meyer ging weiter Richtung Norden.

»Jetzt erzählen Sie erst, wohin wir gehen!« Pauls Geduld war am Ende. Henrike Meyer drehte sich um und zeigte auf einen Wohnkomplex am Ende der Straße.

»Sehen Sie die rote Mauer da hinten?«

Paul nickte.

»In dem alten Gefängniskomplex haben sie ein sogenanntes Ghetto für Verräter und Gesundheitsgefährder eingerichtet. Es ist das größte der Stadt und vor allem das einzige in Moabit, daher wette ich, dass Ihre Familie hier sein wird. Ursprünglich sollte hier mal ein Krankenhaus gebaut werden.«

Paul erkannte den Komplex. Den hatte UMC vor Kurzem geprüft.

»Ich habe kurz vor Ablauf der Kundgebung und bevor die Schergen unsere Remise gestürmt haben über einen Mittelsmann mitbekommen, dass aus ganz Berlin Leute dorthin verschleppt werden. Alte, ansteckend Kranke, Ausländer und sogenannte Gesundheitsgefährder.«

Paul ging ein paar Schritte in Richtung des Gebäudekomplexes und sah es sich genau an. Es wurde dunkel und bis auf ein paar Lichter waren die Straßen nicht mehr beleuchtet. Die Straßenlaternen waren ausgeschaltet und die wenigen Anwohner, die es noch wagten, in dem Gebiet zu verharren, hatten zu viel Angst, um das Zimmerlicht anzuschalten.

»Das Ghetto wird bewacht sein«, sagte Meyer.

»Nee, wird es nicht. Zumindest nicht übermäßig. Die Chips, die unsere Firma hergestellt hat, sind mit unterschiedlichen Funktionen ausgestattet. Auch mit sogenannten *Sanktionsfunktionen.*«

»Das heißt im Klartext?«

»Ich gehe davon aus, dass die neue Regierung die Chips der dort Deportierten in der Form eingestellt haben, dass sie sich mindestens zweimal pro Tag an einem Scanner *melden* müssen.«

»Und wenn sie es nicht tun?«

»Dann gehe ich davon aus, dass dann im Kontrollzentrum ein Alarm ausgelöst wird und ein GPS-Signal aktiviert wird. Dann wird automatisch die Polizei gerufen, die daraufhin sicherlich einschreitet und denjenigen ausfindig machen wird und dann wird es den Flüchtigen zweifellos schlecht ergehen. Dann kommt der auch nicht weit.«

»Aha, Sie meinen also, mehr als ein paar Wachen werden dort nicht sein, weil die Deportierten dort genau wissen, dass sie nicht weit kommen, wenn sie fliehen?«

»Genau.« Paul guckte ernst. »Außerdem kann so eine Kontrollstation, wie Retzke sie hat aufbauen lassen, in jeder Form programmiert werden. Zum Beispiel, wenn ein Flüchtiger bei einer Kontrollstation seinen Chip vorzeigt, kann diese entsprechende Abwehrmaßnahmen einleiten.«

»Abwehrmaßnahmen?«

»Schussanlagen und so weiter.«

»Ein todsicheres System.«

Henrike Meyer konnte nicht anders als zu lachen.

»Das wird ja immer besser, was Ihr Haus alles erschaffen hat.«

»So war das natürlich nicht gedacht. Es ging darum, dass der Chip bei Gesundheitsdefiziten automatisch ein Signal abgibt, welches dann sofort Arzt, Patient und Angehörige empfangen und nutzen können! Was meinen Sie, was das für eine Neuerung im Gesundheitssystem gewesen wäre!« Henrike Meyer schaute angewidert weg und schüttelte den Kopf.

»Natürlich kann alles missbraucht werden, was vom Menschen gemacht wird.« Paul versuchte, sich irgendwie zu rechtfertigen. Es gelang ihm jedoch nicht wirklich. Weder vor Meyer noch vor sich selbst. Die beiden entschieden, das Thema nicht weiter zu besprechen.

Aus sicherer Entfernung, nur einige Häuser vor dem Komplex beobachteten Paul und Henrike Meyer den Eingangsbereich des Ghettos. Sie erkannten, dass die Wachtürme unbewacht waren. Stacheldrahtzaun war nicht zu sehen. Es gab lediglich einen Zugang, der bewacht war. Paul schüttelte den Kopf. Rein- und Rauskommen wäre vielleicht noch das kleinste Problem, aber Cathy und Olivia, wenn sie sich denn wirklich dort befänden, würden sofort in Lebensgefahr schweben, wenn sie sich nicht innerhalb der Frist bei dem Lesegerät scannen würden. Henrike Meyer und Paul diskutierten eine gefühlte Ewigkeit über die Möglichkeiten, die ihnen in den Sinn kamen, die beiden zu retten, doch es fiel ihnen nichts ein. Raus und so schnell es geht weg über die Grenze. Das war die einzige Möglichkeit. Da waren sich beide einig.

»Oder herausschneiden«, sagte Henrike Meyer zynisch.

Es half nichts, die Zeit drängte. Die beiden verschnauften kurz in einem nicht einsehbaren Innenhof und aßen eine Kleinigkeit, während sie darauf warteten, dass die Dunkelheit ihren Höhepunkt erreichte. Glücklicherweise hatte Henrike Meyer vor ihrer Flucht aus der Remise noch schnell ein paar Sachen zu Essen eingepackt. Als es stockfinster war, spähten sie die Mauer aus. Der Mond schien hell und es standen zwei Wachen am Ausgang des Ghettos. Es war klar: Die Ressourcen von Bernies Regime waren begrenzt, seitdem die Polizei ihm die Unterstützung verweigerte und Teile der Armee sich gegen ihn stellten. Seine Männer brauchte Retzke vor allem im Regierungsviertel. Dort wurde der Krieg entschieden.

»Wir müssen jetzt loslegen.«, sagte Paul leise. »Ich hole meine Familie da raus.« Langsam ging Paul Richtung Ghetto.

»Moment.« Plötzlich stoppte Henrike Meyer. »Ich habe Ihnen bis hierhin geholfen. Aber ich will eine Gegenleistung haben. Oder meinen Sie, ich habe das getan, weil Sie so ein netter Kerl sind?«

Paul drehte sich lächelnd um.

»Aha, eine Hand wäscht die andere. Von wegen Mitstreiter.«

»Jeder ist sich selbst der Nächste. Das war schon immer so, oder, Paul Schneider? Die Mission ist gefährlich. Vielleicht sind drinnen noch mehr von den Gorillas. Das mache ich nicht umsonst. Und da Sicherheit zurzeit die wertvollste Währung ist, will ich Sicherheit.« Paul schwieg und nickte dann.

»Ich habe ein Boot. Ein kleines, unauffälliges Motorboot an der Ostsee. Damit plane ich, das Land Richtung Dänemark zu verlassen.«

Paul schaute Henrike Meyer ernst an.

»Wenn Sie mir helfen, meine Familie da raus zu holen, dann nehme ich Sie mit. Dann können Sie vom Ausland aus den Widerstand wieder neu aufbauen oder machen, was Sie so machen wollen.«

Henrike Meyer nickte Paul zufrieden zu und gemeinsam schritten sie zum Eingangstor des Ghettos.

KAPITEL 57

9. Mai, 1.00 Uhr morgens

Die Mission war den beiden klar: alles oder nichts. Sie wussten noch nicht, wie sie Cathy und Olivia bis zur Grenze schaffen würden, aber sie mussten es versuchen. Die beiden Wachen gehörten offenbar nicht zu den Kameraden von Retzke. Sie machten einen deutlich schmaleren und harmloseren Eindruck. Das mussten einfache Mitläufer sein, die sich Vorteile erhofften, wenn sie Dienste für Bernie Retzke ausübten.

Noch bevor die beiden armen Gestalten am Wachtor bemerkten, dass Meyer und Paul sich ihnen näherten, fielen zwei gezielte Schüsse. Paul erschrak. Er schaute voller Erstaunen und Respekt zu Henrike Meyer herüber, die voller Konzentration ihre Waffe in der Hand hielt. Noch bevor Paul auch nur daran dachte, den Abzug zu drücken, lagen die beiden Wächter bereits in ihrem eigenen Blut. Die Schüsse schreckten Hunde auf, die offensichtlich im Ghetto lebten. Ein grässlicheres Gebell jagte das nächste. Lichter gingen in den Fenstern an, doch dann gleich wieder aus. Niemand wollte in die Schusslinie geraten. Das Ghetto war von purer Angst umgeben. Die Hunde hatten aufgehört zu bellen oder wurden von ihren Besitzern zur Ruhe gezwungen. Paul und Henrike Meyer hielten den Atem an. Sie wagten nicht zu atmen, um nicht zu überhören, falls sich jemand unbemerkt von hinten näherte. Jederzeit könnte Verstärkung kommen. Sie wussten, dass sie sich beeilen mussten. Die beiden sahen sich um. Als sie den Eingangsbereich zum Ghetto passierten und emotionslos über die leblosen Wachmänner hinweg stiegen, gingen sie den einfachen, mit alten Kopfsteinen gepflasterten Weg entlang. Das ehemalige Gefängnis war offenbar ein Gebäudekomplex aus dem 19. Jahrhundert mit einem Haupthaus zur Straße und Terrassenhäusern nach hinten heraus. Eine typische Bebauung in der Hauptstadt zu der Zeit, als jeder Zentimeter für Wohnraum genutzt werden musste. Der Weg führte vom Haupthaus an den Terrassenhäusern vorbei bis zu einer offenbar vor Kurzem gebauten fünf Meter hohen Mauer, die unüberwindbar schien. Auf der Mauer war zudem Stacheldraht angebracht, der einen potentiell Flüchtenden sicherlich von seinem Vorhaben abgehalten hätte. Der ganze Komplex war spärlich beleuchtet. Die Vorgärten waren vermüllt, es gab offenbar keinerlei Abfallentsorgung für die Internierten zu geben. Durch die enge Bauweise kam wenig Luft in den Innenhof, so erfüllte der Müll und die Notdurft der Menschen, die offenbar zu wenig sanitäre Einrichtungen hatten, den gesamten Komplex mit beißendem Geruch. Paul und Henrike Meyer waren erschüttert. Sie blieben kurz stehen und erkannten in diesem etwa eintausend Quadratmeter großen Areal all das Böse und Unmenschliche, was die Gesellschaft in den letzten Wochen zugelassen hatte. Wie hatte in diesem Land in so kurzer Zeit nur so etwas geschehen können? War das eigentlich noch Pauls Werk? Oder schlummerte dieses Böse hierzulande schon länger?

»Wo sollen wir nur suchen?«, durchbrach Henrike Meyer flüsternd die Stille.

»Wie viele Wohnungen mögen das wohl sein?«

»Mindestens sechzig.«

»Wir haben keine Zeit, die alle durchzugehen und höflich zu fragen, ob hier eine Frau Cathy Schneider mit Tochter wohnt«, sagte Henrike Meyer zynisch.

Paul sah sie streng an. Ihm war es egal, wie lange es dauern würde. Er würde eher sterben, als ohne sie hier wieder wegzugehen. Klar konnte er das nicht von Henrike Meyer verlangen.

»Wenn es Ihnen zu riskant ist, gehen Sie. Ich würde das verstehen.«

Meyer schwieg für ein paar Sekunden. »Ich bleibe. Dann los!«

Henrike Meyer sah sich noch einmal um. Kein Mensch, keine Verstärkung, keine Polizei. Offensichtlich verließen sich Retzke und seine Schergen auf das von Paul Schneider entwickelte Warnsystem der Chips unter der Haut.

»Schneider! Cathy Schneider!«

Nach Pauls erstem Schreck über das plötzliche Durchbrechen der Stille stimmte er mit ein.

»Cathy! Olivia!« Den beiden war bewusst, dass in Kürze Verstärkung kommen würde. Die Toten würden nicht lange unentdeckt bleiben. Die Wachen hatten sicherlich regelmäßig Rückmeldepflichten bei irgendwelchen Vorgesetzten. Daher setzten sie alles auf eine Karte.

»Cathy! Cathy Schneider!«

Die Menschen wagten sich im Dunkeln zaghaft an die Fenster und schoben die Gardinen zur Seite. Doch es traute sich keiner der Internierten, etwas zurückzurufen. Henrike Meyer und Paul gingen den Weg hoch und wieder runter, mehrmals. Nichts. Plötzlich eine hohe Männerstimme, die Paul bekannt vorkam.

»Paul! Paul Schneider!« Paul drehte sich um und sah im Dunkeln einen kleinen, zierlichen Mann aus einem der Eingänge kommen. Es war noch zu dunkel, um sein Gesicht zu erkennen, aber diese Stimme, dieser Dialekt!

»Chang! Chang, mein alter Freund!« Paul drückte den kleinen Thailänder eng an seinen Körper. Er war ihm so vertraut, doch Paul bemerkte, dass es ihn beschämte, dass er in der ganzen letzten wirren Zeit nicht einmal an ihn gedacht hatte. »Du bist hier!«, sagte Paul bedrückt.

»Ja, sie haben mich auch abgeholt. Keine Ahnung, warum. Jetzt wohne ich hier seit einigen Tagen und kann meine Familie in Thailand nicht mehr anrufen.«

Paul bemerkte zum ersten Mal eine gewisse Hoffnungslosigkeit bei Chang, seinem stets positiven Lieblingswirt.

»Komm, Chang. Meine Frau und meine Tochter sind hier. Wir müssen uns dringend beeilen und sie finden. Und dann fliehen wir alle gemeinsam.«

Der Asiate lächelte freundlich. »Paul, mein Freund. Cathy und Olivia sind bei mir. Wir wurden zusammen in eine Wohneinheit eingeteilt. Erst später habe ich verstanden, dass die beiden zu Ihnen gehören.«

Paul stiegen die Tränen in die Augen. Nochmals drückte er Chang wortlos an sich. Er hatte sie gefunden!

»Komm, führe mich bitte gleich zu ihnen!«

Die Männer gingen in Richtung des Hauseingangs, aus dem Chang gekommen war. Henrike Meyer folgte ihnen wortlos, aber zufrieden. Sie hoffte nur, dass es nicht zu lange dauern würde. Und wie sollen wir den Thailänder auch noch mitschleppen? Nichts für ungut, aber ich hoffe, Paul nimmt jetzt nicht auch noch andere Internierte mit. Wir müssen auch an uns denken.

Als sie in der Wohnung ankamen und Cathy und Olivia Paul sahen, fielen sie sich stürmisch um den Hals. Olivia und Cathy weinten hemmungslos und Paul wusste in diesem Augenblick, dass er sie nie wieder alleine lassen würde.

»Paul, wir müssen uns beeilen.« Henrike Meyer musste das Familienglück unterbrechen und mahnte zur Eile.

Paul sah sie an und nickte wortlos.

»Chang, du kommst mit.«

Plötzlich war die Freude wie verfolgen.

»Aber Paul, unsere Chips. Wenn wir uns nicht regelmäßig scannen, schlagen die Alarm und dann suchen die überall nach uns! Bis in den letzten Winkel des Landes.«

»Dann schneiden wir die Chips einfach heraus!«, sagte Paul. »Das wird sehr schmerzhaft, aber ich habe mit Frau Meyer alles besprochen. Sie hat früher in Kriegsgebieten als Reporterin gelebt und hat eine Ausbildung als Krankenschwester. Also, sie weiß, was sie tut!«

Cathy schaute auf den Boden. Chang faltete seine Hände und sah Paul leer an. Mit seiner sanftesten Stimme hörte er sich an, als ob er Paul trösten wolle.

»Paul, mein Freund. Das ist nicht möglich. Die Chips sind bei uns direkt an der Hauptschlagader befestigt. Genau um so etwas zu verhindern.«

Paul und Henrike Meyer schauten sich entsetzt an. »Was sind die? Hauptschlagader?« Er hoffte insgeheim, dass Henrike Meyer ihm Mut machen konnte, irgend so etwas sagen würde, wie dass dies doch kein Problem sei. Doch sie konnte Chang nur beipflichten. »Keine Chance, Paul.«

Paul nahm Cathy und Olivia in den Arm und fing an zu weinen. »Was habe ich bloß getan?«

»Paul, wir müssen los. Wir können hier nichts mehr tun. Wir müssen jede Sekunde nutzen! Entweder sie kommen jetzt mit oder sie müssen hierbleiben und auf ein baldiges Ende dieses Albtraums hoffen!«

Doch Paul ließ seine Familie nicht los. Er wusste genauso gut wie Henrike Meyer, dass es vielleicht Monate, wenn nicht Jahre dauern könnte, bis dieses Land wieder zur Ruhe gekommen sei. »Ihr kommt mit. Irgendwie schaffen wir das schon! Ich werde lieber sterben, als euch nochmal alleine zu lassen.«

Olivia klammerte sich fest an ihren Vater. Cathy merkte mal wieder, wie so häufig in ihrem gemeinsamen Leben, dass es keinen Sinn hatte, ihn zu überreden. Paul würde nicht ohne sie gehen. Paul ließ die beiden los und richtete sich an Henrike Meyer. »Wir haben alles besprochen. Wir gehen jetzt alle gemeinsam! Und mit dem Universalchip haben wir die Möglichkeit, zumindest das ein oder andere Mal unerkannt an Kontrollpunkten vorbeizukommen. Und wir müssen einfach schnell sein und unauffällig reisen.«

Paul zog den Universalchip aus seinem Rucksack und zeigte ihn hoch.

»Ist das ein Proto-Chip?«, platzte es auf einmal aus Chang heraus. Paul drehte sich erstaunt um.

»Ja?«

»Genau so einer, wie wir ihn unter der Haut haben?«

Paul nickte.

»Dann lässt er sich programmieren! So ein Chip kann maximal zwei Identitäten speichern. Und der Chip wird sozusagen geprägt, mit der elektronischen Kennung des Personalausweises. Und die liegen bei den Wachen beim Eingang!«

»Woher willst du das wissen, Chang?«

»Ich habe, bevor ich hierherkam, in Thailand als Entwickler gearbeitet, als Entwickler für Halbleiterchips.«

Paul stutzte erstaunt. Was hat der kleine Mann noch so für Geheimnisse?

»Wenn man den Chip also mit Hilfe eines Personalausweises auf jemanden prägt, tut der Chip also so, als ob sich derjenige persönlich einscannt?«

Chang nickte. Paul war erstaunt. Das hatte er nicht gewusst, obwohl er für den Bau verantwortlich gewesen war.

»Und du bist dir sicher?«

»Nun, versuchen sollten wir es.«

»Okay.« Henrike Meyer mischte sich ein. »Ich will ja die Hoffnung nicht zerstören, aber das wird Ihnen leider gar nichts bringen.« Alle schauten sie an. »Haben Sie vergessen, dass Sie sich genau an diesen Scanner regelmäßig scannen müssen?« Sie drehte sich um und zeigte aus dem Fenster auf den Scanner, der beim Eingang stand. »Egal, ob Sie persönlich mit Ihren Chips oder mit einem fingierten Chip.«

»Kein Problem! Ich werde es für Sie tun!« Sprachlos drehten sich alle zu dem kleinen Chang um. »Die werden es gar nicht merken, dass Sie weg sind.«

»Chang, das können wir nicht von Ihnen verlangen. Sie kommen mit!«

»Selbstverständlich werde ich es für Sie tun. Paul, Sie waren immer gut zu mir. Ich werde Ihnen jetzt etwas zurückgeben.«

»Aber dann bleiben Sie hier zurück? Und schweben dazu in großer Gefahr!«

»Ich habe großes Vertrauen in die Zukunft. Was auch passiert: Meinem Geist wird nichts geschehen können.«

Paul, Cathy und Olivia sahen sich schweigend an. Sie wussten, dass das ihre einzige Chance war. Ansonsten würden sie sicherlich bis in den letzten Winkel gejagt werden. Selbst wenn es irgendwann aufflöge, dass ein anderer die Chips scannt, wären sie so schon über alle Berge.

Doch sie wussten auch, dass sie bis an ihr Lebensende Gewissensbisse haben würden, weil sie tief in Changs Schuld stünden. Henrike Meyer nahm schließlich die Sache in die Hand und riss Paul den Chip aus der Hand. Sie ging auf Chang zu und übergab ihm diesen wortlos. Sie bedankte sich mit einer asiatischen Verbeugung. Chang verbeugte sich ebenfalls, während Henrike Meyer die Wohnungstür öffnete und das Treppenhaus betrat. Cathy und Olivia umarmten Chang und folgten Henrike Meyer.

»Geht schon einmal vor, Chang und ich werden den Chip personalisieren. Wir treffen uns hinter dem Ausgang. Und passt auf, dass euch die Verstärkung von Retzke nicht überrascht!«

Die Drei verschwanden im Dunkeln des Innenhofs.

»Chang, du bist wirklich sicher, dass du das für uns tun willst?«

»Ja.«

Dann nahm er Changs Hände in seine und sagte leise: »Es tut mir so leid, was ich getan habe. Irgendwann werde ich es wieder gut machen. Und Chang, du bist hier auch bald wieder raus.« Chang nickte sanftmütig.

»Kommen Sie, Paul. Wir müssen zum Wächterhaus.«

Die Männer lagen noch immer leblos auf dem Boden vor dem Wärterhaus. Die Funkgeräte piepten. »Bitte kommen! Bitte kommen!«, rauschte es. Offensichtlich wurde bereits Alarm geschlagen.

Sie mussten sich beeilen.

Chang zögerte nicht lange. Stumm nahm er den Universalchip und hielt diesen an die Platinen, die in den Personalausweisen von Cathy und Olivia eingebaut waren. Es klickte kurz und dann nickte Chang. Es schien geklappt zu haben.

»Jetzt gehen Sie, Paul. Retten Sie Ihre Familie!« Er gab Paul die Ausweise zurück und drehte sich um, um den Scanner zu erreichen.

Paul schaute auf die Straße. Hinter einem Fahrradständer duckten sich Henrike Meyer, Cathy und Olivia und warteten. Paul drehte sich noch einmal um. Er winkte Chang noch ein letztes Mal zu. Dann beobachtete er, wie Chang sich zu den beiden toten Wächtern kniete und offenbar ein paar Gebete sprach. Was für ein eindrucksvoller Mensch, dachte sich Paul.

»So, und wie geht's jetzt weiter? Wie kommen wir zur Ostsee?«

Henrike Meyer zögerte nicht lange. Sie hatte ihre Skrupel schon lange abgelegt. Es zählte nur noch das Überleben. Sie hatte für heute genug Leichen gesehen. Henrike Meyer ging in eine Seitenstraße hinein. Es war stockfinster. Die Häuserschluchten sahen in der Dunkelheit wie eine Kulisse für einen Horrorfilm in einer Geisterstadt aus. Zielstrebig ging sie auf einen Kombi zu, der offensichtlich lange nicht mehr gefahren worden war. Aus ihrer Tasche holte sie einen kleinen Draht heraus, setzte ihn wie einen Hebel an die Seitenscheibe und zog einmal kräftig daran. Es klackte. Keine Alarmanlage. Paul, Cathy und Olivia rannten zum Auto und stiegen ein. Henrike Meyer startete den Motor und fuhr los. Die Straßen waren menschenleer.

»Wir müssen schnellstens aus der Stadt heraus. Dann dürfte es einfacher werden.«

»Nehmen wir die kleinen Straßen!«

Henrike Meyer nickte zustimmend.

Paul saß auf dem Beifahrersitz und schaute nach hinten zu Cathy und Olivia. Jede hatte ihre kleine Tasche fest in der Hand. Dort befanden sich die wenigen Habseligkeiten, die sie brauchten, um in Dänemark Asyl zu beantragen. Ausweise, andere Papiere und etwas Geld. Henrike Meyer und Paul würden die Waffen von Bord schmeißen, sobald sie in Sicherheit waren und die deutschen Gewässer verlassen hätten. Henrike Meyer kurvte durch die Gassen. Keine Menschenseele, keine Straßenschlachten. Holten die Kämpfer Luft, um am nächsten Tag wieder anzugreifen? Paul wunderte sich noch, wo hier eigentlich die Polizei war? Kein Beamter war weit und breit zu sehen. Dann nickte er ein.

Als sie durch die Dunkelheit die Vorstädte der Hauptstadt Richtung Norden durchquerten, schaute Olivia aus dem Fenster. Auch hier brannte es an allen Ecken und Enden. Scheiben waren eingeschlagen, das Feuer zerstörte ein Haus nach dem anderen. Plündernde Banden waren auch hier von Geschäft zu Geschäft gezogen. Die Randlagen waren offenbar vollkommen sich selbst überlassen. Keine Polizei, keine Schergen von Bernie Retzke, die die vermeintliche Ordnung schaffen würden. Hier regierte die Straße, das Gesetz des Stärkeren. Die Menschen hatten hier komplett die Kontrolle verloren.

Bald verließen die vier das städtische Gebiet. Die Sonne ging langsam auf und es kehrte eine merkwürdige Idylle ein. Häuser wurden von weiten Feldern und großen Wäldern abgelöst. Olivia sah das erste Mal nach langer Zeit wieder Tiere. Vögel flogen in der Luft und sogar ein Reh erkannte sie in der Morgendämmerung weit weg auf einer Weide. Hier schien die Welt noch so zu sein, wie sie gewesen war, bevor die Lassa-Epidemie das Land erschüttert hatte. Ein Lassa-Virus, das von der Firma ihres Vaters künstlich hergestellt und unters Volk gebracht worden war. Sie schaute ihn an und sah einen Mann, der nicht gewusst hatte, was er tat. Ich habe ihn so lieb.

Das Auto ruckelte leicht, Henrike Meyer nahm Auffahrt zur Autobahn Richtung Norden. Sie war komplett leer. Olivia lehnte sich an das Fenster und schlief ein. Zum ersten Mal hatte sie keine Angst mehr.

Einige Stunden später weckte Henrike Meyer Paul aus seinem tiefen Schlaf. »Wir sind da«, flüsterte sie. Henrike Meyer bog in den kleinen Hafen ein und hielt vor dem verschlossenen Tor zum Hafenbecken an.

»Da ist es!« Olivia schaute freudig zu dem kleinen Boot. Wie hatte sie es geliebt. Wie häufig war die Familie früher zu gemeinsamen Bootsausflügen über die Ostsee gefahren? Paul war erleichtert. Der Code zur Hafeneinfahrt stimmte noch und es war weit und breit kein Mensch zu sehen. Der Hafen war von Unkraut überwuchert und vernachlässigt. Der Hafenmeister, sonst immer einer der ersten, der für Ordnung sorgte, war weit und breit nicht zu sehen. Er war sicherlich genau wie alle anderen vor Angst vor dem Lassa-Fieber geflohen. Pauls Boot lag unangetastet im Hafen. Die anderen Boote schaukelten dreckig im trüben Wasser, als wenn sie keinen Besitzer haben würden. Ein leichter Wind wehte, ansonsten war bestes Wetter, kein hoher Wellengang, kein Regen weit und breit. Die Segelmäste klimperten und Paul fühlte eine gewisse Geborgenheit. Er liebte die Weite des Meeres und den Klang des kleinen Hafens. Henrike Meyer nickte Paul erleichtert zu. Er hatte seine Zusage gehalten. Schweigend wies Paul ihr den Weg an Bord. Cathy und Olivia folgten. Paul holte den Wasserschlauch und drehte am Wasserhahn. Erleichtert hörte er das Gluckern und erkannte, dass der Hafen immer noch funktionsfähig war. Er ließ frisches Wasser in den Tank laufen und tankte anschließend ausreichend Benzin. Dann machte Paul die Leinen los. Das Boot schipperte in Richtung Freiheit.

Als Paul auf den Startknopf des Motors drückte und das Boot mit einem lauten Klopfen zum Leben erweckt wurde, atmeten alle tief durch. Henrike Meyer und Paul blickten sich wortlos an. Sie zogen ihre Waffen aus ihren Taschen und warfen sie über Bord. Die würden sie nicht mehr brauchen. Die letzte Reise konnte beginnen. Hoffentlich erreichen wir die andere Seite.

Die Wellen ließen das Boot sanft schaukeln. Mit dumpfen, monotonen Geräuschen bewegte es sich in geruhsamem Tempo über die ruhige See. Der Hafen und die Häuser am Ufer wurden immer kleiner und das Wasser unter ihnen immer dunkler. Bald war der Hafen nicht mehr zu sehen, die Dünen nur noch zu erahnen. Paul schaute sich auf dem Wasser um, er blickte zum Horizont. Kein Boot weit und breit. Er schaute auf die Karte. Noch etwa dreißig Minuten, bis sie das deutsche Gewässer verlassen würden. Niemand sagte einen Ton. Alle waren erschöpft, in sich gekehrt. Alle versuchten, die Ereignisse der letzten Tage, der letzten Wochen, Monate und Jahre zu verarbeiten. Nur Paul schaute immer wieder nach hinten. Er sah, wie die Dünen verschwanden und das Ufer nur noch als grüngelber Streifen zu sehen war.

Plötzlich hupte es. Alle schreckten auf. Da erschien ein Boot der dänischen Küstenwache am Horizont und hupte noch einmal. Der Kapitän des dänischen Schiffes gab das Signal zum sofortigen Stoppen der Motoren. Mit hoher Geschwindigkeit raste das Schnellboot auf das kleine Motorboot zu. Als sie in Sichtweite waren, signalisierte der Kapitän, dass sie gleich an Bord von Pauls Boot kommen würden. Langsam näherte sich ein Beiboot und kurze Zeit später stiegen drei schwer bewaffnete, uniformierte Männer an Bord. Auf Englisch gaben sie die Anweisung, die Hände hinter den Köpfen zu verschränken und sich nicht zu bewegen. In kürzester Zeit durchsuchten zwei Männer Pauls Boot, während der dritte die vier Passagiere mit einer Maschinenpistole bewachte. Trotz der schweren Waffen der Männer waren alle vier erleichtert. Sie hatten es geschafft, sie fühlten sich in Sicherheit. Als die beiden Männer von ihrer Visite wiederkamen und dem dritten Mann kopfschüttelnd signalisierten, dass keine verdächtigen Gegenstände gefunden worden waren, fragte der scheinbare Anführer mit ernstem Ton: »Deutsch?«

Paul nickte.

»Nicht gut.«

Henrike Meyer schaltete sich ein.

»Wir beantragen hiermit Asyl. Unser Leben ist in Deutschland in Gefahr. Wir sind politisch Verfolgte.«

Der Anführer kontrollierte die Ausweise und schüttelte den Kopf. Dann gab er seinen Leuten dänische Anweisungen und sprach etwas in sein Funkgerät.

Paul schaute Henrike Meyer ratlos an. Ginge nun doch noch etwas schief? Mit dänischem Dialekt sagte der Anführer: »Selbstverständlich können Sie Asyl beantragen. Sie kommen mit zu uns aufs Boot. Ihr Boot nehmen wir an die Kette und beschlagnahmen es.«

Die vier Deutschen lächelten erleichtert. Also doch alles gut.

»Aber Sie sind hiermit verhaftet und unterstehen ab sofort der dänischen Justiz. Ihre Pässe werden eingezogen. Sie kommen aus einem Land mit einer schweren Epidemie. Zum Schutz des dänischen Volkes vor der Lassa-Epidemie, die in Deutschland tobt, werden alle Personen, die sich in den letzten Monaten in Deutschland aufgehalten haben, verhaftet und in ein Flüchtlingslager gebracht. Dort werden Sie medizinisch untersucht und für die nächsten Monate bleiben müssen.«

»Aber es gibt gar keinen …« Paul wollte für Klarheit sorgen, doch der Anführer machte deutlich, dass er keine weiteren Diskussionen duldete. Mit seiner Maschinenpistole schob er die vier Verhafteten in das Beiboot. Irritiert stiegen sie hinein. Paul versuchte es nochmal. »Aber, hören Sie zu! Es gibt keine Epidemie! Da sind Kriminelle am Werk und die haben die Menschen vergiftet.« Paul wusste, dass er gerade von sich selbst sprach.

»Ruhe jetzt! Alle Deutschen fallen bei uns unter das Flüchtlingsrecht. Und glauben Sie mir: Flüchtlinge aus Deutschland mögen wir in Dänemark nicht besonders. Es sind schon zu viele in den letzten Wochen gekommen.«

Paul sank in sich zusammen. Mit leerem Blick schaute er zurück Richtung Ufer seines Heimatlandes. Das Land, das er hatte verändern wollen. Das Ufer wurde kleiner und kleiner und verschwand dann. Nun war nur noch das tiefblaue Meer zu sehen. Werde ich das Land je wiedersehen? Was habe ich bloß angerichtet? Paul schloss die Augen.

KAPITEL 58

5 Tage zuvor, 21.00 Uhr

Der Rauch war verzogen. Es herrschte Stille im Büro. Kein Mensch war zu sehen. Von draußen bellten Schüsse durch die Häuserschluchten des Wedding. Allmählig wurden sie leiser. Die Bürostühle im Büro waren durcheinander geworfen worden. Es schien, als wenn hier jemand in letzter Sekunde fliehen konnte. Bernie war weg, mit seinen Kameraden geflüchtet. Bruckheimers Männer hatten das Viertel in ein Bürgerkriegsgebiet verwandelt. Schwer bewaffnet hatten sie Bernies Kameraden und seine Anhänger verjagt. Die Feier des Wahlsieges war hier vorbei. Das Gebäude des Ortsvereins der PGO im Wedding war nun leer.

Ich sollte noch ein paar Minuten warten. Dann öffnete Bruckheimer langsam die Augen. Er schaute auf seinen Oberkörper und richtete sich langsam auf. Bruckheimer spürte einen beißenden Schmerz in seinem linken Oberarm. So ein Mist, der Idiot hatte ihn tatsächlich getroffen. Wie lange musste er mit diesem Schmerz da liegen und ihn aushalten? Aber auf dem Höhepunkt der Rache musste man das eben in Kauf nehmen. Arme und Beine waren nicht lebensnotwendig. Und der Kopf durfte einfach nicht getroffen werden. Dieses Risiko hatte er gerne in Kauf genommen.

Mit seiner rechten Hand wischte er sich das Kunstblut vom Körper. Dann packte er vorsichtig ein Taschentuch aus und säuberte seine Hand. Bruckheimer stand auf und öffnete seinen Mantel. Dann riss er sich die schusssichere Weste vom Oberkörper und stöhnte laut auf, als er dabei versehentlich seine Wunde im linken Arm berührte. Nur ein Streifschuss. Eine halbe Stunde nach den Schüssen von Bernie schaute Bruckheimer auf seinen Körper und atmete tief durch. Alles hatte funktioniert. Er war tot. Sehr gut.

Niemand suchte ihn mehr. Jetzt konnte er getrost verschwinden. Bruckheimer sah kurz auf seine Uhr. Es war spät. Er würde bestimmt schon warten. Hoffentlich war Prowski durchgekommen. Er schaute sich um und dachte sich, dass im Büro doch irgendwo ein Verbandskasten sein müsste. Das war in diesem verfluchten Land doch Vorschrift. Hier gab es doch für alles Vorschriften. Nur als es um sein Kind gegangen war, hatten Vorschriften nicht gezählt. Da stand der Einfluss der Pharmalobby über allem. Ah, da war er ja. Er öffnete den Schrank und nahm Verbandszeug heraus. Langsam reinigte er die Wunde und verband anschließend seinen Oberarm. Ich muss los.

Aus seiner Aktentasche nahm er einen kleinen Behälter voller Benzin und schüttete es auf die Vorhänge, Teppiche und leicht brennbaren Holz- und Papiersachen. Dann ging er Richtung Ausgang und blickte ein letztes Mal auf die Stelle seines Todes. Lächelnd entzündete er ein Streichholz und warf es auf den Teppich, der sofort Feuer fing.

Ohne zurückzuschauen ging er langsamen Schrittes Richtung Straße. Dabei nahm er eine Perücke, einen Schnurrbart und eine Brille aus seiner Aktentasche. Zudem setzte er seinen Hut auf. Zielgerichtet führte sein Weg durch die Straßen der Stadt. Jetzt nur noch hier durchkommen. Dann hatte er es geschafft. Die Straßen waren menschenleer. Bruckheimer sah keine Menschenseele. Wunderbar. Die Menschen hatten nach dem Mordanschlag auf den Kanzler Angst, herauszukommen. Genau das war der Plan gewesen.

Bald kam er ins Regierungsviertel. Zwei Straßen noch. Dann sah er das zerstörte UMC-Gebäude. Der Hubschrauberplatz auf dem Hinterhof war unversehrt geblieben. Präzisionsarbeit! Dafür hatte der Mann gesorgt. Der Mann, den Bruckheimer gleich das erste Mal nach so langer Zeit persönlich treffen würde. Er ging durch eine zerstörte Toreinfahrt und kletterte über ein paar Steine. Dann sah Bruckheimer den Helikopter. An Bord sah er mit Sonnenbrille und Kopfhörer Prowski. Bruckheimer atmete durch. Puh! Ohne den wäre es schwierig geworden. Und er sah den Mann, seinen Partner. Sein getreuer Kamerad, der schon seit Jahren an seiner Seite war, die gleichen Qualen litt und die gleichen Visionen hatte.

»Bruckheimer, Norman Bruckheimer!«

Bruckheimer lachte zufrieden.

»Teighaus, Armin Teighaus! Oder soll ich Professor sagen? Lange nicht gesehen! «

»Umso schöner, dass man sich nicht unbedingt ständig sehen muss, um Großes zu bewegen. Danke, Armin reicht, der Herr Professor bin ich schon lange nicht mehr!«

Die beiden Männer schauten sich erleichtert tief in die Augen, als sie sich mit einem kräftigen Händedruck begrüßten. »Dein Feuerwerk im Regierungsviertel: fantastisch!« Bruckheimer deutete in Richtung der Rauchwolken über dem Regierungsgebäude, dem UMC-Gebäude und diverser anderer Verbandsgebäude.

»Tja, mit den Sicherheitsplänen der Gebäude, die du mir hast zukommen lassen und mit den Massen an bombenfähigem Material, das es in diesem verfluchten Land dank der Waffenlobby gibt, war das alles halb so schwer.«

Teighaus grinste den alten Bruckheimer an. Doch grauer geworden, der alte Freund.

»Was ist denn das?«, sagte Teighaus, als er auf Bruckheimers verbundenen Arm zeigte. »Hast du dich gestoßen?«, flachste er.

»Der dumme Retzke kann tatsächlich ein wenig schießen.«

Sie hatten es geschafft. Zwei Männer hatten ein ganzes Land, ein ganzes Volk in den Abgrund gestoßen. Ein Volk, das sie abgrundtief hassten. Jeder auf seine Weise, doch aus einem Grund, der die beiden verband. Die Männer stiegen mit geduckten Köpfen in den Hubschrauber ein.

»Danke für alles, Norman. Du bist ein Genie.« Bruckheimer schaute zu Boden. Fühlte er sich jetzt besser? War er jetzt erleichtert? War jetzt wieder alles in Ordnung in seinem Leben? Bruckheimer zweifelte daran.

»Ohne dich hätten wir es nicht geschafft.«

Prowski nickte den beiden wortlos zu und startete die Motoren des Helikopters.

Kurz bevor er abhob, kam ein Mann auf den Helikopter zu. Ein Mann in Uniform. Es war Polizeipräsident Steiner. Bruckheimer und Teighaus lächelten sich zu. Bruckheimer zog einen Aktenkoffer unter einem Sitz des Helikopters hervor.

»Ich denke, Sie haben etwas für mich?«, schrie er gegen den Rotorenlärm an.

Bruckheimer nickte nur und übergab ihm den Koffer. Steiner öffnete den Koffer und überflog die vielen Scheine.

»Wollen Sie nachzählen? Zwei Millionen!«

Steiner schüttelte den Kopf und verzog sich wortlos.

»Welch korruptes Land«, sagte Teighaus zu Bruckheimer, als die beiden Männer sich in die Sitze setzten und sich anschnallten.

Kurze Zeit später hob der Helikopter ab. Von oben sieht man immer am besten. Von oben sieht man die Welt genau so, wie sie ist. Hier oben ist kein Platz für eingeschränkte Sicht und Details. Hier sieht man das große Ganze. Die Welt, so sagen Astronauten, lerne man erst zu schätzen, wenn man sie einmal in ihrer Ganzheit von oben gesehen hat.

»Und? Norman, was machst du, wenn du drüben bist?« Bruckheimer schaute aus dem Fenster auf die sich selbst zerstörende Hauptstadt. Er sah, wie immer mehr Detonationen aufblitzten. Er sah Menschen andere Menschen jagen. Er sah von Weitem leblose Körper auf den Straßen liegen. Überall Feuer, Schutt und Gewalt. Sein Werk war vollbracht. Und es würde in den nächsten Tagen noch dramatischer werden. Dafür hatten die beiden sich eben

Bernie Retzke ausgesucht. Einen Mann, der nichts unversucht lassen würde, um seine beschränkte Sichtweise auf die Zusammenhänge der Welt durchzusetzen. Und für den Gewalt alles andere als ein Fremdwort war. Bruckheimer hatte diesen Kerl genau studiert, ihn genau beobachtet und sein Wirken und seinen Werdegang gefördert. Bernie Retzke war vor ein paar Jahren vollkommen überraschend gleichzeitig mit Peters zum Vize-Vorsitzenden der PGO ernannt worden. Dafür hatte Peters selbst gesorgt. Ein Arbeiter ohne Schulabschluss als führende Person einer Partei? Eigentlich war dies unmöglich. Eine Bekannte, mit der Peters eine Zeit lang eine Liaison gehabt hatte, brachte ihn darauf, dass er auch die *kleinen Leute* brauchte, die Menschen aus den Arbeitervierteln. Diese Bekannte stand schon seit Jahren auf Bruckheimers Gehaltsliste.

»Ich werde zuerst zum Grab meiner Tochter gehen. Und da werde ich beten.« Teighaus nickte und wandte sein Gesicht ebenfalls zum Fenster. Das hatte er sich gedacht. Vor mehr als dreißig Jahren, als die hübsche Französin Delphine beide Männer in Afrika sitzen gelassen hatte, verschlug es die beiden wieder nach Deutschland. Sie sahen sich nicht mehr häufig, aber der Kontakt brach nie ganz ab. Delphine spielte in Wahrheit bei keinem der Männer eine wirkliche Rolle, doch durch sie waren die zwei miteinander verbunden. Kurz nach der Menage-à-trois auf dem schwarzen Kontinent lachten beide Männer über die Geschichte. Noch viel mehr verband die beiden aber ein viel größeres Drama.

Während der Helikopter den Reichstag, der in ein paar Tagen das Monument der Rache sein würde, überflog, sah Teighaus das Bild von damals vor sich. Wie glücklich Bruckheimer als junger Mann vor ihm stand, als sie sich in Berlin mal wieder auf ein paar Bier trafen und er ihm erzählte, dass er Vater werden würde. Bruckheimer hatte in Deutschland seine große Liebe gefunden und die erwartete nun ein Kind von ihm.

Kurze Zeit später überflogen sie den Fernsehturm. Teighaus kniff die Lippen zusammen und spürte eine große Genugtuung in sich, als er den Fernsehturm sah. Bald würde auch er in Flammen stehen und einstürzen. Wie das gesamte Land, das gesamte Volk.

Teighaus erinnerte sich, wie Bruckheimer vollkommen am Boden zerstört vor dem Sarg seiner Tochter kauerte und hemmungslos weinte. So hatte er Bruckheimer noch nie vorher und auch seitdem nie wieder gesehen. Dieser starke, unerschütterliche Mann. Der Mann, der sich mit afrikanischen Diktatoren angelegt hatte, mit Regierungen und Stammeshäuptlingen, mit Konzernen und Religionen. Dieser Mann sah damals in seinen eigenen Abgrund. Ab jetzt könnte diesem Mann nichts mehr passieren, was schlimmer sein konnte. Bruckheimer hatte mit dem Tod seiner Tochter auch sein eigenes Leben gelassen. Doch er würde nicht ruhen. Dieser junge, von Ehrgeiz zerfressene Mensch würde diese Geschichte niemals auf sich beruhen lassen.

Und dann erinnerte er sich an sich selbst. Wie er am Totenbett seiner geliebten Frau weinte. Seine Frau hatte das völlig entstellte Baby im Arm, welches nicht mehr lange zu leben hatte. Dort, wo Gliedmaßen hätten sein müssen, waren keine. Es war komplett blind und konnte nicht eigenständig atmen. Es fehlte das Nasenbein, so dass die Haut nur lose auf den Nasenöffnungen lag. Die Löcher mussten künstlich offengehalten werden, damit diese nicht zuwuchsen. Der Brustkorb des kleinen Wesens war teilweise eingefallen, weil die Knochen so zerbrechlich waren wie Glas. So lag das Baby, sein Baby, im Arm des kalten Körpers seiner Mutter.

Teighaus war damals ein aufstrebender Wissenschaftler. Er konnte es sich nicht verzeihen, dass er es nicht kontrolliert hatte, nicht vorhergesehen hatte. Dass er, der Mann der Wissenschaft im Gesundheitswesen, ein studierter Pharmazeut, es nicht für nötig gehalten hatte, die Tabletten zu prüfen, die seine Frau immer und immer wieder geschluckt hatte, als ob es Bonbons wären. Dass gerade er es der Pharmalobby abgenommen hatte, was sie behaupteten: Die Tabletten wären ein Durchbruch im Arzneimittelwesen, hatten sie gesagt. Eine neue Ära im Bereich der Gesundheit und in der Pharmazie. Vollkommen unbedenklich könnten Frauen dadurch für eine gewisse Zeit den Alterungsprozess der Haut aufhalten und somit dem Schönheitsideal der damaligen Zeit entsprechen. Die Tabletten waren ein Verkaufsschlager. Fast jede junge Frau zwischen fünfundzwanzig und dreißig schluckten die Pillen, da die Industrie die Wirkung gerade in diesen Lebensjahren als besonders effektiv angepriesen hatte. Doch es war Teufelszeug.

Nicht jede Frau war von den Nebenwirkungen betroffen, doch wenn es zur Erkrankung kam, waren sie verheerend. Die Frauen starben. Und besonders schlimm war die Wirkung bei Schwangeren. Die ungeborenen Babys kamen mit den schlimmsten Entstellungen und teilweise lebensunfähig auf die Welt. Es war nur eine Frage der Zeit, wann diese Babys diese Welt wieder verließen.

Die beiden Männer verloren sich danach aus den Augen. Jeder ging seiner Wege. Jeder versuchte, seine Trauer irgendwie zu bewältigen. Doch es gelang beiden nicht. Sie zogen sich aus der Welt zurück, lebten nur noch für die Arbeit. Der eine gab sein Privatleben fast komplett auf, der andere versuchte sich als Playboy und betörender Wissenschaftler. Doch immer wieder wurden beide in regelmäßigen Abschnitten vom Hass erfasst, von der Wut, von der Ratlosigkeit. Sie konnten nicht abschließen. Immer wieder fragten sie sich nach dem *Warum*?

Später trafen sie sich wieder. Langsam kamen erste Informationen ans Tageslicht, die den Grund der erheblichen Erkrankung zu erklären versuchten. Erste Untersuchungen wurden eingeleitet. Die ersten Medien nahmen sich des unangenehmen Themas an.

Eine Interessengruppe von Betroffenen, denen sich Armin Teighaus und Norman Bruckheimer schließlich nach einiger Zeit ebenfalls anschlossen, versuchte eine Plattform zu schaffen. Sie versuchte, Gehör zu finden. Gehör in der Öffentlichkeit und bei der Politik. Doch es war nahezu aussichtslos gewesen. Die Politik war der Lobby hörig. Der Pharmakonzern, der die Tabletten herstellte, war seinerzeit der bestvernetzte Konzern des ganzen Landes. Er hatte Kontakte zu allen Bereichen des Gesundheitswesens, zu den Ärzten, Krankenhäusern, Versicherungskonzernen und Heilmittelproduzenten. Der Konzern schrieb Gesetze, spendete Unsummen an alle Parteien des Landes und betrieb eine Kampagne, die es unmöglich machte, an eine Schuld des Konzerns an den bösen Erkrankungen zu glauben: Die Frauen seien bemitleidenswert, aber im Endeffekt doch selbst schuld. Der Konzern stellte Thesen auf, dass viele damalige Hausfrauen einsam und gewesen waren, mit dem nach dem Krieg neu erworbenen Wohlstand und dem damit einhergehenden Konsum umzugehen. Er veröffentlichte Studien, wie sie deshalb heimlich Alkohol tränken und somit sich und die ungeborenen Kinder in ihren Leibern gefährdeten. Trotzdem stellte der Konzern den Verkauf ein. Natürlich *ohne Anerkennung einer Rechtspflicht*, wie es bei den Juristen hieß. Auf Deutsch hieß das: Wir sind zwar schuld, aber ihr könnt es uns eh nicht nachweisen.

Viel später wurde der Konzern von der Unity Medical Care Group geschluckt. Doch das sättigte Bruckheimers Rachelust nicht Er wollte mehr. Irgendwann war nämlich nicht mehr der Konzern der Feind, sondern die Gesellschaft, die dieses ganze Unglück zugelassen hatte. Es musste die ganze Gesellschaft bestraft werden.

Die Interessensgruppe reichte eine Klage gegen die Firma ein, doch bevor ein unabhängiges Gericht urteilen konnte, mischten sich führende Politiker medienwirksam ein und erklärten, dass es doch wichtiger sei, den kranken Menschen zu helfen, anstatt ein angesehenes Pharmaunternehmen, das Tausende von Arbeitsplätzen im Land sicherte, ohne Nachweise zu beschuldigen. Das Urteil der letzten Instanz dieses aufgeklärten und fortschrittlichen Landes zerschmetterte die letzte Hoffnung der jungen Männer Armin Teighaus und Norman Bruckheimer.

Alleingelassen und verraten saßen die beiden mit vielen anderen Betroffenen, Medienvertretern und Zuschauern im Gerichtssaal und hörten die Worte der Richter, die sie sich später immer wieder vor das geistige Auge hielten, um ihre Rache zu nähren:

»Im Namen des Volkes ergeht folgendes Urteil: Die Klage wird abgewiesen. Die Kosten des Rechtsstreits haben die Kläger zu tragen. Die Klage war unbegründet, da nicht nachgewiesen werden kann, dass die streitbefindlichen Tabletten für das Leiden der betroffenen Frauen ursächlich sind. Gleichzeitig erachtet das Gericht es als wahrscheinlicher, dass das Leiden auf einen unsteten und unstatthaften Lebenswandel der Betroffenen zurückzuführen ist.«

Zur Trauer kam nun auch die Wut und der Hass. Keine gute Verbindung von Emotionen.

Die Interessensgemeinschaft löste sich bald auf, doch die beiden Männer machten weiter. Sie versuchten es auf allen Ebenen. Sie setzten ihr Privatleben aufs Spiel und gaben Freundschaften auf. Sie wollten Gerechtigkeit. Eine Gerechtigkeit, die ihnen nie widerfahren würde.

Sie schworen Rache. Sie sahen sich danach nur noch einmal wieder. Bis jetzt.

»Und was machst du, Armin?«

»Weiß noch nicht. Ich gehe auf eine Insel, die ehrlich ist. Dahin, wo man zumindest weiß, dass man arm und korrupt ist.« Er lachte laut auf. Dann wurde er wieder ernst. Zu sehr hatte ihn die letzte Zeit geprägt. Er dachte an Franzi. Die war wirklich loyal gewesen. Und blitzgescheit. Und an seine Mitarbeiter. An David Braun. Tüchtige Leute. Aber er hatte sie opfern müssen. Und dieser Paul Schneider. Der arme Kerl wird nie wieder glücklich werden, sollte er es tatsächlich geschafft haben, zu überleben. Welch ein Bauernopfer.

Bruckheimer sah, dass der Helikopter die Landesgrenze überquert hatte. Bald würden sie auf dem Flughafen ankommen, an dem sich ihre Wege für immer trennen würden. Beiden Männern war klar, dass es keine gemeinsame Zukunft geben könne. Beide würden für immer ihre Identität aufgeben und ein neues Leben führen müssen. Alles war vorbereitet: Pässe, Dokumente, Bankkonten. Irgendwann würde sich dieses Land wieder beruhigen und dann würden sicherlich Dinge aufgearbeitet werden. Dinge, die für die beiden nicht vorteilhaft sein würden. Daher mussten sie verschwinden.

Als der Helikopter landete und die beiden den Flughafen betraten, sahen sie sich ein letztes Mal an. Sie gaben sich ein letztes Mal die Hand. Ihre Blicke trafen sich voller Müdigkeit und Erleichterung. Würden sie jetzt Ruhe finden können?

Wie in einem Spielfilm blitzten nun bei beiden Männern die Erinnerungen an den Moment auf, als zwei verbitterte und von Rachelust zerfressene Männer entschieden hatten, dass dieses Land dem Untergang geweiht sein würde: Viele Jahre später nach dem letzten verlorenen Prozess rief Bruckheimer Teighaus an. Sie trafen sich noch ein letztes Mal und tranken bis zum nächsten Morgen in einer Bar. In dieser Nacht waren sie zu Kriegskameraden geworden. Niemals würden sich ihre Schicksale voneinander trennen lassen. Zu düster war das Vorhaben, was die beiden nun verband. Sie wollten nichts weniger als eine ganze Gesellschaft an den Rand des Abgrundes stoßen. Beide schworen in dieser Nacht, dass sie nicht eher ruhen würden, bis ihre geliebten Ehefrauen und ihre geliebten Kinder gerächt sein würden. Niemals würden sie aufgeben, niemals weichen. Sie würden all ihre Fertigkeiten, all ihre finanziellen Mittel, all ihre beruflichen Kontakte nutzen, um dieses eine Ziel zu erreichen. Sie würden ihr Leben dafür geben.

In dieser Nacht berichtete Norman Bruckheimer seinem alten Freund Armin Teighaus von seinem Plan. Stundenlang, in jeder Einzelheit. Teighaus hörte ihm den ganzen Abend zu. Bruckheimer berichtete von einer gesellschaftlichen Tendenz im Lande, die man ausnutzen müsste. Eine Tendenz zur Selbstherrlichkeit, Trägheit und Unzufriedenheit über die eigene Untätigkeit. Eine Tendenz der immer weiter auseinanderklaffenden Schere zwischen arm und reich. Eine Tendenz der Unfähigkeit, mit seinem Wohlstand und seiner inneren Leere umzugehen. Eine Tendenz der Ablehnung des politischen Systems, der politischen Elite. Eine Tendenz des Nicht-Ernst-Genommen-Werdens und der Frustration über die immer komplexeren Zusammenhänge. Die Menschen würden naiv alles glauben, was sie vom Fernsehen und von den Medien vorgelegt bekämen. Es würde den Menschen über den Kopf wachsen, sie wären überfordert und auch nicht mehr in der Lage, die vielen Informationen, die auf sie einprasselten, wirklich zu überprüfen. Sie waren der vierten Gewalt gnadenlos ausgeliefert. Bruckheimer berichtete von einer neuen kleinen, eigentlich absurden Partei und von einem überaus eitlen wie korrupten Politiker namens Peters berichtet. Bruckheimer erzählte, wie man diesen Menschen nutzen und wie man ihn manipulieren könnte. Er berichtete, dass er einen alten Proleten bei einem Fußballspiel kennengelernt hatte, der zwar einfach, aber blitzgescheit war. Einer, der das Zündholz sein könne, wenn man bei ihm die richtigen Knöpfe drückte. Und er wies daraufhin, dass der alte Meffert sicherlich nicht sein ganzes Leben lang Vizekanzler bleiben wolle. Bruckheimer berichtete von seiner Einschätzung, dass es in dem Land eine Tendenz zu einem neuen Gesundheitswahn gäbe. Genau wie damals, als man den Frauen eingeredet hatte, mit Tabletten könne man ewig jung bleiben. Das müsste man ausnutzen, hatte Bruckheimer gesagt. Arroganz, Intransparenz, Eitelkeit, Verunsicherung und innere Leere.

Mehr würden sie nicht brauchen. Dazu noch eine ordentliche Lockerung des Waffenrechts. Dafür würden schon die Lobbyisten sorgen. Der letzte Hebel würde dann der Volksentscheid sein. Die Menschen würden nur darauf warten, weil es endlich ihr Mitteilungsbedürfnis befriedigen würde. Und sie wollten einen starken Führer an ihrer Spitze. Das hatte schon seinen Anfang genommen, als die Verfassung geändert wurde. Als das Parlament entmachtet und der Kanzler gestärkt worden war, indem er Dekrete erlassen konnte. Was für ein Fehler, hatte sich Bruckheimer schon damals gedacht. Den Rücken frei halten wird ein Mann namens Steiner. Er war ein durch und durch korrupter Polizeichef. Damit wäre auch die Polizei im Boot.

Teighaus war begeistert. Und dann berichtete Bruckheimer von einem gleichsam ehrgeizigen wie jungen und talentierten Mann. Ein Mann, der den Willen, die Vergangenheit und die Fähigkeit hatte, den Plan umzusetzen. Einem Mann namens Paul Schneider.

ENDE

DANKSAGUNG

Ich bedanke mich bei Peter Launhardt, ohne den ich nie auf die Idee gekommen wäre, ein Buch zu schreiben. Seine Inspiration und seine Anstöße haben mein Denken und Handeln maßgeblich beeinflusst. Ebenso bedanke ich mich bei Sven J., Basti S. und Tina V., die mir Ansätze, Ideen und Motivation für dieses Buch gegeben haben. Sehr großen Dank geht an meine Lektorin Cornelia Soltau und an Claudia Schulz, die dieses Buch erst zu dem gemacht haben, was es ist. Unendlichen Dank geht an meine geliebte Ehefrau, die jederzeit an meiner Seite ist. Danke an meine Freunde und Familie. Schön, dass Ihr bei mir seid.